杜卫东

老爸说我把他画年轻啦~
嘿~, 因为我希望他永远年轻呀~

儿子: 杜可

感动，是读者最大的阅读期待。

按照萨特对人的看法，人的存在是一种欠缺，人作为一种欠缺的存在本身又不满足这种欠缺的现状，他总希望得到充实。人的一生所作的种种努力，归根结底都是为了获得欠缺的东西。其实，人生的充实有物质和精神两个层面，而文学阅读则是使人的精神获得充实的一条重要途径。正是在这个意义上，高尔基说，书籍是人类的朋友。文学是什么？

定义多种多样，我认为，究其实质，文学应该是人与人、人与社会进行沟通与交流的一种相对隐秘的方式。人们通过真正意义上的文学阅读，假别人之生活体识，来间接地丰富自己的生活经验，充实自己的内心世界，来认识和改变自己的生活状态和所处环境。他们阅读文学作品不是要寻找一种使自己的心灵和精神得以净化和升华的力量！感动！一部作品如果不能给人以感动，不能使人的心灵得到慰藉，精神得到升华，那么，它的审美价值就会大打折扣。

当然，文学不能失去质疑生活的能力和提出问题的勇气。正如契诃夫所说，正确地提出问题，是新思想的接生婆。质疑不单单是为了质疑，而是批判之后的构建；揭露也不仅仅是为了展示，而是展示之后的救赎，这才是现实主义应该具有的思想锋芒和精神质地。其实，人类有一种共通的、永恒的情感，它超越了地域、阶级、宗教和意识形态。那就是：同情、悲悯、慈爱、善良、真实、美好和宽容等等，而这些终极的价值标准的传递与彰显，恰恰是文学与生俱来的责任与使命，同时也是一个有道义感的作家的理想和追求！一位优秀的作家，应该像一位手持铁锹的农夫，他的每一部作品都会在我们坚硬冷漠的心田上挖出一道沟渠，而那些被爱与真诚浸润的文字，就如同一道沟渠，一股清澈温暖的溪流，使我们龟裂的心田得以滋润，使我们荒芜的精神得以丰茂。

（上接封底）

洁净、聪慧而馨香。而读有些中国作家的作品，我们有时会感受到一种情抑气伤，因为作品中有太多的冷漠和残酷，使人的心灵因麻木而变得冷硬。只强调叙事技巧，而忽略小说伦理，成了一些当代中国小说家的通病，这些小说家的才华和学养由于偏离了的写作姿态和道德立场，而在一定程度上被消解了。这使我想到了巴金老人的一段话：

「我写作不是因为我有才华，而是我有感情，对我们的祖国和同胞我有无限的爱，我用作品来表达我的感情！」这是一个老人垂暮之年的虚伪作秀吗？不，这是一颗伟大心灵的真诚坦露。如果缺少了这样的道德情怀和写作姿态，就不会有作为一代文学大师的巴金，大概也不会有我们今天所熟悉的一部中国现代文学史。这一段和今天距离很近的中国现代文学史，尤其是小说史，无论是在写作姿态还是在精神向度上都值得我们与之衔接。

3．小说创作中正面价值的流失与缺位应引起特别关注。

时下似乎有一个误区：一写生活中的真、善、美，就会被诟病为矫情、造作、虚假和浅薄。这反映的是道德虚化和精神颓靡。正如罗丹所说，生活中不是缺少美而是缺少发现。如果我们潜入生活的深处就不难洞悉，现实中除了龌龊与丑陋外、还有那么多的诗意人生令我们喟然长叹、潸然泪下。生活真实与艺术真实相统一的叙事，应该是在对生存状态进行全面、深入的体察当中，使读者除获得丰富的生活经验之外，更重要的是要给读者一束希望的炬火，能够获得精神与灵魂的慰藉。

契诃夫在《对艺术法则的探求》一文中说过，人们可以把各个时代艺术家创作的最优秀的作品收集起来，放在一起，使用科学方法来理解，其中有一种什么共同的东西，使他们彼此相近，成为他们价值的原因。这种共同的东西就是法则。法则是什么？契诃夫没有说，我们给他的定义就是感动！它不是靠什么？它是靠对丑恶的描摹，对苦难的堆积，对冷漠的赞扬。它是靠爱与真诚来传递一种人类共有的情感，这个情感的名字叫——感动！

吐火女神

杜卫东⊙著

光明日报出版社

目录
contents

目录
/contents

目录
contents

一部结结实实的力作

——我读长篇小说《右边一步是地狱》（原名）

程树榛

　　《右边一步是地狱》是一部以股市为背景的长篇小说，作者写得惊心动魄，读起来扣人心弦。它以股市为人生舞台，通过几个鲜活的人物形象，在中国 21 世纪之初，演绎了一场激动人心的活剧。

　　这是杜卫东同志的第一部长篇小说。他当过兵，在部队时就在战士演出队搞文艺创作，几年的部队生活除给了他一身军人的风骨外，还为他回到地方以后的文学创作奠定了坚实的基础。这次可以说是出手不凡，一鸣惊人，是他文学生涯的一个巨大的转折点。

　　我和卫东相识已久。在我和许多文学界朋友的印象中，卫东是一个工作狂，有"拼命三郎"之称。因为，他对自己所从事的工作"极端地负责任"。这也许是生活给予他的一份丰厚馈赠。二十多年来，他在文学界一直从事编辑工作，在几家很有名气的刊物中，他是一个"带头羊"，跌打滚爬，全身心地投入，使它们一个个起死回生，受爱于读者，被誉为创办刊物难得的人才。不仅此也，在创作中他也是一位快手和多面手，于繁忙的工作中，他还抽空写作了大量的杂文、散文和报告文学，结集二十多部，特别是他创作的报告文学，题材多样，笔锋犀利，才思敏捷，在许多评奖活动中获奖，为识者所称道。人们把他称做报告文学作家。

　　但是，他写小说的才能却鲜为人知。当我一口气读完他的《右边一步是地狱》这部新作时，我在深深的激动之余，为他的成功而倍感高兴。在当前面世的长篇小说中，这实在是一部难得的佳作。

　　说它难得，是因为在我所看到的以股市为题材的作品中，很少有人像他采取这样巧妙的视角切入主题：通过一个模特儿的坎坷悲惨的遭遇和她对纯真爱情的执着追求，把当今股市中某些残酷的不平等的竞争与种种投机般的巧取豪夺，有机地糅合在一起，编织出一个完整的扣人心弦的故事，读起来让你荡气回肠，不忍释手；掩卷沉思，又让你感慨万端，浮想联翩；强烈的批判意识，蕴涵着深挚的人文关怀；凡此种种，都表现出作者构思的缜密和良苦匠心。

说它是佳作，首先归功于作品结构的严谨。纵观全篇，虽然贯穿着几条伏线，但读起来却是浑然一体；故事情节，环环相扣，矛盾冲突，跌宕起伏，就像许多溪流，越过山林和田野，最后汇成一条大河，汹涌澎湃，流进海洋。

栩栩如生的人物形象是作品的又一特点，它的主要人物都呼之欲出。许非同的正直与迂阔，柯小雨的纯情与痴迷，辛怡的贤惠与迷幻，以及金戈的阴险与毒辣，汪海的贪婪与狡猾，特别是这些人复杂的心路历程，都写得恰到好处，分寸也把握得很为恰当。他们的性格特点，都不是作者刻意叙述出来的，而是通过情节和细节的演绎自然显露出来的，因此，他们的音容笑貌在读者的心目中不知不觉刻留下来了，就像在大脑的那个特定的屏幕上洗印出来，驱之不去。

语言的优美和流畅一向是杜卫东作品的特色，这个特色在这部长篇小说中表现得尤为突出。不管是写景、抒情，还是状物、叙事，作者都能够用恰如其分的语言，刻画得活灵活现、淋漓尽致，特别是对景物的描绘，给读者以亲临其境之感；对人物的心理刻画，完全使用符合其性格化的语境，入木三分地凸现其内心世界，表现了作者对语言的高度驾驭能力。尤为值得称道的是，作者常常把历史典故、世俗俚语，了无痕迹地融汇在故事情节中去，化为作品的有机组合，这又从另一个侧面，显现出作者娴熟的艺术技巧。这与当下某些作家为了表现其知识的"渊博"，生硬地旁征博引一些生僻的或外来的"哲理"和"逸趣"，使作品变得疙里疙瘩的怪状，成了鲜明的对比。

注重作品的可读性，历来是杜卫东创作和办刊的理念与艺术追求。他一向认为：一部作品、一本刊物，是否受到广大读者的欢迎，在市场上能否畅销，在导向正确的前提下，其可读性是属于第一位的。如果一部书它的文字佶屈聱牙，像天书那样让人难以破译，无论作者自称多么高明，媒体炒得多么热闹，读者也是不买账的。当然，可读性也不能像当下某些专用"下半身写作"

的作家那样招徕读者，这些文字垃圾，或可红极一时，但最多是昙花一现，决不会留传多久的。卫东主张的可读性，如他经常声言的那样，是"曲高和众，雅俗共赏"，符合中国作风、民族气派，为广大读者所喜闻乐见。我是非常赞成他的这个主张的。他的这部作品，正是实践了他的艺术追求。书中故事情节曲折复杂，环环相扣，跌宕起伏，一波三折，高潮迭出，拿起来便想一口气读完为快。充分说明作品的成功，说明作者在努力实践自己的艺术主张中取得了可喜的成果，这种努力，实在是难能可贵。其实，讲究作品的可读性，也正是一个作家对读者负责的表现，否则，你捧着那种谁也看不懂的"杰作"，怎么去"贴近群众"呢？

我衷心祝贺卫东在长篇小说创作上所取得的可喜成绩。当然，我并不认为该部作品已经十全十美了，如果主题思想挖掘得更深一些，生活面铺展得更广一些，人物关系扭结得更紧一些，那就更加完美了。但瑕不掩瑜，任何一部优秀的作品都可以找出不足之处；我完全相信，作者会认真总结这部作品的得失，在新的创作中更上一层楼！

卫东正值盛年，无论在思想上、创作上、生活阅历上，都趋向更加成熟了，再加上他的勤奋与好学，在艺术上孜孜不倦的追求，他一定会创作出更多的与时代合拍、与人民同心、为读者所喜爱的精品佳作来。

我们殷切地期待着。

2006 年 7 月 8 日

第一章

铃声响过

悲剧，其实是从许非同放下画笔的那一刻正式拉开帷幕的。而在此之前所发生的一切，不过是开场前的预备铃。

这是一套一居室的单元式住宅。

门厅里放着单人床、写字台和一扇屏风，主卧则被布置成了画室。此刻，窗帘被拉上了，不锈钢的支架灯把一束橘黄色的光打在了靠墙的长沙发上。柯小雨在上面侧身而卧，尽管作为职业模特，她已经适应了这种单调而枯燥的工作要求，但毕竟侧卧了半个小时，她还是觉得有些疲惫，尤其是许非同独特的造型要求，使她一直向后绷紧的腿有些僵硬、麻木，仿佛一截没有生命的木头安在身上。见许非同放下画笔，她转身踢了两下腿，然后，十指交叉高举过头，美美地舒展了一下身体。这时，在橘黄色灯光的映照下，她的裸体便更加有了灵性：修长的四肢，白皙润滑的躯体，如瀑布一样乌黑光洁的长发，特别是那两座挺拔丰满的乳峰和双腿交会处被草丛覆盖了的隐秘之处，使她的美丽如诗如梦、如云如雾。

许非同没有像小雨期待的那样，走过去将她相拥抱起，去吻那两片如带露花瓣一样的朱唇，然后再用舌尖做犁铧，轻轻地在那片充溢着活力与青春的原野上耕耘，而是把那件白底蓝花的睡衣扔给她，径自走到窗前拉开了窗帘。

正是落日时分。

夏末的太阳犹如一只红色的火轮，贴着远处的天边慢慢下滑，它的光焰虽然已不耀眼，但余辉仍很绚丽，像一张用无数条金线织成的巨大金网，罩住了世间万物。远处那层层叠叠的群山在这万条光线的映照下，变成了紫褐色的一抹，横亘于天际，使这景致有了山水画一般的写意。

许非同凝神片刻，便把目光投向了熙熙攘攘的街市。若是以往，他也许会由此引发创作灵感，可此时他已经没有了这份兴致。快到下班高峰了，路上行人和车辆明显多了起来。一辆无轨电车进站，等候已久的一群民工蜂拥而上。顿时，上车的人和下车的人挤成了一个疙瘩，听得见售票员声嘶力竭地劝导：别挤！别挤！先下后上！没有人理会，人们仍拥堵在车门口。好不容易，下车的人冲出一个缺口，立即又被上车的人封死了。像一条水流，没有什么可以把它断开。其实，比作漩涡更适合，人流汇成的漩涡，湍急、汹涌，不可调和。最后面的一个北京小伙子放弃了努力，张开双臂用力推着门口的几个民工，嘴里还吆喝着：走！走！走吧您——！

从楼上望下去，那一身黑衣黑裤的小伙子样子很滑稽：四肢叉开、身体前后摆动，活像一只动作笨拙的狗熊。

许非同苦笑着摇摇头。

产业结构调整，乡村人口向城市转移，孕育了多少人的淘金梦！恭喜发财，几乎成了中国人的集体狂欢，成了每一个人心中的憧憬。新闻媒体也推波助澜——今天一个普通人买彩票中了三千万大奖，明天一个大学生靠两万元做本钱在股市狂赚了一百倍。更有甚者，一个在某档相亲节目中曾被拜金女颇为不屑的男嘉宾，突然奇迹般拥有了几十个亿的上市公司市值。于是，制作这类新闻的小编们觍着脸问当初的美女——你们是不是肠子都悔青了？需要后悔吗？一个人有必要为春天的第一滴雨没有落在头上而后悔吗？昨天晚上的电视新闻，不是还有一个农民工因向包工头讨要几千元的血汗钱未果，跳楼身亡了吗？对于无数父亲不是李刚又没有任何社会资源的普通人来说，发财永远是一个梦想，如海市蜃楼一样虚幻，像天边彩虹一样缥缈。

许非同想到了年轻时看过的日本电影《追捕》。高仓健是他心目中的偶像，因为高仓健，他几乎背熟了电影中所有的台词，最经典的是：

"杜丘，看着那蓝蓝的天走过去，一直走过去，你会融化在那蓝天里……昭仓跳下去了，唐塔也跳下去了，所以请你也跳下去吧！"

他觉得，一天到晚鼓噪的发财梦呓，如同长岗诱惑杜丘跳楼的这段台词——听上去很美，走过去就会粉身碎骨。

小雨穿好睡衣，踱到他的身后，伸出双臂缠住他的腰，用下颌抵住他浑厚的肩头，问："非同，不开心吗？"

许非同回过身，托起小雨的下巴，望着她那双秋水一样明澈深邃的双眸，那双眸中便映出了自己的影像：长方脸，如雕刻出来的线条分明的鼻子，一双眼球极黑的眼睛，忧郁而略带一点悲伤。小雨说，最早她就是被这双眼睛打动的，她觉得有这种目光的男人，内心一定丰饶而美丽。

许非同凝视良久，无法再看清那眸子中影像的细节，但他想，除了中年人特有的持重与成熟以外，他那张本来充满活力的脸上，该是尽显沧桑，已被失意与愁楚所笼罩了吧？

许非同近来的心情确实不好。

他在一所高校的美术系任教，本是一个很敬业的老师。一般的老师带课，码好模特了，一天上下午只去一次就很不错了；可许非同不，一有空他就愿意到画室和学生交流、沟通；他也是从学生过来的，知道学生需要什么样的指导。形不准！怎么不准？许非同总是很耐心地讲解，有时还动手为学生做一下示范。所以学生很愿意和他交流，说话也无所顾忌：

许老师，您这西服版型够潮的，是日本的还是意大利的？

许老师，您这板寸剃得够酷，有周杰伦的味道，行，不错。

可是这一段时间，学生渐渐疏远了他。他去画室的次数越来越少，把工作几乎敷衍到了打水漂儿的程度。同学们奇怪：许老师是不是失恋了？不会呀，听说他闺女都上高中了。那八成是有婚外情了吧，而且出师不利，要不怎么整天阴着脸？

对于现在的高校，婚外情算得了什么呢？教授＝叫兽，是调侃，也是某种程度的事实。一些教授利用课题、读研、读博等等机会诱骗女大学生已经成了公开的秘密。当然，也不乏主动投怀送抱者。像许非同这样专业上有一定成就又风度翩翩的中年教师，常常会成为一些涉世未深的女大学生心中的男神，只要半推半就可以财色兼收。许非同也不时收到过女学生的暧昧短信，是傻子都能嗅出在字里行间的情欲。而许非同或者一个字不回，或者像完全不解其意，回的短信可以令对方如坠寒冰。学校是教书育人的清净之地，如果连象牙之塔里也充满情欲，充满铜臭，充满交换，那怎么了得？

这些议论偶尔传进许非同的耳朵，他只能苦涩地一笑。他的情绪确实有些抑郁，抑郁的原因实在羞于启齿。

五年前，妻子辛怡受朋友蛊惑进入股市。恰逢牛市，不会炒股的妻子竟小有赢利。与银行日益缩水的利息相比，股市的获利空间实在诱人，资金一个月翻一番绝非天方夜谭。于是，许非同也动了心。他不爱钱。如果为了钱，他可以兼课，可以带学生，可以画一些行活然后冒充名家高价出售，已经有不止一家画廊的老板找来，他都没有动过心。但是，当钱可以通过合法的渠道唾手而得时，谁能够抵挡得住这种诱惑呢？毕竟女儿将来出国需要一大笔费用，提高生活质量没有钱也是万万不能的。况且，他内心还有一个心愿，而这个心愿的兑现也需要钱。于是，同意妻子把十几年作画辛辛苦苦赚下的上百万元陆续投入了股市。

没想到，从此便屡买屡赔。股市上恶庄设套、机构做局，中小散户犹如面对饿鲸之口，一不留神就成了庄家机构的"小菜儿"。近一年来，许非同的上百万资金已"缩水"四成。

开始，许非同不过问股市之事，一切由妻子辛怡做主。后来，见妻子被越套越深，对他的建议一概充耳不闻，便也亲自操盘。无奈心态已坏，每每买入就跌，抛出就涨。而且，一旦沉溺股市，便如染上了赌瘾，整日在家看着盘面股票跌势不止而愁眉不展，真应了市井流传的一句俗话：男人不能炒股，女人不能做鸡。眼看着大学的同学或举办画展，或出版画册，最次的也评上了副教授或副编审，唯独自己还是个讲师，每天在股市的K线图中消耗生命，更是心急如焚，身体状况也大不如以前。他知道，再这样下去自己就废了，于是邀小雨做模特，想创作一幅作品调整一下心境。只是工作提不起精神，作画也没有情绪。

"呀！非同，你怎么不早说？"听许非同说出内心的烦躁，小雨救世主一样惊叫了一声，她双臂交织，勾住许非同的脖子，"不就是赔了点钱嘛，捞回来不就得了！"

许非同又何尝不想捞回来？

中国的股市实际上是个消息市，而股市的消息又极不对等。许多消息到了中小散户这里已是明日黄花。机构、庄家也摸透了股民的心理，为了配合拉升或出货，不时通过各种渠道散布出各种各样的消息，十个有九个是诱骗你上当的。

中小散户还普遍有这样一种心态：九块钱买的股票没有获利自然是不愿意出局的，跌到八块五了，后悔九元时没有卖出。既然九元没有卖，八块五还能卖吗？好吧，你不卖就一直往下跌，直跌到你割肉出局庄家才反手拉起；在股价处于高位时又利用各种媒体一味鼓吹做多，诱骗股民接货，等筹码大都到了散户手中，股价再次飞流直下。这样打上几个来回，别说翻本，能不病倒照常吃喝就算你是一条硬汉！

最可恨的就是那些所谓的分成机构。以福州、成都、深圳居多，每天像蚂蟥一样轮番打电话骚扰你，声称由他们提供股票的买卖点，确保在几天之内可以有多少多少点的收益。开始你不信，可他们说的票确实涨了；等你信了，买的票不是横盘就是一路下跌。许非同后来明白了：原来这些打着唬人名头的所谓机构或者私募，就是十几个人凑到一起、租一两间房子、买上若干部手机、到银行开几个户头的骗子公司。他们每天通过证券报刊、财经博客，收集几十张、上百张股票，打电话让股民分别买入。行情再不好，推荐一百支股票也会有三分之一红盘，而买了这些股票的散户一下子就会把他们奉若神灵。大盘指数大幅下跌，人家的股票还能逆市飘红，何其了得？于是乖乖把所获利润的四成汇给他们，期盼下一只股票也能带来好运。亏钱的股民呢？他们会说给你补损，就是再告诉你一只股票，涨了你会重新对其产生信任；亏了呢？再打电话那个业务员就不接了，会换一个业务员打电话给你，了解到你的遭遇后，苦口婆心地告诉你，你遇到了实力不强的公司，而他们公司的实力如何如何非同凡响，不信可以用股票验证。验证的结果当然有三分之一的胜算。股市上的许多散户缺乏专业知识，信息来源又极闭塞，很容易轻信这些自称专业机构的骗子公司。但凡和这些公司合作的股民，总体算下来不亏钱的极少。监管的放纵与不到位，使这类骗子公司像卢沟桥上的狮子，多得数不清。有人可能会问：他们怎么知道你的手机信息？时下，私人信息被银行、证券营业部、保险公司、电视台泄露的情况还少吗？辛怡就是因为打过一次电视台财经节目公布的咨询电话，从此再也不得安生。她的手机号开始可能被五元一次、后来被五分一次不知被倒卖过多少回了。

辛怡的钱就是这么赔的。

"捞回来？"许非同一脸苦笑，"说得倒是轻巧，莫非你认识证监会的人不成？"

小雨松开手，一甩头，瀑布一样的长发便在空中画出一道美丽的弧线。她用右手在脑后拢住长发，腾出左手从窗台上拿起一根深蓝色的绒头绳，三缠两绕，便将黑瀑布变成了一束马尾巴：

"我不认识证监会的人,可我认识的这个人比证监会的人还神通广大呢!"

"谁?"许非同望了一眼小雨,小雨的眼睛纯净如水。他深信小雨的心地也如她的眸子一样没有污垢,认识这么久了,他知道小雨不是一个轻言承诺的人。许非同甚至觉得,她的沉稳有时和她的年龄并不相称。她的语气如此肯定,这让许非同的精神为之一振,仿佛溺水的人抓住了一个救生圈。

"说了你也不认识。"小雨闪进门厅的屏风后,双臂张开轻轻一抖,那白底蓝花的睡衣便滑落在地。她从衣架上取过衣服,边穿边说:"我这就去找他,你等着我的消息吧。"

许非同沮丧的心情一下放松了很多,如同一束阳光穿过云层。在他的心中,小雨就是圣洁的天使,尽管他也隐隐觉得,小雨的感情生活如同早春的田野,被一层薄雾所笼罩,能见度并不十分清晰,但是凭一个男人的直觉,他相信小雨对自己的感情是真诚的,没有任何功利的成分。况且,纯洁的不一定就是白的,有什么理由要求对方一定把全部生活向你袒露呢?

小雨已经穿好了衣服。她从屏风后走出来,拿起写字台上的一瓶矿泉水,咕咚咕咚喝了几口,一抹嘴要走。

许非同忽然想起了什么,拦住小雨,从自己的手包里拿出一只金边缎面的小盒儿,说,你生日的时候,我答应要送你一件礼物。

小雨眨眨眼,有些奇怪地望望许非同,指着画板上如出水芙蓉一样的画像说,我们不是说好了吗?你的这幅作品就是送给我的最好的生日礼物!

许非同双手摁住小雨肩头,眸子里荡出一缕动情的光:"小雨,认识你这么长时间了,从来没有一件像样的东西送给你。"见小雨张口欲言,他伸出右手的食指顶住左手掌心,做了一个篮球比赛中暂停的动作,然后打开缎面小盒,拿出一串项链。项链是用红小豆一样的宝石串连而成,宝石没有经过打磨,只是在上面钻了孔,用链子穿了起来,古朴又不失华贵。

"啊,好美的项链!"小雨发出一声惊叹。

许非同接着说:"这项链是用石榴石穿成的,我托朋友从它的产地南非带来。你知道吗,小雨,很久以来,人类就有将饰物挂在身上作为护身符的习俗。人们将不同的宝石配上十二个月份,当做个人出生的诞生石,相信它们会将宝石所蕴涵的寓意赋予那些在当月诞生的人。你的生日在一月,一月的诞生石是石榴石。在早期的欧洲文化中,石榴石被视为魔石,持有者可以拥有人生的幸福与永恒的爱情。它还可以确保平安，传说中的诺亚方舟就是用石榴石照明的。今天，我把它送给你。"

小雨没有再说话，只是顺从地低下头，让许非同把石榴石项链戴在了她光洁润泽的颈上，然后抱住许非同，在他的额头印下了深深的一吻，推开房门时回头说了一句：

"非同，放心，我一定会搞定！"

下楼后，小雨一招手，拦了一辆亮着顶灯的出租车。拉开车门上车的时候，她还回过头冲着画室的窗口做了一个胜利的手势。她知道，许非同会站在窗口注视着她，一直到她的身影消失在人海之中。

柯小雨没有注意到，出租车重新启动后，一辆一直停在楼下的切诺基悄悄跟在了她的身后……

第二章

温馨的寒流

九月的北京。

盛夏像一个懒散的汉子，吃饱喝足了却不愿离去，依然赖在华北平原上挥发着燥热，仿佛煤火将熄的火炉。天空已显得辽阔，高远并湛蓝，只是蓝得有些冷漠，间或有几抹耀眼的橙黄，就像被火炉烤红的金属。

正是晌午时分，道路两边的稻谷地里已收割完毕，只有几个拾稻穗的小孩儿在追逐嬉戏；玉米还未收割，在太阳的照射下，随风发出一阵阵沙沙的响声，像是大地发出的沉重叹息。不时有成群的麻雀从玉米地里腾空飞起，又像是下冰雹一样纷纷散落在稻谷地里，或是落在像蛇一样蜿蜒伸展的柏油公路上。

一辆乳白色的宝马轿车由东向西疾驰而来，在与一辆停在路边的美国吉普交会时，"嘎"一声停住，惊飞了一地麻雀；一条正打算横穿公路的大黄狗也被吓了一跳，它惊恐地盯着宝马，弓起前腿，做出随时逃跑状，见车上没有人下来，便摇摇尾巴，一颠一颠地跑了，不时回头张望，唯恐这个大家伙会突然猛扑过来。

几个拾麦穗的小孩子叽叽喳喳跑过来，围着两辆车前后左右看。美国吉普上下来了一个穿花格衬衣大裤衩的年轻人，横眉立目地冲小孩子挥了挥拳头。像麻雀一样，孩子们轰一声跑散了，花衬衫辨认了一下宝马的车号，快步走过去一拉车门上了车。

驾驶座上坐着身着一身意大利名牌西服的天平律师事务所头牌律师金戈。

他连头也没回，只是从后视镜里看了一眼上车的人，然后掏出一支软中华叼在嘴上。

花衬衣忙俯身上前，一双手捧着打火机啪一声点燃递过去，金戈一侧头点着烟，深吸一口，将头仰靠在椅背上，徐徐将烟雾吐出，然后眯起眼睛看着烟雾在空中变幻出各种形状，仍然没有说话。

花衬衣沉不住气了，问：

"金爷，您找兄弟有什么吩咐？"

金戈仍不说话，从副驾驶的位子上拿过一只密码箱放在腿上，"啪"一声打开，抽出两捆百元大钞向后一扔，花衬衣敏捷地张手接住。

"熊三啊，先把钱收起来。过两天你去帮我教训一个人，具体情况我会再通知你。这是预付金，事成之后你拿着他的照片再付你三万！"

熊三闻言，小眼睛儿嗖嗖地放出光。他拍拍胸脯：

"这容易呀！您是要让他立着，还是放平？那还不是分分钟的事儿。"

金戈一摆手："此人虽然可恶，但罪不至死。你给他放点血，在他的脸上留个记号，让他长点记性就行了。注意，干得利索点，别拖泥带水的叫我事后为你擦屁股。"

"擎好吧您！金爷您交待的事，我哪件办砸过？"熊三满口应允着，把那两捆百元大钞塞进了大裤衩的后兜里，"我等您的信儿，不出十天，我带他的一只耳朵再来向您讨赏！得，如果您没别的吩咐，我就先告退了。"

金戈依然头也不回，在烟灰缸里摁灭只抽了少半支的香烟，冲身后的熊三挥了一下手。

熊三下车后，宝马重新起动。

大黄狗不知什么时候又跑回来了，站在马路边，昂着头，冲着远去的宝马汪汪地叫着，似乎是在对它刚才的做法发泄着不满。

半小时后，金戈来到了一家名叫"温馨庭院"的茶艺馆。

进门有一架随着音乐播放而缓缓转动的水车。水车旁有两把被花草缠绕的吊椅，四周墙壁上挂着蜡染的挂幅，挂幅上有妙龄姑娘采茶、炒茶的劳动图案。喝茶的桌椅只刷了一层清漆，木纹尽显，树香幽幽，流动着一股浓郁的田园气息，整体的布置典雅而古朴。

金戈来自安徽茶乡，他很喜欢这里的氛围，置身其间，常常有一种回归童年的感觉。只不过，除了景色的山清水秀外，他童年的生活根本没有这里营造出的浪漫与温馨。

父亲靠两亩茶园养活一家七口。

那两亩茶园分成了七八块，零星散落在离家十多公里的山上。从家里的两间草屋起程，一路都是崎岖不平的羊肠小道。每天天不亮，父亲就要起来做好加了稻糠的糍粑，然后背上装了凉开水的竹筒、锄草用的小铁铲和防蛇的砍刀，顶着满天的星斗上路。母亲因产后风病重在床，爷爷奶奶年岁大了，两个妹妹还小。

那时候的金戈还叫金有财。

小学一毕业有财就辍学了，每天随父亲上山，夏天给茶树锄草，秋天为茶树剪枝，春天上山采摘新茶。有一天他起晚了，没来得及扎绑腿，半路上一条蛇钻进了裤腿，在他的膝盖上狠狠咬了一口。父亲走了很远不见有财跟上，回转身找来，见独生子躺在路旁已口吐白沫面色青紫。他连忙用绳子扎紧膝盖的两头，俯下身用嘴吸出毒液，又敷上随身带的蛇药才保住了儿子的命。事后父亲庆幸地说，自己再多走出半里地，儿子的命就没了。他拍着儿子的头说："大难不死，必有后福，娃啊，日后咱金家要靠你转运哩！"

一到采茶时节就更忙。每天露水干时才能采摘，摘到日落回家。当天采的新茶必须要杀青，就是要炒干，不然茶叶一捂黄连稻草的价格也卖不出。于是父子俩支起一口大铁锅，用木炭烧热，一手抓一把新茶，在烧热的锅里用手来回翻动。快干时放到一个直径两尺的筛子上，下面用快燃尽的木炭慢慢烘烤，烘干为止。有财和父亲常常一干就是一个通宵，天快亮时打个盹，又要赶到山上去采茶。常常采着采着，有财就靠在茶树上睡着了，直到父亲啪一巴掌将他打醒。这样干下来，一年的收入不过二三千元，还要交上二三百元的农业特产税。

有财永远也忘不了他十三岁那一年因为给母亲治病，家里实在交不起茶叶税了，乡上一个姓许的副乡长带着人砸了他家锅的情景。那副乡长瞪着牛一样凸出的眼睛，凶神恶煞般地吼道，你敢抗税，你这刁民，只顾自己！你们都不交税，国家拿什么养兵？社会怎么运转？不给你点厉害尝尝，你也不知道什么叫王法！母亲受不了这惊吓，从土炕上滚下来病情加重，软弱无助的父亲只是抱着头躲在屋角流泪。

从那一刻起，有财就发誓一定要出人头地，将来挣大钱、当大官，像父亲说的那样，让全家就此转运。凭着这样一种信念，有财在茶园的夕阳里，在烤茶的月色中，见缝插针，凭自学完成了初中和高中的学业，考上了北京一所大学的计算机专业。当乡邮员把一纸大学录取通知书送到他家的茅草房里时，父亲大哭，泪雨滂沱，哭得惊心动魄。末了，他拍着有财的肩膀说，娃啊！天不长眼，叫你生在这茅草屋里！你放心去念书吧！爹就是苦死累死，也不能耽误了你的前程！

有财揣着当年卖了新茶换回的一千多元钱来到了北京。

北京，千年古都。本应海纳百川，宽厚而包容。遗憾的是，它并没有以应有的王者之气接纳这样一个穿着一双破解放鞋来寻梦的山里娃。那时还没有启动贫困大学生救助工程，有财因交不起学费被拒绝注册。他每月花五十元租了郊区一间两平方米半的自搭房，为了听课像做贼一样，被任课老师一旦发现就会被驱赶出教室。门卫也像防贼一样防着他，一见他就撵。萍踪无定、羁身京城，有财心中的惆怅与无奈可想而知。正所谓：关山难越，谁悲失路之人；萍水相逢，尽是他乡之客。

为了上学，有财什么屈辱都可以忍受。

他知道，只有读书，只有知识才可以改变命运。或许是他的执着感动了任课老师，或许是门卫也疲沓了，人们开始对他睁一只眼闭一只眼。但学计算机起码要有一台电脑，他买不起，功课落下很多。万般无奈之下，只好改为去听法律系的课。法律系只要一支笔、几本书，并不需要更多的支出。可是基本的生活费用要靠他自己去挣。母亲那次滚落在地后不几天就走了，父亲为安葬母亲又借了一笔债，家境更为窘迫，再也无力挤出一分钱给有财。有财就在校园里捡别人扔了的易拉罐和饮料瓶去卖，一个一毛，每月换回百八十元的收入以维持自己最低的生活需求。

有一天，有财等在食堂的门口，看几个富二代的学生吃饱喝足了，想去捡他们喝空的饮料瓶和易拉罐，没想到其中一个学生就在他伸出手的一瞬间，抬脚把几只空瓶子踩了又踩，还嘲弄地对有财说，都想跳龙门，都想人五人六地活出个样儿来，也不看看你们家的坟头上长没长那根蒿子！还一抬手，把被踩瘪了的空瓶子全从敞开的窗户扔了出去！在一片哄笑声中，有财几乎将牙齿咬碎，他发誓要做一个有钱人，他的屈辱，全是由于贫穷造成的，只有钱能使他扬眉吐气，一雪心头之耻！

靠自学，有财通过了大学法律系的全部课程，又以优异成绩考上了研究生并取得了奖学金。一直阴霾密布的生活终于向他展露了笑脸，父亲当年的一句企盼，真的成了转变他命运的谶语。研究生毕业后，他与人合伙开办了律师事务所，对贫穷的怜悯，成为有财冷峻尖硬的内心中依然温柔脆弱的部分。

金戈代理的第一起官司是一桩工伤案。

他永远也忘不了当时的情景：一位头发花白的农村老人一进门就给金戈跪下了，哽咽着说，二十多岁的儿子到工厂上班才一个星期，除大拇指外的八根手指头就齐刷刷被电锯切掉了。因为伤口感染，儿子在医院昏迷不醒，狠心的私人老板却不闻不问。为了给儿子治病，他已债台高筑；儿子从此成了残疾，以后的日子更是没了指望。老人找了几家律师事务所，但对方一听伤者与单位没签劳动合同；上班只有七天，也没有转款记录；工友慑于老板的淫威又不肯出庭作证，而且老人根本交不起代理费，都纷纷摇头表示无能为力。老人绝望至极，走投无路时看到了金戈与人合伙开的这家律师事务所的牌子。他已经打定了主意，如果这一次再被拒之于门外，他就打算投河自尽了。老人说，他已经去过两次潮白河，如果不是担心儿子孤苦无依，也许这个时候他已经站在奈何桥上了。

金戈扶起老人时，两眼已经噙满了泪水。他突然觉得，眼前这位头发花白、满脸皱褶的老人，分明就是辛辛苦苦拉扯自己长大的父亲。他没有理由拒绝，也不忍心让老人失望，当即表示免费代理这起官司。可是接手案件后他又发起愁来，打官司打的是证据，自己两手空空，怎么提起诉讼，法院又怎么可能支持他的医疗与补偿要求呢？

金戈一夜未眠，刚刚入行，他知道这起官司的结果对他意味着什么。冥思苦想一夜，突然心生一计。

第二天早晨，他把老人叫来，如此这般吩咐了一遍。老人听了叫来儿子的舅舅和舅妈，当天下班时堵在工厂门口，点着老板的名字叫骂。老板急了，叫上保安和老人及伤者的舅舅、舅妈在厂门口撕扯起来。

110接警，十分钟后把双方带到了当地派出所做了讯问笔录。笔录互为印证，把撕打原因及工伤经过说得一清二楚。做完笔录，警察说你们这属于民事纠纷，不归派出所管，建议到有关部门仲裁或到法院去打官司。

出了派出所的门，老板还自鸣得意。没想到，几天后一纸传票把他传唤到了法庭上。有自己在派出所签了字摁了手印的笔录，老板想抵赖也抵赖不了了，只好低头认输，补缴了小伙子的治疗费和一大笔赔偿金。

原来，老人从派出所出来后，金戈当即找到办案警官，说明了情况。警方体恤老人的困境，不但复印了讯问笔录，还出具了一份情况说明，把当事人受伤的时间、地点、经过描绘得清清楚楚，并加盖了公章，成了金戈起诉工厂老板的有力证据。

这起案件的胜诉让金戈声誉鹊起。

《都市晚报》刊发了一个整版的通讯：《为民工伸冤——好律师智斗黑老板》，详细报道了整个案件的前因后果，并特别强调了两个细节：一是金戈如何在其他律师不肯接受委托的情况下，挺身而出免费代理；二是在当事人得到一大笔赔偿金，跪着要把其中的十分之二作为律师费请求金戈收下时，金戈如何坚持分文不取。

面对那几摞厚厚的百元大钞，说金戈没动心那是假的。有生以来，他还从来没有见过那么多钱，足够他在老家盖两间大瓦房了。金戈所以拒收，除了觉得老人一家可怜外，更主要的是他明白这笔钱一旦收了，他先前所做的一切都会打折扣，不划算。

只要在律师界站稳了脚跟，还怕没钱赚吗？

事实证明，金戈绝对有远见。他人生的第一桶金简直就是老天拱手相送的。当然，如果没有代理第一起工伤案所赢得的荣誉，这一笔巨款注定会与他擦肩而过。

因为看到了《都市晚报》的报道，A公司找到金戈请他代理一起民间借贷纠纷案：B公司向A公司借款两千万，但到了归还日期，B公司称因为经营困难，现金流出现问题，分文未还。因为债主盈门，B公司能查封的资产也全部被查封了，根本资不抵债。

金戈虽然胜诉却执行不了，案子一直僵在那儿。

突然有一天，C公司慕名找到金戈，请他帮忙去审定一个合同。本来金戈不想去，因为这单业务没有什么油水，C公司在社会上信誉又比较差，金戈懒得和他们打交道。禁不住中间人一再请求，金戈去了。到了C公司一看合同，金戈脑袋嗡一下子，差点没乐晕了。原来，和C公司签订合同的正是B公司。B公司名下在南方竟有一块闲置土地，价值上亿，如果年底再不动土，就要被当地政府收回了。B公司这下急眼了，悄悄发出标书，要在这块土地上搭起钢构。恰好C公司想做这笔生意，怕法律上有漏洞，慕名请来金戈。金戈按住内心的狂喜，马上记下这块土地的详细数据，上报法院执行庭，并向C公司提示了B公司目前的经营状况，劝其放弃。

法院立即将 B 公司隐匿的这块土地拍卖，变现后偿还了 A 公司的欠债，金戈也因此顺利地拿到了第一笔丰厚的佣金。

金戈的名气更大了。

有了名气的金戈像一只巨大的蜘蛛，编织了自己的关系网，并时时窥探着机会，终于成功地又代理了几宗标的很高的大官司，有了大把大把的钱。

去年，他回了一趟家乡。他早就想象着这一天，早就企盼着这一天，可是这一天真的到来了，他却有些失落，有些遗憾。因为那个姓许的副乡长已经病死了，在梦中预演了无数次的场面无法实现了：他把一捆捆百元大钞狠狠地砸在许副乡长的脸上，让他跪在自己的脚下为当年的做法忏悔。贫困了一生的爷爷奶奶也先后作古了，听父亲说，两位老人临死之前的最大愿望竟是能就着咸鸭蛋吃上一碗白米饭！当他把十捆百元大钞码在家里那张已经吱吱作响的桌子上，当他把一篮咸鸭蛋祭奠在爷爷奶奶的坟前时，已是满头白发、瘦弱不堪的父亲突然发出了一阵撕心裂肺的哭声：

"娃他爷，娃他奶，娃他妈！咱娃回来了！你们睁开眼看娃一眼吧！苍天有眼，咱娃让咱金家转运啦！"

一时风声大作，山谷回音。那撕心裂肺的喊声在山谷中回荡，竟一声比一声凄厉，一声比一声悠长：

"苍天有眼，苍天有眼啊！"

跪在亲人的坟前，金有财决定把自己的名字改成金戈，他要像金戈一样在人生的沙场上横扫千军，势如破竹。他在心里暗暗发誓：我要挣更多的钱！让已升入天堂的亲人安息，让尚活在世间的亲人不再为贫穷害怕！

商场拼杀，人世冷漠，金戈常常觉得内心疲惫。每当这时，他就愿意到温馨庭院来坐一坐。一杯清茶，几缕幽香，常常把他带回儿时的岁月，那里有温馨的记忆，但更多的是刻骨铭心的耻辱，那耻辱像一根根扎进肉里的刺儿让他浑身惊悚，不敢有半点松懈。他也愿意把生意上的事安排在这里谈，在这一特定的场所，他能让自己的心肠该冷的时候冷若冰霜，该硬的时候硬似磐石。他认定，人生充斥虎狼遍布的丛林法则，你要想不被吃掉，或者成为雄狮，或者成为猎手。任何一点仁慈，都有可能使你丧生他人之口。

金戈走进雅间时，一位四十多岁的中年妇女正在欣赏墙上的一幅水墨丹青：江南小镇、小桥流水、夕阳晚照。临河水榭处，湾泊三两画舫；画舫中有茶客品茗、村女抚琴……

见金戈进来，中年妇女急忙移步上前，热情地伸出双手，堆出一脸谦恭的笑容：

"金律师，百忙之中打搅您，真是不好意思。"

"不客气，张行长。"金戈用手示意了一下，"您请坐，想喝点什么茶？"

金戈生在茶乡，有钱后又乐于茶道，对品茶很有些研究。

在真正的茶人眼里，茶以名山秀水为宅，与清风白云相伴，是集山川之灵性、得天地之和气的圣洁之物。喝茶讲究三看：一看干茶的外观，二看茶汤的色泽，三看冲泡后充分展开的叶片或叶芽是否细嫩、均匀、完整，有无焦斑、红梗等。接着是三闻：干闻是闻干茶的香型，有无异味；热闻是指泡开后趁热闻茶的香味，茶香有甜香、火香、清香、花香、栗香、果香等不同的香型；冷闻是指温度降低后闻茶盖或杯底的留香，可闻到茶叶在高温时芳香物大量挥发而掩盖了的其他味道。还要三品：头一品是品火功，即看茶加工时用的是老火还是足火；二品滋味，即品茶味是浓烈、鲜爽、醇厚还是苦涩、淡薄或生涩；三品是品茶的韵味，清代才子袁枚说，品茶"应含英咀华，并徐徐体贴之"，意思是将茶汤含在口中，像含着一朵鲜花一样慢慢咀嚼，细细品味，喝下去时还要注意茶汤过喉时是否爽滑。

金戈向中年女人颇有兴味地介绍着茶艺，中年妇人忍不住摆摆手，说今天实在没有如此雅兴，随便喝点什么，还是抓紧时间谈事吧！

金戈点头说："那就沏壶乌龙吧，清热解火，益气安神。"说着叫进服务员吩咐："茶道表演就免了，沏一壶乌龙，一定要今年的新茶。"

服务员应声而退，一会儿送上了一壶乌龙。

"唉——"中年妇女掀开青花白瓷的碗盖抿了一口茶汤，长叹一声，未及开口眼圈先红了："金律师，您瞧我那个不争气的儿子哟！"

这中年妇女是某商业银行支行的一位行长。儿子从小娇生惯养，高中毕业后没有考上大学，在家闲逛了两年。正当她为儿子办理到加拿大留学的手续时，这个浑小子因诱奸少女被公安局拘留了。

经过是这样的：一个月前他和几个同学到滚石去蹦迪，看上了一个推销啤酒的女孩儿。散场后他说送女孩儿回家，骗到了自己单独居住的单元房里，在饮料里下了安眠药，趁女孩儿神志不清时奸污了她。女孩儿醒来时发现自己赤身裸体躺在床上，不干了，摆脱了男孩儿的纠缠后到派出所报了案。

"金律师啊，这孩子要是被判了刑，一辈子不就毁了吗？您在司法界关系多，一定要帮帮我呀！"她说着打开随身的提包，拉开拉链，露出整整齐齐的几捆百元大钞："这是一点小意思，不多，十万元，您留下喝茶吧！"

金戈忙一摆手："不必，您这不就见外了吗？"

"那疏通关系您总需要打点，我的事怎么好让您既搭精力还破费呢！"

金戈点点头："疏通关系总是要花点钱的，不过这点钱我还出得起，这件事就包在我身上，权当我给您帮忙了。"

"这怎么好意思！"张行长又把提包推过去，"您能答应帮忙我就感激不尽了，谁不知道您是天平律师事务所的头牌大律师，这种小案子原本是不接的，我怎么好意思让您白做还要倒贴呢！"

金戈做出生气状起身要走，说您再这么讲，这件事我就不接手了，您另找高人相助吧。长时期的商场浸淫，他已经练成了一条无鳞鱼，圆滑、老练、无孔不入，知道火候应该怎样把握、分寸应该如何拿捏。

张行长看出金戈不是逢场作戏，确是执意不收，就不再勉强。她拉上提包的拉链，望着金戈说：

"那我就不再客气了。日后金律师有需要我帮忙的地方只管说话，能办到的我一定尽力！"

金戈说："这就对了嘛！帮人就是帮己，说不定什么时候我有事会求到您张行长头上呢！"说着端起茶杯轻轻抿了一口茶汤，了无痕迹地换了一个称呼："张阿姨，您还是抓紧时间向我介绍一下情况吧！"

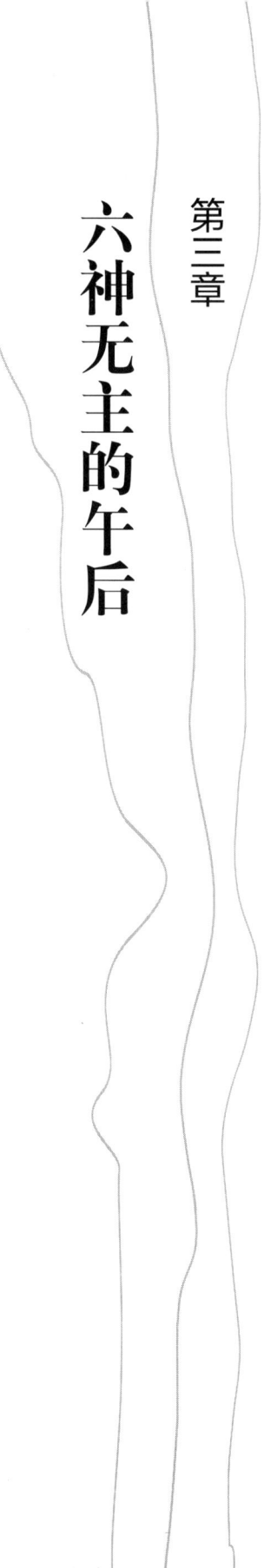

第三章

六神无主的午后

辛怡由北向南横穿马路时，因为着急，差点撞上一辆疾驰而过的宝马。

电视台预告今天下午三点休市后，"证券纵横"节目在海蓝云天证券营业部要举办一次小型的股评报告会，由金日升投资咨询公司的首席分析师严伟成，分析大盘的走势和有望形成的热点板块，票价五百元一张，据说还限制股民人数。辛怡一直是严伟成的"追星族"，以前只是在电视的股评节目中见过，从未一睹真容。听说他做报告，借口到银行查看汇票，向公司老总石羽打了个招呼就跑出来了。一看表，离三点还有半小时，怕买不上票，一着急，险些酿成车祸。

宝马吱一声刹住车。

车门推开，金戈从车上走下来，冲着惊魂未定的辛怡说：

"这位大姐，有事吗？要不要送您到医院去看看？"

本是自己的责任，人家却这么彬彬有礼，辛怡有些歉疚，她擦去头上冒出的冷汗，连忙摆摆手说：

"没碰着，让您受惊了，对不起啊！"

旁边一位目睹了全过程的老者颇为感慨，说你看人家这两位，多通情达理。要是咱北京的每个市民都能这样，那首善之区可就名副其实喽！

金戈不好意思地笑了笑，说老人家过奖了。

确实不是自己的责任，他也解释不清楚为什么要主动下车道歉。也许是因为这个行色匆匆的中年妇女看上去气质很高雅吧？那一身裙式职业套装穿在她的身上不仅得体、干练，还透着一股难以言说的成熟女人的风韵。

宝马开走了，辛怡也上了对面的公共汽车。

急匆匆赶到海蓝云天证券公司，辛怡才知道所谓限额纯属一种商业炒作。证券营业部租了旁边的一家机关礼堂，可容纳上千人，闻风而去的股民不过二百人，主办方来者不拒，股民也只坐了礼堂的前几排。

这样的股评会，辛怡几乎是每场必到。只不过，越听越无所适从，越听心态越是紊乱。因为从对大势的评判到个股的推荐，股评家之间的观点常常大相径庭，从宏观经济到公司基本面，从技术走势到个股分析，说得似乎都极有道理，你听了张三的，也许真理恰恰在李四一方；你听了李四的，对的往往又是张三，好像结果老和中小散户作对。这还不算可怕，最可怕的是股评家的腔调趋于一致。比如股评家都在鼓吹小盘科技股的投资价值时，业绩优良的大盘蓝筹股股价已悄悄攀升了百分之五十甚至一倍。这些股票曾经被股评家一致不看好。现在人家看好它了，你不敢买，它就一直涨！等你下决心跟进，从曾被市场人士一致看好而又不断下跌的小盘科技股中割肉出局，返身杀入蓝筹大盘股时，盘踞在大盘股中的庄家和机构又借机高位出货，把资金重新注入了中小散户割肉出局的股票。这样左挨一个嘴巴，右挨一个嘴巴，中小散户一个个都找不着北了。股市成了先知先觉的庄家和机构的提款机，你把钱放进去，人家无须验明正身就能提走，且不打收条。心酸的股民便用谷建芬《鲜花与微笑》的原曲，填了一首新歌：

请把我的股票带回你的家，
请把你的钞票留下。
明天明天这股市，
我们纵横天涯，
中小散户直叫妈！

可是辛怡就像很多中小散户一样，越是无所适从，越不敢相信自己，越不相信自己，就越把希望寄托在所谓专家身上，结果越是赔钱。最终陷入了一个难以自拔的怪圈。

每天从晚上六点开始，辛怡几乎所有的股评节目换着个地看。一个月前，她在一家卫视的财经频道看到了一个姓唐的股评师说得头头是道，并声称自己在股市下跌的市道中对大势的研判如何如何准确自己的会员获利了多少多少，便打了屏幕上公布的咨询电话。这家名为金日升的信息公司本来在电视上承诺，可以免费咨询股票，但电话打过去了，却说只有交了咨询费成为会员，他们才可以具体指导。眼睁睁着自己的股票天天下跌，辛怡无奈之下按对方要求寄上了六千元咨询费。收到钱后对方倒是颇为主动，一天六个电话让辛怡全仓割肉出局。辛怡手上的股票已经跌了百分之四十，卖了实在心痛。

对方说你不卖，还有百分之二十的下跌空间！辛怡害怕了，一咬牙斩了仓。没想到，股票卖出去不到一天大盘就反手拉起来了。辛怡后悔不迭，打过电话质问，对方没有一丝歉意，反而理直气壮地说，我们让你卖票是没错的，因为我们确实看到还有下跌空间，至于说现在股市涨起来了，我们也不是神仙，怎么能判断那么准！

辛怡只好忍气吞声，说那我现在空仓了，你们看应该买哪只股票？对方说你买珠江实业吧，全仓跟进！辛怡想，他们让自己损失了二十几万，这次说话总会有点谱吧，就照办了。不想大盘在金融、石化、汽车股的引领下天天上涨，珠江实业却在七元附近横盘不动。辛怡实在忍不住了，听了股友老张的话，卖了珠江实业买了一汽轿车，尔后打电话询问这家公司，一汽轿车后期走势如何？这家公司倒也回答得干脆，正在作中期头部，赶快出局！言之凿凿不由得辛怡不信，可是当辛怡抛出一汽轿车后，这张股票却从七元钱一路上攻到十二元。再打电话找那家公司，已人去楼空，留的电话全成了空号。

整个就是一群骗子！

辛怡心有不甘，电话打到电视台反映情况，电视台回答，这家公司是不是骗子公司我们不知道，但请来做嘉宾的唐先生确有证监部门颁发的分析师资格证书，所以你应该打电话去问证监办。电话打到证监办，证监办的工作人员回答，该公司没有在我们这里登记，至于它是否有合法的经营资格你应该去问工商局。工商局又把皮球踢了回来，说这事不归我们管归证监办管。电话打了一圈儿，长途电话费花了上百元，连告状的庙门也没找到。辛怡没办法，只好自认倒霉。

按说辛怡应该长记性了，不再迷信所谓的专家，可是她总心存侥幸，这家机构说的不对，那家机构会不会说对呢？这次没有说准下次会不会说准呢？所以有股评会辛怡照样参加。

今天严伟成说话很谨慎，王顾左右而言他，一点实质性问题都不谈，股民们听得如坠云里雾中：

"现在的宏观经济形势还是看好的，不过中国的国民经济依然还存在一些不确定的因素，可能会影响大盘走势，那么股市到底怎么走，要看多空双方最终博弈的结果……"

有股民在下边喊："严大师，别净来虚的了，我们花五百块钱可不是来听你卖狗皮膏药的！"

严伟成不愧见过大阵势，他端起茶杯喝了一口水，然后双手平摊在讲台上，用目光扫视着会场，不再说话，待噪声渐渐被他威严的目光平息，人们屏住气等待他的下文时，才不慌不忙地说：

"你们不要心情浮躁，炒股炒的就是心态嘛！如果你们以这样一种心态进入股市怎么能不赔钱呢？我当然可以给你们推荐一些股票，讲一讲具体的操作技巧。但是，给你们食物不如给你们猎枪。如果你们能树立一种正确的投资理念，那么就不会为股市的风云变幻所迷惑，就可以正确把握总体趋势，就可以获得很高的投资回报。大家想一想，是不是这个道理啊？"

辛怡觉得严伟成的话确实无懈可击，可是又实在让人不得要领。如果听了一堂课就能对波谲云诡的股市洞若观火，那还会有输家吗？屡买屡套，神仙也不会保持良好的心态，何况吃五谷杂粮的普通股民？与其在这里讲大道理，不如讲点具体的实战技巧。

看来，听众的心态大都和辛怡一样，又有人喊了：

"我们要听技术，要听具体的股票分析，没时间听你作国际国内经济形势的报告！"

"这位股民的意见可以考虑，大课讲完了，我另开小灶，再就这些问题谈谈我的研判成果，如何？"

"又要圈钱了，庄家在股市上圈钱不够，你们在这儿还要圈钱？你们是不是把我们中小散户当成唐僧肉了，谁都想吃上一口？"

"两千元一张票，谁去听你的小课？如果大课只讲这些报纸广播中都可以了解的内容，我们强烈要求退票！"

众股民齐声附和："对对对，我们要求退票！"

"股市纵横"的女主持人见会场有些失控，忙跑上台，揽过话筒说：

"大家静一静，静一静。为了活跃报告会的气氛，加强'股市纵横'节目与广大股民之间的沟通，我们特地准备了一个抽奖环节。哪位股民朋友上台，从这只纸箱里随意抽出一张票根，只要尾号和手上的入场券尾数相合，这位股民朋友就可获得一个电饭煲……"

会场上一阵骚动，有人喊：

"我们要听课，没兴趣抽奖。"

有人附和："一个电饭煲百八十块钱，我们花五百块钱跑到这里来抽奖，脑袋里养鱼啦！"

"下去，下去！"众人一片嘘声。

主办方一个戴鸭舌帽的人沉不住气了，急步走到台上，拽过话筒说：

"股民朋友们，股民朋友们，听我说两句。大家说我们圈钱，这实在冤枉我们了。不说别的，单是这场租费，严先生往返的机票、食宿和讲课费，我们还能剩下几个子儿？我们举办讲座，不就是想为股民朋友们服务，帮助大家在股市中取得一些收益吗？我们容易吗？不说别的，单就这场子，你们各位可以打听打听，一听是股评报告会，有几个单位愿意出租？租一个场子，我们得赔多少笑脸，说多少好话，跑多少路？不说别的，你们哪位下礼拜帮我们租一个场子，我先在这里给您作揖了。"

"照你这说法，我们花了钱耽误了时间，什么也没听到，就得自认倒霉，提点意见就是无理取闹？"

一个老年股民站起来，冲鸭舌帽大声发问。

辛怡一看，是同在远方证券营业部开户的股友老张。老张曾是一家工厂的车间主任，工厂不景气，被买断了工龄。下岗后，把买断工龄的钱加上半生的积蓄一共四十多万全部投入了股市，炒了一年，赔了二十多万，从中户室被挤到了散户大厅。上次"一汽轿车"他听了辛怡的劝告，平推出局，也没挣到钱，辛怡总觉得对不起他。辛怡知道，老张是个情绪化的人，容易激动。其实，也难怪老张激动。中国的股市太黑，黑庄、黑幕、黑箱，中国的股民太苦，有许多是下岗职工，有一时髦顺口溜为证：工作没法找，只好把股炒，单位下了课，股市对付过。八千万股民，连个协会也没有，受了上市公司的欺诈，有时甚至就是明火执仗地抢劫，连说理的地方也找不到，像"银广厦"那样明目张胆的掠夺，股民集体诉讼，法院竟不受理。他们有太多的无奈，太多的委屈，太多的伤心，太多的愤怒，今天终于找到了一个宣泄的出口，许多人已经离开了座位纷纷拥上台去，把严伟成围了起来：

"你讲的这是什么呀，纯属是在骗钱！"

"你们不容易，我们容易吗？"老张揪住鸭舌帽的领子，已是泪流满面，"我一辈子辛辛苦苦攒下几十万血汗钱，本想着放到股市能比银行的利息高些，没想到不到一年，剩了不到一半儿！你们说这是对我们股民进行风险教育，这他妈是进行风险教育吗？先公布预亏，把股票往下砸，等我们中小散户割肉跑了，庄家捡足了便宜筹码又说扭亏为盈了，反手又把股价往上拉，这他妈不是抢钱是什么？"

严伟成已被主办方的工作人员围起来了，试图趁乱溜走。

一个六十来岁的老太太奋力拨开人群，一脸谦恭地挤到严伟成跟前，对工作人员说，同志我问严先生一句话，就一句话。严伟成见老太太并无恶意，装出一副亲民状，伸过头说，大妈，您有什么话请问吧。老太太往前挤了挤，侧过身，估摸着右臂挥动的幅度已足够时，抡圆了啪一声脆响，抽了严伟成一个满脸花。

严伟成猝不及防，捂住脸一下愣在那里，你怎么打人？

老太太脸上的谦恭已经被愤怒取代：

"打的就是你，你这个黑嘴、庄托，上次就是听了你的小课，我四十二块买进中关村，现在跌剩了十六块。你是吃肉不吐骨头啊你！你从庄家那里挣了多少昧心钱，黑了心地坑我们这些小股民？让我们在高价接庄家的货？"

女主持人急忙赶过来拉开老太太，说：

"股市有风险，入市需谨慎，电视上天天打出这句话，你们赔了钱怎么怨别人呢？"

严伟成见股民越聚越多，情绪越来越强烈，知道耽搁下去没有自己的好果子吃，也顾不得和老太太分辩，捂着脸挤出人群，快步走出了礼堂。

辛怡望着严伟成的背影，说不清是一种什么滋味爬上了心头。她觉得听了股评报告会，心里更加没底了。仿佛一脚踩空掉进了深不见底的山涧，耳旁只有呼呼的风声，身子却始终没有落地。她知道下沉的时间越长，掉在地下就会摔得越痛！

走出吵吵闹闹的礼堂，辛怡更加六神无主。

第四章

风生水起

春雨潇潇娱乐城是一所庭院式建筑，在市郊的一片青山绿水中。

它回廊环绕、叠石为山，不知从何处引来的涓涓溪流汇成了一泓碧水。水中，一群红鲤悠闲自得；池旁，几株绿萝青翠欲滴。

金戈提着公文包，随一位红衫白裙的领位小姐，顺着池旁青石铺就的小径向幽深处走了几米，便见到了一间间古色古香的 KTV 包房。

金戈在一间挂着"云里望月"匾额的包间前站定，问了一句：

"有先来的客人吗？"

白裙小姐上身略微前倾，训练有素地含笑作答：

"有一位先生，先于您一步。"

金戈看了一眼腕上的金劳表，从上衣兜里抽出一张四个伟人像递给白裙小姐。小姐接过钱，趋前一步替金戈推开了房门，尔后很职业地躬身做了一个"请"的手势。

包房的侧面沙发上坐了一个四十多岁的中年汉子：短粗身材，一身赘肉，脑袋和肩膀之间几乎没有过渡，坐在沙发上，仿佛一只装满了谷草的麻袋。见到金戈，他有些费力地站起身，脸上堆出媚笑：

"啊，金大律师，您真守时呀！"

金戈摆了一下手，示意他不必起身。坐下后抽出一支烟，白裙小姐很适时地点燃打火机，双手捧到金戈面前。

金戈深吸一口，仰起头，徐徐吐出一串烟圈儿，说：

"谢谢。我要和这位先生说几句话，麻烦你帮我迎候一下其他客人。"

白裙小姐应声而退。

金戈在烟灰缸的边沿缓缓蹭去烟灰，望一眼中年汉子，问：

"刘胖子，我交代的事情办得怎么样了？"

"您金大律师交办的事情我岂敢怠慢！"刘胖子从黑色的手包中掏出一个信封，用肉乎乎的双手递给金戈："摸清您要的这些情况，真费了不少周折呢！您也知道，我们信息咨询公司没有这个服务项目，公安局不允许干这个事，不但费力，还有很大的风险哩！"

金戈并不答话,他一边吸烟,一边打开信封翻看着那几页材料和一沓照片。

刘胖子半个屁股坐在沙发上,揉搓着双手,小心翼翼地继续表功:

"您要的每个项目我们都搞清楚了。姓名、职业、家庭情况,包括,嘿嘿嘿……"刘胖子讪笑着,那两只浮肿的眼睛中便闪过一丝猥琐的光:"他和他老婆吵过几次架,她和他幽过几次会……"

"话稠了吧?"金戈脸上闪过一丝不快。翻着手中的材料,他的双眸突然发直,惊诧、怨恨,仿佛是从心底涨起的潮水,迅速地从眼睛里涌出来。不过,这失态的神情只是一闪,便立即被金戈克制住了。他恢复了常态,拿过公文包,从里面取出五捆百元大钞,放在沙发桌上,说:"写张收条吧!"

刘胖子的笑容在脸上僵住了,他并没有注意到金戈面部表情的瞬间变化,也绝对没有想到自己正为一幕悲剧的展开敲响了密集的锣鼓点儿。他把钱揽过来撂在一起,语调中充满了紧张和急切:

"不是讲好了十万元吗?干我们这行容易吗?有风险不说,光投入就得多少?"

刘胖子说的倒也是实情。他名义上是一家信息咨询公司的经理,干的其实是私家侦探的活儿。这类私人侦探,在 20 世纪 90 年代悄然兴起于我国一些大城市,还在重庆像模像样地开了一次全国调查业峰会。但他们不公开打出私人侦探的旗号,通常以"民情调查""商务调查""信息咨询"为机构名称,主要承接婚外情、职员操守、失踪债务人调查等方面的业务,其中以婚外情调查为主。有规模、上档次的调查公司投入很大,配齐一名调查员的"行头"就要投入十几万元,包括微型摄像机、窃听器、民用对讲机。有些设备从国外进口,很是先进。比如他们配备的发射器,夜深人静的时候打开天线可以在五公里之外监听到一对男女说的亲密情话。如果距离近,即便是车水马龙的白天,细听也可以大体分辨出被调查者的谈话内容。

根据我国的现行法律规定,侦查权和调查权为专门部门和人员所有。私人侦探擅自调查别人属于违法,为了在夹缝中求生存,他们也有自己的行规:一是只接受民事委托,坚决不涉及刑事案件和政府部门的"内部恩怨"。曾有一家单位的副职找到刘胖子要求调查他的顶头上司,开价很高,但被刘胖子拒绝了。君子爱财,取之有道,刘胖子不愿意卷入难以判断的是非漩涡。二是调查过程中如果发现涉嫌重大犯罪,他们也会与委托人协商后终止调查。

至于收费标准则随意性很大，主要取决于调查的难度和雇主的支付能力。

金戈委托调查的事项较多，又是条"大鱼"，刘胖子就想狠叨他一口：

"您知道，干我们这种生意一般只提供线索，不提供证据，弄不好，告我们个侵犯个人隐私，是要吃官司的！现在，我们是该干的也干了，不该干的也干了。您金大律师随便拔下一根毫毛，也比我们的腰杆粗，不会不讲信誉吧？"

金戈蔑视地望一眼对方，"喊"了一声：

"刘胖子，你见过钱吗？五万块？我稍微讲究点吃顿饭，还不够我付酒水钱！我赖你的账？告诉你，你这玩意儿的真实性我得核实一下吧，你要是随便拼凑点什么来糊弄我，我岂不成了冤大头？"

金戈也知道刘胖子不敢骗自己。或许是出于职业习惯，为当事人辩护的时候，他做的是无罪推断，即便当事人有再大的犯罪嫌疑，只要没有确凿的证据，他也会千方百计地为当事人开脱；但是在生活中，他却总爱把事情往坏处想，即使清楚有些情况不可能发生，也习惯于做万一的假设，这几乎成了他的思维定式。说到一次饭局酒水费几万，金戈倒不是吹牛。有一次他为了打通一个重要的关节，一顿饭出手就是十五万元，吃的是奢侈之极的"人体盛"。这种饮食方式起源于日本，近年才流入国内，在深圳、广州、北京等大城市只有极少数私人的高档娱乐场所可以预约定制。前提是，吃饭的人除了有钱还要可靠，不是老主顾也要有专人介绍，否则老板是绝不接待的。因为这种餐饮方式虽然假艺术之名，但其中的色情色彩是显而易见的，国家肯定禁止，只能"悄悄地干活"。

金戈钱来得容易，花起来也极潇洒。他不像有些苦出身的有钱人，视钱如命，枕着成捆的钞票睡觉心里才觉得安逸；只有在如流水一样的挥霍中，金戈才觉得惬意。特别是当人们为了钱一脸媚笑地围绕在他的身旁，任他像狗一样吆来喝去时，他的内心才爽滑滋润，就像一个内急而找不到厕所的人，突然看见了 W·C 的标志一样，有一种发泄的快感。

刘胖子听金戈这样说，脸上的肌肉解冻了，换成了一脸苦笑：

"金大律师您真会开玩笑，文字有假，照片还能有假？"

"照片没假？也可以用电脑拼接嘛！"

刘胖子快急哭了，他揉搓着双手，一脸的无辜：

"谁不知道您通吃黑白两道，您就是借我俩胆儿，我也不敢在您面前玩儿这种'小儿科'的把戏呀!"

"谅你也不敢!"金戈在烟灰缸里狠狠摁灭烟蒂,那双有些欧式的眼睛中掠过一股凶气:"咱们这单生意还没完,日后还有烦劳你刘胖子的地方。等我把这件事情办利落了,另外再给你加五万,怎么样?"

"那敢情好。"刘胖子脸上又堆出笑,他把钱塞进手包,抽出钢笔写了一张收条,说:"只要你金大律师用得着,我们一定竭尽全力。噢,对了。刚才我们监听到一个情况,不知对您有没有价值?"

金戈望着他,用眼神示意他说出下文。

"画家的老婆炒股,已经赔进几十万,现在心态已经彻底坏了,是见庙就拜神,见佛就烧香,急于捞回损失,刚才,画家还委托小雨帮忙打探消息呢!"

金戈听了,双眉一扬,心忽悠一下沉了下去。立即又神色如初地点点头,站起身正一正挺括的领结说:

"那好,我还约了一位朋友,你很忙,就不留你了,有事打电话吧。"

看着刘胖子连声应诺着走了,金戈拨通了手机。

"熊三,那件事暂且缓办吧!对,我另有安排。钱……不必退了,下次有事一块儿算!"

收起手机,一个完整的复仇计划已经在金戈的脑海里形成。他去年回家本打算找到那个许乡长出一出积蓄在心中十几年的恶气,没想到他已生病死了。金戈犹如一头被咬伤的猎豹,却找不到了决斗的对手,心中着实失落。又听说他的儿子在北京混得还不错,心中不免嫉恨。现在证实,小雨竟是和"许公子"勾搭成奸,更是觉得压抑和愤怒。这世界真是太他妈小了,山不转水转,看来是人总有磕头碰面的时候,也许这就是所谓命运吧!

他原先打算找黑道上的朋友狠狠揍许非同一顿,打他个半残,出一出心头恶气。听了刘胖子介绍的情况,确认了许非同的来路后,就改主意了。他觉得只是揍那个"许公子"一顿,未免太便宜了他;一脚把小雨踢出门外也难解心头之恨;要了这对野鸳鸯的命,从此背上命案又有些划不来。现在天赐良机,让他有机会使这对狗男女反目为仇、生不如死了!

偶然和必然原本是一对孪生兄弟。

小雨和许非同苟合,许非同炒股巨亏,正好又在自己猎枪的射程之内,看上去似乎皆是偶然;但即便这一切都不存在,我金戈也绝不会放过许非同。

父债子还，天经地义，老辈子几千年来流传下来的规矩，不可能在我金戈这儿破了例。况且，这个鸟画家不但不给他老子赎罪，还变本加厉地骑在我金戈头上拉屎！

金戈说不清心里是什么滋味，快意、满足与愤怒、仇恨交织在一起，如同浇了水的石灰，咕嘟咕嘟地冒着泡儿，在他的心头来回翻滚。他有些燥热，便脱去西服上装，用手一拽，松开了领带结，喘了几口粗气，吐出的气像是被浓烈的酒精浸泡过，仿佛溅上一颗火星，就能燃起蓝色的火苗……

检索幼时的记忆，金戈影影绰绰想起，和这个许公子曾有过"一面之缘"。

那是一次采完茶回家，他见到一位中学生模样的男孩儿正坐在山坡上写生。他不懂什么叫写生，只是觉得这个男孩儿有些奇怪，一片茶山平平淡淡、司空见惯，有什么值得画的，还一副神情专注的样子；不由停下脚步走过去看。这个中学生的家境一看就殷实，一身制服是蓝咔叽布做的，脚下蹬着的耐克球鞋上还沾着泥土。有财在一张捡到的报纸上看到过这种鞋的广告，一双就要上百元，没想到这家伙这么不爱惜。再看他的身旁，除了颜料、画笔，还有一个多层饭盒，里面是他的午餐，有鸡蛋、火腿和两个白花花的馒头。对比自己的衣着和家中已经准备好的野菜煮饭，有财觉得这个世界太不公平。他比自己大了七八岁，正是干活出力的年纪，却锦衣玉食，游手好闲地跑到这山上画画儿。自己呢，凭什么每天天不亮就要起床，晚上月亮不高高挂在天上不得停歇？

更令他感到屈辱的是，随后赶过来的父亲凶巴巴拉起他往回走，却不忘回过头冲那个中学生满脸赔笑，点头哈腰。有财更忘不了那个中学生抛过来的一瞥，与其说是同情，不如说是怜悯；与其说是友善，不如说是轻蔑。从父亲的嘴里，他知道了这个中学生是许乡长的儿子，也知道了他的志向是要报考美术学院。

"哈哈哈"，门外传来一阵壮年男人略显夸张的笑声，把金戈的思绪拽回现实，"好你个小金子，找了这么个去处，害得老汉我好找！"

"说什么呢？"一个女孩儿大大咧咧的声音紧接着传来，"我开车，费你什么劲儿了？再说你也不老啊，总老汉老汉的，烦人不烦人！"

第五章

欣慰被夜色吞噬

正是华灯初上的傍晚时分。

离许非同画室不远,"肉饼张"的伙计已经搬出了那套简陋的音响,几个刚刚吃饱喝足的民工开始声嘶力竭地吼着:"让我一次,爱个够!噢噢噢噢——"以此宣泄着积蓄在体内的剩余能量和作为城市外来人的无奈与不满。劣质白酒的辛辣味、肉饼的香味,加上民工身上的汗味和机动车尾气中的汽油味,混合交织在一起,在春日的晚风中弥漫,使这座城市的边缘地带,既显得嘈杂与浮躁,又暗暗涌动着一股生命的张扬与躁动。

心情不错的许非同站在街口拿不定主意,是回家,还是到"肉饼张"来上四两肉饼、一碗羊杂汤,外加一瓶冰镇啤酒。

小雨说她很喜欢"肉饼张"的肉饼,皮儿薄、肉厚,咬下去肥而不腻。许非同明白,她其实是为了既可以给自己省钱,又能不露痕迹地维持一个男人的自尊。这也正是小雨的可人之处。她不像有些"美眉",回到家猪肉炖粉条吃得倍儿香,一到交际场合,却说自己只喜欢吃澳洲龙虾、日本象鲅蚌,而且绿芥末必须是进口的。吃的时候,夹一片刺身,蘸一点调料,送到嘴里后马上以手掩面作娇嗔状:柳眉轻挑,杏眼圆睁,吐一口长气,嗲声嗲气来一句:噢,好辣哟!小雨不。她吃起肉饼来,直接上手,一牙儿饼三口两口就报销了。有时候,还会很夸张地用舌尖儿舔舔中指,冲许非同做个怪样儿,清纯可爱,一点也不造作。许非同当初所以在城乡接合部租了这个单元房做画室,一是因为价格便宜;再有,这里也没人认识他,在街上走不用担心被谁指指点点,吃肉饼的时候也不必端着架子故作绅士状。

正犹豫间,一个村姑模样的女孩儿过来,冲许非同说了一句什么,许非同没听清,以为她问路,就问,你说什么?

"大哥,您要快乐吗?"

安徽口音,说话还有些腼腆和躲闪。

许非同一听是老乡,就追问了一句:

"什么快乐?"

女孩暧昧地一笑,挑逗地说:

"怎么快乐都可以呀！随便你。"

许非同明白了，这是一只鸡！住到这里之前，他就听人说过，这里地处城乡接合处，是低档妓女出没的地方，每到傍晚，就有很多十七八岁至四十岁不等的妓女在街头揽客，有"停鸡坪"之称，没想到果然如此。

他曾在饭桌上听辛怡公司的老板，那个叫石羽的秃头摇头晃脑地念过一段顺口溜——

> 一等女人比较牛，没事走走摩天楼，
> 找个富豪搂一搂，要发大财不用愁；
> 二等女人门道浅，背上小包上宾馆，
> 讨价还价挺伤感，港币也算小美元；
> 三等女人屁股圆，酒吧歌厅好赚钱，
> 不管五音全不全，傍个大款也不难；
> 四等女人要吃饭，就得去混西客站，
> 是个男人就叫干，三十五十也是钱。

他想，眼前的这个女孩儿该是最低档的妓女了吧。借着路灯柔和的灯光，他发觉这个女孩儿虽然努力操着职业性的微笑，只是眉宇间还流露着一缕稚气，离开贫困的家乡不会时间很长，不由得心头有些沉重，耳畔仿佛又响起了另外一句熟悉的台词："先生，你要买火柴吗？"卖火柴的小姑娘是为了换面包，为了生存；在街上叫卖自己肉体的年轻女子也是为了换面包，为了在大城市生存而换取基本的物质条件吗？

上次在饭桌上，他就这个话题和石羽有过讨论。

石羽认为，妇女卖淫，这只是个人价值取向的职业选择，和大学教授用脑袋去售卖脑细胞里的东西一样。妓女是用自己的肉体加美貌作为一种资本要素去参与市场交易，都是用自己身体某个最有价值的部位为社会服务，实现收益最大化。与人品无关，与道德无关，与个人尊严无关，无可厚非。

许非同颇不以为然。那天石羽请一个重要客户，觉得许非同是大学老师，上得台面，又为了笼络住辛怡，便叫上许非同作陪。饭局很奢华，设在了一个私人会所里，杭帮菜，据说人均消费上千。许非同是陪客，性格又不事张扬，本不打算说话，只是见一桌子人都随声附和这种观点，便无法再沉默。他认为，这种观点只观其表，未究其里。卖淫现象之所以屡禁不止，主要取决于社会的经济制度。因为据调查，做妓女的女孩儿主要是由进城的打工妹转换过来的。卖淫是一个社会引入市场经济后的必然产物，只不过它的规模可以随市场经济的差异和发达程度而有所不同。因此，在英国选择做妓女的社会群体显然比泰国少得多。同是市场经济为什么会有这样的差别？就在于英国的市场经济更为发达、更为成熟，它为就业者所提供的社会福利是处于初级市场经济制度的泰国所无法比拟的。

　　"照许先生的说法，中国卖淫现象愈演愈烈，是市场经济不够成熟所致了？"一个客人问。

　　"可以这样说。"

　　许非同也顾不上吃饭了，他就是这样，不说是不说，一旦引发谈兴便一发而不可收。他放下酒杯，用餐巾轻轻擦了一下嘴，不紧不慢地说：

　　"中国的市场经济的确还很不健全，它的特点之一是用廉价的劳动力来吸引外商投资，通过投资拉动经济发展。而一些地方政府为了局部的经济繁荣，也在事实上鼓励出资方用极低的劳动成本作为竞争力驱动市场扩张。为了降低劳动成本，雇男人不如雇女人，雇城里女人不如雇乡下女人，这样一来，刚成年的乡下女人自然就成了出资方为不断降低生产成本而必须追逐的劳动群体。她们辛辛苦苦干一个月，常常只有千八百元收入。想提高自己的生存质量，理论上是有两条路，一是出卖自己的劳动力，通过勤奋工作去改变自己的命运，使自己有一天也可以享有城里人所享有的一切权利，但这在实际上是行不通的。想想，靠每月积攒三五百元想挣出几十万、上百万到城里买房子，显然是天方夜谭。"

　　"他们可以再回农村老家嘛！"

　　石羽没有想到许非同一个美术老师，居然对社会问题还有这么深刻的洞悉。这既让他觉得很撑面子，又怕吃饭的气氛被冷落，就搭讪了一句。

　　"当然，有一部分可以安贫乐道，重新回到原来的生存状态当中，但是她们中的大部分人在经历了现代文明，特别是物质文明的洗礼后，是不甘心重回生活原状的。况且，许多农民工因为城市的急剧扩张，已经失去了赖以生存的土地。那么剩下的一条路，就是出卖肉体了。出卖肉体一天的收入可以抵得上辛辛苦苦干一个月苦力的收入，在这样巨大的利益反差诱惑下，有些姿色的打工妹跳槽卖淫就很好理解了。"

"存在即合理，是不是可以说，她们这样做无可厚非？"

"但是，我们现在的'无可厚非'是以社会道德整体失语为前提的。"许非同话锋一转，"因为我们在购买廉价产品的同时，事实上也参与了对廉价女工的剥削，间接上也在推动卖淫女队伍不断壮大的过程，难道不是这样吗？"

"言之有理。"那位客人望着许非同，点头表示赞同。又问："依许先生的看法，这问题如何解决呢？"

石羽望着许非同，觉得这位仁兄见解非凡，说话也很有气场，难怪辛怡会看上他。

许非同略一沉吟，端起酒杯轻轻啜饮了一口红酒，笑笑说：

"我给出的对策可能过于书生气和理想化了，那就是建立一个文明而非剥夺的劳动力市场，提高产品的劳动价值含量，使普通的打工妹通过打工有可能过上城里人的小康生活。"

"大哥，你到底玩不玩嘛？"

卖淫女孩儿的一句话把许非同拉回到现实中。他刚想说些什么，一辆闪着红灯的警车呼啸而来。女孩儿转身就跑，其他的卖淫女也如惊弓之鸟一样，纷纷跑进了附近的楼群。警车另有任务，并没有注意瞬间在车外发生的这一幕，连按几声喇叭，消失在滚滚的车流之中。许非同叹了一口气，心想城里人的小康生活，对于那个女孩儿和女孩儿的同伴来说，也许是一个永远难圆的梦。

"哎，这不是许先生吗？几天不见，怎么沧桑了许多哟？"

一辆黑色的奥迪不知什么时候停在了许非同面前。车窗摇下，露出一颗秃顶——中间寸草不生，周边则草木茂盛，很像是草丛中凸起的一块光石，在路灯的映衬下，泛起了水一样的反光。

"哟，石总。"许非同愣了一下，没想到会在这个地方碰到熟人，这世界真是变得越来越小了。幸亏小雨已经离去，要不然让石羽看见，徒生事端。他这人嘴碎，又是辛怡的老板，本来和小雨的来往是瞒着辛怡的，如果石羽有意无意在辛怡那里传上几句闲话，还真让许非同不好解释。

每个人心里都会有一块属于自己的绿地，不愿意让别人触碰。毋庸讳言，许非同喜欢小雨。不过，喜欢和爱是两回事，如同烈酒和清水。生活和工作的双重压力，常常让许非同有心力交瘁之感。柯小雨善解人意，她的善良、纯洁可以使许非同的压力得以缓解。和小雨在一起，他觉得很放松，也可以激发创作灵感。但是他从来没有打算重新组织家庭，这也是许非同在和小雨的交往中，一直恪守底线的原因。

石羽原本是一个书商，做教辅读物发了学生财，于是挂靠到国家某部委注册了一家文化传播公司，图书、影视、光盘，什么赚钱干什么。此公脑瓜活络，关系众多，又舍得花钱铺路，几年下来也有了上亿的资产。那一次饭局上，石羽喝大了，允诺为许非同出一本画册，着实让许非同激动兴奋了好几天。这是许非同"三个一"计划中的一项，出一本画册，办一次画展，援建一所以美术为特色的希望小学。他实在是太想出一本画册了，画了十几年的画，很想对以往有一个总结；而且，如果画册能出，通过新闻界的朋友在媒体上炒作一番，造些声势，人气就会上升，年底评个副教授当不成问题。这两年沉湎股票致使业务荒疏，几近被人淡忘。他痛苦得常常如百爪挠心，夜不能寐，而又无法摆脱股票的困扰进入正常的创作状态。作为一个视艺术为生命的画家，还有什么能比出不了好作品更加痛苦的事情呢？可是，饭局之后石羽便音讯杳无，酒桌上的话莫非真是不能当真？许非同让辛怡问过两次，石羽总是支支吾吾。许非同不愿强人所难，也就没有再提此事，不想今天在这里和石羽不期而遇。

"嗨，真是巧了。"石羽左手握着方向盘，把右肩整个儿探了出来，倚着车门扬起脸说："我还想让辛怡通知您到公司来一趟呢。是这样，我已经找好了书号，您那画册，我们准备出了，不过……"石羽略一迟疑，"您得包销点。"

"多少？"

"两千册。按成本价每册五十元。"

许非同闻听倒抽了一口凉气。一册五十元，两千册就是十万元，这可不是个小数目，几乎相当于他一年的工资。

石羽够狠！

石羽见他犹豫，便挤出一脸苦相，用手把两边的头发向寸草不生的顶部胡噜了一下，语气很真诚地说：

"许先生，您也知道，现在的图书市场疲软得很，您不包销，只印个三两百册，那制版费、印刷费、书号费……乱七八糟的一加，我们公司可就赔本赚吆喝喽！凭着辛怡这层关系，我们不赚您的钱，可您也不忍心让我们倒贴吧？是不是。"

石羽说的确也是实情。

那次饭局上，石羽因为喝高了，随口允诺为许非同出一本画册。回来后酒劲儿一过，狠抽自己两个嘴巴的心都有。许非同不是名画家，他的画册不会有什么销路，这明摆着是一桩赔本的生意。不错，自己是有钱，可那钱也不是大风刮来的。费心熬神、起早贪黑、机关算尽、顶雷冒险，那钱赚得容易吗？怎么就上下嘴唇一碰，一下子就扔出去好几万呢？辛怡问过他两次，他都敷衍了过去，他知道许非同是个自尊心极强的人，有这么两三次虚与委蛇，他也就不好意思再提这档子事了。

后来石羽改了主意，直接的原因是会计因病休假，他想趁机把会计炒了，让辛怡代替。会计没犯什么错儿，这些年对石羽也算是忠心耿耿。可像石羽这样的民营公司，财务上不可能规范，偷税漏税是免不了的，要不然忙死忙活岂不是都给共产党打了工？问题是，一个人在这样关键的岗位不能待的时间过长，不然公司那些违法乱纪的事情还不让他知道个底儿掉！最好是铁路警察只管一段，这样一旦出了问题，牵扯的面儿也就有限。辛怡大学学的虽然是企业管理，但通过自学，财务这一套业务也完全可以拿起来，要让她在这个岗位上和自己配合默契，总要给些甜头儿。要不人家凭什么为你卖命？为许非同出一本画册，赚没赚到钱账是明摆在那里的，辛怡自然会领情。辛怡领了情，在账上就会尽心竭力，稍微做些手脚，省个百八十万的税款还不是小菜一碟！从长远的观点看也不吃亏。

潜在的原因呢？就是缠绕在石羽心头的一缕情愫。在他心中，辛怡如同水中一个美丽的倒影，虽然抓不住，却又无法不让自己心仪。

许非同觉得石羽的话虽然不太受用，但也不无道理，就点点头说我考虑一下再定吧。

石羽缩回脑袋，边关车窗边说：

"咳，还有什么可考虑的呢？这两年股市牛气冲天，十万块钱，还不是您在股市上赚的一个零头儿吗？"

一听这话，许非同的气就往上拱。辛怡入市的 1998 年，沪市大盘的指数不到 1000 点，不到四年的工夫，已经上冲至 2000 多点，整整涨了一倍。也就是说，随便买一只票如果捂住不动，现在八成也翻番了，花个十万八万的出本画册实在不算什么。可是那天和辛怡一算账，不但分文未赚，倒赔进四十几万！倘若自己从未发表过意见，或者自己发表的意见无一可取倒也罢了，令许非同百思而不得其解的是，辛怡炒股谁的话都听，唯独不听他的。他是不懂技术，但他有一种感觉，而这种感觉每一次被事实验证是对了的时候，都意味着又赔了一笔！辛怡曾听一个股票分析师的话，在三十三元全仓吃进深科技，许非同感觉不对，因为这虽是一只科技股，但产品已经老化，且上市以后的几年间，从三元多被炒到六十多元，股价已经翻了几十倍，虽然在 1998 年井喷式的"五一九"行情中未被炒作，但恰恰说明它隐含着危机。但这些意见辛怡就是不以为然，坚信股票分析师所说，这只票半年后至少能再翻一倍，无论涨跌坚决一路持有。结果半年后股价跌至十八元，缩水百分之四十。幸亏他逼着辛怡在二十九元时果断抛出，不然得赔得倾家荡产。许非同曾偶然看到报上的一篇文章，报道了"中关村"的基本面情况，他感觉这张票有戏，向辛怡推荐，辛怡问了周围的几个朋友，都说这只票股价已经偏高，不能碰，确实股价从底部已涨了一倍，辛怡于是按兵不动。结果这只票一天后便从十八元再次启动，一路飙升，一个月后涨至四十四元。这两年类似的事屡屡发生，而辛怡在十次听别人的话赔了钱之后，第十一次仍然唯别人的马首是瞻；许非同的十次意见被事实验证对多错少以后，对于他的第十一次意见，辛怡仍然不理不睬。这让许非同大为光火，有好几次吵得地覆天翻，辛怡事后仍然我行我素。

许非同也想自己亲自操盘，只是在潜意识中，他还是不相信自己。炒股光凭感觉能行吗？妻子专门上过学习操盘技巧的学习班，凡有股评报告会又是场场不落，光买证券类的报纸和杂志每月就要花上几十元，她的判断总应该比自己准吧？这次不准，他寄希望下一次；下一次不准，他又寄予再下一次。到后来，就赌了气：我看你会不会准一次！

辛怡的心态已经彻底坏了！判断失误一次，心中的恐惧就增加一分。越恐惧判断越失误，每次都是追涨杀跌，中国的股市又极不规范，辛怡整天被股市弄得懵懵懂懂，完全进入了恶性循环，结果是屡买屡套，越套越深！

"我家住在黄土高坡，哦哦哦——"民工们唱得正起劲儿，声音尖利而嘶哑。许非同缓过神来，见石羽的奥迪已经融入了滚滚的车流，他刚刚才有的一点好心情也如同奥迪排气管中冒出的一缕白烟，顷刻间便被夜色吞噬了。

他决定回家。

一位老妇人迈着悠闲的步子在遛狗。那是一只吉娃娃，跑起来一颠一颠的，像头小鹿仔，很是可爱。它似乎嫌老妇人的步子慢，跑出一段路便蹲下身回头张望，待老妇人跟上来了，又腾起四爪朝前跑去。跑不远，又停下来回头望着老妇人，目光中充满关切与依恋。许非同这才想起，刚才下楼时接到女儿彤彤的电话，特意嘱咐他别忘了给贝贝买一袋口粮，女儿怕他因耽于股票而疏忽了小狗儿。于是他走进路边的宠物商店，挑了一袋新出的狗粮。如果不是女儿提醒，贝贝的口粮险些断顿儿。

第六章

冲突一触即发

辛怡在海蓝云天听完股评，看看表还不到五点，就心情烦躁地来到她开户的远方证券营业部。

在门口碰见了老张。

老张一脸沮丧，开了一辆残摩正准备离开。残摩号称"穷人美"，既便宜，又是"机械化部队"，很受一些北京人的青睐，但上路有着严格的限制。老张全须全尾儿，通过医院的朋友千辛万苦开出了一张三等残疾的证明，才得以买了一辆残摩代步。见到辛怡，他没精打采地说：

"大盘又跌了，有什么看头！"

辛怡勉强赔出笑脸，说：

"路过，顺便看看吧。老张，刚才我看见你在股评报告会上都快和人家动起手了！"

老张说，你也去了？他一边给残摩加油，一边发着牢骚，他们也太不像话了，花五百元我们就去听他扯闲篇儿？嘁！说着，残摩的排烟管里发出一股浓烟，呜一声开走了。开出十米远了，老张突然回过头来冲着辛怡喊了一句：

"有好票别忘了告我一声儿！"

"一定。"辛怡对老张招招手。

已经收市了，大厅里没有几个人。隔着大厅的玻璃门，她看见正面墙上的股票交易显示屏上绿油油一片，心便忽悠往下一沉。上午收盘的时候，大盘还在1800点附近盘着，怎么说跌就如水银泻地，一下子跌去三四十个点？她两腿发软，强打着精神上了二楼。二楼是中户室，开户资金需在五十万元以上。这里条件虽比大户室差，但较之散户大厅则好多了，一个人一台电脑，中午还有免费午餐。辛怡不常来，所以午餐很少享用。她找了一台电脑打开一看，惊出一身冷汗。自己的股票全部下跌了百分之三以上，仓位最重的三环股份跌幅竟在百分之五！按今天的收盘价，账户上的资金已不足五十万了，再跌就要被赶出中户室了。

辛怡在电脑前呆坐，脑子里一片空白。不知过了多久，听有人叫辛姐，回头一看，是刘胖子气喘吁吁地上了楼。这刘胖子据说自己开着一家什么公司，新近才开的户。他人极热情，又自来熟儿，和辛怡只见过两面儿，就一口一个辛姐的仿佛认识了八百年。见到辛怡一脸的深仇大恨，他关切地走过来，伸出短粗的手指，笃笃笃，在键盘上随意敲击着，见屏幕上显示出来的股票一水儿绿色，便安慰辛怡，说大家都一样，这种急跌没有几个人能够逃命。辛怡说我和你们不一样啊，我是满仓。刘胖子咂咂嘴，无可奈何地长叹一口气，说那没辙了，这时候只能死扛！辛怡想想也是，自己坐到明天早晨，赔的钱也不可能回来一分，便起身要走。刘胖子又关切地问了一句，套了多深？辛怡摇摇头，说百分之四十了。

"那么多？"刘胖子夸张地睁大眼，倒抽一口气，又望着辛怡的背影说："辛姐，别上火，没有只跌不涨的股票！"

辛怡没心情再回公司，就给石羽打了一个电话回家了。路过东四玻璃店的时候，她停下了脚步。

前几天因为股票和许非同争执，一怒之下，许非同骂了她一句混蛋并用烟灰缸砸她，她一闪，卧室门上的一块磨砂玻璃被砸碎了。她早晨上班时量好了尺寸，打算白天抽空把玻璃配上。

中学时代的辛怡本是公认的"校花"，宣传队的报幕员兼领舞。至少有一个排的男生给她递过纸条，她没有打开过一张。那时候，她和她同时代的许多女孩儿一样，正暗恋着日本电影《追捕》中杜丘的扮演者高仓健。她幻想着，她和未来的他相识相知，应该比杜丘和真由美更加浪漫。可是，生活中的一次邂逅，竟悄然惊醒了她编织了无数次的少女梦。

那是一个蝉鸣不止的正午，正读大三的许非同去她所住的四合院找同学朱丹。

朱丹北京有家，却说因为爸妈干涉太多，非要搬出来单住。辛怡无意中说自家院子里有间小房出租，他价钱也不问就和房东签了租赁合同。

朱丹没在家。辛怡的母亲就热情地将许非同让进了自家的小屋。两人就此相识，并一直走向了婚姻的红地毯。

婚后，辛怡的生活虽然不像少女时所幻想的那样，却也如同一枚浸泡在蜜水里的红枣，饱满、亮泽并富有质感。每逢生日早晨醒来时，她都会在枕边发现一份精美的小礼物；十年结婚纪念日，许非同送给她的是一只包装精致的小盒，上面写着一行字：里面是我至爱的天使。辛怡狐疑地打开一看，露出一块心形的镜子，镜子里映出了自己姣好的面容。自从炒股以后，他们更多地关注起神鬼莫测的股市，感情渐渐疏淡；深套其中后，两个人从争执、吵嘴一直到砸摔东西。辛怡真不敢设想，如果昨天那个烟灰缸砸在自己身上，生活将会怎样！她知道，丈夫是故意扔偏，借此发泄心中的愤怒。可是，万一要砸在自己身上呢？她简直不敢想。

看见辛怡，店里一个民工模样的小伙子忙不迭迎上前招呼她：

"大婶，配玻璃呀？"

辛怡听了，一股酸楚便如被挤压的水泡一样涌上心头。她虽说年近四十，因为长得年轻，两三年前上街还被人称为"姑娘"，看上去也就二十七八的样子。这刚几年呀，怎么就成了"大婶"呢？

辛怡拿不准，小伙子是不是想用这个称呼表示尊重。迎面正好是一面已经打磨好了的穿衣镜，辛怡下意识地往前走了两步，镜子里的那个妇人便怔怔地与她对视——依然风韵犹存，只是仔细看，眼角已经有了细碎的皱纹，两鬓若隐若现夹杂了几根银丝，皮肤也没有了早先的光泽和弹性，仿佛被岁月风干。尤其那目光，先前的灵性与鲜活不见了，有些呆滞而充满忧郁。

她叹了一口气，无奈地摇摇头。

配了玻璃出来，见路旁围了一群人。

一个司机模样的中年男人正一溜小跑过来，冲一个二十来岁的小警察认错：

"我都十一分了，您就高抬贵手，只当我是个屁，把我放了吧！我错了，下回我一定注意！"

小警察莫名其妙地望着他，用一口纯正的京腔反问：

"您错哪儿了？您没毛病吧？我纠正他的违章，"小警察用手一指走过来的另一位司机，"您跑过来打什么镲啊？"

"噢，您是拦我后边儿的车呢？您一伸手，吓出我一身冷汗。得，谢谢您了！谢谢您了！"

中年人如同被大赦的死囚，忙回身跑向路边停着的白色捷达，仿佛晚走一步就会被正法。

围观的人发出一阵哄笑。

辛怡没有笑。她忽然觉得，自己炒股的心态和这位司机颇有几分相似：风声鹤唳、草木皆兵，已然到了不知所措的地步。听许非同的吧，他不懂技术，没有研究过股市，说对了也是瞎猫碰上死耗子，这一次侥幸说对了，下一次还能说对吗？因此，她一次又一次地不听，下决心听了一次恰好是错的，她真不知道怎么办才好了。就说昨天吧，许非同让她趁反弹清仓，她不肯，已经深套了近百分之三十多，现在割肉岂不是卖了一个地板价？再说，日K线已经连收了三根小阳线，股市有一句谚语，三个小红兵，必有一轮强劲的反弹行情。没想到，今天大盘指数破位下行，狂泻近四十个点，一举击破了半年线，后市进一步向淡。她可以想象出丈夫的暴怒。她的步子像灌了铅一样沉重，家，已经不是可以供她停泊、栖息的港湾，简直如地狱，让她想一想都胆战心惊。

辛怡打开房门的时候，许非同正靠在沙发上翻看晚报，见了辛怡，眼皮抬也没抬。还是趴在他身边的贝贝嗖一下跳下沙发，翘起尾巴摇晃着，围着她一个劲儿地转圈儿，嘴里发出呜呜的叫声，对她的归来致着欢迎辞。

贝贝是一条纯种的京巴，长毛坠地，憨态可掬，这条狗还是老张送给她的。刚拿回家时还不到半岁，三天不吃不喝，只是嗷嗷地叫，满地乱跑，跑累了就躺在柜子底下不出来。老张说它这是想妈妈，熟了就好了。辛怡听了不免心酸，没想到一条小狗还这样有情，于是对它关爱有加，心中便拿它当了儿子对待。渐渐地，贝贝和一家人熟了，脚前脚后跟着。一家人对它也很喜爱。特别是彤彤，每次打电话回家，先不问父母，也要问问贝贝的情况如何。周末回家，更是和贝贝形影不离，五香鱼片、小香肠，总要给贝贝带些零食。

"乖乖！"辛怡放下玻璃和从农贸市场买回来的大包小包的菜，俯下身拍拍贝贝："给妈妈拿拖鞋来。"

贝贝便转身跑到鞋架，用嘴衔出一只拖鞋放到辛怡脚下，等衔来第二只拖鞋后，贝贝便围着辛怡买回的一包包东西用鼻子嗅着，还不时仰起头来望一眼辛怡，那意思分明是，我多乖，应该奖励一下哈！给我买好吃的了吗？

辛怡疼爱地将将贝贝的长毛，说馋东西，少不了你的！

贝贝似乎听懂了辛怡的话，便四肢一伸趴在了地下，神情专注地望着那大包小包。辛怡从包里抽出一盒狗罐头递给贝贝，贝贝便兴奋地用两条前腿推着罐头，摇晃着尾巴走了。

辛怡换好拖鞋，小心翼翼地望着丈夫。

许非同依旧双眉紧锁、脸色铁青，不光是股市暴跌让他愤怒不已，晚报四版的一条"豆腐干"更让他烦躁。那是一行小四号黑体字的标题：朱丹个人油画展今日在中国美术馆举行。朱丹？因为四门功课不及格连学位都没拿上，许非同在油画界小有名气的时候，他还在电影院给人家画电影广告呢！这刚几年啊，居然也在美术馆举办个人画展了，这让许非同实在是难以忍受！巨大的失落感仿佛是一排排浊浪，把他抛向半空，又摔入谷底，令他窒息得喘不过气来。全是因为股票，如果"五一九"行情之后，辛怡能听他的劝告抽身股市，能有今天吗？

许非同烦躁地在头上抓了一把，然后把右拳伸到自己的眼前慢慢张开，指缝间竟稀稀落落沾着几十根落发！他想起了石羽刚才说的话。

"你回来了？"辛怡主动搭讪。

许非同没有说话。

辛怡又讨好地问："我买了你爱吃的黄花鱼，你看，是清蒸，还是红烧？"

许非同把晚报猛地往沙发上一扔，望住辛怡问了一句：

"你那三个小红兵呢？"

辛怡自知理亏，今天这一跌，账面上又亏损了三万多元。她也闹心了半天，本想检讨两句，因为心里窝着火儿，话一出口就变了味儿：

"谁能对股市预见得那么准，昨天，严伟成不是还在电视上说要有一波大级别反弹行情吗？"

许非同很生气。他觉得辛怡在这里偷换了概念，于是厉声说道：

"谁要求你对股市预见得那么准了？事实是你对股市的预见十次有九次半不准！失误了就要正视，找出经验教训，这样才有可能避免再一次失误。而你，每一次失误后都会找出十条应当失误的理由，所以你才会把同一个错误犯上十一次！"

"我怎么把同一个错误犯上十一次了？"

"青山纸业，你高位被套，是听了严伟成的吧？万家乐，你在头部买进，之后一路下跌，不还是听了严伟成的吗？"

辛怡一时无话可说。

听了严伟成的话，屡买屡赔，不听严伟成的话不是依然赚不到钱吗？有人说，中国股市是不买不套，少买少套，多买多套，她开始还不以为然，事实证明说得那叫一个准！而且每一次国家重大利好政策出台的时候，股市都是一个短暂的冲高后马上掉头向下，一路狂跌。就说青山纸业吧，她买进后股价重心开始下移，她本打算割肉出局，可是见《证券报》发了一篇文章，说国际新闻纸价格连续上涨，纸业板块将有不俗的表现。她想，《证券报》是官方媒体，代表国家说话的，所以不但没有止损出局，还在所谓低位补了仓，想摊平一下持仓成本。没承想，青山纸业在利好消息出台后，只是构筑了一个短暂的平台，股价又破位下行！

证券分析师的话不能听，报纸电视的话也不能听，听许非同的吧，他一介书生，既不懂技术又不了解基本面，听他的不是盲人骑瞎马吗？可偏偏许非同十次预测有多一半儿都对了。对了的她一概没听，错了的她保证照方抓药，没有一点贪污。比如，三泰 B 股他们六毛美金买进去了，之后股价一路下行，许非同说这张票他不看好，叫她止损出局。辛怡想，这是一只小盘袖珍股，又是上海本地的企业，其所在的缝纫机行业景气度也很低，很可能被重组，而重组是股市永恒的炒作题材。于是坚决不出。结果这张票一路下跌到五毛多钱，辛怡从技术图形上判断，它已经跌到位了。没想到公司公布了业绩预亏的公报，股价应声而落，一下子跌到了三毛多钱。许非同急了，说六毛多叫你卖你不卖，现在还剩了三毛多！技术面和基本面都完蛋了，这张票最终退市也未可知。辛怡觉得许非同说的在理，在三毛二的时候将三泰 B 股全部抛出。没想到公司随后公布了一个业绩预盈公告，股价随之一路拉升，重新回到了五毛钱的价位。

冥冥中，辛怡觉得命运似乎是在和自己作对。

她真想退出股市，可是赔了这么多钱又心存不甘！

许非同起身踱到电脑旁，打开股票分时图，指着绿色的盘面说：

"你看，今天又缩水了十万，照这个速度，再有两三个月，咱们剩的钱就只够买几瓶矿泉水的了。"

"你说得也太夸张了吧，世界上哪有只跌不涨的股市？套住了就等着呗，咱又不着急用钱。"辛怡起身从净水器中接了一杯冰水放到许非同的面前，安慰他说："你先消消气儿。"

"崽卖爷田心不疼!"许非同一把将水杯打落在地,骂道:"等!等!等!上海梅林,二十八元我就让你抛出,你不肯,一路等下来,现在多少钱了?啊?"他把辛怡拽到电脑前,调出上海梅林的K线图,只见那K线图像一条疲惫不堪的绿色长蛇,在三十元高位处掉头,一路萎靡不振,盘桓向下。

辛怡也急了,股票跌了,她心里也不好受,累了一天回家,没有听到丈夫的一句安慰话,反而和自己摔杯子动手。她猛地一甩被许非同捏痛了的胳膊,大吼一声:

"你给我放手!"

汪,汪汪!许非同和辛怡争吵的时候,贝贝一直悄悄地蹲在一边观战。在感情上,它自然是倾向辛怡的,但因为许非同不常在家,它对许非同充满敬畏,不敢轻易向他表示敌意。它知道,一旦激怒了男主人不会有好果子吃。眼见许非同和辛怡动了手,贝贝再也不能保持中立了,它像一只威武的斗士,抖动着头,瞪大了眼,冲着许非同一劲儿狂叫。见许非同不理睬,就冲上去叼许非同的裤脚,试图把男主人拉开。

许非同急了,每次发生冲突,这畜生都毫不掩饰地站在辛怡一边,不问青红皂白,一律为辛怡助战。于是一抬脚将贝贝踢了出去!贝贝在地上打了两个滚儿,又一骨碌爬起来,弓起前腿做出一副腾扑状。它有些诧异,男主人虽然不像女主人对它呵护有加,也从来没有动过自己一指头啊,怎么这次居然出此狠脚?

辛怡过去抱起贝贝冲许非同喊道:"拿贝贝撒气,你算什么能耐?"她心疼地摩挲着贝贝的长毛,拍拍它的脑袋,贝贝不出声了,闭上双眼,享受着辛怡的爱抚。

踢了贝贝,许非同也有些后悔。几乎所有的动物都是靠心灵感应传递信息的,狗更是如此。狗和人在共同生活中有一种无法解释的吸引力:超感觉。通过人的各种表情和言语,狗能领会人的各种意思。特别是这种京巴儿,眼下虽然已满大街都是,出身却极高贵。它是地地道道的中国犬种,人们驯养的历史可上溯两千年,在唐朝的文献中已有记载。只不过从那时候开始,京巴为专门的宫廷宠物,即便是达官显贵也不可随便驯养的,被视为中国宫廷中最为神圣的动物,被民间祭拜为神。普通人见了它须行大礼,偷窃该犬将被处以极刑。皇帝驾崩时要用此犬陪葬,因为传说中它是驱除邪恶的圣犬,可以保驾皇帝再返人生。到了清朝，京巴更为慈禧太后所宠爱。八国联军攻入北京时，为了不使这些小型圣犬落入"异国恶魔"之手，皇家遂下令诛杀。据说，甚解人意的北京犬面对太监们的诛杀，一个个暗自垂泪，不跑不蹿，只有五只侥幸漏网，被英军带回英伦群岛，其中一只送给了维多利亚女王，被命名为"洛蒂"。西方人遂成立"北京犬饲养协会"，专门繁衍驯养北京犬。由于连年战乱，北京犬在中国湮灭无踪，已无从查考，改革开放以后才从西方返还故里，并因为它憨态可掬、血统高贵，且果敢、忠实，很快为北京人所钟爱。

许非同见辛怡怀中的贝贝正用哀怨的眼神望着自己，忍不住想去抚慰一下它，无意间又看到了电脑中绿油油的盘面，气便不打一处来，冲辛怡呵斥道：

"我不拿贝贝撒气！但你必须说清楚，再这样下去，咱们的日子没法儿过了！"

"不过就不过！"辛怡抱着贝贝，独自垂泪。

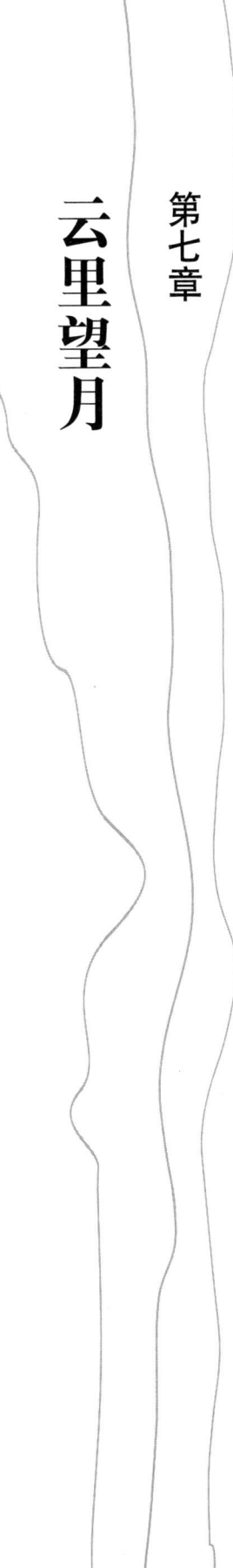

第七章

云里望月

就在许非同和辛怡争吵的时候,春雨潇潇娱乐城的"云里望月"包房里,却是一派温柔祥和的氛围。

"人头马"已经喝光了两瓶。身着紫红色缎面旗袍的女服务生正半跪着将托盘中的酒水和干果逐一摆向沙发桌。她的旗袍开衩很高,一蹲,左腿几乎都裸露出来。

自称老汉的那个男人眯着眼贪婪地窥视,目光中满满的饥渴。

一个穿着吊带衫的年轻女孩儿依偎着他,右手勾住他的脖颈,左手倒了一杯"人头马"端到他的嘴边儿,拿腔拿调地说:

"老公,看什么呢? 馋猫儿似的。你刚才玩骰子输了,要再罚你一杯呢!"

男人恋恋不舍地把目光移开,张嘴让女孩儿把酒灌进去,又目送女服务生的背影出了包房,赞叹一句,这丫头,真是好身材。

吊带女孩儿佯作生气地"哼"了一声,给了男人一个光洁的后背。男人便伸出青筋尽现、长着黑黑汗毛的手在她的后背上摩挲。

金戈坐在他们对面的沙发上,把酒杯举到眼前,对着灯光缓慢地转动,眼睛一眨不眨地盯着。

包房里的大灯关了,只有墙上的一盏壁灯亮着,透过酒杯里暗黄色的汁液望过去,幽幽的,如同荒野中的一点磷火。金戈看着看着,竟有了一种置身其中的感觉,仿佛自己不是在一个阔绰的包房里一掷千金,而是在荒郊野地中独行。自从前一段时间他隐隐有了那种疑惑,尔后通过刘胖子的"侦察"逐步得以证实后,这种感觉就如影随形,心中既感到失落与孤独,又常常焦躁得火烧火燎,如同一头受了伤的狮子,一边舔着伤口,一边在等待着报复的机会。他不想直接摊牌,他觉得那样缺少快感,就像一只猫捕获了一只老鼠,一口咬死岂不扫兴? 他要把对方玩弄于股掌之间,叫他悔不当初,生不如死! 这种想法以前还比较朦胧,刚才看了刘胖子的最新情报,清晰了许多,如同被显过影的胶片。而且,许非同身份的证实使他的报复欲更为强烈,几乎令他难以自持,如同一粒被催眠的种子,突然被施了魔法苏醒过来,在一瞬间长成了大树。

小雨的情人就是许乡长的儿子，这一点已毋庸置疑，刘胖子提供的材料中有许非同详尽的履历。

手机突然响了。金戈走出包房摁了接听键，里面是刘胖子的声音：

"金大律师，再向你报告一个重要的信息，画家投在股市上的钱全部套牢，缩水已经接近五成！"

"准确吗？"

"当然。"刘胖子讨好地回答，"我刚才跑了一趟营业所。您知道，自从接了您这单生意后，我特意在他老婆开户的营业部也开了一个户。他老婆特实诚，他们家那点儿事，三句两句我就套出来了。下午，我亲眼看见他老婆正在营业部的电脑前寻死觅活呢！"

"知道了。"没等对方再答话，金戈"啪"一声挂断手机，推门回到包房。

自称老汉的壮年男人正与吊带女郎纠缠在一起，见金戈回来，问道：

"小金子啊，什么电话，还搞得这么神神秘秘？"

"又是哪一个'美眉'啊？"吊带女郎已经躺在壮年男人的怀里了，她用手勾住壮年男人的脖子，扭过头，柳眉轻轻一挑："叫她过来一起玩儿嘛！"

金戈放下电话，坐进沙发，端起高脚杯喝了一口酒回答：

"什么'美眉'，当事人来的，案子的事。"

"当事人？"壮年男人直起腰，又起一块西瓜送进吊带女郎的嘴里，怪怪地问："24 K 金？还是 18 K 金？"

金戈明白壮年男人的话中所指，忙用恭维的口气说：

"汪局长真会开玩笑，比起您来，他们整个儿什么也不是。"

"老朽了，岂敢！岂敢！"

"又说你老，才五十八岁嘛，根本就不老！"

吊带女郎在汪局长的怀里撒着娇，轻轻地在他那肌肉松弛的腮帮子上拍了一下。

汪局长心满意足地笑了，他指着金戈说：

"你一个人坐着有什么意思，叫妈……噢，妈咪，找个小姐来陪一下嘛！"

金戈说："不劳妈咪了，丽丽，麻烦你看看哪个是靓妹，帮我挑一个来。"

丽丽站起身，用手理了理有些凌乱的披肩长发，问：

"金大律师，你要找个什么样的？胖的、瘦的、高的、矮的，还是要找一个大波妹？"

金戈摆摆手，说："你知道我的口味儿，挑认真些就是了。不必急着回来，我和你汪叔还有些事情要谈。"

"我怎么知道你的口味儿？讨厌！"丽丽佯装恼怒地瞪了一眼金戈，又娇嗔地说，"说多少次了，不是汪叔，是老公！"

"对，老公，老公。"金戈见丽丽嘛着嘴，屁股一扭一扭地出去后，起身把门关严，回到沙发上坐下，从公文包里拿出一个信封："这是一张五十万的活期存单，密码在存单后写着呢，您收好。"

汪局长接过信封，抽出存单看了看又放回去，小心翼翼将信封装进西服的内兜：

"小金子啊，我就爱跟你这样的人合作，爽快，守信，不贪！"

金戈抽出一支中华，点燃，徐徐吐出一口烟雾，说：

"这也正是内地人与广东人的区别。"

他将头靠在沙发上，四肢伸开，一副很惬意的样子：

"内地人老关注别人挣了多少钱，别人挣钱多了就犯红眼儿病，所以自己就老挣不着钱；广东人呢，则只关注自己拿了多少钱，至于别人挣多少钱和自己无关，所以呢，就财源滚滚。"

"可你并不是广东人嘛！"

"我却有着广东人的思维方式，不是吗？"金戈直起身，在烟灰缸的边缘轻轻蹭去烟灰，两人四目相对，发出一阵大笑。

金戈所言也是实情，他曾代理过一起广东商人的经济纠纷案，难度非常高。金戈看了案卷，提出代理费不能低于标的的20%。内地的商人一般会和你讲价还价，但这个秃顶汕头人价都没回，只提了一条要求，先预付5%，余下的15%胜诉后一并支付。

官司完胜后，秃头商人不但如约支付了所欠的代理费，还摆了一桌盛宴对金戈千恩万谢。因为在金戈之前，他已经找过好几家律师事务所，分析完案情后都认为胜诉的可能性不大，没敢承接。秃顶商人自己也知道，因为证据不齐全、对方的水又太深，官司胜诉与否实在难说。所以尽管金戈的代理费很高，还是以"舍不得孩子套不住狼"的心态签了委托代理书。

这件事让金戈也很受触动。光是那个5%的预付金就高达七位数，按照约定，如果败诉了预付金是不退的。他想起在内地代理过的一些案件，当事人首先纠缠的是你膀不动身不摇，凭什么得这么大一笔款子？总是和你斤斤计较，好像律师拿的代理费是大风刮来的。结果往往是省了几个代理费，损失的却高过代理费的几倍甚至几十倍。如欲取之先要予之，这是金戈由此总结的人生经验。他虽然出身农家，但在花钱铺路上毫不吝啬。刚才给汪局长的五十万元，就是两个人一次股票内幕交易获利的五成利润，这在业内潜规则中也是上线。金戈说他不在意对方挣了多少，在意的是自己通过对方能够挣多少。

这个壮年男人姓汪，单名一个海。他从北京的大学毕业后分配到 S 省财政厅，凭着自己的聪明与才干，一步步从科员熬到了处长的位置，省国资局组建时被调过来升任了副局长。汪海是放牛娃出身，上数三代没出过一个读书人。到了他这一辈儿，不但上了大学还做了高官，本是心满意足无非分之想的。只是在这个位置上待得时间久了，了解了太多利用职权鲸吞国有资产的黑幕，而那些当事人只因编织了利益的关系网，不但没有受到任何惩处，还平步青云一路高升，心中便不免有些失衡。他没有勇气揭发他们，一张撒在水里的网，能被一条鱼冲破么？你冲它，它会随着水的波动而进退自如，说不定哪一次不小心就会被网眼箍住，即便不死也会被剥掉一层鳞！从一个小小的办事员熬到这个位置不容易，所以他采取了明哲保身的策略，遇事睁一只眼闭一只眼，只要不把自己牵扯进去就得。工资虽然不高，不是也衣食无虞吗？

生活改变了运行的轨道，是缘于家庭的变故。

汪海是第一届工农兵大学生，从农村被推荐上大学时二十五岁。因为面相老成，处事也有一些章法，被选为系学生会主席。本在家乡已订了婚的汪海，因工作便利认识了小他十岁的现任妻子。妻子是恢复高考后的大学生，俏丽并且高傲，追她的男生如过江之鲫，但从小丧父的妻子偏偏有一点点"恋父情结"，一来二去，被老大哥汪海追上了手。

毕业后汪海被分到了家乡所在省的财政厅，妻子不愿南迁留在北京。婚后育有一子，大学毕业后留学到了加拿大。他们的生活虽然没有夕阳斜照、大漠长烟，却也平静恬然、爱意涟涟。可是汪海没想到，四十多岁的女人竟也会红杏出墙，不知什么时候与当年追她、至今独身，已是某房地产公司老总的一个大学同学偶然相遇，并再度摩擦出了爱情的火花，毅然决定要和汪海离婚。

汪海不同意，官司打到了法院。

当汪海找到天平律师事务所时，金戈本没兴趣接手这桩案子。案子太小了，以他现在的名气接了惹人耻笑。知道了汪海的身份后，他的热情才像插入沸水中的体温计，一下子到了顶点。他进入股市已三年多，虽有几条消息渠道，但都是间接的，准确率要打折扣，买的股票有涨有跌。汪海是省国资局副局长，如果这条渠道打通了，那简直就是开采到了一座金矿。国资局是许多上市公司的大股东，和一些上市公司的老总以及庄家极熟，对一些上市公司股票的走势心知肚明。于是，金戈不但不收代理费，还在一次饭局上不露声色地把丽丽推向了汪海，他感觉出他有些好色。

丽丽是东北妹子，长得颇有几分姿色。中学毕业后在家闲逛了两年，有一日从一本旧杂志上读到了一篇有关刘晓庆的报道，就只身跑到北京，一心想圆明星梦。哪知道像她这样的女孩儿在北京车载斗量，甭说当明星，就是跑跑龙套当个群众演员的机会也难得一遇。几个月下来，丽丽花光了从家里带来的几千块钱，连吃住也成了问题，这中间因为轻信还遭受了一次巨大的人生打击。后来，按报纸上的招聘广告到模特公司做了人体模特，好歹和艺术沾点边儿。在模特公司她认识了小雨，又通过小雨认识了金戈，通过对耳闻目睹的一些成功个案的分析，加上那次惨痛的人生经历，本来很单纯的丽丽得出了一个结论，要想在演艺界有所发展，首先就得傍上一个大官儿或大款。汪海虽然老了一些，但听金戈说，他比县长的官儿都大，也乐得投怀送抱。汪海本有些好色，妻子又很久没尽"义务"，哪里抵挡得住丽丽发动的攻势？不久，两个人就如胶似漆起来。堕入温柔乡的汪海，很快罗锅上山——前（钱）紧了。

这正是金戈所期待的效果，于是很适时地向汪海提出了一个建议：由汪海提供股票内幕消息，金戈投资操盘，获利后两人五五分成。汪海开始有些犹豫，因为利用内幕信息炒股是犯法的，但想想别人大把大把地捞钱，比起他们来自己不过是小巫见大巫，又确实无法拒绝丽丽的一些物质要求，也觉得这种事做起来神不知鬼不觉，就答应了。几只股票做下来，双方各有了几百万的进账。有了钱，汪海就在京郊买了一套价值二百万的别墅，干脆把丽丽包养了起来，准备退休以后好好享受一下人生。

"思维方式，太重要了。"汪海收住笑，点着头一仰脖干掉一杯"人头马"，拍着大腿感叹："想我老汉从科员干起，几十年辛辛苦苦，全部家当加在一起，还不够你金大律师一个月的消费。这一改变思维方式，我也明白了什么叫人过的日子。"

"没听过这样一段儿顺口溜儿吗：开着'现代'，喝着'蓝带'，怀里抱着第二代，嘴里唱着《迟到的爱》！"

金戈斜睨着眼看汪海，语气中隐含着一丝嘲讽和怜悯。

汪海已有些醉意，没有听出金戈语气中的轻蔑，他叉了一块西瓜放进嘴里，拍拍金戈肩膀，摇摇头说：

"小金子呀！想老汉我也受党教育多年……"

金戈递给汪海一支烟，打断了他的感慨：

"怎么？是不是良心上有些不安？"

"唉！"汪海叹一口气，"酸甜苦辣，齐聚心头，个中滋味，难以言说啊！"

"这也很正常，"金戈给自己和汪海分别斟满了酒，端起酒杯说，"这说明汪局长您还是一个正直的人，您还懂得自省。不过，您大可不必愧疚，因为就您所谓的这点腐败，根本算不了什么。"

汪海点点头，和金戈碰了一下杯，喝下一口酒。

他觉得金戈说的不错。自己的这点腐败算什么呢？有人说，时下是瓜分国有资产的最后一次机会。他们言出行随，确实像红了眼的赌徒一样肆无忌惮地往自己的兜里捞钱。前两天他刚看到了一份材料，中国某生产资料公司的原经理及有关人员，明目张胆地弄虚作假，伪造涂改账册，转移资金近亿。其他趁新旧体制转轨和产权变动之机，有意少计国家资本金，低估国有资产、低价出售国有土地使用权和房产以中饱私囊的事例，就更是多得不胜枚举了。更有甚者，一些工商企业的领导为了捞取个人回扣，明明知道所购原料、货物是残次品，却按正品价格购入；明明是优质畅销产品却低价脱手，几乎就是公开侵吞国有资产。

这类事，汪海是不敢也不齿于做的。一是风险成本太高，二是也觉得有愧于心！那大把大把的真金白银可都是纳税人的血汗钱，这样据为己有心何以安？至于利用内幕信息炒炒股，虽然违法，但良心上还不十分自责。况且一些利益集团利用自己的人脉、信息优势大搞权力寻租，几乎把股市当成了提款机，挣的黑心钱说是车载斗量也毫不过分，比起他们，自己算得了什么？中国的股市就是个消息市，谁不在打探消息？不过是自己的消息来源准确一些罢了。

汪海觉得金戈的话很受用。他的心态有些矛盾，一方面是日渐膨胀的聚敛财富的强烈欲望，一方面又想方设法地为这欲望找到一些貌似合理的借口。

金戈见汪海一副若有所思的样子，进一步说：

"社会稳定压倒一切，这是决策层的高度共识。可是维护社会稳定靠什么？强力！强力是什么？就是国家机器。只有掌握国家机器的人保证忠诚并且效力时，国家才具备可以用来稳定社会的强力！而这些人的忠诚靠什么来维系？首先是信仰。信仰如果已经名存实亡了，只能靠利益。追求利益者效忠权力，吸引他们的不在于那点工资，而是附加在权力上的利益。这些利益有合法的，比如符合规定的各种待遇。但大量是非法的，或者介于合法与非法之间的灰色收入。如果权力不能给个人带来比老百姓大得多的实际利益，那么智商超过四十的人都会投身别的地方去寻找利益满足了。所以，这就决定了所谓的反腐只能是有限度的。原因就在于，缺乏信仰的凝聚，只要求各级国家权力机构的工作人员无私奉献，他们凭什么忠诚并且效力呢？没有了这些人的忠诚和效力，国家的强力如何能够维持？没有了强力的维持，社会谈何稳定？"

金戈见汪海听得频频点头，他的谈兴被进一步激发出来。他知道，就像白和黑中间有一道过渡色——灰一样，好人和坏人中间也有一种人，不好不坏，可谓之边缘人。他记不得是西方哪位哲学家说过这样一段话：把人说成是高尚与渺小、卑劣与纯洁的混合物，那不是责难人，而是为人正确地下定义。其实，大多数人生活的常态都处于边缘地带。一方面，社会的价值判断和道德标准对其形成约束力；另一方面，内心的欲望和本能又总在尝试着突破这种约束。就像月盈而亏、水满而溢一样，人的欲望一旦突破了价值观的制约，人就从边缘地带走向了彼此对立的另一端。汪海正处于水正在溢出的阶段，社会的价值判断、道德标准，特别是法律的威慑力对他还产生着无形的影响，要想让他完全放纵内心的欲望，就需要再加一点助力。于是金戈端起酒杯，和汪海碰了一下接着说：

"我给你举一个世人皆知的例子。刘天，知道吧？"

"刘天？"汪海喝了一口酒，"就是那个电视剧导演？"

"正是。此人20世纪80年代就当导演，其间多次执导大型文艺晚会，并拍摄过多部电视剧。但他的受贿罪事发后，法院最后查实的数字只有三十一万元，而且全是一个想成名的女演员为了在电视剧和晚会上多露脸而行贿的。十几年只受贿了一个人的三十一万，平均一年不过一两万，那他应该被评为'廉政干部'了。"

"小金子呀，你这是什么意思？"

汪海把酒杯放在茶几上，有些疑惑地望着金戈。

对金戈，他从内心还是有一些佩服的，不光是这小子做事儿大气、侠义，当然不排除也会搞一些小花招，那也是人性使然，特别重要的是，他常常有高于常人的看法。一个山里娃，靠个人奋斗走到今天这一步也真是不容易，去掉他人生中的灰色色调，作为励志故事也很感人。只是他不明白，金戈此时突然提起刘天要说明什么。

"我的意思是说，第一，刘天在十几年间不可能只接受一个人的贿赂，只要不是弱智，谁也不会否认这一点；第二，刘天事发，恰恰是因为那个女演员的个人要求没有得到全部满足而反过来揭发刘天的。试想，如果刘天没有大大驳了这个女演员的面子，她没有恼羞成怒写匿名信告发，刘天现在不依然是大牌导演吗？"

汪海似有所悟，用短粗的手指敲击着桌面，点着头。

"北京三里屯一家酒吧，价格高得令人不可思议，洋酒、啤酒、玉米花的价格都是正常价值的几十倍甚至上百倍，但还常有人光顾，一晚上消费几千上万不在话下。为什么甘愿伸着脖子去挨宰？就因为那酒吧是刘天开的，去的人大都有求于刘天。去消费，实际上就是向他行贿。这酒吧，不过是刘天受贿洗钱的地方，但查实刘天经济犯罪案时，对此却不置一词，这是为什么？"

金戈故意停顿下来，望着汪海，笑而不语。

汪海白了金戈两眼，若有所悟地嗯了一声：

"小金子呀，你小子也不要跟我打哑谜了，有什么话不妨直说。"

金戈笑一笑说："哪里敢跟您汪大局长打哑谜。我的意思是说，汪局长您大可不必不安，也不用担心。在共产党的干部中，您应该算是廉洁的。不过，权力斗争无所不用其极，反腐也可以成为权力斗争的一种手段。关键是您不要撞到枪口上，让别人拿了您去祭旗！"

汪海若有所思，脑袋摇晃了几下。他本不胜酒力，几杯"人头马"下肚，已进入微醺状态，舌头多少有些发硬，连连点头说：

"小金子呀，别、别看你年龄不大，政、政治上，还是蛮成熟的嘛！"他端起酒杯，又使劲地和金戈碰了一下，"来，为了你，你的不撞枪口论，我、我们再干一杯！人生得意须尽欢，莫、莫使，金樽空对月！"

他那两只有些浮肿的眼睛眯成了两道缝儿，目光也聚拢起来，在眼缝间荡来晃去。

丽丽领了一个袒胸露背的小姐进来，汪海冲丽丽叫道：

"不，不要光……喝酒了，来来，点，点歌！点歌！"又扭头对金戈说："小，小金子呀，唱完歌，我，我们去吃饭，吃完饭我们去桑拿。下边的节目，你……安排，我埋，埋单，如何？"

丽丽不等金戈答话，便颇有兴致地抢过话头儿：

"这两天骨头缝里有些疼，正要好好蒸蒸呢！"又拿过点歌单借着昏黄的灯光翻了翻，说："老公，还点你那个保留节目吗？《把根留住》？"

汪海眯着眼睛看着丽丽，迷离的眼神中便溢出一缕淫荡："莫，莫非，你又要跟上一曲《一剪梅》不成？"说完，便径自发出一阵大笑……

丽丽故作娇嗔，举起手要打汪海，汪海也不躲，这是丽丽表达亲昵的一种方式。恰恰是在这一点上，让汪海的心理有所满足。汪海结婚后和太太一直相敬如宾，长期的两地分居，使他和妻子之间更多了一层隔膜。两个人见面总是客客气气的，像是交际场上两个邂逅的路人，连离婚这种人生的大转折，妻子的表述也极为规范：老汪同志，结束我们这种温吞水一样的生活吧，对你对我也许都是一种解脱。

丽丽表达爱的方式就直截了当得多，喜怒皆形于色，并且透着股野味儿，这野味儿就如同在没滋没味的汤里加了一匙盐，使他对感情生活有了一种新鲜感。况且，丽丽的形象气质有些像著名歌手杨钰莹，年轻且充满朝气，这一切搅和到一起，就使丽丽这杯咖啡味道浓烈并略带一缕苦涩，让汪海品尝起来觉得提神、兴奋、有所回味，至于咖啡豆是否产自南美，也就无所谓了。

丽丽的手没有落下来，而是以"吧"的一个吻代替了对汪海的惩罚。汪海摸摸被吻过的腮帮，不禁心花怒放，他伸出手刚想把佳人挽进怀里，丽丽却推了他一把。原来，她的手机突然响了，丽丽打开手机盖，看看来电显示，喂一声走到了屋角：

"谷老师，有什么事吗？"

谷老师是她们模特公司的老板，自从丽丽被汪海包养后已久无联系。

"丽丽呀，你不是总想向演艺界发展吗？现在有一个演出不知你愿意不愿意参加？"

一听有演出，丽丽立马来了情绪："什么演出？"

"有一个叫朱丹的画家，创作了一个叫《网浴》的行为艺术作品，需要两个模特参加演出，我推荐了你。人家要求的条件可高了，身材既要有曲线，皮肤还要光洁和富有质感……"

"行为艺术？"丽丽有些不理解，但一想既然是演出，总是和艺术搭界，就忙不迭地答应了："谢谢你，谷老师。我参加，我参加！"

第八章

名人別墅情思

小雨从许非同画室出来后，回到名人别墅。

名人别墅位于亚运村以北，是一片欧陆风情的别墅群，院子里有亭台水榭、林木石桥，在繁华的都市不失为一处优雅的所在。当初小雨看上这里，就是因为它独特的地理位置，既远离了都市的喧嚣与浮躁，又离城区不远。

在楼门口，小雨拉开车门弯腰下车，新买的一支口红从背包里掉了出来。小雨捡口红时，出租车司机说话了：

"小姐，你这口红够高级的吧？"

"挺贵的，好几千呢！"

"哟，那抹一下不得好几十？"

小雨笑了笑："那行，您用它抹一下，我就不用给您车钱了！"

司机有点冷幽默，他一本正经地回答：

"车钱你自然是不用给了，恐怕我还得倒找钱给你呢！"

小雨被逗得哈哈大笑。她本来性格沉稳，恬静得像一泓水，清澈明快又波涛不兴。面对着她，你会觉得惬意而放松，如同置身在清风徐来的田园。她说话的声音能让你联想起林中的鸟鸣，但肯定是布谷的轻啼而绝非山雀的鼓噪；她清脆的笑声能让你联想起山间的流水，但肯定是清泉流过石板而绝不会是溪水跳下山涧。

许非同就很喜欢她的音质，他觉得小雨的声音犹如天籁，每每让他的内心感到温暖、清爽。小雨也不知为什么，有些莫名的兴奋。连她自己都奇怪，怎么主动和一个陌生人开起玩笑来？仔细一想，该是爱的魔力吧？她一直想为许非同做些什么，只是没有机会。在她的心目中，许非同伟岸得如同一座山，她只有攀援而上，不断去领略山间景色的机会，却不能为这座山再增添一份美丽。

现在好了，她可以帮助许非同摆脱股市的困扰，而摆脱了股市困扰的许非同一定会更有作为。她明白了，她的兴奋源于一种使命感，只不过这使命的完成对她来说太轻而易举了。因为她清楚，金戈的财富积累之所以异常神速，股市无疑是一座最大的金矿。金戈和她讲过，股市就是他取之不竭的提款机，炫耀过自己有一个神秘的关系，消息极为靠谱。有一段时间，坐在电脑前，悠闲地点燃一支香烟，满脸幸福地看着个股分时图上的红色曲线扶摇直上，成了金戈饭后茶余的一种常态。

小雨不懂股票，但她知道，红色曲线上行代表股价攀升。

刚才，小雨本打算给金戈打个电话。她知道今天下午金戈又要去见那个神秘的汪局长，汪局长肯定又会有重要的股票信息告诉他。想了想，还是没有打。"生意"上的内幕，金戈从来不愿意让她多问，她主动问了会让金戈不快。

她有点怕金戈。金戈就像掌握了川剧中变脸的绝技，手一抹擦，就会换一张脸，说不准哪一张脸是他的本来面目。他有时像一名绅士，彬彬有礼、举止得体。小丽和他参加过一些酒会、沙龙。在那种场合，你很难想象这个笑容可掬的年轻律师是靠自学拿下大学文凭的山里娃。金戈也会四仰八叉地斜靠在沙发上，脱口而出一些很粗俗很难听的话，活脱脱一副市井无赖的模样。对小雨也是，好的时候单腿跪地，一边吻着小雨的手一边会像变戏法一样，从兜里掏出一个小盒子双手举到她的面前。打开，或者是一粒晶莹的钻石，或者是一只名贵的手表；不高兴的时候也可以完全无视小雨的存在，在房间里砸东西、骂大街。特别是最近，看小雨的眼神常常闪烁出一股冰冷之气，让人觉得寒入骨髓。小雨没有多想，觉得金戈是因为工作压力大，情绪不够稳定而已。

只是前不久发生了一件事儿，让小雨感到有点后怕。

那是上个礼拜五，金戈回来就骂，说一个姓韩的警察拿了钱不办事儿。正骂着，姓韩的警察来了。于是隔着卧室的门缝，小雨听到了客厅里如下一幕对白：

——那个人我没能帮你捞出来，实在很惭愧。俗话说，无功不受禄，这五万元我给你送回来了。

——老韩啊，你这就见外了嘛！你把这钱送回来不是打我的脸吗？我知道那个案子不是你一个人说了算，你已经尽力了嘛！

——可是……

——没什么可是的。你岳母刚动了手术，家里正需要用钱，我这里又给你准备了五万，你来得正好，要不然我还得给你送去。

　——这，这怎么好意思？

——你我是朋友嘛！朋友之间谁还没有个难处？

——那，那，我就恭敬不如从命了。日后如有用得着兄弟的地方，我一定……

——哎，别这么说，朋友之间不强人所难，我不会给你添麻烦的。

姓韩的警察千恩万谢地走了，激动得几乎掉泪。小雨问金戈，人家把钱送回来了，你干吗不要，反倒又追加了五万？金戈说，按我国现行的法律，贪污受贿十万才是大案，我给他再追加五万，这小子就算卖给我了！

小雨听了不寒而栗，又追问一句，人家到时候不承认怎么办？

金戈从桌子下面的微型录音机里取出一盘磁带，不承认？我就把这盘带子放给他听听！谅他也不敢！

司机撕下一张发票递给小雨，抬头打量了一下这幢米黄色的跃层别墅，有些暧昧地问：“小姐，这是你的家？”

小雨不置可否。准确地说，这里不能称为家，因为她和金戈没有办理结婚手续，他们不是夫妻，只是同居。

司机将车掉头时冲小雨摆了摆手：

“小姐，祝你好运！”

本是好话，小雨听了却不舒服。因为从司机的目光中她似乎感受到了几缕嘲弄。

进了房间，小雨的心绪忽然有些烦乱。说起来，金戈对自己也是一百一了，且不说置房一下子就花掉了几百万，每个月光是物业费、水电费再加上小雨的日常开销，没有几万也拿不下来。可是金戈几次提出结婚，小雨都推说等一等，她还没有想明白，是不是把自己的一生托付给这个男人。与金戈的交往越深，她越是拿不准对金戈的感情。金戈曾给小雨找过工作，到他担任法律顾问的一家大公司当文员，工作环境和待遇都不错。他同意小雨继续当模特并不情愿，一想到自己的女人成天光着身子让陌生人画，他就燥热难耐。小雨却借口不会该公司的电脑办公软件推辞了，她不愿意自己始终处在金戈的阴影之中，她希望凭借能力拓展出一片属于自己的天空。她虽然喜欢模特这个职业，却不打算长期干下去。这个职业缺少技术含量，吃的又是青春饭，将来不做模特了，自己一无所长怎么能行呢？

　　她买了《许国璋英语》，想将来当个翻译或导游，既能展示自己的价值，又能以饱览山川秀色为工作，该多惬意！

　　金戈没有勉强她，只是说这家公司很难进，失去了这次机会很可惜。

　　想一想，小雨心里也觉得怪不落忍的，金戈对自己这么好，自己的感情还另有所依，自己成什么了？可是感情这东西不像发面的酵母，只要有了合适的温度就能生发出来。她不爱金戈，她总觉得和金戈待在一起没有安全感，特别是经历了那一幕以后。以前，她还觉得爱不过是那个叫琼瑶的女人在小说里给靓女帅男们下的迷魂药，无非是想骗取读者的几滴眼泪，现在她不这么想了。

　　她也想努力去爱金戈。在一般人眼中，金戈实在是一个很难得的老公：三十多岁，大学毕业，有钱有地位。光是那双有些欧式的眼睛和一米八〇的身高，就让不少女孩子魂牵梦绕。可是自从认识了许非同，她才知道了，爱的感觉原来就如风中背靠一座山、雨里撑起一把伞，爱原来就是牵肠挂肚刻骨铭心无私付出而又无怨无悔。

　　小雨与许非同是在一个美术沙龙上相识的。

　　一年前的一天，小雨顶替一个"倒霉"了的同伴去给一个美术沙龙做模特。当她脱去衣服从屏风后走出来时，所有人的眼睛都在她的身上聚焦。人的表情可以掩饰，眼神却不能作假。画室里的男性见到小雨时，几乎都迸射出了兽类见到猎物时才有的火花，只有一双眼睛例外。那双眼睛一片澄净，像掠过蓝天的一串鸽哨儿。

　　那是怎样的一双眼睛啊，细长、清澈、安静。看向你的时候，似乎在说着什么，你的心弦一下被拨动了，从未有过的一种感觉，仿佛伴随一阵清风长驱直入，使你的心为之沦陷。

　　休息时，小雨腰间裹一块浴巾，静静地坐在房间的一角。

　　放下画笔的小伙子们一下子仿佛全成了侯宝林的"关门弟子"，不时甩出一个个自以为很响的"包袱"，以吸引小雨的注意。唯独他，坐在那里托腮凝神眺望着窗外，悄无声息，目光深沉而略带一缕忧伤。

　　小雨顺着他的目光望了望窗外，不过是日常的景物，有什么值得他那样专注？她突然想顺着那一缕的忧伤走进他的内心。

她觉得，忧伤的深处一定会有动人的风景。

一个人爱上另一个人，常常不需要更多的理由。一个眼神、一抹笑意，甚至茫茫人海中无意的一瞥，就足够了。

沙龙结束后，小雨穿好衣服从屏风后走出来。

他等在教室门口，说我叫许非同，下礼拜我在文化宫有课，你能去辅导我的学生吗？

小雨望着许非同深沉而略带忧郁的目光，毫不迟疑地点点头，好像这句话已经等了一个世纪。刚才，小雨悄悄看了许非同的画：那不是用画笔勾勒的，而是用整个心灵描摹的，色彩、线条、光块，在画面上都退居其次，跃动在纸上的，是生命的灵性与解悟。

和许非同相识以后，小雨总是恍如梦中，不相信幸福来得如此突兀。她爱看许非同抽烟。抽烟时的许非同轻抿唇角，若有所思，淡淡的烟雾笼罩着他微蹙的眉头、忧郁的眼神，整张脸生动沉稳，令人有一种高山仰止的眩晕。她爱听许非同说话。许非同的声音浑厚、凝重，充满磁性。他说话时，小雨的思绪像片片铁屑，一下子就被吸附过去，无论他谈论的是什么内容。她爱看许非同托着双腮沉思的样子，她觉得那样子很酷，刘德华在舞台上那个潇洒的甩头也不过如此。她甚至欣赏许非同骂人。生气时的许非同会骂"混蛋"，这个字眼既不下作也不奶油，不像有的男人，骂起人来或者不堪入耳，或者像小女人似的来一句"讨厌"。骂人时许非同会双眉微蹙，嘴角紧抿，一个成熟男人的阳刚之气真是尽显无遗。

阳刚的许非同也有阴柔的一面，像深海中的贝，坚硬的表象下，内心竟是那么软润。那是和许非同相识不久的一个傍晚，小雨约许非同去北京音乐厅听交响乐。

时值初春，正是暮霭四合的时分。天边仿佛倒了一只墨水瓶，渐渐弥漫开一片幽幽的夜色，以它做背景，被灯火点缀的北京音乐厅显得更加雍容华贵。

小雨站在音乐厅的门口等待许非同。这还是他们第一次单独外出，奥地利维也纳爱乐乐团的音乐会，小雨半夜去排队，才限量买了两张。

小雨比约定的时间早到了半小时，她注意到了一个小女孩，正在入口处向走过她面前的靓女帅男推销手中的鲜花。

"卖花,卖花喽——"

在喧嚣的都市噪音中,这叫声显得很是苍白无力,像坠入水中的一枚石子,还没来得及激起涟漪,便被湍急的漩涡吞噬得不留一丝痕迹了。没有人在她的面前止步,甚至没有人注意到她的存在。是的,在雍容与华贵面前,这女孩儿太不起眼了,岂止是不起眼,简直有些寒酸。她似乎也不自信,不然,为什么双脚不时地在地上来回捯动,旧短风衣的领子也竖了起来?仅仅是为了驱赶初春的寒意,还是为了掩饰内心的焦虑与窘迫?

终于,小雨看到一对青年男女在她面前停了下来。不知为什么,小雨的心倏忽一动,暗暗企盼交易成功。她知道一枝玫瑰的收入,无助于改变小女孩儿的生活境况,但是她希望小女孩儿由此得到一副好心情。

"你这花怎么卖?"

男青年大大咧咧地从少女手中抽出一枝红玫瑰,用手随意拨弄着花瓣。

"这是红玫瑰,代表着友谊与爱情,买一枝吧,送给你的女朋友。"

"话稠了不是?不怕闪了舌头!"男青年见少女一时语塞,很是得意,脸上的青春痘在灯光的映照下也亮了许多:"我问你,多少钱一枝?"

"五块。"小女孩儿轻声回答。

"五块?"男青年很夸张地叫了一声,把花扔给小女孩儿,"你别把我吓着!"说着,拉起女友边走边说,"跟她穷逗逗闷子。要送,我也得送你一束意大利进口的玫瑰呀!这破花哪配得上你呀!哈哈……"

小雨看到,小女孩儿弯腰拾起掉在地上的玫瑰,心疼地轻轻吹去沾在上面的尘土。可是,两片花瓣就要脱落了,怎样精心抚弄,也无法复原了。她无奈地把这枝红玫瑰插入花束,眼中流露出几分哀怨。小雨没有想到,生活竟会演绎出这样的结局。她真想走过去告诉那一对青年,野蛮不等于潇洒,粗俗与风度无关。不懂得尊重别人的人,又怎么会珍惜人生中的至真至爱之情?

她刚要迈步,许非同出现在了小女孩儿面前。

"小姑娘,请给我拿一枝红玫瑰。"

小女孩儿挑了一枝丰腴而又饱满的花。许非同肯定目睹了刚发生的情景,他一指那枝花瓣已然破损的红玫瑰,说我要这枝。

小女孩有些迟疑,又有些感激:

"这枝只收两元吧！"

"不。"许非同坚持付足款，拿着那枝红玫瑰走到小雨跟前："送你一枝红玫瑰吧，不过它有些残缺了，不知道你喜欢吗？"

"喜欢！"

小雨把红玫瑰举到鼻子下动情地嗅着，那一缕缕淡淡的幽香直沁肺腑，让她的心为之震颤，为之感动。小雨觉得，早先模模糊糊晃动在心扉上的那个男人，影像凸现了。和许非同这样的男人在一起，她觉得踏实、真切。而和金戈在一起，感觉就像一只被人把玩的金丝雀。

她对许非同的感情中，还有很大比重的欣赏成分，从许非同的言谈和作品中，小雨能感受到他的才气。尽管有些东西小雨理解起来还比较吃力，比如，罗丹为什么说艺术就是情感？米勒又是怎样使我们在本该以亲身感受的画面之外，用耳朵听到了悠远肃穆的教堂钟声？但这并不妨碍小雨对许非同的崇拜。这崇拜和对刘德华的崇拜不同。对刘德华的崇拜像雨像雾又像风，轻飘而虚幻；对许非同的崇拜则像是面对一座富含宝藏的大山，伸出手可以触摸，静下心可以感受。这也正是小雨得知许非同因股票情绪不好后，迫不及待地要帮助他的原因，她不愿意看到许非同萎靡不振，她觉得许非同如果能从股票中解脱出来肯定会大有发展。

小雨正倚在床上想着心事，门铃响了。她跳下床打开门，是金戈。小雨忙弯下腰为他换上拖鞋，又端上了一杯煮好的咖啡。金戈坐在沙发上，把咖啡杯握在手掌中，像欣赏一只猎物似的端详着坐在对面的小雨，目光显得扑朔迷离又深不可测。

小雨被看毛了，问："你干吗这样看我？"

金戈深吸一口气，徐徐说：

"不为什么，你不觉得你越来越漂亮了吗？"

小雨瞥了金戈一眼，说讨厌。金戈起身坐到小雨身旁，伸出右臂把她揽进怀里，用左手拿起她胸前的项链问：

"谁给你买的？"

"自己买的。"

"自己买的？"金戈知道小雨是在骗他，但并不揭穿。

他把项链坠儿托在掌心，十分认真地看着，在橘黄色的灯光映照下，项链坠上的宝石发出了火焰般的色彩。看了一会儿又问：

"那你知道这项链有什么说法吗？"

小雨掩饰道："这是石榴石项链，听售货员说，它象征着幸福和永恒的爱情。传说中的诺亚方舟也是用石榴石照明的，所以它又有旅行石之称，佩戴石榴石外出，可以确保平安。"

说这话的时候小雨的脸颊发烫，心跳也骤然加快。说谎毕竟心虚，特别是对于一个心境纯洁的女孩儿。

金戈嘿嘿一笑。

小雨有些忐忑，问："难道我说得不对吗？"

"你说得不错。不过……"

金戈更加用力地把小雨揽进怀里，开始动手解她的乳罩：

"宝贝儿，你知道吗？这石榴石还有另外一个名字，法国国王路易十四称它为'吐火女神'。这种颜色的石榴石，在珠宝学中被命名为'镁铝榴石'，而'镁铝榴石'一词是由希腊语中'我看见火'派生而来的。火。你明白吗？它既可以是爱情之火，也可以是复仇之火、贪欲之火。爱情之火可以使人平安与幸福，复仇之火、贪欲之火却可以葬送这一切。"

金戈的喘息声越来越粗，他把已经裸露着双乳的小雨抱起来，小雨在他的怀里无助地挣扎。金戈喜欢看小雨在自己的怀里挣扎，这能进一步刺激他的欲望。他一步步走进卧室，把小雨狠狠扔在床上。

金戈对女性的乳房有一种近乎偏执的迷恋。母亲生下他后缺少奶水，金戈几乎是喝着苞米糊糊长大的。柔韧松软的乳房和略带一点点腥味的奶香，对幼年的金戈如同一个遥远的梦。

第一次被乳房所震撼，还是在赴京求学的列车上。

深夜，列车咣当一声在一个小站上停下来，迷迷糊糊的金戈被列车的晃动惊醒，他揉揉惺忪的眼睛，注视着刚上车来的旅客。

一个二十来岁的少妇背着孩子在他的面前站住，问，小兄弟，这儿有人吗？金戈摇摇头，少妇坐在了他的对面，解下了背上的孩子。那孩子也就刚出满月，闭着眼，舞动着两只细小的胳膊，嘴嚅动着，发着哼哼的声音。

少妇把婴儿抱在怀里，开始解衣扣。

刚要闭上眼睛睡觉的金戈突然睁大了眼，仿佛被电击了一般，他眼前出现了两只雪白、丰硕的乳房，像两只刚刚出锅的发面馒头。少妇一点也没有避讳金戈，她用左手托起右侧的乳房挤了一下，一股奶水嗞嗞喷出来，正巧滋在金戈的脸上。

少妇忙歉意地俯过身要为金戈擦拭：噢，对不起啊，小兄弟！这样，少妇的乳房几乎贴在了金戈的脸上。

金戈一阵眩晕，潜意识中对女性乳房的渴望一下子被激活了。

从此，金戈对女性的乳房就有了一种难以言说的痴迷。他喜欢小雨，不光因为小雨冰雪聪明、兰心蕙质，还因为小雨有着一双挺拔、柔韧的乳房。

金戈拼命吸吮着小雨的乳房，咬着她挺拔如珠的乳头，面目很贪婪，甚至有些狰狞，仿佛一个将要饿死的人面对一桌丰盛的佳肴，令小雨厌恶。

许非同不一样。作画时，面对小雨丰满、匀称的双乳，他常常流露出敬畏。他告诉小雨，古希腊神话中的丰收女神，头上插着稻穗，手里拿着镰刀、五谷和牛角，上身裸露出健美丰满的乳房，那是丰饶与多产的象征。在旧石器时代，狩猎民族的石斧和燧石上也雕刻有丰美的乳房和神像，那是把女性乳房视为了人类生长的原动力和人类的生命力。他说他第一次见到小雨就被她美好的双乳所震撼，他想起了自己的母亲。这也是他邀请小雨给自己的学生当模特的一个原因。

小雨渴望被爱与抚摩，只不过，金戈的抚摩和亲吻让她有一种被亵渎了的感觉。这感觉一旦出现，激情就荡然无存了，像流进沙石中的水。第一次委身金戈时，金戈贪婪的眼睛让她羞辱难堪。她不知道男女之事应该怎样，但那一刻金戈的举动和神情与自己想象中的爱人相差太远。褪去了一身名牌、一丝不挂的金戈，让小雨想起了小时候在家乡看到的野狗，肮脏、丑陋、急不可耐，连那嗷嗷的叫声都一模一样，叫人本能地想要逃避和抗拒。

小雨仿佛被一座山牢牢压住。她不爱金戈，但是她无法拒绝。她现在的一切几乎都是金戈给的，她有什么理由拒绝呢？灵与肉的分离，使她每一次做爱都有一种被蹂躏的感觉。她闭上了眼，脑海中倏地出现了许非同的身影。她渴望和许非同融为一体，但少女的羞涩加上模特的身份又令她担心，自己过于主动会被许非同轻视。刚才作完画后，她真想抱住许非同，让他用舌尖做犁铧，在自己充溢着活力和青春的原野上耕耘，然后……她克制住了，她希望自己在许非同的心目中永远是一个纯真圣洁的天使。可是，此时许非同正向她伸出双臂，把她相拥入怀。内心深处埋藏已久的少女的渴望与激情一下被点燃了，她仿佛在一瞬间被融化了。从来没有过的欲望喷薄而出，灵与肉一致的快感浸润着她身体的每一个部位，她的身体扭曲着，开始幸福地呻吟。

半个小时后，金戈心满意足地仰面躺在床上。他对小雨的表现有点意外，以往小雨和他做爱只是被动地接受，今天这臭婊子是怎么了，幸福得嗷嗷乱叫？

小雨坐起来，用手拢了拢散乱的长发，慢慢地将衣服穿好。幻觉消失了，躺在面前的不是许非同。快乐如同阳光下七彩的肥皂泡，还没有细细地欣赏就破灭了，剩下的只是一种从未有过的失落与屈辱，她真想冲金戈大叫两声，不如此，仿佛灵魂就无所皈依。可是，想想对许非同的承诺，再想想金戈对自己的付出，小雨只是长长地吁了一口气。不过，自己迟早会离开他的，这也正是小雨不肯放弃自己的工作，完全让金戈包养起来的原因。

"宝贝儿，麻烦你给我点一支烟好吗？"

金戈又恢复了极有教养的神态。

小雨下了床，从金戈的衣兜里掏出烟点燃，递给他时像是不经意地问：

"哎，我哥凑了两万块钱也想炒股，你能告诉他买哪张票吗？"

金戈接过烟，狠狠吸了两口，他望了小雨一眼，仿佛在注视着一只掉入陷阱的猎物，少顷，才意味深长地问："你哥？"

"是，我哥。"

"这容易呀！你让他买 ST 海洋吧！不过，开盘就买，要快进快出，挣个百分之十就要走。"

小雨重复了一遍："ST 海洋，对吗？"

第九章

悲喜交织

一夜无眠。

平时，贝贝都睡在客厅的沙发上。那沙发的式样已过时，木制扶手，靠背也过高，还是结婚时请木工打制的，为了就合家里的几根木条。许非同几次提出要换，辛怡都舍不得。她请收购旧家具的小贩估过价，一只才十元钱，就说反正还能坐，将就着再用一段时间吧，二十元卖了等于白扔。因为坐的时间久了，沙发中间的弹簧弹力有所减弱，略略凹进一块，正好容下贝贝。于是上面铺一块绒毯，就成了贝贝的床。自打一记事，贝贝没事就愿意趴在上面，一方面是因为舒服；更重要的是沙发直对着门，可以在第一时间看见开门的人。

白天家里没人，贝贝整天被关在屋里太寂寞了，主人回家是它最为兴奋的时刻。

可是，昨天晚上贝贝却一改往日的习惯，灯熄后没有一跃跳上沙发就寝，而是围着主人的床头绕来绕去，还不时用舌头舔舔辛怡搭在床边的手，用鼻子蹭蹭许非同伸出被子的脚，一副不放心的神态。夜里，许非同长吁短叹，辛怡抽泣不止，贝贝便也转来转去，只是天快亮时才趴在床头的地板上打了个盹儿。

早晨起床的时候，许非同的眼圈儿发青，辛怡的双眼像被盐水浸泡过一样，又红又肿。她实在不明白，为了几个钱，许非同何以对自己大动肝火，还要离婚，即便是自己的错，比起十几年的夫妻情分，赔掉的几个钱又算什么？为此，她整整流了一夜泪，好几次想摔门而去，就此和许非同一刀两断。但是想想女儿，想想和许非同一起度过的那些令人留恋的时光，又忍住了。她明白，所谓离婚，不过是许非同一时的气话。他们结婚快二十年了，虽没有了当初的激情，但岁月如河，已把他们的血液融合到了一起，维系他们的已不单单是爱，还有难以化解的浓浓亲情。爱情与亲情，前者似盛开的鲜花，鲜嫩并挂满了浪漫的露珠；后者如成熟的麦穗，沉稳并饱含着生活的责任，那是经过植苗、除草、上肥等等一系列艰苦的劳作才得来的，怎么可能被一阵平地而起的风轻易吹落呢？不过，离婚这个字眼在夫妻间是不能轻易出口的，它就像一把无形的刀，总会在彼此的心扉上留下或深或浅的划痕！这也是辛怡委屈了一夜的原因。当然，她也不相信股市会就此一泻千里。

许非同也很生气，他觉得这不是赔掉几个钱的问题，而是反映了两个人思维方式的严重冲突。他不是一定要让辛怡承认错误，夫妻之间争个谁对谁错有什么意思？问题是，辛怡不认错儿，她的思维方式不调整，就预示着类似的错误她还会再犯，钱还会再赔！这才是许非同难以忍受的。

许非同擦了一把脸要去遛贝贝。

贝贝对许非同的招手无动于衷，只是在床头跑来跑去，冲着辛怡哼哼唧唧，似乎是在提醒女主人自己"内急"，需要出去方便了。以往都是辛怡买早点时顺便遛狗，贝贝也极仁义，无论憋得多难受，从不在房间里便溺。

许非同拿出了绳套，摇了摇，贝贝才明白了男主人的好意，欢叫着跑到许非同脚下，老老实实地套上绳套，一蹿一蹿地跑了出去。

许非同遛狗回来，见辛怡站在穿衣镜前，正默默地注视着自己红肿的眼睛。她实在没有勇气睁着这样一双眼睛去见同事；许非同的心里也空落落的，仿佛置身于荒芜的沙漠，除了大风与黄沙，没有一棵绿草可以让他近乎麻木的灵魂在上面依附。房间里显得很沉闷、很压抑，每一升空气似乎都蓄满了炸药。

"嘀铃铃"，电话铃突然急促地响了起来，房间里油然增加了一股生气，尽管很突兀，让人有些猝不及防，但许非同还是很感激它，否则，他真不知道下面的时间将负载什么内容。

"喂，你的手机为什么不开？"是小雨略显急切的声音，不等许非同回答，她又接着说："告诉你一张股票，ST 海洋，早晨开盘就买，赚百分之十就走，听清楚了吗？"

话筒里的声音犹如天籁，许非同说了一声"谢谢"就挂断了听筒。他不愿意让辛怡听到是一个女孩子的电话。

辛怡从丈夫的表情上已经有所感觉。

女人的心是最细的，前两天她整理房间，看到一本《外国情诗选》，其中有好几页被许非同做了记号，凡是做记号的诗作抒发的都是缠绵悱恻的相思之情，辛怡就怀疑丈夫的心已经另有所属了，只是还不敢确认。后来她注意到有一个号码频频出现在丈夫的手机上，心中更多了几分猜忌。有一次，丈夫又到阳台上去接手机，许非同去洗澡时她调出刚才的来电显示，果然和自己的预感一致。她实在抵御不了心中的诱惑，就像小时候趴到电视机后面想弄清屏幕上的影像是怎么出来的一样，她拨打了那个号码。手机通了，那嘟嘟的声音就像一记记重锤，敲击着她的心扉。她感到浑身的血流加快，如同就要漫出堤坝的洪水，心也像一只奔突的兔子，嘣嘣地要跳出胸腔。她为自己的做法感到羞耻；这和偷窃有什么两样？自己怎么也庸俗到了这种地步？同时，她又害怕得不行，她打这个手机号码原本是为了印证心中的猜测，可是这猜测一旦得以印证，她情感的天空就将永远不再晴朗，既然如此，打这个电话还有什么意义？她想挂断电话，手却不听从大脑的指令。等待的时间充其量不过十秒，对于辛怡来说，痛苦得仿佛经历了一次难以言说的漫长劫难。她在这期间被扭曲，被撕扯，被烘烤，被鞭笞。就在她实在忍受不了这巨大的精神酷刑，下决心挂断电话时，一个声音——一个年轻女子的声音送入了辛怡的耳膜：

"喂，请问是哪一位？"

那声音幽幽的，那么遥远，仿佛是从寒冬的深处刮出来的一阵朔风，令辛怡不寒而栗。她下意识地挂断了电话，真的有一种天塌地陷的感觉。想到这些年为了这个家含辛茹苦，青春已如一支蜡烛脂尽油干，丈夫的心却另有所属，心中就如锥刺刀戳。她想和许非同说个明白，又怕因股票大跌而笼罩在家庭上空的阴霾会暴雨倾盆，只能一个人暗中垂泪。

后来，股票越套越深，她也就愈发失去了和许非同"理论"的勇气，她怕火上浇油，可是又于心不甘，便替丈夫找出种种理由来麻木自己。她想，像丈夫这样四十岁左右事业有成的男人，有一点婚外的感情遭遇也属正常。弗洛伊德不是说过吗，禁欲造就不了有创造力的思想家、艺术家和拓荒者，而只能造就"善良"的弱者，禁欲或过分压抑只能使个性趋于死板，也造就不了好丈夫。这种事糊涂一些，兴许会使丈夫有所收敛，真较起真儿来，倒会加速婚姻的解体。她和许非同生活了十几年，自认为对丈夫还是了解的，他不是那种对家庭毫无责任感的男人；再说，自己赔了那么多，那可都是丈夫辛辛苦苦的血汗钱，细想起来也怪对不住他的，丈夫有点外遇，正好可以使自己的内心得到一种平衡。所以她没打算问是谁来的电话，她不愿意捅破这层窗户纸。如果雾气散了，看到的是田野的荒芜，还不如留住一些朦胧，让自己对未来心存一份期待。

倒是许非同沉不住气，十分兴奋地说：

"一个朋友来的电话，让咱们买 ST 海洋，开盘就买。"

许非同上午没课。辛怡以头痛为由向石羽请了半天假，她要看看技术图形，并让眼睛消消肿。

开盘了，两人坐到电脑前打开股票交易系统，调出分时图。

"哟，这张票从八元涨到十七元了，升幅将近一倍，技术指标已经很高了，还能买吗？"辛怡看了看 ST 海洋的走势图，不由倒吸一口凉气。

许非同看了看图形，确如妻子所说。但是他想，小雨这么急切地打电话给他，证明消息来源一定准确，升幅百分之百算什么？亿安科技从八元启动，一年多不是就翻了十几倍吗？怎么别人说一张票你就买，自己千辛万苦打听到一张票，你反倒犹犹豫豫起来？想着想着来了气，喝一声：

"买！赔就赔了，凭什么你可以赔钱，我就不能赔钱？"

辛怡知道丈夫说的是气话，她不想再和他发生正面冲突，于是小心翼翼地说：

"要不，咱们先少买点，看她说得准不准？"

"不成！"许非同半是负气，半是出于对小雨的信任，断然否定了妻子的建议："至少买一万股，昨天咱们不是说好了吗，以后一切全听我的！我叫你买你就买，别啰唆了！"

辛怡没有再说话，心想，我以前没听你的不是老赔钱吗？那好，我也听一次你的，这回赔了钱看你还有什么话说。不过，在办理电话委托的时候，辛怡少摁了一个零，只买了一千股，因为从图形上看，她确信这张票必跌无疑。她不能再让钱像水汽一样蒸发，她不能明知道是火坑还要往里跳！可是没想到不一会儿，这张股票从跌两个点居然翻红了，分时图上那条显示股票涨跌的白线像一只锋利的犁铧，在坚硬的冻土层中艰难前行，上午收盘时竟涨了三毛多钱，成交量也随即放出。

许非同异常兴奋。买完就涨，这种情况已经久违了，他开始算计已有多少获利。辛怡却暗暗叫苦，后悔自作主张。好在许非同不会操作，不知道自己耍了一个小聪明，否则又将爆发一场激战无疑。两人看看这张票走势稳健，便各自上班了。下午收盘，ST海洋以涨停板报收。许非同急忙给小雨打了一个电话，告诉她首战告捷。小雨也很高兴，说明天一开盘你们就把ST海洋抛出，再买进樱花实业，据说这张票至少也会有百分之二十的升幅。

许非同深信不疑，第二天让辛怡照方抓药，在又一个涨停位置抛出ST海洋后，以多半仓介入了樱花实业。没想到这张票上冲了不到一个百分点后即拐头向下，每天以三四个百分点的速度一路狂跌！

许非同和辛怡傻了……

想一想跟做梦一样。刚才还万里无云，一眨眼就暴雨雷鸣，这股市到底是怎么了？樱花实业一路下行，更加重了他们的亏损。许非同沮丧到了极点，这张票是自己让买的，赖不着辛怡，他心里有火儿又无从发作。这天正好有课，该着一个学生倒霉，拿了一幅素描让许非同评点，许非同看了两眼，只说了一句：先去把形画准了！那学生已然大二，这句话等同于说他还没有入门！学生瞪了许非同一眼，悻悻地走了。

辛怡也懊悔得不行。ST海洋和樱花实业，两张票正好做反了，该重仓介入的买少了，该轻仓买进的，反倒重重压上，自己怎么这么不顺呢？

她对消息来源的准确度也在心里打了折扣。

这天下午，辛怡找了一个借口向石羽请了假，又来到了远方证券营业部。

坐在电脑前，辛怡调出樱花实业的日K线走势图，见又下跌了三个百分点，总计跌幅已达百分之十二，而且从图形的走势看跌势还远远没有止住，常常是几笔小买单将股价上推了几分钱，不知从哪里飞进来一笔大卖单，又咔嚓将股价砸去一两毛，明显有庄家出货的迹象。

辛怡紧张得不得了！股价每下跌一分，仿佛都有铁锤在她心头重重敲击一下，让她浑身战栗。

"辛怡啊！你手上有这张票？"

不知什么时候，老张从散户大厅来到中户室，站在了辛怡的身后。

"老张，您来得正好，您帮我看看这张票能跌到哪儿？"

老张从电脑里调出樱花实业的月 K 线、周 K 线和日 K 线图看了看，摇摇头说：

"单从技术走势上看，这张票已经完全进入了一条下降通道。你看，连周线的 MACD 都已经死叉了，再下跌个百分之二三十也在情理之中。"

辛怡一听头都大了，她伸出手要敲击键盘，声音已经有些颤抖：

"要不，我，我赶快斩仓吧！"

老张阻止说：

"你先别着急，稳住神儿。你也知道，现在炒股票，光看技术图形根本不成。关键看消息来源是不是可靠，备不住这是庄家在震仓洗盘，你现在割肉，没准儿就割了一个地板价儿。"

辛怡沮丧地说：

"这张票也是一个朋友推荐的。上次她推荐的 ST 海洋就特准，说有一个百分之十的升幅，果然就涨了百分之十。这张樱花实业她说至少还有百分之二十的上行空间，谁想到买了三天反倒跌去了百分之十二！哟，还跌呢！"

樱花实业的成交示意图上，有一笔十几万股的卖单砸出，股价应声而落，又跌去了一毛多钱。那条示意股价走势的白线略一停顿，紧接着又有几笔卖单蜂拥而出，樱花实业的股价一路走低，直逼跌停板！

辛怡再也沉不住气了，不行，我得卖票！

这时刘胖子晃晃悠悠走进来，乐呵呵地冲辛怡说：

"哟，大姐，又吃独食呢？"

老张瞪了他一眼：

"怎么说话呢！人家的票都快跌停了，你还说风凉话？"

刘胖子走过来，看了看樱花实业的走势，忙赔着笑脸说：

"嗐，瞧我这张臭嘴！上次您做的那把 ST 海洋多漂亮啊！这张樱花实业是怎么回事？是不是一个消息来源？"

辛怡已顾不上理他。她要赶紧操作，抢在跌停之前把樱花实业斩仓，不然一旦打到跌停，想跑也跑不出去了。就在她刚要摁动键盘发出卖出指令时，手机传出一个小女孩儿甜嫩的声音：妈妈，是我呀，来电话了！这是辛怡特意选择的振铃类型。一听到这声音，辛怡就会想起彤彤，就会有一片温馨在心头浮起。她的情绪平和了一些，预感到这个电话可能是许非同打来的，于是停止了操作，从提包里拿出手机一看，果然是，于是摁下接听键。

"辛怡吗？樱花实业怎么样了？"

"都快跌停了，我正要斩仓！"

许非同闻言也似乎愣了一下，略一沉吟，便斩钉截铁地说：

"你先不忙着出货，我再问一下情况，你等我的电话再决定如何操作。记住：千万先别卖票，啊！"

辛怡气呼呼地冲着听筒喊道：

"不卖不卖，等封死在跌停板上，我看你怎么办！"

三道弯胡同十八号

按照张行长提供的地址，金戈的宝马在北京火车站附近的一条胡同口停住了。

胡同是北京的一大特色。旧北京城，是由千百万大大小小的四合院背靠背、面对面、平排并列，有序建成的。为出入方便，每排院落间必须留出通道，就是胡同。

北京的胡同始于元代，那时候胡同之间距离宽敞，因为元大都基本上都是三进大四合院，后人在中间空地建院，必须留出小胡同为出入通道，这样就在许多有名的大胡同中产生了大量无名的小胡同。于是有俗话说：著名的胡同三千六，没名的胡同赛牛毛。北京最窄的胡同，像前门外大栅栏的钱布胡同，中间最窄处只有四十厘米，一个人需要侧身而过，还不能是胖子。胡同名字的成因也不外乎这么几个：以工场工地命名，以府第、人名命名，以井命名，以衙署、官府机构命名，以寺庙命名。通过胡同的名字，你大抵可以有一个形象的感受。如驴市胡同、马尾胡同、烧酒胡同、麻线胡同、豆腐池胡同等等。

金戈要找的这条胡同名为三道弯，可见其狭窄局促了。

车进不去，只好步行。金戈见路边已停了一辆白色的桑塔纳，因为违章停车，被交管在雨刷器下夹了一张罚款单。他走过去见没人注意，就把罚款单抽出夹在了宝马的雨刷器下，走出几步回头端详了两眼，禁不住扑哧一笑。宝马夹了罚款单就不会有人再找麻烦了，而那辆桑塔纳的主人回来后，必以为捡了大便宜，跑得会比兔子还快。殊不知，他已有违章记录在案，不按时去银行交纳罚款，年检的时候就会被狠狠罚上一笔。

胡同本来不宽，两边又被老百姓违章搭建的不少放置杂物的小窝棚占据，加上临时摆放的一些木筐、自行车、蜂窝煤等乱七八糟的物件，有的地方拥堵得连一辆三轮车都无法通过。两旁的院子门口，还坐了几位北京的老少爷们儿。正是吃午饭的当口，他们或蹲或站，有的就着整根的黄瓜在大口地吞食着炸酱面；有的手捧着一把大茶壶，牛饮一般喝茶。当然，除了吃喝的功能外，嘴巴的另一项重要功能也被高效地发挥着。他们所以凑到一起，就是为了互相沟通一下各自的见闻，为自己找个乐儿。这是千百年来老北京人特有的一种消遣方式，北京人的凝聚力与亲和力就是在这日常的、世俗的谈笑当中一点儿一点儿聚拢起来的，成为了一条不亚于亲情的纽带，把不同姓氏、不同职业、不同年龄的北京人连接在一起。如火柴盒一样新起的一座座高楼，加上蹦迪、电视、互联网、卡拉 OK，虽然已经在某种程度上淡化了这样一种市井景观，但在未被拆除的小胡同里，它依然顽强地存活着，如同石板下的小草。

"你说老美多牛 B 呀，灭一个国家怎么就跟玩似的，不到半个月就把伊拉克给连锅端了？"

一个中年汉子挑起一筷子面条，边说边向嘴里送。

"老萨也真他妈不禁打，就是一只鸡，被宰了不也得扑腾挣巴几下吗？"

另一个比他稍大的男人抽着烟表示惋惜：

"可不是吗！你没听说有这么一段顺口溜吗：全球三匹狼：色狼克林顿，家狼陈水扁，野狼萨达姆。还野狼呢，连野鸡也不如！"

"说到顺口溜，我新近听了几个段子，挺有意思。"一个年轻人接过话茬。

"嘿，说出来听听！"

"当今有四大傻：恋爱不成上吊，没病没灾吃药，合同签成无效，看着手机傻笑。还有四大腻歪：请客没人到，BP 机没人叫，媳妇不让闹，要闹还得带上套。四大闲是：大款的老婆、领导的钱，下岗的职工、调研员……"

"还有四大不能说呢，牛市被套，小蜜被泡，赃款被盗，伟哥失效。"

听着这市井俗语，金戈禁不住发笑，只是听到小蜜被泡这一句时，不由心动了一下，有点酸不拉叽的感觉。见西装革履的金戈走过来，正在说笑的几位北京爷们儿像审视外星人一样盯着他，好像在纳闷儿，这位款爷跑到这小胡同干吗来了？金戈自打有钱后，出入的都是高档的社交场所，猛不丁来到这里还真有点不适应。他有些感慨，离这里一箭之遥就是举世闻名的十里长街，它的华丽、富贵和宽阔，连法国的香榭丽舍大街都要望其项背，而咫尺之内，还隐藏着这样破旧的小胡同。

北京真是一个魔幻般的城市，宏大与狭小，富贵与贫困，现代与原始，竟是一枚硬币的两面。

金戈在胡同最靠里边，标着18号门牌的一座杂乱的小四合院里，找到了那个叫葛菲菲的女孩儿。

女孩儿的父母都下岗了。她中专毕业后为一家啤酒厂商当推销员，十七八岁，一头被染成金黄色的长发，衬着一张椭圆形的瓜子脸。她长得随母亲，皮肤白皙，面容姣好，尤其是那一双黑眼球很大的丹凤眼，透着稚气和清纯。

"你找我们干吗？有话法庭上说！"

菲菲的父亲四十多岁，方脸、平头，眼睛不大，却有一股冷峻之气。他穿一身褪了色的劳动布工装，脚上的旧皮鞋已经磨损得快开了绽。

金戈掏出香烟，递了一支给他，老葛不接，金戈也就不再勉强，径自点燃抽起来。他并不说话，用眼打量了一下这间小屋，它大约有十几平方米，被隔断成了两小间，每间更显局促。房子没有装修，墙皮已经斑驳剥落，露出了洋灰的颜色。外面除了一张方桌几只圆凳外，就是占了大半间房子的木床。里间或许是女孩儿的闺房，墙上贴了周杰伦、F4、陈冠希的明星照，一张单人床的床头，立着一只鹅黄色的绒毛玩具狗。没有空调，没有冰箱，唯一一件像样的电器是里屋紫红色木箱上摆着的早已被淘汰的长方形录音机，看得出来这一家的生活很是窘迫。

老葛被金戈看得有些毛了，说：

"看什么看！我们家穷，穷，就该受人欺负吗？"

金戈笑了，那笑容真诚而随和："大哥……"

这样称呼，金戈是经过认真思量的。以老葛的年龄，金戈叫他大叔或者大哥都说得过去。所以叫大哥，金戈出于两点考虑：一是可以拉近彼此的距离，古董越老越好，人可是越老越不值钱，不光女人，男人也愿意被人看得年轻；二是苦主乃妙龄女孩儿，摊的又是花儿事，确定了这个称谓，金戈比那女孩儿就长了一辈儿，也有利于消除对方父母的戒心。显然，老葛听得很受用，目光中的敌意淡去了一层。

"要说穷，我曾经比你们现在穷多了……"

老葛有些惊愕，望着金戈等他说出下文。

金戈就讲了自己的童年，讲了上大学所经历的困苦，讲了自己心灵所承受的孤寂与冷漠，说到动情处，眼睛不由得潮湿了。确实，今天的金戈已经找不出一丝当年的痕迹了。他的体态、语调、发型、服饰、做派和上等的成功人士没有了任何不同。但是在潜意识中，金戈仍然觉得穿行于都市人流中的自己，如同一头驴穿行在马群，一滴泪穿行在一片笑容中。难以割弃的孤独与自卑像身后拖着的阴影——那是命运在他心扉上的划痕，不是境况的改变便能轻易弥合的。只有在大把大把地花钱时，这种感觉才像阳光下的冰块，一滴一滴得以消融。

老葛被金戈的诉说打动了，他咂咂嘴，感慨道：

"兄弟，看你西装革履的一副大款派头，没想到还受过这么多苦，不容易，不容易啊！"

金戈用手弹弹西装的下摆，说：

"嗨，穿这身行头不过是场面上需要罢了，我也是穷人家的孩子，大哥，这次我找您来，真是为了帮你们呀！"

如果说，刚才金戈还完全是出于功利的目的，那么此刻他的话语中已多了几分真诚。对贫困本能的同情，是童年生活留给金戈的一份馈赠。

女人也感动了，忙起身倒上一杯开水递过去，老葛抢过水杯，一扬手泼在门外，抱怨说：

"你这娘们儿，忒不懂事，沏壶茶嘛！"

女人看得出很贤惠，脸上全无一丝不快，连声应着，拉开抽屉拿出一个茶叶罐，用三个手指捏出一撮茶叶放进壶里，冲上了开水。

金戈接过女人递过的茶杯，喝了一口，味道苦涩，茶叶里还净是红梗，就知道是多年陈茶，烘烤得也极不讲究，便说：

"大哥爱喝茶，什么时候让我父亲寄一些今年的新茶来，你尝尝。"

"那敢情好！"女人说，"你大哥不抽烟不喝酒，不嫖不赌，就是爱喝口茶。"

"大哥真有名人雅士的风范啊！"

金戈开了一个玩笑，便从茶叶的采摘、烘烤，谈到茶叶的分级、鉴别、品尝，如数家珍，气氛也越来越是融洽。

"兄弟，你说你帮我，怎么个帮法？"老葛望望金戈，目光中除了怨恨便是期待："那小兔崽子太坏了，我恨不得宰了他。你要是帮我就叫他多蹲几年笆篱子，毙了最好！"

老葛已全无戒备，语气中既有愤怒也有信任。

金戈放下茶杯，冲女人和一直坐在旁边没说话的菲菲说：

"嫂子和菲菲先回避一下，我和大哥单独聊聊，你们不介意吧？"

金戈已经感觉出来这个家由男人说了算，只要做通了男人的工作，事情就会有转机。屋子里只剩下了老葛和金戈。

金戈说："大哥，叫那坏小子蹲上几年监狱这不难，可是你想过没有，这样做咱们除了出一口恶气外，还能得到什么？咱们不但得不到什么，还要失去不少！"

"此话怎么讲？"老葛的目光中重新又有了戒备的神色。

"第一，咱们菲菲失去了名誉。现在这世道，男女青年谈恋爱越了轨不算什么，社会的宽容度已经完全可以包容；但是如果被人强奸过，说起来总不那么体面吧？"

老葛没有说话，这也正是让他郁闷的一个原因。

金戈自然注意到了。他抽出烟叼在嘴上，看看老葛，又抽出一支递给他。这次老葛没有拒绝，接过来翻来覆去看了看，又放在鼻子底下闻了闻，然后探出头，在金戈伸过来的打火机上点燃，深深地吸了一口，再慢慢吐出，像是要把积郁在心中的怨恨也一口吐出。

金戈向前探了一下身子，在那个破烟灰缸里弹了弹烟灰：

"第二，现在的法律是打了不罚。判了那坏小子，我们不会依据法律得到任何补偿。可是如果变通一下方式，由男方给我们补偿就不是不可能的了。"

"那依着你怎么办？"老葛觉得金戈说的不无道理。

"这件事的性质定为谈恋爱，这样既可以保住菲菲的名誉，同时男方还可以出……二十万元作为精神赔偿。"

本来，金戈想以十万元了结此事。凭他的感觉，菲菲一家对十万元完全可能接受。话到嘴边，却变成了二十万，连金戈本人也没想到自己会脱口而出。

"二十万？"老葛惊讶得张大了嘴。

"对，二十万！少一分钱也不行！"

金戈在烟灰缸里使劲摁灭刚刚抽了一半的软中华。

"可这口气……"老葛似乎心有不甘。

"大哥，我为什么叫嫂子和菲菲先出去？她们可以意气用事，可是你不成。你是一家之主，这家要靠你撑着哪！"

"可是我们已经把他告了！"

"如果你同意，剩下的事由我来摆平。"

"兄弟，你容我再想一想，行吗？"

老葛仰起脸，看着房顶愣神儿。

"行，大哥，你好好想想吧。请你相信，我这样做完完全全是为了菲菲，为了你和嫂子。"

金戈站起身打开随身携带的密码箱，拿出一捆百元大钞放在桌子上：

"大哥，你我一见如故，这点钱算是兄弟的一点心意，买台空调和冰箱吧。菲菲是个多好的姑娘，咱们不能苦着孩子啊！"

"这……这怎么行？"老葛坚辞不受。

"无论事情怎么发展，我都愿意交你这个朋友，兄弟之间你就不必客气了，谁让兄弟我现在有钱了呢！"

金戈摁住老葛的手，那手下压着一万元现金。老葛欲言又止，因为此刻，金戈注视着他的目光是真诚的，真诚得让他无法拒绝。

屋外，女人和菲菲正在择菜，见金戈要走，女人挽留说：

"金律师，吃了饭再走吧？"

金戈摆摆手："不了，嫂子，下次吧。"

正说着，手机响了，是小雨打来的，问樱花实业买进去连跌了三四天，总计损失已达百分之十五，是不是止损出局？金戈有汪海可靠的消息来源，知道这张票是A省的重点企业，第一大股东就是省国资委，公司董事长和汪海称兄道弟，股票的走势汪海心知肚明，告诉他说拉升前要先挖个坑儿，让金戈在下跌百分之十五左右重仓介入。他所以让小雨在跌前买进，是为了下一只票做些铺垫，于是说：

"这是庄家震仓洗盘，股价马上就要拉升。告诉你哥沉住气，千万不要斩仓，获利不达到百分之二十绝不出货！

第十一章

相约莫斯科餐厅

辛怡经历了惊心动魄的一幕。

回顾这几天樱花实业的走势，称得上大起大落，大开大合。买进去四天股价跌去近百分之二十，几条重要均线全被击穿，K 线图走得要多难看有多难看，眼瞅着已然回天无力。

辛怡那两天都快崩溃了。ST 海洋上虽然赚了个百分之十，但那次只买了一千股，这一次虽也只跌了不到百分之二十，可是用了多一半的仓位，买了五万多股啊，里外里赔姥姥家去了。辛怡要出货，许非同问了小雨，说我们再等一等，这是庄家拉升前最后一次震仓洗盘。

辛怡将信将疑。没想到第二天早晨一开盘，樱花实业就高举高打，当天以涨停板报收。第二天略作回探后，又在不到一个小时封在了涨停板上。

老张都傻了，直说你这是哪路神仙的消息，怎么这么准？

后几天，樱花实业继续放量上冲，每天均以中阳报收。辛怡看量价配合很好，本想再拿几天，许非同按小雨的指令坚持让辛怡抛了，不到十个交易日大赚百分之二十五。

果然，抛出的第二天就以中阴线报收，开始逐波下探，陷入调整。

这天晚上，许非同特意约小雨出来共进晚餐。尽管小雨说吃"肉饼张"就行，许非同还是把吃饭的地点定在了莫斯科餐厅。

许非同喜欢这里的氛围。除了人民大会堂的宴会厅，北京恐怕没有一家餐厅这么宽敞明快，一如他此刻的心情。在大厅靠墙的一张情侣桌前，许非同和小雨相对而坐，桌上摆了几样精致的菜肴和一瓶红酒。许非同先为小雨斟了酒，又为自己倒了满满一杯，然后端起高脚杯，冲小雨示意了一下。目光中的忧郁便被深情所取代，仿佛阴霾中透出的阳光：

"小雨，真的很感谢你。你也许还没有意识到，你不光是为我们挽回了一些损失，更重要的，你可能拯救了一个濒临解体的家庭。"

小雨和许非同碰了一下杯，不知为什么，心里有些惆怅。

她知道，许非同说的是实话，而且，他们认识以后，许非同也从来没有向她许诺过什么。他不像有些男人，为了泡上一个年轻漂亮的女孩儿，先痛说一番"革命家史"，再表示愿意离婚另娶；许非同认识小雨后，却几次暗示不可能离婚，尽管和妻子在性格上存在很大差异，他也不会抛弃妻子。妻子也曾经流光溢彩，因为他才过早地衰老，如同一朵刚刚绽放的玫瑰，还没有尽情地展示自己的芳姿，就被岁月的风霜吹打得凋零了。

"你知道吗？小雨，结婚十几年了，我没有洗过一次衣服，没有做过一次饭，连家里安灯泡、修门锁这些本该男人干的活儿都是妻子代劳的。"

许非同不止一次地这样说，说的时候，他的目光中充满了歉疚和温情。正是因为这样，小雨才从内心感觉他是一个可以信赖的男人。记得有一次，小雨借故天太晚了住在许非同的画室，她以为睡在门厅里的许非同会进来，可是左等右等，不见许非同推门。她迷迷糊糊睡着了，子夜醒来，却见许非同正坐在床边静静地注视着她，如同现在看她的目光。她哭了，起身抱住许非同。许非同把她相拥入怀，一边抚摸着她的长发，一边轻轻地说：

"原谅我，小雨，我没有办法忘记她，真的！我还没有足够的心理准备，我还承担不起这样一份责任。"

对于许非同，小雨的内心十分矛盾，她渴望爱与被爱。那天，她在幻觉中把金戈当成了许非同，才一下子感受到了灵与肉的融合竟如此令人心旌摇曳，不能自已。只可惜，那幸福太虚伪，如同一座圣洁的金身，被现实的风雨一打，原来是一堆没有灵性的黄泥。反躬自问，小雨也恨自己是不是太轻浮？两情相悦，难道一定要相互占有吗？只是时间的推移使她越来越难以把握自己，感情就像一只越飞越高的风筝，而理智的线，似乎快承受不住那只风筝的巨大牵引了。

有一天晚上，小雨不知为什么竟打车来到了许非同家的楼下，久久地凝望着那扇亮着灯的窗户，当她无意间看到了辛怡脱衣服的窗影时，妒忌得突然有些难以自制，恨不得跑上楼去敲开许非同的房门。就在打开车门的一瞬间，她克制住了。她知道，这样做的后果不但会使自己失去现在所拥有的一切，还会让许非同离开她。许非同并不隐讳自己仍深深依恋着妻子。那么，既然自己爱许非同，就应该尽心竭力地为他们夫妻的和睦做一些事，尽管这样有可能使许非同永远如同天边的云，看得见却得不到。但只要许非同高兴，她就应该这样做。爱一个人，付出比占有不是更重要吗？

再说，千年的莲子还可以开花呢，自己如此用情，许非同真的会一直心无所动吗？

"损失挽回来，你就不要再炒股了，好吗？"小雨望着许非同，那对如黑钻石一样的双眸一闪一闪的，像天池的湖水，波光盈盈："我不愿意看见你因为股票和辛姐打架，我也不愿意看见你因为股票而荒废了自己的事业，真的！"

许非同端起高脚杯抿了一口酒，很动感情地说：

"这一天不会太远了。一旦抽身股市，我会把主要精力放在工作和事业上。只不过，现在还不成。"

"我知道，我是说把损失挽回来以后。这一两天，我再去打听一个准确的消息。"

小雨夹了一块牛排放在许非同面前的盘子里，又为自己的面包涂上一层黄油和果酱：

"等损失挽回来了，再能挣点钱，你就可以去完成自己的三个一工程了——出一本画册，举办一次画展，建一所以美术为特色的希望小学。"小雨很夸张地咬了一口面包，一边嚼着一边调皮地眨眨眼："噢，对了。应该是四个一工程，一个星期还要请我吃一次'肉饼张'！"

小雨的神态很轻松。说这话的时候，她的心里有十足的把握。金戈自尊心极强，轻易不会去逢迎别人，但对那个汪局长，他却竭尽讨好之能事，言谈话语间小心谨慎，唯恐怠慢了这位财神爷。为什么？还不是因为他可以带来滚滚财源？金戈虽然不愿意让小雨参与"生意"上的事，但有几次高兴时仍情不自禁地感叹，他妈的，姓汪的这个老东西道行太深了，做股票几乎从不失手！金戈现在挥金如土，出手几万眼都不眨一下，还不是因为钱来得太容易了。股市简直就成了他的私人提款机，想赚一笔了，买上一张票，用不了十天半个月，至少也有百分之二三十的利润进账。如果求助金戈，帮许非同打回这点损失几乎易如反掌！

小试牛刀，不是已经挽回了不少吗？

一个白衣黑裤、系着紫红色领结的服务生走过来，彬彬有礼地指着一只空盘子问：

"先生，我可以把它撤走吗？"

许非同点点头：请便。目送服务生远去时，他无意间看见了离自己不远的一个食客。他觉得这个体态有些臃肿的中年人吃相过于贪婪，刀叉碰出的响声也过大。样子虽有些粗鄙，但爱好似乎不俗，他的耳朵里塞着一副耳机，像是在欣赏音乐。许非同根本想不到，中年人面前的报纸卷罩住了一只窃听用的发射器，发射器的天线正对着自己和小雨，他们的所有对话均清晰无误地回响在中年人的耳机里。

此人是刘胖子。

刘胖子见许非同望着自己，忙低下头，把半块牛排一次性塞入嘴里，一边咀嚼一边暗自感慨：这一对野鸳鸯和他以前盯的目标有些不同，感情确很真挚，交往中似乎没有任何功利成分。特别是小雨，不知图那个画家什么，既非大款，又不是名流，无论从哪个方面，比起金戈来都并无优势可言，值得她用情如此之深？以往刘胖子接了这种婚外情的案子，感情上一般倾向事主，这倒不光是因为拿了人家的钱，更重要的是，他这一代人受的是传统教育，潜意识中排斥一切红杏出墙的女人。可是这回，他对小雨，甚至对许非同恨之不切，隐隐地竟有一些同情，这在他以前的办案经历中是极少有过的。

这时，餐厅的音响里，换上了俄罗斯的古典乐曲。

许非同侧耳细听，原来是柴可夫斯基的舞曲《睡美人》。这是音乐家的一部经典之作，讲述了美丽的奥洛拉公主被邪恶的妖婆诅咒，十六岁时被纺锤刺破手指而死，但代表善良与智慧的精灵里拉用魔杖驱走了妖婆，使公主以沉睡一百年代替死亡。一百年后白马王子狄吉利按照里拉的提示，用热吻唤醒了公主，并与之举行了盛大的婚礼。柴可夫斯基是一位擅长以音乐描绘心理经历的艺术大师，整部舞曲柔婉抒情，非常细腻地表现了公主的情绪变化和心路历程，以及她的雍容华贵和落落大方。

许非同一边欣赏一边向小雨讲述了这个动人的童话。

小雨听了很感动，也更加佩服许非同。生活中有多少男人，表面上富贵显赫，却徒有其表，缺少的正是使一个男人得以强大和伟岸的智慧与修养。

她忽然想起了一件事，问许非同：

"对了，昨天丽丽打来电话，问我有没有兴趣去参加行为艺术的演出，你说我去不去，非同？"

"行为艺术？"许非同反问了一句，"什么内容？"

"她没有说，去了才能知道。"

许非同端起酒杯，轻轻抿了一口红酒，望着小雨说：

"如果你征求我的意见，我建议你还是不去为好。"

"为什么？"小雨俏皮地眨眨眼，用温柔的目光在许非同的脸上轻轻抚摩了几下。许非同不会对一件事轻易臧否，而他一旦明确表达出看法，必然会有令人信服的理由。

许非同沉吟了一会儿，对小雨解释道：

"西方大概从20世纪20年代开始，就有一些艺术家用一种行为的或表演的方式，来展示他们的艺术观念。在西方现代艺术的大板块里，行为艺术确实是它的一支，或者说是它的一条脉络。可是行为艺术进入中国后，特别是近年来中国行为艺术的种种表演，已经走向了一种令人难以容忍的极端，已经超越了艺术的边界。比如裸奔、和驴子结婚、和铁锹做爱、钻牛肚子、吃死婴、浑身涂满蜂蜜让蚊虫叮咬，等等，都被冠以行为艺术的名义。很明显，它已经触及了社会的道德和伦理底线，连一些西方记者对此都瞠目结舌，评论说，中国前卫艺术的惊人和大胆堪称世界之最。说真的，作为一名中国的普通民众，听到这种评价我没有丝毫的荣誉感。"

小雨给许非同的杯子里加了一点酒：

"这么说，行为艺术够恶心的？"

在艺术圈里，小雨已经待了一段时间，虽听人们提及过行为艺术，只是对其还缺乏理性的认识，听许非同一说，她脑子里的轮廓清晰了一些。

"也不能一概而论吧。只是在你没有深入了解作品内容的情况下，不要轻易参加。据我所知，邀请模特参加的行为艺术表演，往往要裸露。当然，不是说不能裸露，但是如果这种裸露只是打着艺术的旗号，而完全是出于一种商业目的，沦为一种商业炒作，那么就是对艺术的亵渎。你说对吗，小雨？"

小雨点点头："非同，我听你的。"

许非同双手托腮注视着小雨。除了作画，他还很少这样专注地凝视。小雨穿了一件白色的吊带小背心，胸前用珠片缀成了一只玫瑰红的蝴蝶，灵动艳丽，振翅欲飞，与脖颈上那串火红的石榴石项链相得益彰。许非同发现，适度的遮掩和适度的裸露最能体现出一个女人的风情。小雨那线条优美、肌肤柔润的脖颈和微微凸起的肩胛骨展露出了无穷韵致，比画室里更能激发人的遐想。

小雨低着头，但是她感受到了许非同的目光。她愿意被这样的目光沐浴，因为这目光温暖得像是仲春正午的一束阳光，让她漂泊不定的心灵有所依托。

"你的……"许非同本来想赞美小雨那迷人的脖颈，话到嘴边却变成了"项链真美"。尽管他很喜欢小雨，小雨激情四射、青春洋溢，生命像一面海风吹张的帆，但和辛怡十几年的夫妻情分实在难以割舍，在还没有最后做出决定是不是从感情上完全接纳小雨之前，他需要把握一定的距离。作为一个成熟的男人，他也有七情六欲；面对小雨的胴体，他也有过本能的冲动。只是在沸水就要把壶盖顶开的一瞬间，他用理智的水把欲火浇熄了。他还不敢把生活过得放浪恣肆。他总有一种预感，不幸会与大笑同时降临。这倒不是因为他对庄子福祸相依的学说有着哲学上的敬重，而是觉得任何一个突如其来的变故都会把一个家庭击成内伤，使你无法收拾。在他还没有和小雨发生肉体关系之前，他不必承担道义上的责任，而一旦有了实质上的突破，以许非同的道德观，就必须在辛怡和小雨之间做出选择。女孩儿在爱一个男人的时候，开始总说不在乎一纸婚约，可是最后没有一个不想走进正式的婚姻殿堂，小雨也不会例外。这种选择对于许非同来说，不是鱼与熊掌之间的选择，而是假如妻子和母亲同时落水，先救哪一个的选择，他没有足够的智慧做出。

不知为什么，许非同一下子想起了母亲。

母亲是一个典型的贤妻良母，勤劳质朴、一心操持着家。但是与一般的农村妇女不同，她懂得尊重孩子，这在农村已足够开明了。不知搭错了哪根神经，许非同从小喜欢画画儿，还没有上学，家里的白墙上就被他画满了向日葵、小老鼠、山羊和蓝天、白云。而且墙上的画面不断变化，有些属于"写实"风格，有些则是"印象派"画作，完全凭着想象杜撰出来的一些景物，连许非同自己也不知道画的是什么。他不像别的小孩子恨不得一天到晚疯跑，一有时间，他总喜欢一个人在纸上随意涂画。画画儿，成了他宣泄情绪的一种方式。

当副乡长的父亲很生气。在他的观念中，念书才是正经的营生，整天瞎涂乱抹纯属浪费时间。特别是儿子开始要彩色蜡笔，后来又要买水彩，这对于一个每月一两千元工资收入的乡镇干部家庭也是一笔不小的开支。如果以后学美术，光是拜师上课、颜料画布的费用也够并不富裕的家里喝一壶。许副乡长脾气不好，执行上级的指令从来不打折扣，他觉得那是他的本分。不过，他为官清廉，那时的乡村政治也远比时下清明，许副乡长除了工资没有一点额外的收入。他又担心儿子痴迷美术耽误了前程，就一再打压。

母亲则相反。她虽然只上过三年初小，却翻阅过不少名人传记，知道兴趣是最好的老师。当丈夫对儿子的要求呵斥拒绝时，她总会在一旁说，老许啊，由着非同吧。学画画儿又不是什么坏事，说不定儿子将来会有出息呢！母亲节衣缩食，支持许非同在学美术的道路上一路走来。最终，老人家的话应验了。令许非同伤感的是，他大学毕业留校任教的那一年，父亲因心脏病突发在睡梦中猝然离开了人世，没有留下任何遗言。但是，他的枕头下却压着许非同大学录取通知书的复印件，他是枕着对儿子的期待和骄傲走的。

"你在想什么？"小雨的一句问话把许非同从沉思中唤回，他嗯了一声。

小雨低头看了看项链，用手轻轻托起，那串暗红色的石榴石便在灯光下烁烁闪光，如同一簇簇蹿动的火焰：

"非同，你知道吗？这石榴石还有另外一个名字呢，叫'吐火女神'，多富有诗意。"

许非同点点头说："是的，那还是法国国王路易十四为它命名的！"说着，他举起酒杯，"来，小雨，让我们为富有诗意的'吐火女神'，也为我们的友谊永远像火一样真诚热烈干一杯。"

小雨注意到，许非同特别加重了友谊这两个字的语调，她下意识地迟疑了一下，心中不免有些失落，但还是举起了酒杯。

第十二章

烦闷和肿块

汪海的心里有点烦。

按说，他没有烦的理由。一切都是顺风顺水：股票获利颇丰，丽丽又如小鸟依人，很是善解人意。在爱情的滋润下，他这株老藤竟也有新枝吐绿，精神状态和身体都好起来。特别是和老婆的离婚案，因她过错在先，不但儿子对自己寄予同情，社会舆论也倾向自己。他因祸得福，既有美人可相拥入怀，又得了一个因工作忙碌、一身清廉，才被贪图物质享受的老婆抛弃的美名。

可是他还是有些烦躁。刚才会计为他报销到北京开会的差旅费，他有腰肌劳损，坐不惯软卧，会计执意要把软卧和硬卧之间的差价补给他，他摆摆手说算了，能给国家省一点就省一点嘛，何必算那么精细？会计很感动，说汪局长，如果共产党的干部都像您一样高风亮节，老百姓也就有盼头了。

会计是真诚的，汪海听起来却觉得是在嘲讽自己。如果一年以前这样说，他还受用得起，可是这一年自己都干了些什么呢？包养情妇、违规炒股、收受贿赂，想一想都觉得脸红心跳。他也想过金盆洗手，可是他实在抵御不了丽丽那充满青春活力的胴体，每当他和她发生肌肤之亲时就如同腾云驾雾一般，所有的不安与自责都化作了一缕轻烟。再说，像他这种身份的人，谁没有几个情妇？落马高官不都是妻妾成群吗？他不在北京的时候，丽丽一会儿发过来一个民间流传的黄段子，像什么：一等男人家外有花，二等男人家外找花，三等男人四处乱抓，四等男人下班回家；还有，成功人士是：白天瞎鸡巴忙，晚上鸡巴瞎忙；不成功的人士是：白天没鸡巴事，晚上鸡巴没事，等等。开始他还觉得粗俗，但时间久了，觉得也不无道理，有些甚至极为睿智、深刻，对某些社会现象概括得生动而传神。这就说明，这种现象已经极为普遍，自己不过是顺应时代潮流罢了。况且，自己不贪不占，利用内幕信息炒股挣点钱算什么？这件事做得如此机密，天衣无缝，被人知道的概率几乎为零，何必"世上本无事，庸人自扰之"？自己正在离婚，和丽丽也算是正常恋爱，何错之有？再说，你守身如玉，洁身自好谁又说你好？

汪海换了一个姿势，他把头靠在老板椅上，望着天花板。天花板的正中是一盏莲花式的吊灯，白底座、白灯具，连灯泡也是乳白色的。

他不由想起了刚才参加过的追悼会。

逝者是国资局已退休的老局长，为官清正廉洁，老伴是农村的糟糠之妻，当了一辈子家庭妇女；两个子女也没有沾过半点父亲的福荫，至今一个是工厂的工人，一个是小学老师。他死后，存单上据说只有不到五万元，还根据他的遗嘱全部交了党费。可是追悼会却有些冷清，即便去的人也并非全都心怀崇敬。他就听到有人议论：

"这老头子太老古董了，活着整天看这不顺眼、看那不顺眼，不如死了清净。"

"可不是，像这样跟不上形势的老头儿，死了倒也是一种解脱。"

听到这些议论，他在为老局长感到悲哀的同时，也动摇了残存在内心的那一点信念。汪海突然明白了，他所以莫名其妙地烦躁，直接的诱因就是这个追悼会。

电话铃响了，汪海拿起听筒，是远在加拿大留学的儿子，他就挂断了电话。这已成为惯例，儿子打越洋电话价格太贵，如果在家，他会用座机打回去，因为是在单位，他怕电话有人监听，就用手机打了过去。他知道，独生子来电话肯定又是为了钱的事，这种事还是小心一些好。

果然，儿子在电话中发起了牢骚：

"爸，您说给我弄过点钱来，怎么还不见动静啊！什么时候您也到我们这里看看，您知道我周围的一些干部子弟是怎么生活的吗？他们开宝马，吃大餐，上最豪华的夜总会去泡洋妞儿，一出手就是几万十几万，连老外都望尘莫及，看得目瞪口呆！他们哪来的钱？还不是靠父母在国内用权换来的。我告诉您，人说了，现在是瓜分国有资产的最后一次机会，您不趁乱动手，等您退了休，黄瓜菜可就都凉了！"

"住口！你怎么能这样讲话？"

"本来嘛！您是我爸，我才口无遮拦。我现在有绿卡了，要钱也不是为了挥霍，还不是想办个公司，正南八北搞点加中贸易，这对国家的改革开放还有好处呢！等您退了休，我接您到加拿大来安度晚年，没有点积累，靠人家加拿大政府救济过呀！"

儿子说的倒也是实情。他在国资局，这样的事耳闻目睹的多了。有些人根本没钱，但可以通过多种关系将要收购的国有资产作为事先合约抵押给银行，然后由银行给出现金流转给被收购企业的所有者，而收购者本人不承担任何风险，一夜之间就成功地成为富豪。说白了，这就是用银行的钱来购买国有资产，然后变成自己的。当然，这种国有资产会被压价很低，价值上亿的一个企业，四五百万就会被出手，打的旗号无非是"拍卖""公司脱钩""招商引资"。他从一个内部资料上看到，近年来国有资产每天以数亿的速度流失，一年就是一个令人胆战心惊的天文数字！看到那个材料，他痛心疾首了半天，随后便是如秋菊残败、夏荷凋零般的失落。

"爸，我说话您听着呢吗？"

"噢……我听着呢。"汪海自认为是了解儿子的。大学毕业后儿子到加拿大留学，费尽周折办了张绿卡。他不是那种纨绔子弟，总想在异国他乡打出一片属于自己的天地。汪海也想给儿子弄些钱，但从金戈处只分到了五百多万。花两百多万买了房子，除去装修，又添了一套高档家具，为丽丽买钻戒、买豪车、买名牌衣服，所剩就寥寥无几了，实在是心有余而力不足。他想到为丽丽花了几百万，儿子几次来电话要钱都没有表示，心中不觉有些歉然，就对着手机说："你的心情我是理解的，你想建功立业，靠自己的能力去发展，爸爸也是支持的。不过，干什么事都要审时度势、量力而行。中国不有句俗话嘛，欲速……"

"行了，我不听您做报告了，这些话你留着讲党课的时候去说吧。"儿子打断了汪海的话，"我的话您好好考虑吧！"说着啪一声挂断了电话。

汪海可以想见儿子生气的样子。也难怪，去年他去英国考察，对方的翻译一再向他惊叹，中国人太富有了！听他说，一些中国的留学生买了曼彻斯特郊区的花园洋房，上下学开着价格昂贵的奔驰 SLR 级跑车，全身上下一水的 HUGO-BOSS。相形之下，儿子只租了一间阁楼，上下学还要搭公交车，心态怎么能平衡呢？汪海也知道，这些阔少除了暴发户的子女外就是手中握有实权的干部子弟。他们大把大把挥霍的钱还不是老子损公肥私得来的？可怎么样？儿子在外边花天酒地，老子不照样当着官，人模狗样地在台上讲着"三个代表""科学发展观"，要"反贪倡廉"吗？

汪海拿着手机正在愣神，有人敲门。

"请进！"汪海坐直了身子，点燃了一支香烟。

秘书推门进来：

"汪局长，两点半了，顺达集团的房总来了，想向您汇报一下国有股转让的问题，不知您时间是否方便？"

下午三点要开一个局长办公会，约房总两点半来本是汪海定的，他对房总的汇报没有多大兴趣，他们肚子里的那点花花肠子他也一清二楚。无奈这房总像被捅了窝的马蜂一样盯住他不放，不好意思再推了，本打算用个十分八分钟见一见，敷衍一番了事。不知为什么，他突然改了主意，很想和房总认真聊聊，就对秘书说：

"局长办公会的时间不会很长，你让房总先在小会议室等一等。我开完了会请他们在机关食堂吃晚饭，边吃边谈吧！"

秘书答应一声出去了。

这时手机又响了，不是铃声，而是像蛐蛐一样的鸣叫，他知道是丽丽发来了短信。除了丽丽，没有人给他发短信，如何发短信也是丽丽教的他。

汪海有些笨拙地摁着手机的按键，打开了短信：

老公，我会让你成为世界上第二个最幸福的人，因为有了你，我就是最幸福的人。什么时候回北京？丽丽想你……

汪海嘴角露出一丝会心的笑意，特别是后面的省略号让他浮想联翩，有一股热浪在心头涌动，烦躁也如日出雾散。丽丽就是会整些小情调，让人觉得乖巧、可心，他忙摁出回复，想了想，发出了一则短信：

我可以向你问路吗？

不到五秒钟，丽丽回了短信：到哪里？

汪海回复：到你心里。

丽丽又回了一条短信：坏坏蛋。好好想你哟！

汪海端详着那一行字，眼前仿佛浮现出丽丽娇嗔妩媚的模样儿，忍不住咧开嘴笑了。他心里暗自感慨，科学技术的高速发展，确实大大缩短了人和人交往的时空距离。农耕时代，即便是皇帝老儿的加急圣旨，也要跑死几匹快马才能传到千里之外。如果遇上狼烟四起，人和人之间的信息传递更难上加难了，难怪诗圣杜甫感叹"烽火连三月，家书抵万金"呢！可在信息时代，只是一眨眼的工夫，彼此的悄悄话就尽可叫对方知晓了，而且具有极强的隐秘性。不过，高速发展的科学技术是一把双刃剑，它在大大提高了人们生活质量的同时，也确实对传统的社会道德框架构成了极大的冲击。他看过一个材料，作为现代科技与艺术完美结合的产物，汽车在1932年进入美国私人生活以后，美国当年的私生子骤增百分之三十二以上；到了20世纪60年代，随着汽车真正成为一种时髦并且实用的大众消费品，美国也同时迎来了一场全民"性解放"运动，避孕套的销售量急速增长。汽车，就是移动的"温柔乡"，为一对对野鸳鸯提供了无处不在的栖息之所。去年汪海到美国考察，听纽约的一位市政府官员介绍，为了固守自己的精神堡垒，与纽约咫尺相隔有个兰开斯特县，居住在木屋里的阿米希人不用电灯，不用电话，纺织耕作，自给自足，拒绝一切现代文明。当时，汪海还有些不解，现在他已有所领悟，如果不是手机短信，他和丽丽的沟通和联络能如此及时、隐秘和缠绵吗？理解归理解，他觉得阿米希人纯真得简直有些可笑，人活世间几十年，为了恪守那些近乎迂腐的所谓原则，自己给自己找罪受岂不是有病？特别是认识了金戈，感受到了金戈的生活方式以后，他更是觉得那种坚守不过是迂腐的代名词。问题是，怎样能提高自己的生活质量而又不破坏自己的生存环境！

汪海想着，便按照丽丽教给的方法，摁出删除功能，删去了丽丽发在手机上的短信。

股票连连获利，辛怡紧绷的神经一下子放松了。她忽然想起前几天洗澡时，偶然摸到乳房上有一硬块，现在精神一放松，似乎手一触摸有些痛，于是到北京一家三甲中医院挂了一个专家号。

排了半天队，一推门是个男大夫。

辛怡忙来到分号台说，是不是给我换个女大夫？

分号台的女护士说，换什么换？男大夫看得挺好的！

辛怡赔着笑脸说，我不大习惯。

女护士没好气地说，那你就重新排队！

辛怡忙点头如鸡啄米。

女护士白了辛怡一眼，一边低头换号一边嘟囔：

"都这岁数了，还弄得跟个处女似的。"

辛怡今天的心情不错，没有跟她理会，等重新排了半天队走进诊室，刚刚才有的一点好心情全都荡然无存了。

女大夫听辛怡陈述完病情，摸了摸她的乳房，样子显得很生气：

"你怎么现在才来？太不知道爱惜自己了！"

辛怡心里忽悠了一下，问："问题很严重吗？"

女大夫低头开着处方说，你先去做个 B 超吧。她又抬起手腕看看表，说我晚点回家，看完你的结果再走，你抓紧点时间啊！又在处方上写了"特急"两个字。

辛怡看了看处方上的医生签名，知道她姓朱。

来到 B 超室，前边有几个孕妇在排队，不知要查什么项目要憋足了尿，一个个难受得龇牙咧嘴，辛怡的单子虽然批了"特急"，也只能排在这几个孕妇后边。等轮到她，护士开始清理东西，对辛怡说，下午再照吧，下班了。辛怡正着急，朱大夫不放心赶来了，帮着说情辛怡才进了 B 超室。

结果出来了，朱大夫皱着眉看了半天没说话。辛怡心中更加着急，问：

"是不是问题很严重？"

朱大夫回答："还不能这样说，再进一步分析一下吧。"说着又开了一张处方，"你下午去拍一个加强 CT。"

片子拍了，要七天以后才能看结果。辛怡心里空落落的，她想给许非同打个电话，又怕他着急。就想，医生的话总是危言耸听，还是等检查结果出来以后再说吧。

从诊室出来，辛怡去划价取药。大厅里人很多，划价、交方、取药，各排成了一条条长龙。又赶上划价的工作人员计算机技术不熟，半天算不出一张处方，长龙蠕动的速度便很慢。辛怡排在队尾缓缓地往前蹭，心中不免着急。她觉得这医院的大厅简直就是自由市场，杂乱、喧闹，即便没病的人，排上这两三次队怕也会折腾出病来。

一位四十多岁的妇女划完价满头大汗地挤出人群，她手里举着处方和钱包焦急地问住院在哪里交费。辛怡下意识地看了她一眼，只见她的脸色微黑，因为出汗太多，额头上的一绺短发贴在左边眉尖上。两道眉毛虽未曾修剪过，却也浓密并匀称。眼窝有些凹陷，一双秀目黑且明亮，一看便是个当家主事的农村妇女。她或许是头一次到大都市来，目光虽沉稳，却也透出了几分茫然与无奈。一位老年患者用手指了一个方向，说往前右拐。中年妇女道了一声谢，小跑着去了。

划完价、取完药，辛怡向外走，路过住院部时见门口围了一群人，里面隐约传来哭声。挤进去一看，原来是刚才那个外地妇女，哭得似已气绝，正抽抽搭搭捯气。一问才知道她的钱包被偷了，男人患了重症正等着交钱住院。围观者唏嘘叹息，但援手者甚少，即便有人慷慨解囊，也不过是十元、二十元，杯水难救车薪。

辛怡有些自责，刚才见这妇女随手把钱包塞进衣兜，本打算提醒她注意防盗，还未及开口，女人已匆匆走了。想追上去又怕人家嫌她多事儿絮叨，如果当时提醒两句，也许她就不会被人偷了。这么一想，好像女人丢了钱包责任全在自己，便心怀了几分歉疚。同时，辛怡也最看不得别人落泪，毫不犹豫地掏出钱包抽出五百元递给那女人。女人接了钱，千恩万谢。辛怡听女人说光押金就要一万多，想了想，便把身上所有的钱都掏给了她。

辛怡今天刚发了工资，若是平常，钱包里也就百八十元，够买菜的就行了。她就想，该着与这女人有缘，要不是赶巧，想帮忙也帮不了。

女人仍在落泪。这回却是感激的泪。她扑通一声跪倒在地，就要给辛怡磕头。辛怡忙把她扶起，说大嫂你不必这样，赶快去交钱治病要紧。女人执意要辛怡留下姓名、地址，说回了内蒙古一定寄还。辛怡本不打算让还，经不住那女人恳求，就将联络方式写了，说有事还可以再找我，钱还不还无所谓。

连回家的打车钱都没有了。辛怡出了医院正站在路边踌躇，忽然一辆宝马停下来，车窗摇下，金戈探出头来问，大嫂，你到哪去？辛怡觉得面熟，想了想记起，是前些时候见过的那个自己过马路差点撞到人家车上的年轻人，觉得真是巧，就说我去三元桥。金戈说我正好路过，搭你一段儿吧，八成你连回家的车钱都没了吧？

辛怡心里有些惊诧，他怎么知道我身上没有钱了？嘴上却说，不用了，我自己想办法吧！

金戈开玩笑说，正好顺路，难道还怕我收您车费不成？

辛怡便不好意思再推辞，就拉开前门坐在了副驾驶的位子上。

金戈说，大嫂您好心肠啊！

辛怡有些懵懂，一问才知道他是因脱发到医院看皮科，正好见到了刚才发生的一幕。就说，谁还没个难处？能帮人处且帮人吧！

金戈说，你的钱肯定是肉包子打狗有去无回，那女人八成是个骗子，就骗你们这些软心肠的妇女。记住我一句话：不要轻易相信任何人。

金戈这样说并非没有缘由，因为轻信，他也有过走麦城的经历。

那是他胜诉了几场官司，正在春风得意的时候，北方公司要与金胜公司合作开发春风湖住宅小区项目。为查清对方的底细，通过熟人聘请金戈作为法律顾问展开调查。那个熟人拿来了市计委的批复文件，告诉金戈，春风湖住宅小区确为金胜公司拥有。因为轻信了熟人，又到金胜公司看到了豪华的办公场所和光鲜的高级管理人员，金戈就没有对春风湖项目的土地使用权状况和金胜公司是否具有资质等级进一步审查，出具了法律意见书。据此，北方公司向金胜公司支付了一亿元项目转让费，买了春风湖项目，同时向金戈支付了五十万元律师费。半年后，北方公司却发现金胜公司根本就不拥有春风湖项目，那个市计委的批复文件也是伪造的，金胜公司早就人去楼空。北方公司支付的一个亿被人骗走了。

一纸诉状，金戈被告上法庭。

再找那个熟人，已泥牛入海无消息，在人间蒸发了。结果，金戈不但退还了五十万元的律师费，还被法院判决赔偿了北方公司五百万元。那一次金戈元气大伤，从此以后与人打交道，就有了极强的猜疑心和防范心理。

两人一路说着，很快就到了三元桥。辛怡下车时说，谢谢您了，还不知道您贵姓呢！

金戈掏出了一张名片递给辛怡，开玩笑说相识就是缘分，以后你有事可以找我。当然，最好别因为摊上了官司……

辛怡一看名片，原来是个律师，他的律师楼就在自己的公司附近，怪不得那天为了听严伟成的股评报告会，一出公司门就碰上他了呢！

辛怡对金戈印象不错。他长得不招人讨厌，而且待人热情、真诚，一看就是个成功人士，却一点儿不傲慢。金戈对辛怡也颇有好感，觉得这个女人端庄秀丽，虽然已经过了如花似玉的年龄，但言谈话语间仍有一种难言的气质。特别是她的步态，上身挺直，步幅不大不小，即便行色匆匆时也沉稳、淡定，显得高贵而典雅，心地还这么善良，对素昧平生的人都可以出手相助，实在是难得。

金戈冲着辛怡的背影摁了两下喇叭。

辛怡回过头来张望。

金戈举起右手向她挥了挥。

辛怡也停下脚步，微笑地向他招了招手。

第十三章

同一时间的不同场景

丽丽给汪海发完短信，出门打了一辆夏利，边上车边问：

"左安公社您知道吗？"

司机摇头，都什么年代了，人民公社不早解散了吗？

丽丽说不是那个公社的公社。

司机瞥了一眼丽丽，到底是哪个公社啊？我看你快赶上说相声的了。

丽丽一脸无奈，只得掏出一个小本来回翻动，上面记着模特公司来电话时指示的方位：

"噢，就在酒仙桥往东。"

"嗨，这不结了。"司机一脚油门，夏利重新启动，"我看你这公社啊，八成是既没庄稼地，也没拖拉机，跟他妈这广场那广场一样。说是广场，一水儿的高楼大厦，楼挨楼恨不得连伸个懒腰的空当儿都没有，净是挂羊头卖狗肉。"

"您说得也太夸张了吧！"

"侃呗！"司机倒也随和，咧嘴自嘲地笑了笑：

"要不怎么都管咱北京人叫侃爷呢！"

丽丽觉得这司机挺有意思，一路聊着时间消磨得挺快。按地址找到了左安公社，确也出乎预料，原来是一座刚开始卖楼花的楼盘。

朱丹已在售楼处门口迎候。丽丽报过姓名，他热情地握住丽丽的手摇了摇：

"欢迎啊欢迎。丽丽，你所参加的行为艺术表演，是中国最先锋、最前卫的一种艺术表现形式。你知道，艺术产生的前提就是它不认同于道德规范、社会规范对人类自身行为的限制，否则，艺术还有存在的必要吗？所以，我很高兴，你的艺术视野将因为你今天的表演而变得更加宽广并深邃。"

丽丽听不大懂他的话，但一想到这是自己走向演艺界的第一步，也许她梦寐以求的理想将从这里放飞，心中不由有些激动。可是当朱丹讲了自己作品的构思后，丽丽又有些疑惑了：因为这幅叫《网浴》的作品不需要她说一句台词，表演一个动作，只要裸体坐在椅子上敲击摆在面前的一张键盘就可以了。如果仅仅如此，丽丽还可以勉强接受，她做过人体模特，当众展示裸体并没有太多的心理障碍，只要是为了艺术。问题是，在她的裸体上要同时放置几百条正在吐丝的蚕，想一想便有些心悸。

朱丹动员她："丽丽，你想一想，在整个生物界还有比蚕宝宝更加伟大的么？它吃下去的是桑叶，吐出来的却是晶莹柔韧的蚕丝，人类用它可以织出五彩缤纷的锦缎来装点我们的生活。我这幅作品的主题就是：只有无私与奉献，才可以引领社会的前进、时代的发展。你不觉得通过你匀称的身材和白皙的胴体来完成这样一个主题，是一件非常有意义的事情吗？我所以对模特提出了很高的要求，正是因为表演者要和我的作品主题相吻合！"

丽丽被他说动了，脱去衣服坐在椅子上，朱丹把一只只正在吐丝的蚕放在了她的身上。开始她还觉得有些紧张，但渐渐地，她的心态平和了。蚕在自己的身上蠕动，感觉又凉又痒，特别是眼瞅着蚕宝宝吐出一根根丝，在自己身上结成了一层透明的网，丽丽觉得很好玩儿。

开发商在媒体上刊登了大幅有关《网浴》的广告，买房和不买房的人都来了。参观的人逐渐多起来，人们围着丽丽议论着：

"这是干吗呢？怪瘆人的。"

"你懂什么呀，这叫艺术，它要说明的是人和自然融为一体。"

"怎么看出来的？"

"这还有什么看不出来的？模特代表人类。因为人类的祖先亚当和夏娃都是不穿衣服的，蚕代表自然界嘛。"

"扯淡！"穿着花裤衩的熊三也挤在人群中，他一直色迷迷地注视着丽丽的隐私部位，"我就觉得这小妞儿的条儿不错，波儿挺大，怪馋人的。"

那两个观众看了熊三一眼，见他言语粗俗、一脸凶相，便不再说话，转身走了。熊三冲他们的背影呸了一口，又扭头对丽丽说：

"妹妹，难受不？要是难受让哥哥我把这些蚕给你胡噜了？"

朱丹走过来制止说："这位先生，作品还没有完成，请你注意一下语言文明。"然后又对围观的人阐述起自己的作品立意和主题。

丽丽有一种被人亵渎了的感觉。在艺术家的眼里，人体模特是教具。艺术院校的人体模特就属于教具科管理。常常是她们上完课穿起衣服，刚画完她们的学生都认不出她们了。可是在常人眼里，她们还原成了人体，而刚才那个花裤衩看她的眼神，简直就是饥饿的人看见了牛排一样的感觉，恨不得把她生吞活剥了。她本以为这应该是步入演艺界的一次艺术实践，可是总觉得味道不太对，似乎成了开发商开辟客源的一种手段，连花裤衩这样的街头小混混也来了，她心中便有些不快，不由瞪了他一眼。

熊三并不回避，迎着丽丽的眼神嘿嘿坏笑。笑得丽丽心里发毛，赶紧移开视线，低下头敲击起键盘。她有点怕他，她觉得花裤衩看她的眼神就像记忆深处那些打手的眼神，那是她心灵上刚刚愈合的伤口，轻易不敢去触摸的。她有些后悔没有听从小雨的劝告，这个演出和她理想中的演出原来不是一回事，根本没有脱离人体模特的角色定位，如果因为这个什么破演出再惹上点麻烦就更划不来了。

果然，当丽丽好不容易按朱丹的要求完成了作品，穿上衣服走到售楼处的大门口时，熊三已经守候在那里了：

"妹妹，陪哥哥吃顿饭吧，我请客！"

"对不起，我还有事，不能奉陪。"

丽丽甩开了熊三拽她的手，急着要走。

"嘿，跟我还装他妈什么淑女，脱光了都让千人瞧、万人看了！哥哥我请你吃饭是看得起你，别猪鼻子插大葱，给我装象（相）！"

熊三过来就拽丽丽，他的身后停着那辆瓦蓝色的美国吉普。

"你放手！"丽丽挣脱着，熊三两只手像铁钳一样夹住她，她动弹不得。

熊三嬉皮笑脸地纠缠，你脱光了让大家伙儿看一个钟头能挣几个子儿，你陪哥哥我吃顿饭，哥哥我能至少给你一千！说着就去搂丽丽。丽丽急哭了，你臭不要脸，谁要你的臭钱！

正情急中，朱丹赶过来奋力分开了两人，斥责道：

"这位先生，我们搞的是艺术，您要找小姐可找错了地方！"

说着拦了一辆出租车，拉开门让丽丽上去，一挥手，出租车"吱"一声开走了。

熊三望着远去的夏利，骂了一句：

"小娘们儿，熊爷不会放过你！"

局长办公会只开了不到一个小时，主要议题是如何稳步推进国有经济布局的调整以及如何推进国有企业股份制改革。汪海在会上谈了一些意见，很受局长赏识。因为他的发言既有观点、实例，也有方法和步骤，具有很强的可操作性。他不是那种饱食终日、无所用心的干部，从一般科员一步一步熬到副局长，凭的确实是政绩和能力，这也是局里一直让他分管业务工作的重要原因。

散会了，汪海端起茶杯要走，局长冲他摇摇手，示意他留下。汪海想着房总还在会议室等自己，就站着没有坐。坐下来就拉开了谈话的架势，没有一时三刻完不了，站着等于给了局长一个暗示。他知道局长要说的无非是国有资产增值保值的一些老生常谈，不会有什么其他内容。果然，局长看看墙上的挂钟，问：

"老汪，你还有事情？"

汪海回答："顺达集团的房总有工作要汇报，还在小会议室等我。"

局长于是一挥手道，那咱们就长话短说：

"老汪啊，你的一些想法很好！我觉得咱们要把这些想法落到实处，首先还是个责任感的问题。一天流失好几个亿，了不得啊！都是人民的血汗！"

汪海说："可不是嘛！"

局长摇着头，一副痛心疾首的表情：

"党和人民把管理国有资产的担子交给我们，我们就一定要把它管好，殚精竭虑，不能有半点松懈啊！"

汪海点点头，没有再说话，但神情是深有同感。

局长点燃一支烟，深吸一口后又换了一个话题，关心地问：

"家里的事情处理得怎么样了？前几天尊夫人还打电话给我，谈到财产分割问题……"

汪海叹一口气，面呈痛苦状，一副受害人的样子：

"我是不同意离婚的，她有第三者嘛，按照《婚姻法》规定，无过错方有权向过错方提出赔偿要求，事情已经闹到了法院，估计很快就会有个结果。"

"话是这么说，"局长边向门外走边说，"毕竟是几十年的夫妻了，互相让一步就海阔天空了嘛！当然，这是你的个人私事，我不过是随便说说而已。"

"谢谢局长关心，我会处理好这个问题。"

汪海跟在局长的身后，忽然很郑重地说：

"哎，局长，听说您的毛笔草书颇有张旭之风，能否写一幅字给我？"

"别听他们瞎说，我只不过刚刚研习，还差得远呢！"

汪海也并不是真的讨要，不过是想以这种方式拉近和局长的距离。身在官场，汪海明白第一把手的绝对权威。作为副手，有多大的活动空间、多大的权力范围，实际上都是由第一把手圈定的。局长宅心仁厚，对自己的业务水平又很赏识，所以自己才手握重权。越是这样，越要表现出对一把手的尊重，手中的权力才可能真正巩固。

"局长，您过谦了。我如果有了新居，书房的墙上一定要挂局长赐赠的墨宝！"

"再说，再说吧！我的字不值一提，挂出来岂不是献丑？"

汪海停下脚步："局长，您太低调了。我虽然不擅书法，但知道书法看似凡简，深入后，却可以观天体之日月广袤，窥宇宙之银河浩瀚。而书法的正大气象，来自书家的气局、情怀。您的字已经口碑在外，岂是一般人能够修为的？"

局长拉开会议室的门：

"老汪，言重，言重了。不过，你关于书法艺术的高论，倒是别有见地，超凡脱俗，令人耳目一新。我向这个方向努力吧！"

看得出来，局长虽然嘴里没有接受汪海奉送的高帽儿，心里或许很是舒服。这样，汪海的目的就达到了。

出了会议室，汪海的思绪回到局长的提醒，心里想，局长说的也不无道理，在财产分割上争来争去不过十几万块钱，自己现在金屋藏娇，万一走漏了风声让妻子听到，别说这上百万元钱到不了手里，麻烦可就大了，不如做出一些让步，让金戈赶快把这案子了结了。再者说，有了眼下的生财之道，百八十万元算得了什么。妻子毕竟跟了自己几十年，虽然她过错在先，自己现在不也成了站在猪身上的乌鸦吗？让她一步就让她一步吧！

推门走进小会议室，房总已经等得有点不耐烦了。他正在房间里背着手来回踱步，一见汪海，忙迎上来伸出双手：

"汪局长，见您一面真不容易。您都快赶上总理了，日理万机。"

汪海放下保温杯，笑着回答：

"房总这是在取笑我。"

"哪敢呀！"房总夸张地拍拍自己的脑袋，"我要是像猫一样有三条命还差不多，就长了这么一颗脑袋，我还要留着它喂粮食呢！不敢造次，不敢造次！"

汪海坐在沙发上，掏出中华递了一支给房总，自己也叼上一支，然后打火点烟。房总已抢先打着打火机，双手捧着送到汪海嘴边，汪海谦让了一下，还是让房总把烟点着了：

"说吧，有何见教？"

"您看您，这分明是在取笑我嘛！"房总点燃了自己的烟，抽了一口说："哪敢有什么见教，是向您请示汇报工作。"

汪海收敛笑容，面色渐渐冷峻起来。

窗外，夕阳收尽余晖，先是把几抹橘红涂在西边的天际上；不一会儿，橘红又像被水冲淡了，变成浅红和银灰。随着斜阳坠入山谷的一刹那，一片金黄重新横亘于天幕之上，只是没用了几分钟，便变成了黑白相间、灰里透红的沉沉暮色。

"你们那个国有股转让方案我已经看过了，"汪海把目光从窗外收回，两手握住保温杯，在双掌间缓缓转动，两道目光像暗堡中的枪眼，虎视眈眈地盯住房总："按你们的设想，你们管理层要收购……"

"百分之二十。"房总有些心虚，忙着解释道："按照国资委的相关文件，管理层收购的上限为百分之二十五，我们留下一定空间，一是一时筹不到那么多款子，也想化解一下持股风险嘛！"

汪海笑了，那笑容意味深长，如同监考的老师发现了一个作弊的学生，却不急于将他抓获，而是看着他如何自以为得计地展开那张刚刚在地上拾起来的纸条。

"您，您笑什么……"房总有些毛了。

"你们公司目前的经营状况怎么样？"汪海像是随便发问。

"哎，"房总叹了一口气，做出一副愁眉苦脸的样子，"您知道，现在家电行业竞争非常激烈，社会占有率日渐饱和，公司今年的亏损几乎是已成定局啊！"

汪海使劲在烟灰缸里摁灭刚抽了一半的香烟，端起茶杯喝了一口水，意味深长地望着房总，半晌没有说话。

汪海心里清楚，顺达集团的经营状况并非如房总所说。许多应收账款他们不急于回笼，几个新项目上马又大量抽走资金，目的就是想把今年的业绩做亏。做亏今年的业绩有两个好处，一是可以促成管理层收购国有股权方案的通过，因为只有企业亏损了，国家为使国有资产保值增值，才愿意向管理层出售部分国有股权，以使管理层的利益和企业经营状况捆绑在一起，促进企业扭亏为盈；二是企业亏损，每股的净资产值就会降低，而向管理层出售国有股权，是以每股净资产值为标准定价的。比如，顺达集团的股票在二级市场上每股价格为八元，因为亏损，它的每股净资产是零点八九元，也就是说，管理层现在按每股八九毛钱买了国有股，等到它一旦可以上市流通，每股就可以卖上八九元钱，甚至更高。即使暂时不能上市流通，如果企业扭亏为盈了，国有股和流通股也享受同样的分红。假如每十股送五角红利，那么你花八九毛钱买的国有股和股民花八九元钱买的流通股的红利同样多，无形中，你的红利就是普通股民的十倍。正是由于有政策空子可钻，一些上市公司的管理层就把国有股转让和出售当成了唐僧肉，谁都想吃上一口；而且在收购之前，想方设法、处心积虑地把公司业绩做亏！真到收购时，他们本人也不会出一分钱，而是找一家基金垫付，让基金搭车买一些国有股，这样神不知鬼不觉，一些上市公司的董事长、总经理等高级管理者分文不出，一夜之间就成了百万富翁甚至千万富翁。

房总被看得愈发不自在。他知道汪海业务精湛，绝非庸碌无为之辈，自己的这点小伎俩难免被他识破，就小心翼翼地试探：

"要不，您也搭车买点国有股？算是对我们集团的支持！当然，您可以用别人的名义。"

汪海很是生气，把保温杯往桌面上一蹾，正色道：

"你这是怎么说话？我是国家公务员，不是你们公司的管理者，购买企业的国有股名不正言不顺嘛，是要犯错误的！老房啊老房，你是想叫我老了老了，进去吃几年牢饭？"

房总忙鸡啄米一样点头认错：

"哪里，哪里！算我没说。"

汪海又像是漫不经心地问：

"顺达的股票一直在八块钱横盘，股市谚语说，久盘必跌。你们不会是要借利空打压股价，然后又编个故事再把股价拉起来吧？"

房总一听脸涨得通红，张嘴欲言，汪海一摆手：

"你不必解释，不过我要提醒你，上市公司与庄家联手操纵股价，可是违法的行为哟！"

房总连连点头称是。

汪海看看表，很随意地说：

"时候不早了，我留房总吃个便饭。不过，我已经让司机回家了，饭后要烦你用车把我送回去哟。"

"深感荣幸！"房总站起身，"只是让汪局长破费，不好意思了。"

"不好意思的应该是我嘛！我这里可没有燕窝、鱼翅、龙虾、鲍鱼哟！四菜一汤，算是给你换换口味。"

第十四章

心照不宣

金戈将宝马轻轻停在了三道弯胡同口。

菲菲已经等在路旁。她今天的打扮很青春：一身洗得发白的牛仔装，一双白色的网球鞋，脖子上系了一条鹅黄色的纱巾。纱巾在下午的微风中飘着，像一首灵动的诗，浪漫而令人遐想。

金戈没有马上下车，透过前挡风玻璃，他注视着菲菲，心头竟有了一种异样的感觉。第一次见到小雨，他也曾有过这种感觉，仿佛是在荒无人烟的戈壁上看到了一棵鲜嫩的不知名的小花儿，让一个饥渴疲惫的跋涉者有了一种企盼、一种冲动。那企盼是掠过暗淡生活的一束亮光，那冲动是一潭死水中漾起的一圈涟漪。他的生活中太多了灯红酒绿、太多了脂粉唇膏，而这清纯与恬静就对他充满了诱惑。他心中暗自感慨造物主的偏颇，竟让这样的一个女孩儿生在了破街陋巷。

菲菲看见了宝马，试探地走过来，金戈摁了一声喇叭，然后推开右前门。

"金叔叔，您来啦？"菲菲侧身上车。

"菲菲，等久了吧？"金戈一打左转向灯，宝马驶入快车道。

"刚来了五分钟，金叔叔您很守时啊！"

"叫我金哥吧！"金戈侧头看了一眼菲菲。有些女孩很漂亮，但只适宜正面看，正面看可忽略一些缺点，比如鼻梁不够高、脸形不够饱满、睫毛不够长。正面看漂亮，侧面也禁看的女孩儿就不多。小雨正面侧面看都很漂亮，菲菲也是，侧面看上去就像艺术家精心雕塑的一样，鼻梁挺拔，脸颊滑润清秀，尤其是那一双长长的睫毛，又黑又密，忽闪忽闪地眨来眨去，让人心动。他妈的，怪不得那个臭小子一眼就看上了她，还说只要菲菲愿意，愿意娶她并带她出国。

"金哥？"菲菲诧异地重复了一句，"那多不好啊，你比我大那么多。"

"不。"金戈忙掩饰道，"我的名字叫金戈，要不，你叫我金律师也成。你叫我金叔叔，会把我叫老的。"

菲菲笑了，像花蕾初绽：

"那好，我就叫您金律师。"

金戈有点失落。心想这女孩儿也真够单纯的，自己处心积虑地诱使她吞下一枚苦果是不是有点缺德？又一想，抛开自己的功利目的，即使判了那坏小子几年，菲菲又能得到什么呢？自己这样做，从某种意义上也确实是在帮她。处女第一次接客，不也才三五千元吗？菲菲一下子可以获得二十万元的补偿，够合算的了。这念头只在脑海中一闪，金戈就在心里骂自己：真是做生意做出了鬼，怎么什么都用金钱去权衡呢！居然把菲菲和妓女连在了一起，该死！

上次见过张行长，他很快就去找了办案警察。两个月前，他曾找人卜过一卦，说他今年是顺风顺水好行船，运气来了，山都挡不住。果然不错，不但大把的银子往兜里进，办事也很少遇到麻烦。没想到经办此案的就是韩所长。韩所长听他介绍了情况，开始有些犹豫，经过金戈一番开导，又实在抹不开面子，同意了。说只要苦主翻供，这件事的操作难度并不大，因为案子还没有移送到检察机关，只是那个坏小子被抓进来后，怂成一摊泥，只过了一次堂，就全招了。眼下要办两件事，一是让苦主重新到派出所做个证词；二是重新提审那小子，诱使他翻供，这多少有些风险。不过，既然是金大律师的事，只要苦主做过新的证词后，剩下的事情由他摆平。

金戈上次见过菲菲一家后，心里已有了八成把握。他于是找到老葛，问他考虑得怎么样了，说案子一旦报送到检察院就不好办了，并以关心的口吻说，做啤酒小姐，出入饭店酒楼和各种娱乐场所，接触的人复杂难免出事，如果菲菲愿意，可以到他的律师事务所上班，月薪八千元，只在前台负责接待。

老葛听了自然千恩万谢，并说他和金戈虽然只见了两面，但觉得出他是个好人，愿意一切听他安排，孩子的工作由自己和妻子去做。上午，金戈接到老葛的电话，说孩子的工作已经做通，金戈和他约定下午三点带着菲菲到派出所重新去做证词。

"菲菲，你做啤酒小姐，酒量一定很大吧？"

菲菲摇了摇头，腼腆地笑了笑："我不会喝酒的。"

"那怎么行？"金戈故意用夸张的语调说，"你到事务所上班，应酬很多的，不会喝酒过不了关啊！"

"是吗？"菲菲反问一句，脸上露出为难的神色。

"不过，我会保护你的。"金戈很体贴地表示。

一个老人横穿马路，金戈故意猛踩了一脚刹车，宝马嘎一声停了，菲菲猝不及防，身子往前一蹿，金戈马上不失时机地腾出右手去扶，菲菲因为车的惯性几乎倒在金戈的怀里。他把菲菲扶住，关切地问：

"没碰着吧？来，系上安全带。"

菲菲感激地说了一声谢谢。

韩所长已经在等候金戈。

见金戈和菲菲到了，他把两人让进询问室，脸上表情严肃，一副公事公办的样子。只是进门时，他拽了一把走在后面的金戈，诡异地笑了笑，扒在金戈耳旁小声嘀咕，我说你金大律师怎么有兴趣办这种小破案子，是不是醉翁之意不在酒啊！

金戈佯装恼怒地瞪了他一眼，啧，别胡说。

坐下后，韩所长摊开讯问笔录，例行公事地问过诸如姓名、职业、年龄等自然情况后，说："葛菲菲，法律可不是儿戏。我们既要依法保护自己的合法权益不受侵犯，也绝不能利用法律去侵害别人。青年人嘛，谈恋爱中有一些越轨的事，这算不了什么，但是如果违背当事人的意愿强行占有，就触犯了法律，是要受到法律惩处的！特别是在下药使别人丧失意识的情况下，情节就更恶劣了。所以，你要认真回答我以下的问题，并对你说的话承担法律责任。"

菲菲有些不知所措，她双手揉着衣角显得很紧张。

金戈站起身倒了一杯水递给菲菲，又转身对韩所长说，孩子小，你跟个黑面包公似的别把孩子吓着。金戈知道，韩所长所以摆出这样一副架势，是不想让苦主抓住任何把柄，但他担心戏一旦演过了，菲菲打了退堂鼓岂不是弄巧成拙？于是又对菲菲说，别紧张，该怎么说就怎么说。

菲菲喝了一口水，平和了一下情绪，怎么说金戈已经嘱咐过她。

"你和范小兵认识不认识？"

"他到滚石去过几次，每次都买我的啤酒，还说过要和我处朋友。"

"你同意吗？"

"我说先做一般朋友，看看彼此感觉好不好。"

"那天晚上的事情发生之前，你们有过来往吗？"

"他请我吃过一次饭，还看过一场电影。"

"发生那件事的时候，你是不是已经没有了知觉？"

菲菲的头低下了，用手揉着衣角不说话。

"说嘛。实事求是。"金戈在一旁催促。

"我……就是觉得头有点昏。因为……我们喝了一瓶干白。"

"你反抗了吗？"

菲菲摇了摇头。

"不要摇头嘛，说话。"

"没有。"

"那你为什么要报案说他强暴了你？"

"因为……"菲菲脸涨得通红，呼吸已急促起来，她抬头看了一眼金戈，又低下头喃喃地说："他说他要出国，提出要和我分手，我一生气，就，就……告了他！"

韩所长咂咂嘴："怎么能这样子呢，搞什么搞啊！谈恋爱嘛，有了矛盾可以心平气和地解决！这样做，对别人不负责，对自己也是不负责嘛！如果较起真来，还可以追究你的刑事责任。行了，你看看这讯问笔录有没有出入？没有出入就签个字，摁个手印。"

菲菲拿过来，草草地看了一眼，就在后面签了字。然后，伸出右手大拇指，在韩所长递过的印泥里蘸了蘸，在名字的旁边摁下了一个鲜红的手印。

房总知道汪海让他送是有话要说。晚餐安排在机关食堂，自然只能说说场面上的话。饭虽简单，也有四菜一汤，汪海还特意招呼人上了一瓶茅台。房总本是海量，却推说胃痛只让司机代饮。汪海也不勉强，只示意司机多喝，待吃过饭司机喝得已是满脸泛红。房总说，这是省城，比不得咱们那小地方，酒后驾车，说不定要拘留哩！你回招待所休息吧，让我送汪局长回宿舍。

司机有些不好意思，涨红着脸说，那多不合适！

汪海笑着搭讪，你一年到头为他服务，他放你一次假也是应该的嘛！

房总驾车，汪海坐在后排，小轿车驶出了机关大院。

房总等着汪海说话，半天却不见他吱声，从后视镜一看，见他头靠在座椅背上，双目微闭，用牙签轻轻剔着牙，一副悠然自得的神态。他明白，汪海是在端着，等着他挑起话头。

"汪局长，我刚才那建议……"

"什么建议？"汪海睁开眼，明知故问。

"您买点我们公司的国有股，钱的事您不必考虑。"

汪海坐直身子，正色道：

"我已经表过态了嘛！这个事是万万做不得的。现在国家反腐肃贪力度很大嘛，为什么非要往枪口上撞呢？"

"您是不相信我……"

"谈不上相信不相信嘛！我们受党多年教育，总还应该懂得一点廉洁自律嘛！"

房总不说话了，一时搞不明白这汪海葫芦里到底卖的是什么药。汪海口碑不错，他是有所耳闻的。可是如果公事公办，他何必要把司机灌醉，留下一个隐秘空间单独和自己在一起呢？还是有想法。想来想去，觉得汪海恐怕是担心买国有股目标太明显，风险成本太高，想找一种相对而言不容易叫人抓住把柄的捞钱方式吧？

汪海确实是这样想的。他知道，不用他张口，只要默许或者稍微有一个暗示，房总就会送上一份值不菲的国有股股权。可是，在他接受了股权以后，他的头上也就悬起了一柄达摩克利斯之剑。房总一旦出事，就会拔出萝卜带出泥，即便房总不出事，他的把柄也被人家牢牢抓在手里了，弄得不好钱捞不着，名节搭进去不算，还可能被送进大狱。这样成本太高，不划算。但是搭车在二级市场做做顺达股份的股票，风险就小多了。他不会在股市上用自己的名字开户，查也查不到他的头上；即使房总心里明白也抓不住证据。现在关键是要摸清楚顺达股份的股价走势，根据他的经验，他知道顺达股份很可能要有一番令人瞠目结舌的表现，只是他们准备洗盘洗到什么价位、拉高拉到什么价位，他还没有实底。他要等待房总自己说出来，而自己最好还要装作漫不经心的样子，尽量不留把柄在人家手里。

果然，房总主动"入套"了：

"下个月三十号，我们公布业绩，每股收益在一毛钱以上。不过我们已经和一家机构谈妥了，这之前，我们会有几个利空消息出台，股价从现在的八块一，要跌到三块二附近才会有支撑，然后配合一系列利好，股价会创出历史新高，重新站稳在十五元以上。"

　　"大体要用多长时间？"汪海盯问了一句。

　　"三个月左右吧！"房总略微迟疑了一下，还是和盘托出。

　　"哪家机构？"汪海问了一句。

　　"金日升投资咨询公司。"

　　房总索性竹筒倒豆子，一点也不保留了。他历经商海，从汪海表现出来的一系列细节上，已经窥测到这位副局长内心的全部秘密。与自己即将到手的巨大利益相比，让汪海跟一把"老鼠仓"算得了什么？他估计往多了说，汪海能动用的资金也超不过两三千万。这点资金量对十个亿盘子的顺达股份来说，不会在盘面上兴起什么风浪。况且汪海也算是业内人士，自然知道进去多少资金稳妥，不会鲸鱼大开口。

　　汪海一听是金日升公司，心里更踏实了。对这家公司他还是了解的。在一次饭局上他还见过他们的首席分析师严伟成。他知道这家机构实力雄厚，常常联手上市公司在股市上兴风作浪，由于有一定背景，从未被证监部门查处过。既然他们插手顺达股份，股份翻五倍绝非妄言。从三块到十五块，这可真是房总送的一条大鱼，说是黄金打造的也不过分，他顺水跟上一把，得有多少银子进账？他把眼睛闭上了，不然肯定会有火苗从眼里蹿出。

　　"汪局长，前边的路口往哪边拐？"

　　房总从后视镜里看到汪海紧闭双眼，知道他是在假睡，他面部绷紧的肌肉和两只张起的耳朵告诉他，自己刚才说的话汪海不会漏掉一个字。果然，汪海像从梦中惊醒一样，俯过身，用手指挥着：

　　"靠边儿，停车吧。我就在这下车，散散步。"

　　房总说："别呀，天不早了，还是送您回家吧！"

　　汪海摆摆手："不必了，不必了。我正好散散步，这是每天的功课，一定要完成的哟！"

　　汪海是不想让房总知道自己的新居。他就此下车，等房总的车走了，会打个车回东湖别墅。

　　房总把车停在路边，汪海推开车门说：

　　"房总，谢谢您送我。你们的方案我们会尽快研究，请放心！三个月内肯定尘埃落定。"

房总堆出一脸谄媚的笑容：

"拜托汪局长，辛苦汪局长，感谢汪局长！"

看汪海过了马路，他重新发动汽车，冲着汪海的背影恶狠狠骂了一句：

"这个老东西，真是不见兔子不撒鹰呀！"

第二天下午，汪海已经站在了丽丽的楼下。他所以急如星火地赶回北京，原因有两条：一是昨晚刚收到丽丽的一条短信，说她被人欺负了，请他速回北京；一是他想和金戈就顺达股份的事情面谈一次。

对于丽丽的短信，他没有太往心里去，这小丫头"谎报军情"，无非是找个借口把他骗回北京；至于顺达股份的事，倒叫他一夜未能成眠。

他还有些犹豫。

利用内幕信息炒作股票，是明显的违法行为。以前他做了几次，都是小打小闹。尽管他想到金戈没有说实话，但投入的资金量估计也不过几百万。这次是条大鱼，小打小闹没有意思，如果投入五千万资金，就有两个多亿的收益！他不担心房总骗自己，他求自己的事如果办妥了，房总本人恐怕会有两三个亿的进项，他巴结自己还来不及呢，犯不上在这上面和自己耍花招。可是尽管自己未露声色，但一下子有几千万资金在最低价吸货，在最高价抛出，即使傻子也能知道有人了解了内幕消息在跟庄。房总必然会想到自己，像这样的重大机密只有极少数核心层知道，房总不会轻易透露给任何人，彼此心里跟明镜一样，只是心照不宣而已。可是自己太需要一笔钱了，错过这次机会，一下台手中没了权，谁还会把这样的肥肉往自己嘴里送？

他在楼下来回踱步，片刻又抬头望望楼上。他已经给丽丽打了手机，叫她赶快下来。丽丽没有住在东湖别墅，说是一个人害怕，回到了原先租住的房子。看来这回她没有谎报军情，确实是遇到了什么麻烦，汪海想不出是什么事使丽丽如此惊恐，电话中她又不肯说，只好开了车来约丽丽一起吃晚饭。

汪海抬着头，暗自埋怨丽丽太磨蹭，都一刻钟了还不下来，又不是出席什么盛大晚宴，打扮用得着这么长时间？忽然，见一黑点从天而降，汪海开始以为是一只什么鸟雀向下俯冲，还没回过神儿，那黑点已变成一个黑球，贴着他的脑门急速落下，啪一声砸在脚旁。他定睛一看，原来是个大心里美萝卜，从十几层的高楼扔下，在地上摔成了薄薄的一层萝卜饼。

汪海不由惊得灵魂出窍，想一想后怕得不行。这萝卜如果稍微往后一点点儿，就正好砸在了他的天灵盖上，凭着这巨大的惯性，自己会当场毙命无疑。

乖乖，生死原来竟在一线之间！

高楼抛物，已渐渐成了都市生活的一道"景观"。有的人不知出于什么心理，常常从高层建筑上扔下一些诸如酒瓶、破鞋一类的废弃物；但是扔心里美大萝卜，还是颇有些"创意"。

他妈的！汪海心里恶狠狠骂了一句。凭借巨大的惯性，这大萝卜无异于一颗炸弹，而一旦伤及无辜，想破案都难。扔东西的人是什么心理，好奇？寻求刺激？图财害命？都说不通。唯一的解释就是有病，这种人真应该去看看心理医生！

汪海掏出手绢擦去脑门上冒出的一层冷汗。他摸摸完好无损的天灵盖，心中的感慨突然像浇了水的生石灰，嗞嗞地冒出了数不清的泡儿。佛陀曾抓起一把土问他的弟子，地上的土多还是我手上的土多？弟子的回答当然不言而喻，佛陀于是感叹，通过修行转化为人身的概率，就如同从地上抓起的这一把土，微乎其微。佛陀的意思是劝诫人们要珍惜来之不易的人生，一心向善。但对于不同的人一定会有不同的解悟，如同一杯水，有人因为喝了一半而失落，有人因为还剩一半而喜悦。汪海就想，刚才那颗"心里美"如果砸在脑袋上，此刻他应该已经进了殡仪馆，并很可能被一些人泼污；活下来算是捡了一条命。相对于茫茫宇宙，个体生命真是渺小得难以形容。要不然，怎么连苏东坡他老人家都发出了"寄蜉蝣于天地，渺沧海之一粟"的叹息呢？生为人身是侥幸，避开各种天灾人祸活着也是一种侥幸。侥幸叠加，以渺小得不能再渺小的个体生命去担当什么社会道义，想一想都有些可笑。不及时行乐，生命一旦戛然而止，在历史的长河中恐怕连个水泡也形不成，何必自作多情呢！

如果说，"心里美"大萝卜扔下来之前，汪海还多多少少有一点心理负担；那么差一点要了他命的这个大萝卜如醍醐灌顶，一下子让他有了大彻大悟之感。

汪海不再犹豫了，掏出手机拨通了金戈的电话。

第十五章

大杂院里的家宴

菲菲第一天到律师事务所上班。

昨天从派出所出来，金戈特意陪菲菲来到贵友大厦。

走进香奈儿服装专卖店，菲菲见里装潢高雅，有些怯步。

金戈笑着说，香奈儿是世界十大服装品牌之一，号称是永远的经典。只有这个品牌的服装才适合你。菲菲听了摇摇头，不好意思地说，金律师，人家都不好意思了。金戈笑了笑，我说的是事实嘛。告诉你，香奈儿是上世纪初在法国巴黎创立的世界名牌，已经有了一百多年的历史。有服装、珠宝饰品、化妆品、香水，每一类产品都享有至尊的声誉，尤其是女装，早在40年代，就将"五花大绑"式的设计推向了简单和舒适。不过简单却不失高贵，舒适又十分典雅。岂不是正适合你吗？

菲菲弱弱地问了一句："为什么叫香奈儿？"

金戈一笑："这里面还有一段丑小鸭变白天鹅的故事呢，我说给你听。"

金戈一边在衣架前挑选服装，一边给菲菲讲了香奈儿品牌的来历。

原来这个品牌的创立者叫香奈儿，她曾经是一名酒吧歌手。偶然的机会，先后结交了两名老主顾，一名是英国工业家，另一名是一位富有的军官。这使她有能力开设了自己的服装店，并凭借一双巧手缝制了一顶又一顶款式简洁耐看的帽子。通过老主顾的介绍，不少社会名流蜂拥而至，生意异常火爆。这之后香奈儿扩大规模，进军高级定制服装领域，深远影响了后世的时装品牌。被称为永远经典的"CHANEL"，由此正式诞生。

菲菲听得有些呆了，她太羡慕香奈儿了，她仿佛看到了自己未来的路。尽管也许坎坷，却依稀可见。当然，她不一定开服装店，适合女孩儿干的事儿多了，关键是能遇到人生的贵人吗？她下意识看了一眼金戈，金戈正用很欣赏的目光看着她。女孩儿的心仿佛被一头小鹿撞了一下，有些脸红。

这正是金戈想要的效果。他所以带着菲菲来到这家店，就是想把香奈儿的故事告诉她，让她的理想像风筝一样飘起来。当然，线的另一端必须由他攥在手里。

金戈为菲菲挑了一套休闲女时装，驼灰色短外套，搭配了一个水粉色波点加横纹的连衣裙。菲菲在试衣间换上衣服一出来，金戈就拍着手说：

"天生丽质，出水芙蓉，真是超凡脱俗、卓尔不群！"

菲菲脸一红："金律师，没您说得那么夸张吧？"

金戈一本正经地说："哪里是夸张，我用的可是省略号啊！菲菲，这身套装仿佛就是为你量身定做的，你穿上它，既有青春少女的阳光和清纯，又平添了白领佳丽的矜持与高贵，你说对不对，小姐？"

女售货员在一旁连连点头：

"这套衣服一般人穿上撑不起来，也不好看。这位小姐身材好，肤色又白，正好适合。"

金戈从钱夹里掏出一张银行卡，对女售货员说：

"麻烦你刷一下卡吧，这套衣服她要了！"

菲菲看了标价，惊叫一声："八千八呢，太贵了，不要不要！"

金戈望着菲菲，忽然想起那一次给小雨买衣服时的情景。一件路易威登女款风衣，标价两万元，金戈眼皮也不眨一下就付账了，小雨死活不肯接受，说秀水街二百元一件的风衣和它没什么两样，没有必要花这份冤枉钱，金戈拗不过小雨只好作罢。这也是金戈喜欢小雨的原因之一。她不像有些女孩，逮住机会就狠宰男人一刀；处处事事，小雨总爱站在别人的角度上考虑问题。菲菲长得不但像小雨，言谈举止中也常常掠过小雨的影子，这让金戈别有一番滋味涌上心头。

"菲菲，这套衣服我们一定要买，算是事务所发给你的工装。你在前台负责接待，代表的是事务所的形象。穿职业套装有些死板，又千篇一律；这套时装正合适，高贵、典雅，又不失庄重。"

菲菲还要推辞，金戈正色说：

"菲菲，这不仅仅是你个人的事，也从一个侧面反映了我们事务所的综合素质。这个道理，你明白吗？"

菲菲不再坚持了，她觉得金戈说的确实有理。

今天，她早早就来到了事务所。她做促销员是日薪制，干一天计算一天业绩给一天提成，档案、劳保一概不管，说不去，打一个电话就拜拜了。律师楼的工作氛围和她干啤酒小姐有天壤之别。这里的人说话都轻声细语的，连走路也是轻手轻脚，彼此客客气气，一口一个先生或小姐；没有了饭庄酒楼的嘈杂与喧哗，没有了客人酒醉后的宣泄和谩骂。菲菲觉得这里的氛围很适合自己，因为她本质上是个不事张扬的女孩儿，当啤酒小姐时与客人的虚与委蛇，其实是环境对自己性格的一种扭曲。

她的工作并不复杂：接电话，做记录，为来访的客人端端茶、倒倒水，上网查找和下载一些资料，帮助律师复印一些相关的文件。

上班第一天，她就感受到了金戈在律师楼里的威严。所有的人和他说话时都是毕恭毕敬；金戈除了安排工作时会抬头注视着你之外，一般情况下，他都是一边埋头处理着各种文件一边回答着下属的各种询问；和昨天陪自己买衣服、陪自己吃麦当劳时的那个谈笑风生的金律师判若两人，显得有几分神秘、几分陌生。只是中午吃饭时，菲菲才从金戈身上找回了一些昨天的感觉。午餐免费，一人一份五十元的盒饭，四菜一汤，外加一只水果。金戈没有应酬的时候，吃的和大家一样，他让菲菲端了盒饭到自己的办公室来吃。他笑着问菲菲，太简单了，吃得惯吗？菲菲说这已经很好了。菲菲说的是实话，她做啤酒小姐的时候，午餐常常是一碗面条或两个馅饼。

金戈说："你负责接待，有机会熟悉咱们律师事务所各个部门的工作，以后抽时间还可以进修一下法律，不要安于现状，将来你可以做我的助理！"

助理？菲菲不敢相信自己的耳朵。虽然才来了一天，但是她已经清楚了，事务所主任助理是比部门主任还要重要的职位，像她这样半路出家的黄毛丫头真是连想也不敢想啊！

金戈看出了她的心思，半是认真半是玩笑地说：

"拿破仑不是说过吗，不想当将军的士兵不是好士兵。香奈儿当初也不过是一个普通的歌手嘛！菲菲，你应该这样想，我不但要当助理，将来还要取你而代之呢！"

晚上回到家，父母已经为她准备了丰盛的晚餐。

从下午两点钟开始，他们就为这顿晚饭忙碌了，鸡鸭鱼虾应有尽有，即便过节，他们也没有过如此奢侈。自从女儿出了那件事，这个家几乎就被乌云所笼罩，尽管他们一直守口如瓶，邻居们还是从一些迹象中找出了缕缕蛛丝马迹，并且成为饭后茶余的谈资。现在好了，事情被金戈摆平了，赔偿金金戈也交给菲菲带回来了，而且，菲菲因祸得福找到了一份称心的工作，一个月的收入高达八千多元！两口子的下岗工资加到一起，也就是女儿收入的二分之一！

他们难道没有理由好好庆贺一番吗？

正是九月的天气，树树已带秋声，山山略显寒色。可是老葛一家人心中没有半点凄凉，反倒是充满了对未来的幻想。他们特意把饭桌放在了院子里，也不光是为了炫耀，房间里的逼仄确实和他们现在心境太不搭界，他们需要敞亮、需要宽阔，需要一抬眼就能看见远方的山和近处的树。

老葛特意买了一瓶红葡萄酒，为自己和妻子女儿斟满。

女人仍处在亢奋状态，她已经在规划买什么地点的房子和装修到什么档次。

他们住的这条胡同据说近期就要拆迁，但因为是规划中的公共绿地，由政府进行补偿，远比房地产开发商征地要少得多，算来算去也就一两百万。这点钱在四环以内根本就买不了一套两居室。他们没有积蓄，原打算买一套二手房或者考虑五环以外的安居工程，但离城里太远了，女儿上班包括他们两口子如果将来再找个事干都不方便，这成了他们的一块心病。

现在好了。有了这二十万元，他们可以考虑在比较好的路段买一套房子了，即使到银行按揭也没什么，女儿每月八千多元的收入，足以让他们底气十足。

"老婆，想什么呢？"老葛已经举起了酒杯。

"唉，我在想咱们是不是遇见了贵人，真的时来运转了。"

老葛和妻子、女儿碰了一下杯，一口喝去一半儿，他用手背擦了一下嘴，夹起一块酱牛肉，边嚼边说："我看像，一套工作服就八千八！我这半辈子穿的衣服加在一起，也赶不上菲菲的一套工装呢！"

老葛感慨着，脸上泛起一阵红光。刚才女儿下班要换衣服，他没让。街坊四邻看着出来进去穿着香奈儿的菲菲，眼睛中无不流露出或羡慕或忌妒的目光。这目光让他陶醉，让他长久积蓄在心头的郁闷与自卑像早晨的雾气，一缕一缕地被升起的太阳驱散。

"菲菲这套衣服够讲究的，怎么着也得七八百吧！"

"七八百？你再加一个零。"

"啊！七八千，您别吓着我！"邻居们便过来翻动衣服的领口，"可不是吗，牌子还是外国字呢！"

"香奈儿，法国名牌，被称为'永恒的经典'。"

"香奈儿，这名字怪好听的。"

"那是，世界名牌，名字能错得了？"

"那，菲菲……"

老葛知道他们要问的是什么。他们的含蓄不过是忌妒的另一种表现方式。自从夫妻双双下岗，特别是菲菲出了事以后，他们就只有忌妒别人而从来没有资格被别人忌妒。不想，被人忌妒原来也是一种权利，这权利的行使同样会使人的内心感到熨帖和满足。

"菲菲现在到律师楼上班了，白领，一月八千八百块！您说说这叫什么事啊！我干了半辈子，挣的钱还不如她的零头多！"

老葛说得有些夸张，有些夸张的老葛觉得只有这种表达才能一扫他心中长期积郁的晦气。事实也证明，听到了这个数字，邻居哑嘴吐舌，一个个仿佛被电击了一般。

菲菲的情绪也不错，在饭桌上兴致勃勃地讲述着一天的见闻，包括一些易被常人忽略的细节，比如，用一次性纸杯喝水的时候，他们都是用套在最底下的那只，以防止手和杯口接触；香烟也是反过来开封，这样就不会用手接触过滤嘴了。

"你看人家有文化的人是讲究啊！"女人感叹说。

"这叫文明！懂吗？"老葛撕了一条烧鸡的大腿递给女儿，自己也撕了一条啃起来："菲菲啊，多学着点，我和你妈这辈子算是完了，'文化大革命'、上山下乡，什么倒霉的事都摊上了，说是初中毕业，其实也就是小学的水平。咱们老葛家要靠你改一改风水了！"

"还文明呢！"女人撇了一下嘴，"哼，从兵团回城那阵儿，我叫你考个夜大学吧，你不去，没事就跟人家打麻将。你看你们一块回来的兵团战友，也经历了'文化大革命'和上山下乡，不是有好几个都当了处长、局长吗？就是你最没出息，当了个臭工人不说，还下了岗！"

难得老葛好心情。听着妻子的数叨，他不急不恼：

"我是没出息，可我女儿有出息啊！老封是当了局长，可是他独生子不是折进去蹲了笆篱子吗？李涛是混了个教授，可他闺女能和咱们菲菲比吗？

就跟小时候被猪亲过似的。我告诉你，上帝那老头儿是公平的，他在这方面亏欠了你，必然会在另一方面对你有所补偿，你说对不对？菲菲。"

女人苦笑了一下，说没见过你这么阿Q的。

老葛依然满面桃花，还不时对过往的邻居吆喝一声，来，喝两盅儿。

人家或者一抱拳，或者一点头，客气地回绝：您请，不叨扰了。

这丝毫也不影响老葛的兴致。他要的就是这种感觉，扬眉吐气、牛逼烘烘。皇帝轮流做，今年到我家。凭什么我老葛就永远要看别人的脸色过活？

菲菲抿了一口红酒，她的脸白里透着粉红，显得更加阳光和青春。爸妈，你们为我操劳了半辈子，以后我有钱了会让你们过上好日子的！她扑闪扑闪那双好看的丹凤眼，又有些神秘地说，金律师让我好好干，他说以后还要培养我当主任助理呢！

"主任助理是个多大的官儿？"

老葛白了女人一眼，"喊"了一声：

"这都不懂，除了主任就是助理，一人之下，众人之上呗！"

女人先是惊叹一声，稍停，又有些忧心忡忡地问：

"这个金律师对咱们菲菲这么好，会不会……"

菲菲嗔怪地瞪了母亲一眼："妈，看你说什么呢？"

老葛一仰脖，已将杯中的残酒喝尽，他夹了一块鱼肉到女儿的碗里，又为自己斟上酒，说：

"甭理你妈。什么话一到了她的嘴里，就他妈变味了！"

"喝吧你。这么多菜还堵不住你这张臭嘴！"

女人把一块猪排骨塞到丈夫手上，嗔怪地瞪了他一眼，目光中却是掩饰不住的幸福。

老葛嘿嘿一笑，看着女儿说：

"菲菲啊，你老爸不是老想弄辆出租车开开吗？可我打听了一下，不光要考试、等待，光押金就要交五万块。金律师路子广，你能不能跟他提提，让他帮忙给找一家公司。考试就免了，押金看能不能少交点儿，留着钱，咱们不是还要买房子吗？"

第十六章

交易与怨恨

金戈在法院的门口接到了汪海打来的电话。

他有些不耐烦。这老家伙也是，儿孙满堂，都开始朝八宝山奔了，还动了真格的，闹着要离婚。离婚就离婚吧，在财产分割上又跟老婆锱铢必较，很简单的一起民事纠纷闹到了对簿公堂。不过，不是因为代理这桩案子也不会认识他，也不可能有这么多的钞票进账。这么一想，心气儿也就平和了，于是尽量用柔和的语气说：

"汪局长，您放心吧，我刚跟法官谈过，过两天判决书就下来了。你在郊外买的房子，你老婆一点影儿也不知道，不会列入你们的共同财产。"

"那就好。"汪海顿了顿，似乎是长出了一口气，"我都这么一把年纪了，还有几天的蹦跶头儿？你费费心，让法官快点把案子结了，至于财产分割嘛，依她的意见办就是。我也要过几天舒心的日子，啊！"

"这样事情就好办多了嘛！您也不缺钱，何必在那点小钱上斤斤计较！"金戈见汪海在财产分割上让了步，心里挺高兴，"汪局长，五十如狼，六十如虎。您还不到六十，正是如狼似虎的年纪嘛！"

"小金子啊，你不要拿老汉我打哈哈儿。三十如狼，四十如虎嘛！我早就是过了景儿的年岁了，不过是抓一把青春，噢，不，应该说是人生的尾巴罢了。"

金戈打开自己那辆乳白色宝马的车门，坐进去，随手把车门关严，换了一个话题："汪局长，不开玩笑了，凤凰科技这股票眼瞅着就上三十元了，您看，还有多大的上升空间？"凤凰科技是 S 省的一家上市公司，在汪海的管辖之内。金戈已经盯了它好长时间，觉得这股票的走势很是怪异，股价忽高忽低，波动得很厉害。从技术和盘面资金的异动来看，这种走势一般预示股票将有大动作，只是向上向下不好说。

"哟，那可是只热山芋，千万不要再碰了，庄家的资金链出了问题，眼瞅着挺不住了，跌势会如飞流直下，连跑货都跑不出！谁要是现在接过来，非把谁的手烫成猴爪子不成。"

金戈闻言，脸上闪过一丝诡笑。他把头靠在椅背上，右手握拳狠狠向上一击，似乎是在发泄什么。少顷，一边发动车一边又问：

"汪局长，听说下半年的行情不大好做，银行的违规资金要查处，国有股要减持，监管的力度也要加强，咱们还能不能再做一把？"

"这不是电话里聊的话题。"汪海截住金戈的话头儿，"我打电话给你，也不是单纯为了离婚的事。这样吧。你安排个地点我们半个小时以后见一见！"

"您在北京？"

"我是昨晚专程回来见你的！"

相识以来，金戈了解到汪海是一个性格很矛盾的人。一方面想守住为官的底线，面对金钱的诱惑又不能自己。他做事特别谨慎，轻易不在电话中谈论敏感话题，特别是涉及一些股市内幕信息。这次专程赶回北京，一定是有重大信息要告诉自己，他不会为了仨瓜俩枣急慌慌地跑回来。这就意味着自己将有大把的钞票进账，不由得心花怒放，想着一定要把这老东西伺候舒服了，于是说："还是老地方。不过，这次你自己来，不要带丽丽了。"

"你搞什么鬼嘛你？"

"嘻，来了您就知道了。保证叫您大开眼界，大饱口福！"

接完汪海的电话，金戈像想起了什么，把车灭了火，拨通了另一部电话。接电话的刘胖子一听是金戈的声音，忙用恭敬的口气告诉他画家在股市上赚了钱，为了感谢小雨，两个人正在莫斯科餐厅共进晚餐。小雨还要再向你打探一张股票，让画家再大捞一把，然后退出股市专心作画。金戈"哦"了一声，小声交代了几句，刘胖子连声允诺后挂断了电话。

半个小时后，金戈已守候在春雨潇潇娱乐城门口。

一个拿着对讲机的服务生走过来，谦恭地问：

"先生，是用餐还是娱乐？"

金戈挥了一下手，回答：

"已经安排好了。"

服务生走了没有一分钟，又一个领班模样的小姐走过来，略一躬身道：

"先生，需要我为您服务吗？"

金戈矜持地点一点头：

"谢谢。我在等人。"

"那好，不打搅了，您请便！"

小姐训练有素地躬身后退，退出两步才转过身迈着职业的脚步去招呼别的客人了。

春雨潇潇娱乐城是北京餐饮娱乐界的巨头之一。老板是广东人，经营上颇有"特色"，金戈是这里的常客。接完汪海的电话，他就给这里的老板打了招呼。在和汪海的接触中，金戈抓住了汪海的一条软肋：好色。也难怪，汪海和老婆长期两地分居，两个人感情不咸不淡，又是快过了景儿的年龄，一抓住机会，他积蓄已久的男性荷尔蒙必然要找一个渠道喷发出来。虽然有了一个丽丽，但又有几只馋猫不偷腥儿？他是一座金矿，只不过这座金矿的开采期已经有限，要最大限度地获取利润，必须退休之前把他牢牢地控制在手上。今天他想顺势再加上一把火，让汪海的欲望进一步燃烧起来。

一辆挂着顶灯的豪桑驶上娱乐城门前的车道。金戈已看见坐在副驾驶位置上的汪海，他招了一下手。车刚一停稳，一个打扮得像欧洲中世纪骑士的门童已趋步上前，躬身打开了车门，并把左手护在车门的上方。

汪海下了车，伸出右手用食指点着金戈：

"好你个小金子，搞得神神秘秘的，莫不是为老汉我摆了一桌鸿门宴？"

金戈随手递给门童一张百元大钞，笑着对汪海说：

"今天我来做领位生，您随我来就是。"

汪海跟在金戈身后，七拐八绕，进入了一座小巧的庭院。

院子里假山环绕、绿水长流，杂花生树、鸟雀啼啾，是一处幽深清静的所在。一路上，每一段间隔有一个服务生拿着对讲机报告他们的行迹，见他们进了院子，001号房的服务生已推开虚掩的房门，躬身做出了请的手势。

汪海有些疑惑，这娱乐城他已来过几次，从来不知道还有这样一处幽深的院落，再加上一路上警戒森严，更增加了几分神秘色彩。他愣怔一下，待走进房里，不由头嗡地一响。

室内布置并不豪华。正面墙上挂着一幅古画，是吴道子的《送子天王图》，虽是赝品，但经过仿旧处理，却也几可乱真；屋角放着两盆叶片呈墨绿色的君子兰和两只白底青花的瓷瓶，有一人多高。

这些都不足以令汪海惊骇。令汪海惊骇的是正中餐桌上仰卧的赤身裸体少女。她的头发被拆散呈扇形摊开，并缀以鲜美花瓣，手指和脚趾均缀以花瓣修饰，整个人宛如一只鲜嫩洁白且丰腴迷人的瓷盘。

服务生引导汪海和金戈坐下。

金戈见汪海两眼发直，额头已冒出细碎的汗珠，就递上一块纸巾说：

"汪局，擦擦汗！"

汪海定了定神，问金戈：

"乖乖，你搞的是什么名堂？"

金戈冲侍立一旁的服务生伸出右手用食指一勾，上菜。然后对汪海介绍说，这是日本流行的一种餐饮方式，叫女体盛。也就是把女性裸体用来做放置菜肴的器皿，近几年才流入中国，只秘密流行于深圳、广州、上海、北京一些极少的顶级娱乐场所，还要预先定制。

这时，服务生已将一盘盘寿司端了上来。

金戈挥动着筷子，说：

"赶快吃，日本人认为寿司只是在刚刚做好的时候最有味，而且寿司的摆放还有许多讲究，鲑鱼会给人以力量，要放在心脏这里；旗鱼有助消化，放在腹部；鳗鱼能增强性能力，要放在阴户部位，而且，寿司摆放的数量不能太多，否则就会把女体盛漂亮的裸体掩盖，影响顾客欣赏'美器'的效果。"

汪海的紧张已稍有缓解。他端详了一下裸体女孩儿，她大约十八九岁的样子，皮肤细腻柔滑，两只又大又黑的眼睛望着房顶，目光显得空洞而冷漠。

汪海用右手拇指和食指做了一个捻票子的动作，问：

"这是不是需要……"

金戈微微一笑，说那是自然。他望着仰卧的女体盛，问汪海，你知道她们是怎么训练的吗？听我讲给你：在全身裸体的六个点上各放上一颗鸡蛋，静躺四个小时后，鸡蛋必须保持原位。在这个过程中，还有人不时把冰水一滴滴洒在她们身上，只要有一颗鸡蛋滑落，计时器便重归于零，就要从头开始。她们在工作前，必须进行一套为时九十分钟、精细至极的净身程序，说起来就太复杂了。

"来，"金戈夹一块鳗鱼放进汪海的盘子里，说："吃啊！这可是男人的专利食品。"

汪海咧嘴笑了笑，说这也太奢侈了。

金戈说："要说奢侈，还是在日本。日本的一些富商巨贾和官宦人家举办女体盛晚宴，场面颇为巨大，同时上一百个女体盛，每十个女体盛排成一排，先排十排，每个女体盛'餐桌'上只坐来宾一至四人。同时，餐馆里面的所有礼仪小姐和服务人员全部裸体，每个女体盛至少要'上菜'三次，客人每用过一道菜，有助工陪她们要进行大约二十分钟的洗浴。然后休息十分钟后继续服务。但晚宴不能停。像那种规模的晚宴，一次就要动用几百名女体盛，那场面才叫壮观呢！"

汪海听得目瞪口呆，望着金戈，流露出羡慕与失落和遗憾交织在一起的目光："怎么，那场面你也见识过？"

"噢，我在日本有几位阔绰的朋友，去日本时赶上过一次。"

汪海听着金戈轻描淡写的语气，心中越发地不平衡。他叹一口气，说："同样是人，老汉我过的日子比起你小金子来，真是有天壤之别！你才三十多岁，可以说是此生不虚！"

金戈暗自高兴。他就是要刺激起汪海的欲望。这欲望就像一把扳手，可以把汪海拧紧，让他不会松扣，欲望越强，就拧得越紧。望着汪海有些神魂颠倒的样子，金戈觉得这几万块花得很值，预期的目的已经达到，便喝了一口日本清酒，说：

"生活状态取决于思维方式，这一点汪局不是已经深有体会了吗？"

汪海说是呀是呀！他解开衬衫最上边的纽扣，转一转肥大的头颅建议，我们去蒸一蒸吧？蒸的时候再听你小金子的高见，如何？

金戈听汪海这样说，越发感到今天会捞一条大鱼。汪海血压偏高，平时出来潇洒很少蒸桑拿。今天主动提出，肯定是有重大机密要告诉自己。

桑拿室里，两个人赤条条坐在一起。

刚刚往炭盆里浇了一瓢凉水，一股白烟腾空而起，烫人的热浪扑面而来。

汪海用湿手巾堵着嘴，双目微闭，在想着怎样和金戈摊牌。刚才的场面令汪海大受刺激。他实在难以想象，人们还会琢磨出如此奢靡的享受方式。对比这些年自己过的日子，心中颇觉失落。他迫切地想大捞一笔，然后带上丽丽移居加拿大。他所以选择了桑拿室和金戈摊牌，是因为这里的安全系数最高，不怕隔墙有耳，也不用担心金戈暗藏着微型录音机抓他的什么把柄。尽管他知道这种可能性微乎其微，但这次的动作确实太大，还是小心一些为好。

本来汪海可以自己吃这份"独食"，只是手上可支配的现金不过一两百万，本小利微，赚上五倍也不到一千万。反正是一次利益交换，反正欠方总一个巨大的人情，借助金戈虽然增大了风险系数，但利弊权衡，还是值得搞一把的！

金戈见汪海闭目养神，也有些急不可待，问：

"汪局长，你赶回北京不是有事要谈吗？"

汪海睁开眼，坐直了身子，他望住金戈，目光中透出一缕狡黠：

"小金子呀，今天咱们打开天窗说亮话吧！我这里有一个重要消息，是我拼着老命换来的。其获利空间和可靠程度你不必有一丝一毫的怀疑，如果要做，你必须满足我的两个前提条件。"

金戈从未见汪海以这种口气和自己说话，不由有些紧张："您讲。"

"第一，获利后五五分成。"

"我们一直不都是五五分成吗？"

汪海笑了，笑声中有些嘲弄：

"小金子呀，你也太小瞧老汉我了吧。你说是五五分成，可是你投入了二百万，只跟我说投了一百万，你其实获利了二百万，却只分给了我五十万，谈何五五分成？"

金戈脸一红，他还确实没有搞这种小动作。他寄希望于长远，并不在意一城一地的得失。况且，前面也就是小打小闹，充其量赚个两三百万，如果万一让汪海察觉，为几十万块钱和老东西闹翻不值。一网不捞鱼，二网不捞鱼，真要是捞到一条大鱼的时候，说不定金戈会动些心思，可是现在还没有，没想到汪海这个老家伙居然这么想自己，于是很委屈地辩白：

"您这是哪里话，怎么可能？我可以让您看交割单！"

汪海一摆手："可能不可能我们不去追究了。交割单？看它有什么用？不过，这次你必须筹集五千万资金，我们这回干一把大的。"

"五千万？"金戈吃了一惊："我手头能动用的现金不过一两千万。五千万，谁一下子能拿出这么大一笔现金？"

汪海知道金戈一时拿不出这么多现金，但他相信金戈有能力短时间筹凑到这么多现金，如果金戈能知道有那么大的利润空间，他会像打足了气的皮球，根本用不着自己再多说一句废话。天上掉下一张馅饼来，不想方设法接住才是脑子进了水！

"这我不管！"汪海的口气不容置疑，"你必须在近期内筹集到这个数，不能少也不能多，因为庄家只允许我们跟这么多的仓位，多了就要出麻烦，这个道理你自然懂！小金子呀……"汪海用毛巾擦去脸上的汗珠，"你应该明白，我这是白送钱给你呀！一两个月，利润翻几倍，贩毒和倒卖军火，也不会有这么高的利润回报吧？"

金戈连忙点头称是："这我明白，就按您说的办。钱我筹措，那……"

汪海知道金戈要说什么，就打断了他的话：

"什么时候建仓，什么时候出货，一切按我的指令办！一个礼拜之内，你尽管把钱筹齐便是。"

金戈暗想，毕竟是我出资金，再没风险，扔进去的几千万也是真金白银啊！这么大数额也要五五分成，太黑了吧？没想到，别出心裁的这顿饭把老东西的胃口吊大发了！

金戈表面上赔着笑脸，心里却生出几分怨恨。

第十七章

心思不同

丽丽来到温馨庭院的时候，小雨已经在雅间等她。

小雨和丽丽在性格上有比较大的差异。小雨是那种文静内敛的女孩儿，丽丽比较外向。用金戈的话说，一个兰心蕙质，一个艳俗张扬。她们成为好朋友，还缘于一次上课。

那一次，有一所高校要两个模特，公司经理让小雨和丽丽去了。小雨去了一趟卫生间，回来后却见另一个刚在别的班下了课的模特，不管三七二十一，正在脱衣服。模特按课时付费，多画一个课时就多几十块钱收入。当时小雨还没有认识金戈，经济上颇为紧张。大老远赶来了，却被别人抢了工作，不免着急，又不好意思发作。站在那里正不知如何是好时，丽丽上前一推那个模特，厉声斥责道，嘿，这是你的课吗？怎么着，撒泼呀！那模特见丽丽气势汹汹，一副要打架的样子，知道是遇见了硬碴儿，只好穿上衣服悻悻地走了。

从此，两个人成了好朋友。

丽丽原本是一个胆子很小的女孩儿，因为经历多了，逐渐泼辣和放荡起来。

她有过一段难以启齿的经历至今封存心底，秘不示人。

那是在北京山穷水尽的时候，当群众演员时认识的一个女友，说带她和几个姐妹到烟台的一个剧组去试镜，一切费用由她负担。涉世未深的丽丽跟着去了，没想到女友把她们带到了一家夜总会。在一间包房里，自称导演的那个大胡子淫笑着，叫她们脱衣服。丽丽想，试镜头干吗要脱衣服？正犹豫，几个凶巴巴的打手闯进来，一人扇了她们一顿大耳光。原来，大胡子是黑社会老大，那个女友是个鸡头！把她们骗来是当三陪小姐的。几个恶狠狠的打手搜去了她们的身份证和仅有的几十块钱，逼着她们在夜总会坐台、接客，稍有不从，就用裹了湿毛巾的铁棍一顿痛打，姑娘们被打得死去活来，却看不出一点皮肉之伤。当时，丽丽几次想跳楼，都因打手们防范甚严没有跳成。丽丽坐台时，打手们守在吧台；接客时，打手们等在门口，坐台、接客挣的钱一律上交。丽丽不敢把自己的痛苦向别人倾诉，怕他们和老板认识，再遭毒打，便假装顺从慢慢寻找脱逃的机会。有一天坐台，她向一个小姐借了一百元，来到门口对打手说，这两天"大姨妈"来了，要去买卫生巾。正值深秋，打手们见她穿着袒胸露臂的旗袍，这些日子又很听话，便点点头让她去了。她在楼下的小超市买了卫生巾，一出门，正巧有一辆出租车停在身边，她等客人下来，一闪身上了出租车才算逃出魔窟。她不敢去报警，怕亲朋好友知道她的这一段经历，辗转回到北京后，当了模特。

和丽丽相处长了，小雨知道她是那种心直口快的女孩儿。她一直想圆明星梦，最常说的一句话就是，过不了多久我就会一炮打响。可是，除了在一部戏里当过一次群众演员说了一句两个字的台词后再也没有机会上镜。通过金戈认识了汪海以后，丽丽重又燃起了希望。当明星说难也不难，只要有人肯包装你。现在电视剧组满天飞，投资人如果发话，叫谁当女主角还不是分分钟的事！当上女一号或女二号，演上几部电视剧，花钱找几个娱记在媒体上炒作一下，不就成名了吗？只要有了人气儿，片酬就会高得吓人，如同大风刮来一座座金山，挡也挡不住。汪海神通广大，认识那么多老板，按说帮丽丽一圆明星梦并不是难事。可是，丽丽觉得汪海对自己虽然不错，但对她投身演艺界的事似乎并不热心。刚才她本打算和汪海好好讲一讲自己参加行为艺术所受的委屈，好刺激起他的恻隐之心，主动帮自己打进演艺界。不想，她梳洗打扮一番后跑下楼，说好请丽丽吃饭的汪海却说有重要事情，急匆匆走了，让丽丽很是不快。莫不是汪海又有了新的女人？

丽丽心情郁闷，就约了小雨见面。

温馨庭院在京西的丛林中。一处可以让心灵停靠的地方，必定有青竹掩映，溪水常流。这里不但有竹、有水，还有水车、石磨和鸟语、虫鸣。三五桌客人、七八盏宫灯，把一个中式庭院点缀得如诗如画。它不吵闹，给人以回归自然的静谧；又没有安静到让人不敢说话的地步，营造的氛围恰如饮酒的最高境界——微醺。从喧嚣的尘世走进院子，如同一股山野之风拂面吹过，让人神清气爽。

小雨和金戈来过温馨庭院几次。她也很喜欢这里的情调，烦躁和疲惫的时候来这里喝上一杯清茶，如同进行了一次心灵的沐浴。

两个姑娘在一张二尺见方的红木桌前相对而坐。

"丽丽，看你脸阴的，是要下中雨还是大雨？"

丽丽嗔怪地瞪一眼小雨：

"谁还有心思和你开玩笑，烦死了，你也不知道安慰安慰人家。"

小雨云淡风轻地问了一句：

"为什么烦？"

丽丽说了左安公社和汪海。末了，叹一口气说："总想找一个可靠的男人，可谁知道男人能不能靠得住？ 汪海都这么一把年纪了，备不住也会是个花心大萝卜。"

丽丽没有想到，正是一个花心大萝卜促使汪海匆匆离去。

小雨托着腮，望着丽丽，语调平缓地说：

"丽丽，我最近常想一个问题。我们都渴望在生命的前方，有一个可靠的人在等待着我们。这个人能够呼风唤雨、点石成金，只要有他在，我们就可以高枕无忧了。可是，我们是不是想过，我们为什么非要靠别人不可，我们自己应该为自己的生命做些什么？"

丽丽夸张地瞪大眼："小雨，什么时候你也变得深沉了，是不是受了那个画家的影响？"

小雨也夸张地瞪大了眼，逗丽丽说，是吗？

认识许非同以后，她确实开始认真地思考一些问题，闲暇时也读了许非同推荐给她的一些书。开始，她只是为了能和许非同拥有更多的话题，渐渐地，她觉得有些荒芜的内心真的开始生动丰盈起来。

"丽丽，小鸟依人的感觉是美妙的，可是人生道路上毕竟还有更多的道路要自己走，再爱你的人也不可能一切包办，更不用说你背靠的可能并不是一个可撒娇的厚实的肩膀了。干吗不做一只在蓝天上自由翱翔的鸟呢？我们除了在体力上不及男人外，其他方面一点也不见得比男人差！"

小雨用碗盖轻轻拨开浮在茶汤上的茶叶，喝了一口。

"得了、得了！"丽丽佯装生气地说，"我约你出来可不是要听你给我讲什么大道理。我的想法很简单，这个社会是一个男人的社会，女人没有能力去征服世界，但是女人却可以征服男人，这样间接地也就征服了世界。对于柔弱的女人来说，改变自己命运最为便捷的办法就是婚姻！我叫你来就是想让你帮我出出主意的。听懂没？"

小雨点点头："明白了，丽丽大小姐。不过，我还是要给你泼一点冷水。"

　　她端起茶壶为丽丽续上茶："你不要对他期望值过高。没结婚的男人往往会经常制造一些浪漫，让你觉得妙趣横生，但是这种浪漫会随着一纸婚书凋零。结婚第一年的情人节，他会请你出去吃烛光西餐；第二年，他也许会记得带一束玫瑰回家；第三年，他还会耐着性子陪你在家吃顿饭，玫瑰就别指望了，他会说十块一枝呢，还不如吃一只烤鸭实在；第四年，就不知道他跑到哪里鬼混去了。"

　　丽丽不以为然："浪漫不浪漫无所谓，能过几年谁也说不好，只要他能帮我圆了梦就行！不能兔子还没捉到，老鹰就飞了！"

　　她看看小雨，开玩笑说："哎，你不是还没结婚吗，怎么有这么老道的经验之谈？"

　　小雨笑笑说："什么经验之谈，书上看的。"

　　丽丽打趣，我说呢，几天不见怎么这么长学问呢？她像想起了什么，忽然又问，哎，你跟你那个画家怎么样了？小心别叫他跑了！

　　她知道小雨并不爱金戈，心里真正喜欢的是许非同。

　　小雨低下头，脸上浮起一层红晕。

　　"嘿嘿，整得还跟初恋似的！"丽丽的目光落在小雨的脖颈上，"哎，你不是崇尚素面朝天，反对穿金戴银吗？这项链是怎么回事？八成是那画家给你买的吧？是什么钻石的？"

　　说着，丽丽伸出手想去触摸。

　　小雨下意识地往后一撤身子，用手护住项链：

　　"这是石榴石，也叫吐火女神。"

　　"吐火女神，多浪漫的名字啊！怎么会叫这么一个名字呢？"

　　小雨给她讲了"吐火女神"的来历。

　　丽丽惊叫一声，哟，这么大学问哪！不过小心呀，小雨，它可以代表美好的爱情，不是也可以燃起复仇的火焰吗？

　　"说什么呢你！"小雨低头用手托起胸前的项链，"它戴在我的脖子上，就是爱情的见证。"

　　丽丽乐了，没跑儿，准是定情信物。怎么着，让我看看。说着就探过身要摘。

　　"别瞎逗！"小雨坐直了身子，端详着杯中晶莹透明的茶水，一时若有所思，少顷，抬起头望着墙上挂着的一幅山水画。画面上绿水荡漾、青山连绵，一叶小舟横卧江畔，蓑衣竹笠的渔翁端坐船头，正看落霞晚唱、鱼鹰翱翔。她似乎被画面的景色感染了，平和地说：

"原来我以为爱就是天天想着一个人，要跟他一起生活，让他的心里都被你所充满，几乎滴水不漏。其实呢？他只是他自己，除此之外，谁也不能限制他、强加他。如果我们处处事事让他听从我们，那也许是错把占有当爱情了。不是有人说吗？占有与爱情，容易混淆，也容易区分：占有是剥夺，爱情是给予；占有是缰绳，爱情是草原；占有是渔网，爱情是大海。为占有而喜欢，那只是笼子的欢喜；为不能占有而痛苦，那也只能是铁链的痛苦；真正爱一个人，也许就是一切为对方去想，一切为对方去做，把所有的自由都交还给他，包括不爱你的自由！丽丽，你如果没有真正地爱上一个人，你就无法体会这种感觉，真的，很玄妙也很难说得清楚。"

丽丽看小雨动情的样子，不知为什么想起了那次噩梦般的经历，便叹了一口气。

"叹什么气？有什么心里话说出来嘛，憋在心里可没人付利息啊！"

小雨和丽丽开玩笑。

"我，我……"

丽丽忽然有一种倾吐的欲望。这段经历像磨盘一样压在她的心底，她早就想找个人说一说了，说了或许会轻松些。话到嘴边，她想起了曾经听过的一个故事：一个国王有一次和一个大臣作了一次彻夜长谈，讲了自己的许多心里话。天将放亮时，大臣说，陛下，现在您可以把我处死了！国王很惊讶，问：你怎么知道我要处死你？大臣回答：每个人都有倾吐的欲望，陛下自然也不例外。但是每个人的倾吐都是以不危及自身的生存为前提的。一个普通人可以向他的家人或者陌生人去倾吐；您是国王，至高无上，乃孤家寡人，没有适合您倾吐的对象，这就决定了，谁听了您的倾吐，谁就到了断头之日！是啊，隐私应该是秘不示人的，一旦说出去就有可能给自己造成危害。自己好不容易攀附上了一个既有钱、有权，还有些品位的男人，万一走漏风声，让汪海知道了，岂不是自找倒霉！

"小雨，你会看手相吗？"丽丽换了一个话题。

"伸出来！"小雨装作很内行的样子，"男左女右。"

丽丽伸出手，小雨边看边调侃说：

"你的生命线还行，嗯，至少有七十年的阳寿吧！事业线嘛，有些挫折和反复，但最终会取得成功……"

"你看看我的爱情线，会不会有一个好的归宿？"

小雨握着丽丽那双纤纤玉手，像是很认真地审视着，少顷，摇摇头说：

"爱情线有些问题。你看，它细若游丝，说明你的爱情观还不够坚实。你应该明白……"

丽丽抽回手，有些不耐烦地说：

"你看你，又来了又来了，一套一套的，整得跟个哲学家似的。我可不像你，把爱情想得这么玄妙。他要爱我，就应该心甘情愿地为我付出！要不然，我有病啊，找一个老头儿！"

小雨并没有理会丽丽的牢骚，她依然按照自己的思路说：

"丽丽，我准备报个外语班，好好补习一下外语，将来靠自己的努力，打出一块属于自己的天地。做模特毕竟不是终生职业。怎么样，我们俩一块去学吧？有时间学点知识，比参加什么行为艺术强。不是我说你，你去左安公社前我就劝过你，你听不进去啊！其实，依靠谁也不如依靠自己。你说呢？"

"歇了吧你！得，看来我跟你是瞎耽误工夫儿。我还得去找那老东西，让他出钱先帮我做一盘 MTV，不能上戏，在歌坛上发展发展也行啊！"

丽丽说着，一招手，冲门外喊了一句：

"服务生，埋单！"

第十八章

灵与肉分离

　　金戈回到名人别墅时，小雨已经做好了饭：竹笋炒肉、清蒸鳜鱼、东坡肘子、榨菜肉丝汤。以往，他们很少在家用餐，即便是在家里吃，小雨也是随便买点半成品炒炒。金戈不大在意吃什么，说句实话，干他这行儿，又有这么丰厚的收入，天上飞的地下跑的什么东西没吃过？他只是想寻找一种感觉，家的感觉。今天面对小雨精心烹制的一桌饭菜，他没有表现出以往那样的兴致，随便吃了几口就去洗澡了。

　　小雨有些扫兴。为准备这桌饭菜，她在温馨庭院和丽丽分手后，特意去了一趟超市采购，一方面，她是想让金戈高兴，以便能为许非同打探出一个准确的消息；同时，也有一多半是发自内心。客观地说，金戈对自己是相当不错的。

　　小雨家在重庆近郊。高中毕业后她本来考上了大学，但因为母亲得了肾病已无力支付昂贵的学费，她只身来北京闯天下。开始有同乡介绍她到一家歌厅当坐台小姐，说只是陪客人聊聊天唱唱歌就有大把的钞票好赚，她将信将疑，但只上了一天班就辞职不干了。

　　那天小雨一进包间试台，就被一位中年人相中。刚坐下，那客人一把将她揽入怀中，一身酒气，把卷成一卷儿的三张百元大钞顺着她T恤衫的领口塞入乳沟，接着，一双长满黑毛的大手就伸进了她的衣服。

　　小雨吓了一跳，陡地站起身，问，你要干什么？

　　那男人愕然地望着她，仿佛在观赏一只濒临灭绝的珍稀动物：干什么？你说干什么？

　　小雨顺领口抽出那卷儿钞票，生气地问，不是就聊聊天、唱唱歌吗？你的手怎么乱动？

　　那男人笑了，笑声如刮过冰面的北风，令小雨不寒而栗：真，真是个雏儿！刚才妈咪说你是头一次坐台我还不，不信。好，我就喜欢你这样的纯情妹，来，我再给你二百小费，乖乖，出，出台也就是这价钱了！说着站起身拽小雨。

　　小雨甩开他的手使劲把那一卷儿钱摔到男人的脸上。由于屈辱，她的眼睛里已经噙满了泪：

"你把我当成了什么人？谁稀罕你的臭钱！"

那男人肯定从来没有见过这样的女孩儿，他把西装上衣一脱，露出了斜挎在腋下的手枪：

"嘿，老，老子还从来没有受过这个。去，把你们老板叫来！"

服务生一溜烟地跑了出去。一会儿，歌厅老板点头哈腰地走进来：

"韩队、韩队，您别生气，这小姐太生，我给您再换一个来！"

说着向闻声跟进来的妈咪一努嘴：

"还愣着干什么？赶快再叫进来几个小姐让韩队挑挑。"

"不，我，我今天要定她了，咱们看看到底谁狠！"

小雨没有想到经理、领班不但没有向着自己说话还对那男人赔笑脸，委屈得不得了，一转身要走，不想被那男人一把抓住。这时，在一边儿一直没有说话的一位客人站起来，掰开那男人的手劝解道：嗨，韩队，何必跟一个小女孩儿置气，看我的面子，让她出去吧！

小雨这才得以脱身，就此头也不回地离开了歌厅。

她按报纸上的招聘广告，应聘了模特。先是做头像，头像挣钱少，课时也排不满。她又做了人体模特，她觉得做模特不丢人，徐悲鸿的夫人不也做过模特吗？没有人体模特，绘画艺术就无从谈起，靠自己的劳动吃饭，比谁也不矮三分！妈妈每月光透析就几千元的费用，靠做模特的收入根本无法支付。没课的时候，她就到立交桥下的行人通道去唱歌。她天生一副好嗓子，在学校就有小百灵的绰号，拿一把吉他，自弹自唱一两个小时，总会有二三百元的收入。

在行人通道里唱歌，小雨最怕遇上两种人。一是城管，城管来了，她的歌就唱不成了。城管队员会像轰鸡轰狗一样地挥着手吆喝：去去去，谁让你在这儿唱歌的？快走，不走就把吉他没收了。当然，他们一般不会真的没收，只是吓唬吓唬你而已。如果遇上了小混混，事情就麻烦了。他们会吹口哨、喊倒好，甚至嬉皮笑脸地挑逗你，上前捏你一把，摸你一下。每每这时，小雨就会高举起吉他，做出一副宁死不屈状。一般情况下，小混混会就此却步，臊眉搭眼地走了。可是那一次在崇文门地铁的人行通道里，一个留平头的小混混似乎不吃小雨这一套，他梗着脖子、歪着脑袋凑过来说，这几天熊爷憋得慌，正想放放血呢，有劳你了！见小雨一步一步后退，他更来劲了，嬉皮笑脸地调戏："这么漂亮的美眉怎么沦落到如此地步？得，跟哥走吧，哥把你包养了！

　　围观的人不少，没有一个人敢仗义执言，只是有人轻声议论，对那个小混混表示不屑。

　　小雨正孤立无援不知如何是好时，只见一个三十多岁的青年男子挤进人群拍了小平头的肩一下，斥责道，一个大男人欺负一个弱女子，算什么本事！

　　小平头回头开口就骂，怎么着？老寿星吃砒霜，你是不是活得不耐烦了？

　　青年男子神态自若地一笑，莫非你也想给我放放血？

　　放血？那是便宜你，在这四九城儿，敢跟熊爷我叫板的人还没生下来呢！

　　说着，抬手一拳，直朝青年男子面门打去。对手头一偏，让过他的拳，顺势抓住他的胳膊侧过身往身后一背，猛然发力，那小混混就被青年男子仰面朝天摔在了地上！

　　围观的人一片叫好。小雨在一旁看呆了，她想趁乱离开，又怕救自己的青年男子有什么闪失，便站在一旁禁不住发抖。她觉得那青年男子有些面熟，一时想不起在哪里见过，正不知如何是好时，只见躺在地上的小混混已挣扎着站起，从怀里抽出一把匕首，呀一声怪叫，冲青年男子直刺过来。围观的人见状呼啦散开。青年男子面不改色，抬腿一脚，正踢中对方手腕，匕首从对方手中飞落，当啷一声掉在了地下。那小混混揉搓着手腕面呈痛苦状，倒吸一口冷气，骂一声，算你狠，熊爷不会让你活过今年！说罢，便龇牙咧嘴地转身跑了。

　　青年男子也不追赶，他走到脸色苍白的小雨面前，问了一句没事吧，忽然惊讶地睁大眼，叫了一声：哟，这么巧，怎么会是你！

　　小雨再仔细一看，才想起这位青年男子原来就是在歌厅帮自己解围的那位先生，怪不得有些面熟，忙连声道谢。

　　青年男子边和小雨向外走，边自我介绍说，我叫金戈，是天平律师事务所的律师。在歌厅里和小姐过不去的是一个派出所的副所长，被人尊称为韩队。他其实人不坏，就是那天喝高了。金戈说很佩服小雨不为金钱所动，第二天又找到那家歌厅想替韩队赔个不是，才知道小雨已经走了，今天能意外见到小雨很高兴。

金戈的话半真半假。那天小雨一进包房，他就被她的清纯恬静所吸引，正遗憾这样的女孩儿也进了歌厅，见小雨竟和已有了七分醉意的韩队打了起来，心中不由暗暗高兴，知道小雨还是一个未被铜臭污染的好女孩儿。第二天，以为韩队道歉为由找小雨，才知道小雨当天就走了。听歌厅的妈咪说，小雨来这里上班的时候，无意中曾说起白天她常在地下通道唱歌，就托了熊三四处寻觅小雨的行踪。刚才熊三给他打电话，说崇文门地铁的人行通道里，有个唱歌的小姐跟金戈描绘的很像，金戈就着急忙慌地跑了来，并在电话中和熊三约好，如果是小雨，就由熊三去调戏她，两个人演出一场英雄救美的双簧。初次相见，金戈对小雨的为人已有所了解，知道她不会为金钱所动，也不会为权势所压。他对小雨是动了真情的，不愿意自己以一个暴发户的形象走进小雨的生活，而是真正能够成为她心中的白马王子，这样，就需要高位进入，让小雨对他能够一见倾心。刚才，熊三儿的两个招式都是按照电话里约定好的，金戈的出手却着实重了点，他是怕双簧露出破绽，只好委屈熊三儿了，大不了多给他俩钱。

小雨确实没有看出任何破绽，却也没有像金戈期待的那样对他一见倾心。对金戈，她除了感激，没有别的想法。

出了地铁，金戈约小雨吃饭。小雨本想推辞，一想人家已经两次救自己于危难，便点点头说，金先生，还是我请您吃饭吧！金戈说，好啊，你请客我埋单。

两人从此相识。

按说金戈是一个比较讨女孩儿喜欢的男人。一米八〇的身材，一双略微凹陷的眼睛，目光冷峻而犀利，再加上一身藏蓝色的意大利名牌西装和一条猩红色的领带，称得上风度翩翩。可是小雨对他的感觉总是不对。她觉得金戈的眼睛后面似乎还有一双眼睛，让人捉摸不透。委身这样的男人缺少安全感。所以面对金戈频繁的攻势，小雨开始无动于衷。她对金戈更多的是感激而不是爱。真正打动小雨的有两件事：一是金戈得知小雨的母亲因换肾急需一笔巨款时，毫不犹豫地解囊相助。当时的情况是：小雨母亲的肾功能已经完全衰竭，正好又有了匹配的肾源，如果不及时手术，母亲活不过十天，可谓命悬一线。而二十万元的手术费用对于一个极普通的工薪家庭来说，无异于一座无法逾越的大山。小雨一天忙到晚，收入也仅能够维持母亲透析的费用。正在她走投无路、心急如焚的时候，金戈把一张二十万元的汇款收据交到了小雨的手里。再有，小雨不愿意放弃模特这一职业，金戈也尊重了她的意愿。不是每一个男人都可以这样做的。小雨无以为报，终于以身相许。

认识许非同以后，小雨似乎平静的内心被搅乱了，她终于懂得了爱与感激原来是两回事。再面对金戈，小雨想到自己的情感世界里还有一块神秘的领地不容他窥视，就有些愧疚。自己真是个坏女孩吗？她常常叩问自己，又无法理清头绪。她便想，和金戈在一起的日子里努力对他好一些吧，算是偿还心灵上的一笔欠债。

"把我包里的那瓶洗发水拿来。"

小雨答应一声，从金戈的包里拿出了洗发水，101系列产品，防脱发的。金戈这一阵子脱发很厉害，每天早晨起床，枕头上都有一层落发，足有上百根儿。

金戈从卫生间出来，一边用毛巾擦着头发，一边坐在沙发上跷起一条腿。小雨递上一杯刚刚沏好的西湖龙井，金戈接过来，轻轻吹去浮在上面的茶叶，喝了一口，呸、呸吐出两片茶叶，怪怪地问了一句，没往里面放——铊吧？前几天他们曾在一本过期杂志上看到一起案例：北京×大学一个女大学生因为被人在食物中投放了有毒化学物质铊，几乎成了植物人。金戈便对她说，什么时候你也弄点铊来给我吃了得了，省得我老缠着你。当时，小雨认为他是开玩笑，就呸了他一声。今天金戈再次提及，小雨心里就有点忐忑。莫非金戈知道了什么？不像。她和许非同往来那么谨慎，金戈在外面整天忙得昏天黑地，怎么可能？再者，如果金戈知道了，以他的占有欲，早该把自己生吃了！又一想，他凭什么？自己无非是抽时间给许非同当了油画模特，她干的就是这一行嘛！她也知道这是自己宽慰自己，金戈是一个性格极为偏执的人，她到学校做模特，金戈都老大不愿意，如果知道自己给一个中年男教师私下做模特，肯定受不了。不过，以他目前对自己的态度，应该还不知道。那么，金戈就是在开玩笑。这也是小雨不喜欢金戈的原因之一，这人总是阴阳怪气，和他在一起，心情就像家乡六月的梅雨天，阴沉沉的，一点也不明快。

她见金戈仰躺在沙发上，闭上了眼，一动也不动，忽然又想，如果金戈因为某种意外成了植物人或者真的死了，自己会难过吗？这可是占有了自己少女贞操的男人啊！想起第一次和金戈做爱，小雨不由打了个冷战，金戈的粗暴、龌龊和少女时的幻想反差实在太大了，这么个衣冠楚楚的男人一脱了衣服居然像野兽一样。小雨想不出如果真有那么一天，自己会是什么感受。不过，有一点是明确的，她不是金戈合法的妻子，她没有权利继承金戈的财产。那么，金戈会留下遗嘱赠予自己一部分吗？

　　"嘿，犯什么愣呢？"

　　金戈睁开的眼中露出一束怪怪的光，一下子把小雨拉回现实，她想起对许非同的允诺，于是努力用柔媚的口气说："金哥，你再瞎说，我要生气了。"说着，她从沙发桌的铁筒中华里抽出一支烟递到金戈的嘴上，又用打火机为他点燃，"我哥来电话，你让他买的两张股票都挣了钱。他让我好好谢谢你呢！"

　　金戈好像很不在意地点点头，目光也变得温和了许多。

　　"自家人嘛，谢什么！"

　　"他让我再问问你，还有哪张票可以买。"

　　"你哥现在有多少钱了？"

　　金戈坐起身好像不经意地问。

　　"四……五万吧。"小雨迟疑了一下。

　　"好，我让他这点儿钱一个月内翻一番。"金戈深深吸了一口烟，在嘴里停了片刻后才缓缓吐出，眯起眼睛注视着烟雾在空中变幻出不同的形状，直到完全散尽了，才将已经燃了一大截的烟灰在烟缸的边缘轻轻磕去，望着小雨继续说："你让他买凤凰科技吧，在三十二元以下全仓介入。一个月内必见六十元。"

　　"真的？"小雨又惊又喜，两道细长的柳叶眉向上一翘，黑钻石一样的双眸便凝聚起熠熠的光彩。

　　"消息绝对可靠！"金戈睁大那双眼窝有些凹进去的眼睛，很认真地回答，"什么时候我糊弄过你？不过，这个消息千万不要跟其他任何人说，要不然，跟风的人多了，庄家拉抬的时候就费劲了。"

　　"谢谢你。金哥。"

　　"怎么谢？"金戈把烟蒂在烟缸里使劲一摁，双眼喷出欲火，一伸手把小雨拽进怀里。小雨下意识地推了金戈一把。她真的越来越难以忍受金戈。特别是这一段时间，金戈似乎有些变态，不分时间、不分场合地向小雨提出性要求，这让小雨厌恶恐惧。金戈呢，小雨越是不顺从，就越激起他心中的欲望；特别是一看到小雨脖颈上的那串火一样红的石榴石项链，金戈的欲火就像突然浇了一瓢油，噌地蹿起，令他不能自制。他愣了一下，张开双臂扑向小雨。

金戈在小雨身上尽情发泄完以后，并没有爽润的感觉。因为从她那空洞麻木的目光中，他分明觉察出了小雨内心深处的抗拒与无奈。他渴望的是灵与肉的全部给予，如果两者分离了，他就觉得受到了伤害，而这种伤害是金戈所绝对不能容忍的。他真想揪住小雨狠狠揍她一顿，想了想，还是把怨恨压住了。

躺在床上，他观察着身旁的小雨。小雨静静地躺着，似乎已经熟睡，但眼皮下滚动的眼球告诉金戈，她现在完全处于清醒状态。不睁眼，就是拒绝和自己交流、对话。小雨肯定也感受到了金戈的目光，翻了一个身，把背留给了他。

小雨不是金戈的初恋。

自学完大学课程，金戈凭自己的努力考上研究生后，发现背后常常拖着一道目光。那目光纯洁、温柔，并且执着。那是他的学妹，一个年轻开朗的阳光女孩儿。本来，金戈曾暗暗立下誓言，功名不成绝不涉及男女私情。他知道一个人的精力有限，花前月下用去的多了，灯下苦读的时间必然会少。他不同于城里那些家境殷实、背景深厚的同学，他输不起。在这个物欲横流、弱肉强食的丛林环境中，他如果想生存下去，不是成为豺狼，就是成为猎手。成为猎手他不敢想，他还远不具备一个猎手所必需的财力、人脉与声望；而要成为一只凶悍的狼，他就必须用别人喝咖啡的时间来强化自己的生存技能。可是，他毕竟也有七情六欲，又正是荷尔蒙分泌最为旺盛的年纪，实在抵御不了那两条目光的缠绕。那个女孩太漂亮了，他无法抗拒，他们开始了牵手、接吻和迫不及待的亲密。有一天，当他大汗淋漓地和那个女孩做完那件事以后，他问她为什么选择了他。女孩儿说，选择他是他的错，因为他的坚韧、刻苦和自强不息是那些追求她的男生所不具备的。她不在乎他卑微的出身，出身只是一个胎记，能否成长则完全看自身的努力，而这种努力她已经清晰地感觉到了，令人憧憬、令人向往、令人尊敬。金戈听了几乎落泪，浪迹京城以来，他第一次体会到了什么叫作尊严和一个内心深处极为自卑的人在被别人真正认可时的快乐。

可是万万没有想到，就在金戈开始忘情地沉溺于爱河时，女友突然不见了。三个月以后，他收到了女友的一封道歉信，在父母的"胁迫"下，她不得已嫁了一位山姆大叔。山姆大叔比她大二十岁，但是在美国的加利福尼亚州却拥有一座巨大的庄园。

金戈几乎发疯。当他舔着伤口好不容易冷静下来以后，本来自卑、敏感的心中，又长出了一盆叫作戒备的野草。他没有再谈过恋爱，也从来没有断过女人。但是，小雨让他又一次动了心，只是根植于自卑的戒备心理更重了。他仿佛跋涉在一片海滩上。海滩上走着一个靓丽的女孩儿，和他总是相隔几步，任凭他怎么努力也难以牵手。女孩儿还不时回过头来，忽而嘲讽、忽而厌恶地看着他，目光如同两条鞭子，抽得他浑身战栗、皮肉横飞！他觉得自己在一点点萎缩，最后竟变成了一只长满疥疮的癞蛤蟆。他愧极而泣，但癞蛤蟆的哭声太难听了，他只能把眼泪流进肚子里。

内心的自卑，让金戈对小雨极为敏感。当他在小雨的手机里发现了一个经常出现的陌生号码，又在小雨的眼神里捕捉到了不经意的躲闪后，他便开始了对小雨的调查。小雨是他的所爱，他不能允许任何人染指，甚至窥视。即便小雨不爱他了，他也绝不会放过她。由爱生恨，这种恨比单纯的恨会令人更加疯狂。如同一件漂亮的器皿，他如果得不到，宁肯摔碎。

早晨醒来的时候，金戈发现自己的枕头竟被泪水打湿了一片。他的头有些晕，脑子也一片混沌，像是雾气未散的郊野。

小雨已经准备好了早餐，来到卧室对金戈说：

"昨天夜里你是不是做梦了，哭得好伤心。"

金戈翻身下床，撒了一个谎：

"梦见我母亲了。老人去世十多年了，还是第一次在梦中和我相聚。"

小雨哦了一声，又说："昨天我买了一个榨汁机，刚才用它给你榨了一杯鲜橙汁，你尝尝味道怎么样？"

餐桌上，小雨把涂了果酱和黄油的面包递给金戈，像是漫不经心地问：

"你昨天晚上说的那张股票是叫凤凰科技吗？"

金戈咬了一口面包说：

"对呀，你叫你哥务必今明两天全仓买进，不然，就不会有目前的价位了。"

小雨的双眸闪出光彩，兴奋地点点头。她递上橙汁，说多喝点果汁，对身体有好处。

金戈接过杯子，心头不禁掠过一缕温情，心想，如果这小婊子不是因为那个什么鸟画家，而是出于真情实意对自己这么关心，那该多好啊！

第十九章

挥之不去的阴影

这几天，辛怡的家里春风和煦。两只股票接连获利，让辛怡对小雨充满感激。尽管她已经隐隐感觉到了丈夫和这个女孩关系绝非一般。她隐而不发，是基于三点考虑：一是股票亏损了这么多，有一个可靠的信息来源能让自己挽回一些损失总是好事。家里的钱都是丈夫辛辛苦苦赚来的，她投在筛子一样的股票里，嘴里没说，一直心存歉疚。二是她相信丈夫，弗洛伊德不是说过吗，如果一个男人一辈子也没有一次情感上的外溢，他不会在事业上有很大成就，也绝不会是一个好丈夫，因为他的创造力就要受到怀疑了。丈夫是个艺术家，创造力之于艺术家，有如食物和水，没有了创造力，他的艺术生命就会枯竭。三是丈夫做事有底线，这一点辛怡毫不怀疑，她明白一个道理，对一个男人最有效的控制就是给他一定的私人空间。

还有一个原因和辛怡的性格有关，她恬静、宽容，又深深地爱着丈夫，她不愿意为此争吵、打闹，那样太世俗、太无聊，她经受不住舆论轻蔑的目光。如果真的缘分尽了，许非同要离她而去，她也不会死缠烂打。死缠烂打即使留住婚姻，能留住心吗？没有了爱的婚姻，不是避风的港湾，是囚禁人的牢笼，辛怡不愿意。

早晨许非同做了早餐：煎蛋、面包、牛奶和几片苹果、几瓣橘子。许非同知道小雨会打来电话，让他买入第三只股票，他对小雨已深信不疑。不过，他准备再挽回一些损失就彻底退出股市了。他已经不奢望赚钱，只想把本金打回来。他有"三个一"计划要完成，亏损得伤痕累累，那些计划都会泡汤，对股市他已经从心底厌恶。

发达国家的股市是靠上市公司的业绩增长，让股民享受经济发展带来的红利。中国的股市由于设计上的缺陷和利益集团的操纵，近乎一个赌场，没有信息优势的中小散户如同绵羊与虎狼争斗，哪里有胜算的可能？股市不产生财富，是一场零和游戏，是财富搬家的过程；赚钱的是国家、机构、上市公司及极少数有内幕消息或天赋极高的股民。国家收税，机构做局，上市公司通过股市这个融资平台大把大把地圈钱，苦了的是中小散户。许非同自知没有能力与虎狼争斗，也不愿意费尽心思地与同是绵羊的中小散户争抢那一点点青草。

辛怡也赞同许非同的想法。生活中不光是股票，可是自从炒股被套以来，他们的生活已经被股市绑架。好在，结束这种生活总算有了指望，布满阴霾的天空终于出现了一束亮光。

辛怡一上班，被石羽叫到了办公室，见石羽板着个脸，心里不免有些紧张，刚有的一点好心情也荡然无存了，以为石羽对她的工作不满意。一年多了，因为炒股，她常常制造各种借口请假，在财务上也出现过几次小差错，石羽找她谈话也正常。不过，她已经是奔四张儿的人了，有这么一份收入不菲的工作不容易，加上股票不断"缩水"，她很害怕失去这份工作。石羽示意她坐下，回身把办公室的门关严，使辛怡更有了一种不祥的预感。

石羽坐在辛怡的对面并不说话，而是端起茶杯轻轻吹去上面浮着的茶叶，慢慢啜饮。半晌，才抬起头定定地望着她，似乎在斟酌着谈话的字句。

辛怡坐在沙发边儿上，上身略微前倾，做出一副很虔诚的姿态。

"有一笔光盘的生意，今天要有四百万的进账……"石羽终于说话了。

辛怡的心也随即放了下来，如同一个自由落体突然被一块张开的布接住了，虽颠腾了几下，却有惊无险。她轻轻吐出一口长气，身体往后靠了靠，端坐在了沙发上。

稍停，石羽习惯性地用手把两侧的头发向头顶捋了捋：

"这笔款子要是进了账，下个月的税就要多交几十万元吧？"

辛怡点点头，她明白了石羽的意思，便接过话茬儿说：

"如果对方可以通融，我们可以先给他们开一张收据，这笔款子缓一两个月陆续进账，得机会加大一下经营成本或者用其他发票冲一冲，就可以少上税了。"

石羽对辛怡的善解人意很满意，他望着辛怡，忽然觉得辛怡近来似乎憔悴了不少。前两年刚来公司时，辛怡还是一个颇有风韵的少妇，既有年轻女孩儿的羞涩与纯净，又有成年女人的成熟和魅力，比起那些初谙世事、说话嗲声嗲气的小姑娘来别有一番味道，着实让石羽心猿意马了一阵。只是这女人太孤傲，像绽放的刺玫，可以欣赏却不可采摘。后来他因为公司业务繁忙，身旁也不缺女孩子，就放弃了。不过，每次和辛怡单独在一起，他的心头还会掠过一种异样的感觉。他以打平为原则答应给许非同出一本画册，潜意识中也有讨好辛怡的成分。辛怡虽然不再年轻，但气质依然。这气质是与生俱来渗入骨髓的，岁月无法将它稀释，坎坷也难以令其变形。相反，倒像是陈年的佳酿，时间越久，越有一股醉人的芳香撩人情思。尤其是辛怡的眼神，原本清高并因清高而显得尊贵，现在又平添了一抹忧虑、两分哀怨，如同加了糖的咖啡，于香甜中可以品咂出几丝苦涩，更让人回味无穷了。

"石总，您……"

辛怡见石羽有些发呆，以为他对自己的建议不以为然。

"噢。"石羽收回思绪，掩饰地把茶杯往茶几上一放，站起身道，"好，就这么办，你先去忙吧。"见辛怡起身刚要出门，又叫住她说，"还有一件事，通知你们家老许，这两天叫他得空找我一趟，谈谈他那本画册出版的事儿。"

走出石羽的办公室，辛怡有点奇怪，自己这是怎么了，加大成本，冲低利润，这是违反财务制度的，即便要这么干也得让领导发话啊，怎么自己连磕巴也没打一个，就主动出了这么个馊主意呢？细一想，也许正是自己眼下的心态使然，下意识中想讨好石羽吧。

临近中午，辛怡接到许非同的电话，让她马上出来，到附近的君再来餐厅一起吃饭。

辛怡说有什么事晚上回家再说行不行？

许非同语气立时变得急切，说你不要再啰唆了，这顿饭非同小可，也许会使我们的命运从此发生转机。

辛怡不再坚持，把手头的事情处理了一下，骑上自行车赶往君再来。

路过一家新开张的商厦时，她看见门口围满了人。人群中有一座临时搭建的木台。木台子上正在表演人体彩绘。辛怡下了车，踮起脚一看，那个正往女模特身上涂抹油彩的人原来是朱丹。女模特半裸着上身，胸前和腹部已画上了些花草，朱丹正全神贯注地为她胸前绽开的一朵牡丹着色。台下四周，有四只悬挂在半空的气球，每只气球上拖着一条长长的彩幅，上面写着庆祝开业、恭喜发财一类的吉祥话。还有一支不知是从哪里租借来的鼓号队，正有节奏地吹吹打打。

辛怡听许非同讲过人体彩绘，它也是行为艺术的一种形式，不想却也具有了浓重的商业气息，成了商家的促销手段。前两天看报纸，西安的一家餐厅更有"创意"，让人体彩绘模特零距离为食客服务，在社会上已经引发了强烈反响。舆论普遍认为，这是打着艺术的旗号在提供变相的色情服务。辛怡是赞同这种观点的，如果这也可以称为行为艺术，那么异性洗脚、按摩甚至卖淫，不都可以假艺术之名了吗？她本想等着朱丹画完以后，听听他怎样阐述自己的高论，但怕许非同等急了就一抬腿又骑上了自行车。

许非同已经在焦急地等她。

早晨八点多钟，许非同接到小雨的电话，告诉了他凤凰科技的消息，许非同听了有些兴奋。一个月如果能翻一番，他先期的损失不但可以全部打回来，还有盈余。这不能不令他的心跳加速，如果真是这样，他就彻底退出股市了。他内心深处不想和小雨之间有这样的利益关系，他期望早些回归到以前的状态，除了艺术，就是欣赏。尽管他对小雨完全信任，还是一叠声追问了三句：是真的吗？消息准确吗？绝对没有问题吗？在得到了小雨极为肯定的答复后，许非同仍然提出了一个有些不近情理的要求：

"小雨，你再帮我凿实一下消息的可靠性，如果没有问题，我就准备全仓杀入了。"

两个小时后，小雨打电话告诉许非同，她又去盯问了，人家说，今明两天无论什么价位介入都是正确的。许非同这才急急忙忙打电话找辛怡，正巧她被石羽叫去谈话，好不容易联系上了，她又推三推四，真叫他心急起火。

"什么事？"辛怡一边坐一边问。她没告诉许非同见到朱丹的事，她知道许非同看不起朱丹。许非同等服务员上完菜走了，才压低声音把上午所发生的一切告诉了辛怡。

言毕，他望着妻子，等待她的表态。

辛怡的心忽地一下收紧了。一个月翻一番？这消息来得太令人兴奋又太猝不及防，她的头有些晕，一时竟不知说什么好。股市是一个既上演悲剧也创造神话的场所，她忽然想起刚入市时什么也不懂，在1998年的"五一九"行情中听到一个马路消息，说预合基金要涨，她大着胆子吃进五千股，没想到一连七个涨停板，不到十天，赚了将近一倍。这回消息来源如此可靠，看来真的是要时来运转了。

"你发什么愣啊？"许非同看看腕上的手表，有些不耐烦。

辛怡这才收回神来。两年来因为炒股，事业荒废，夫妻反目，操了多少心，劳了多少神，自己不但要操盘，要料理家务，还要工作，可谓心力交瘁。可到最后，不但赚到的钱赔回去了，本金也损失惨重，婚姻濒临解体，自己的工作也无心支应，生活几乎陷入绝境。如果能一个月把损失打回来，那真是……她觉得一股难以言说的情感涌上心头：酸楚、激动抑或是幸福？眼睛里竟噙了泪："你说怎么办？非同。"

"还有什么怎么办的！"许非同没有注意到妻子情绪上的变化，激动地一拍桌子："下午你请一会儿假，到营业部把手上的票全卖了，全仓买入凤凰科技！"

"好，我听你的。"辛怡装作用纸巾擦脸，将马上就要涌出眼眶的泪水抹去，随后喝了一口啤酒，说，"非同，这回我们挣了钱，就不再炒股了，好吗？继续炒，说不定还会赔回去！"

"对，绝对不炒了。"许非同也有些动情，他望着妻子那张已有细碎皱纹的脸说，"多少次了你都说不再炒了，可是每次稍有收益你就自食诺言，以致在股市里越陷越深。你要知道，人最难战胜的，就是人性中的贪婪。这回我们起誓，能把本儿捞回来，就绝不再炒了，我好好画我的画儿，你好好上你的班儿。再一直炒下去，不知道等待我们的将是什么！"

"好。"辛怡望着许非同答应一声，"想一想，我真的很对不起你，两三年时间赔了你近十几年的稿费。其实，我也是好心，总想能多挣一点钱，帮你了却那几个心愿，也为咱们以后的生活作一些积累，没想到，唉，真是……"

"现在不说这些了。"许非同拍拍妻子的手。确实，除了炒股总赔之外，作为妻子，辛怡是相当贤惠的。她的生活异常简朴，对自己几近苛刻。吃和穿都尽着丈夫和孩子，结婚这么多年了，给自己没有买过一件像样儿的衣服，戴的首饰和项链，也是在小摊上买的一二十元的假货。可是对丈夫她却很舍得，上万元一件的皮夹克，她买的时候眼皮也不眨一下。开始，许非同很感动，后来他就有些生气，股市上几十万上百万都赔了，还犯得上为几分钱和卖菜的小贩讨价还价，连一件稍微好点儿的衣服都舍不得穿吗？辛怡却不这么看，正是因为股市赔钱了，过日子才更应该精打细算，生活上也更没有理由奢侈！

许非同觉得，她似乎是以一种苦行僧的心态在惩罚自己，这使许非同的心里很不是滋味。这时听辛怡又这么说，便表示：

"等本儿捞回来就不再炒了，咱们踏踏实实过日子！"

辛怡点了点头。她抬起手腕看看表，已经十二点，离股市下午开盘还有一个小时，于是站起身说："我先走了。"临出门时又叮嘱许非同："这一两天你有空去找一下石羽，他还要和你说说出画册的事。"

许非同回答："行。我把剩下的菜打包，晚上就不用做菜了。今天，彤彤还要回来呢。"

辛怡停住脚步："今天是星期四，明天才是周末呢。"

许非同"哦"了一声，拍拍脑门："瞧我这脑子。"

都是股票闹的，许非同这一段确实有些心神不宁。按教学计划，他应该用上半学期解决学生的造型问题。造型是绘画的基础，只有先把形画准了，才谈得上色彩、创作，就像盖楼，先要把地基夯实。可是因为常常要盯盘，他已经有一个星期没到画室去了。去了也因为股票下跌而情绪不好，懒得多说一句话。学生也不敢问他，知道老师这一段脾气坏，不愿意当他的撒气筒。前两天，学校领导组织每学期例行的汇看，就是各班的学生把自己的作品挂在墙上，由专家和各班任课老师一个班一个班点评。好的作品，学校要摘下来收走，而哪个班收走的学生作品多，就说明这个班的教学质量高。以往的汇看，许非同教的学生被收走的作品总是位居前列，这次居然只被选中了两幅！出画室门的时候，系主任说：许老师，教学进度要保证，教学质量也丝毫不得忽视，这方面还希望你多下点功夫。话说得还算缓和，但已流露出明显的不满意，照这样下去，别说晋升职称了，这个讲师能不能继续聘用都是问题了。

在学校的讲师中，许非同的业务能力是上乘的；按他的资历、教学和绘画水平，评个副教授本来没有问题，他所以没有晋级，是性格使然。少年时代的许非同我行我素，痴迷于绘画，整个县城十几年只有他考进了北京的大学，学的还是美术专业。这让许非同很有些自视清高，他虽然生在一个乡镇干部家庭，但读了许多西方的哲学和美学著作，对人生、对社会的看法自然与常人有异。十里八乡也把他当作一个神童，这在某种程度上更加强化了许非同的优越感。但同时，许非同的骨子里有一种与生俱来的善良与悲悯。在山野、茶园写生时，他常常对着一些小虫、小草出神，为它们生命的脆弱和短暂而黯然神伤。

学美术是个烧钱的专业，是母亲一路支持他攀上了象牙之塔，但是所有的费用都是靠父亲微薄的工资、靠母亲省吃俭用从牙缝里一分钱一分钱抠出来的。他们从来没有亏待过儿子。偶尔他说到喜欢耐克球鞋，父亲虽然不舍，还是狠了狠心，从工资中拿出十分之一满足了儿子的愿望。从内心深处，许非同对父亲同样充满了感激，善良的天性又使他对父亲的一些做法不以为然。那个时候农业税还没有取消，父亲为收税常常会和一些茶农发生争执甚至冲突。他在情感上会本能地和茶农站在一起，尽管他也知道，父亲不过是在履行职责而已，说的再直白一点，也是为了保住饭碗。用父亲的话说，如果没有他的工资，你还想一天到晚游手好闲地画画儿？早就起五更、睡半夜地去伺候茶树了。他对父亲的情感充满了矛盾：厌烦、抵触、敬畏和血脉相连的爱。

人生常常处于尴尬之中，有些东西你无法回避也无法选择。少年时代的种种境遇，使许非同在继承了父母务实、勤劳等遗传基因的同时，性格中多少也背负了一份负面遗产：懦弱、敏感，又自视清高。

所以，许非同的心态容易失衡。特别是进入股市以来。现在好了，许非同想，小雨又有重要的信息了，自己很快就可以摆脱股市的困扰而安心工作与创作了！

辛怡回到公司，以到银行去查查那笔二百万的款子是不是进账了为借口，向石羽请了假。在去证券营业部的路上，她突然冒出了一个想法。这想法只在脑海中一闪，便把自己吓了一跳。可是，如同午后阳光下那条长长的身影紧紧地追着辛怡，再也挥之不去了。

她迟疑许久，下意识中奔了银行。

银行没什么人，窗口里的业务员和辛怡已经很熟，见了她点点头说，辛姐，你来了！

辛怡却像做贼一样，觉得那男孩儿的眼神像是两条甩过来的鞭子，抽得她差点灵魂出窍。好在男孩儿重新侧身操作电脑，辛怡的心才略略安定。

她坐在柜台前，用左手托住前额。心潮涌动，像是有八级大风掠过，掀起一排排巨浪,撞击着心扉。她知道,这一步迈出去,生命的天空就不再明朗,阴霾会长久地笼罩在心头。

值得吗? 为了钱失去纯净的心态,或许不值。可是,是为了自己吗? 现在账户上有大约五十万,即便翻一番,也不够挽回先前的损失,根本不能完成许非同的"三个一"计划:出版一部画册、举办一次画展、援建一所以美术为特色的希望小学,更别提女儿出国需要的费用了。如果有这两百万做本金,能翻上一倍,那什么问题就都解决了!

转,还是不转? 辛怡的心怦怦乱跳,像是有一百只兔子在冲撞着她的心口!

手机响了,许非同打来电话,问妻子是否已经买入,并叮嘱她千万不要再犹豫了。他刚才打电话又问了,朋友说今明两天任何价位买入,都是正确的!

辛怡嗯了一声挂断手机,她闭上双眼,长出一口气,下意识用手捂住心口,平静了一下心态,一字一顿地对业务员说:

"小张,我要转一笔款!"

第二十章

母爱布下陷阱

金戈上班来到律师事务所，菲菲正在前台分发报纸。

见到菲菲，金戈的心情好了许多。在菲菲身上，他总能看到一些小雨当初的影子。而且，菲菲比小雨经历更简单，为人也更单纯。大学读书的时候，他旁听过美学课，曾听老师讲过东西方的"移情说"。对移情说的美学定义他没有深究，但是这两个字字面上的意义他是明白的，就是为了获得某种平衡，把情感转移。他现在也需要转移，而"移情"的最佳选择就是菲菲了，这也正是他为什么迫不及待地要将菲菲调入律师事务所的原因之一。只不过，想起菲菲曾被人诱奸，他的内心多多少少有些别扭，就像一块美玉，拿在手上仔细一看，却有了一道裂痕。

"金律师，"菲菲冲金戈一笑，但笑得有些勉强，"有客人在会客室等您。"

谁一上班就堵上门了？金戈走进会客室一看，是韩队。怪不得菲菲刚才的笑有点尴尬。

"金大律师，我开会路过，顺便来看看你。"

昨天，金戈还接到张行长的电话，问事情办得怎么样了，凭经验他知道难度不大，况且菲菲已经重新做了证词，就回答说一两天以内必有结果。韩队欠了他那么多人情，自然会抓紧时间摆平此事。果然，韩队说，他已经重新提审了犯罪嫌疑人，诱使他翻了供。两份材料互为印证，案件的性质就有了本质的变化，不是诱奸而是恋爱。早晨一上班，分局已打来电话同意放人。

金戈很高兴。韩队的喜讯犹如一阵飓风，把他早晨的颓靡情绪一吹而散。汪海让他筹款五千万，但眼下他手头可调动的现金不足两千万，唯一的办法就是向银行贷款。正发愁不好向张行长开口呢！真是想吃酸的，就递上了醋瓶；想吃甜的，就递上了蜜罐。

"谢谢您了，韩队，改天我请客！"

金戈急于要把这消息告诉张行长，以便尽快把贷款的事敲定。汪海让他七天以内把款筹齐，好在那张股票砸盘的时候吃货。这种事可是刻不容缓，一旦丧失进货良机，利润空间就打折扣了。所以，他站起身做出送客的姿态。

韩队也很知趣，说我还有会，就不打搅你了。临出门时把嘴凑到金戈耳旁，小声说："老弟，你怎么把那小妞儿弄到你手下了，也不知道避避嫌疑！"

金戈不以为然地摇摇头："这种小案子，没必要搞那么紧张。"

韩队皱了一下眉，他顺手又把门关上，郑重其事地对金戈说：

"老弟为人仗义，也为铲尽人间不平奔走呼号，这一点我韩某颇为敬重。不过最近上边对警风警纪抓得很紧，老弟做事不要太招摇了，万万不可玩过了呀！"

韩队说的是心里话。他原在区局刑警队当副队长，因为办案和队长发生了矛盾，被调到派出所当了副所长。虽说是平级调动，但刑警和片儿警的分量自然有差异，派出所所长和刑警队队长的权限范围也不可同日而语。韩队心里有情绪，干起活来便不太尽责，只要不是部、局直接过问的大案，吃请受托、帮人铲事儿也有过几次。但他心里有一条底线：常在河边走，打湿鞋面的事自然免不了，但是真要有人拉他下水，他是不肯的。往大了说，他毕竟穿了一身警服，头上顶着的是国徽，不能太昧了良心；往小了说，他有老婆孩子要养，他得靠这一份稳定的收入。当然，仅靠微薄的薪水，他的日子会过得平淡如水，要想锦上添花，适当挣点外快也是必须的。菲菲的事他原来不打算管，事情有点大，可是一来借了金戈的钱，面子上抹不开；二来金戈对老葛说的那番话也对他说了，韩队听了觉得有理，翻过来调过去想一想，这事对菲菲是有利的，也就做了顺水人情。不过他看到菲菲成了金戈的雇员，心里总有些不踏实。

金戈见韩队认真起来，就笑了笑：

"您放心，我金戈做事有分寸！"

一个小时后，金戈和张行长已经坐在了温馨庭院的雅间里。

张行长这几天如热油浇心，烦躁不安。赴加拿大的留学手续尚未办好，学校又开学在即，一旦错过了这个机会，儿子入学就要推迟一年。如果这回再以强奸罪被起诉，儿子出国留学的事情就彻底泡汤儿了。为了孩子出国，她已费尽心力，倘若功亏一篑，那才叫闹心！

张行长对儿子是又恨又疼。恨的是儿子太不争气，偏偏在节骨眼儿上闹出这样一出丑闻，既叫她的脸没处放，又自毁前程；疼的是，自己毕竟只有这么一个儿子，因为工作忙，从小关心得不够，总觉得亏欠了他。

昨天她通过韩所长到拘留所见了儿子。在会见室里，儿子面若死灰，胡子拉碴，几天不见犹如换了一个人，没有了一点精气神儿，见了母亲头也不抬，只一个劲流泪，临了才说了一句话："妈，明天是我爸的忌日，我不能陪您去为他扫墓了，您代我向我爸认个错吧！"直说得母亲泣不成声。

儿子其实是个懂事的孩子。孩子八岁时，在银行做职员的丈夫得了癌症，临终时拉着妻子的手说，我走了，孩子交给你了，无论如何，你要把儿子培养成才。你要是重新组织家庭，无论如何也不能委屈了孩子！她怕给孩子找个后爹，儿子的心理会受到扭曲，十几年一直独身。儿子倒是劝过她，妈，我大了，你不用总为我操心，你可以有自己的生活。越是这样，当妈的就越是不忍再走一步。孩子出事儿，也是受了社会上一些不良风气的影响。那么多黄色网站，那么多色情书刊，孩子才十八岁，面对如此多的诱惑，你能要求他有那么强的定力吗？再说，自己整天忙于工作，和儿子有过几次深入的沟通？对儿子的困惑与想法又了解多少呢？看着孩子耷拉着脑袋被警察带出会见室，她发誓不惜任何代价也要把儿子保出来。她要让儿子受最好的教育，将来能有所作为，也算对得起他死去的父亲。

"金律师，事情办得怎么样了？"

"张阿姨，韩所长刚从我那里走，事情已经办妥，明天公安局就放人！"

"真的？"张行长吃惊地睁大眼。昨天她打电话问金戈，金戈说事情一两天就会搞定，她觉得那不过是为了让自己宽心的搪塞。因为打电话给金戈之前，她刚刚见过儿子和韩所长，从当时的气氛看，儿子的事情并不那么简单。她和儿子见面的时候，警察就站在门口盯着，韩所长也面色严峻，语气严厉，全然一副公事公办的样子，怎么事情这么快就有了转机？看来这金戈真是神通广大，不可小视。

"你一定花了不少钱吧？"张行长又把那个装了钱的皮包推到金戈面前，说，"这点心意你一定要收下，不然，我会于心不安的。"

"您看，您又来了！"金戈很真诚地把皮包又推回去，"如果为了您答谢，这件事我就不管了！"

"不是答谢你。"张行长摁住皮包，"总不能为我办事，还让你破费吧？"

金戈说："花点钱算不了什么，能和您做朋友，足以令我引以为荣！"

"多不好意思啊！"张行长眼眶里闪着泪花，"你还没有结婚，体会不到做父母的对儿女的感情。你知道，你能把这件事摆平，等于是救了我们母子！我真不能设想，如果儿子以强奸罪被判刑入狱，我还有什么理由活在这个世上。"

金戈望着张行长，忽然想起了自己的母亲。

母亲的病是月子里落下的。那还是他六岁那年，有一天半夜得了急病，上吐下泻，浑身抽搐不止。刚生完小妹还不到十天的母亲抱着他到镇上看医生。回来的路上下起了瓢泼大雨，泥泞的山路上既无树盖可以避雨，也没有房檐能够遮身，一把油布雨伞被风吹得变了形。妈妈担心金戈病势加重，脱下身上的夹袄包住了他，回到家自己却一病不起。又因为姓许的乡长催税而惊吓过度，终于油尽灯熄，死于非命。

他永远也忘不了母亲，不知有多少回，母亲悄悄走入他的梦乡。可是一睁开眼，除了无尽的黑夜，哪里找得到半点母亲的踪影。记得有一回，家里卖了新茶，父亲为久病不愈的母亲买了两斤白糖和两斤鸡蛋。那个把月，小有财到山上去为茶树剪枝、松土、打药、施肥，竹筒里带的水总是甜的；中午的饭盒里总会有一只煮熟的鸡蛋。那次他被蛇咬了，虽然父亲用嘴为他吸出了蛇毒，从阎王老子那里抢回了他的命，但小有财还是在炕上昏睡了好几天。迷迷糊糊中，他忘不了母亲为他熬草药的身影，忘不了在月光下母亲为他缝补衣服的模样。

母亲临走的那个晚上，精神特别好，用仅剩下的一只鸡蛋亲自为小有财摊了一张鸡蛋饼，看着小有财吃下，然后拉着儿子的手，说了那么多的话。有对他幼年生活的追忆，也有对儿子未来无尽的期盼。临了，母亲摸着有财粗糙的小手，说：

"儿呀，老天不公，让你生在了咱这么一个上无片瓦的农家。你爹岁数大了，你妹还小，娘如果不在了，你要撑起这个家的天！"

当时，小有财还嫌娘说话不吉利，明明身体好转了，怎么说这种丧气话？没想到，那便是人们常说的回光返照。当天夜里，母亲就撒手西去了。金戈常常想起母亲。想起母亲躺在床上看自己时的眼神。那眼神充满疼爱，明澈似水，没有一丝杂质；深情如火，在寒夜里、在风雨中温暖着他的心。

此刻，张行长的眼神和记忆中母亲的眼神重叠了，金戈的心不由颤抖了一下，升腾出几分感动。

"张行长，我虽然没有为人父母，可是我却为人儿女。当父母的心情我完全能够理解。谁言寸草心，报得三春晖。正因为这样，我就更不能收您的钱了！算是我对您无私的母爱表示的一点敬意吧！"

张行长不再坚持了，她收起了皮包。

"那好，金律师，你既然这样讲我就什么也不说了。还是那句话，你有什么事需要我帮忙，只要能办到，我绝无二话。"

金戈来这里之前，已经打好了算盘：告诉了张行长她儿子的消息后，就请她帮忙贷款三千万。两三个月之内，这三千万翻个一两番，那就是几千万上亿的利润，比收她十万八万合算多了，又落下了一个乐于助人的好名声，真是一举两得。而像张行长这样精明的人也算得清这笔账，办自己的事没有花钱，用公家的贷款还了人情，何乐而不为？只是刚才谈到父母对子女的感情时，金戈动了真情，贷款的事说起来就有些不好意思了："张阿姨……"

张行长见金戈欲言又止，猜想他可能有事要求自己，不然凭什么白搭钱给自己办事呢？找行长无非是贷款，不过只要手续齐备，基本符合规定，她也乐得做个顺水人情，就说："有什么事只管讲嘛！"

金戈从公文包里拿出一摞文件，递给张行长：

"是这样，我们事务所买了一块地皮，要盖一栋办公楼，资金上还有些缺口，想贷款三千万，就用这块地皮作抵押，不知道张阿姨有没有什么难处？"

张行长一听，就觉得这里面有个很大的破绽，地皮还没买下来，怎么能拿来做抵押之物呢？不过，天平律师事务所在司法界小有名气，金戈的社会资源也极为丰富，整个事务所正处于上升的势头，料想他们也不会骗贷三千万人去楼空！于是就没好意思点破这个漏洞，翻了翻材料说：

"好，我让审贷委员会讨论一下。"

金戈跟了一句："这笔资金要快些到账，因为这块地皮很烫手，好几家公司都志在必得呢！"

地皮不过是金戈打出的一个幌子，相关的证明材料他也是委托一个有地皮的朋友出具的。半年贷款期内，这三千万已经翻了几倍，只要还贷期没到，谁也不会问你贷款的去向和用途，这件事办起来可以说是滴水不漏，关键是张行长肯帮忙。因为金戈知道，国有银行里有一个很滑稽的现象，作为风险控制最核心部门的审贷委员会，其人员构成非常杂，有审计的，有稽核的，有纪检的，有零售部门甚至办公室的。这样的审贷委员会，其业务能力本身就很值得怀疑。商业银行的一个分行，贷款一般分十五个行业，细化到仪器、仪表、计算机、毛纺等等。搞储蓄的人突然审议关于毛纺品的贷款，其实毫无发言权。由这样一些人组成的审贷委员会往往是个摆设，放不放贷款，只看行长眼色。行长只要同意，很少有人会出来反对。

张行长打开皮包，将材料放了进去，说：

"金律师，你放心，这个事我会尽快办的。"

第二十一章

铤而走险

　　星期五的早晨，辛怡和许非同醒来得都比较晚。因为深套股市，许非同的情绪很长时间都很低落，以致半年多也没有过一次房事。昨天睡觉时见辛怡换内衣，他突然有了冲动。两个人都很尽兴，仿佛找到了新婚时的感觉，完事后有些疲惫，因此一睁眼已经是早晨七点了。

　　贝贝立在床头许久了。主人没有睁开眼时，它只小声哼唧，既想唤醒主人带它出去，似乎又怕惊扰了主人的好梦惹主人不高兴。见主人睁开眼了，便竖起尾巴一边使劲摇晃，一边用两只前爪去拨拉辛怡，声音也提高了八度，由低低的哼唧变成了汪汪的吠叫。辛怡拍拍它的头，乖乖，别着急，马上就带你出去啊！贝贝听了，立马趴在床头，用渴求的目光望着女主人。

　　辛怡一边穿衣服一边问许非同今天怎么安排。

　　许非同说，还有一张画已近杀青了，他要赶紧画完，如果有时间他打算去找一趟石羽，把画册出版的事敲定，然后早点回家，陪陪彤彤。

　　说起彤彤，两个人都有一缕伤感。彤彤上小学时各门功课都还不错，在班里居中上等。升入中学后的两年正值辛怡在股市上节节失利，夫妻俩两天一小吵、三天一大吵，在这样一种家庭氛围中，彤彤的性格开始变得内向、孤僻，学习成绩也直线下滑，中考竟没有升上高中。为了女儿的前途，许非同狠了狠心送她上了一所私立高中。据说这里都是一些退休的特级教师执教，寄宿制，封闭式管理，升学率在百分之九十八以上。所以尽管一年要十多万的费用，许非同还是毫不犹豫地给女儿办了入学手续。孩子住宿，可以让她暂时脱离家庭吵闹不休的环境；给孩子多花些钱，让她能有一个好的前途，也算是对女儿的补偿。

　　女儿从小就是个特别乖巧懂事的孩子。一次他们因为股票吵架，把女儿关在了门外。许非同注意到，从门底下的缝里突然塞进了一张纸条。他拿起来看，原来是女儿画的一张画儿，画面很稚嫩，是两个小人在打架，中间打了一个叉。上幼儿园的女儿用她特有的方式表达了对父母吵架的看法。当时许非同一阵心酸，觉得太亏欠女儿了。还有一次，他用自行车推着四岁的女儿去买西瓜，女儿坐在横梁上，进小区门的时候，许非同一拐把，女儿没坐稳摔了下来，他心疼地抱起女儿连拍带哄，女儿不哭了，他以为没有什么大事儿了，心也放下来。晚上睡觉的时候，女儿一翻身就哭，夫妻俩连忙打了出租车到医院去看急诊。接诊的医生看完女儿拍的 X 光片，生气地责备许非同，你是怎么做家长的？肩胛骨骨折了。真有你们的，居然过了六小时才来就诊！许非同听了差点掉泪，换个孩子骨头断了，早哭得稀里哗啦了，彤彤怎么能够忍受了六个小时，不哭不闹？

想到女儿，许非同更坚定了离开股市的决心。真的，为了彤彤，为了这个家，也为了辛怡和自己的工作，真的不能长久沉溺于股市了，简直就是梦魇。

许非同随便吃了两口东西，临出门时问刚遛完狗的辛怡今天怎么安排。

辛怡已经很久没有被许非同爱抚过了，夜里的房事使她有一种灵魂出窍的感觉，几乎忘记了所有的烦恼。许非同一问，她突然想起了挪用公司二百万公款的事，心忽悠一沉。

昨天把那二百万转入自己的股东账号后，辛怡一直懵懵懂懂，脑子里一片空白。现在想起来，她都不敢相信这件事是自己办的！老天爷，二百万！可不是个小数目啊！前些时候为父亲过七十大寿时，老人在饭桌上的话语仿佛又响在耳畔："我当了十几年的财务科长，二十几年主管财会和基建的副社长，从我手上过的钱数以亿计。我虽清贫，但聊可自慰的是，从来没有动过公家一根草棍儿！这一辈子，没有什么遗产可以留给你们，能够留给你们的只有一把算盘，两袖清风！你们不会怪爸爸无能吧？"当时，辛怡心里一阵感动，她觉得父亲是世界上最好的父亲，他虽然没有遗产可以传之后人，但那一身铮铮的风骨不是比任何物质的遗产都更令人尊重吗？父亲一直是自己做人的楷模，自己怎么利令智昏，干出这样大逆不道的事情？

许非同见辛怡直愣神儿，就问怎么了你？

辛怡一个激灵，仿佛从噩梦中惊醒，也想把真实情况告诉丈夫，话到嘴边又咽回去了。以她对丈夫的了解，许非同听到这个情况肯定会暴跳如雷。他是一个小心谨慎的人，连他辅导过的考生送来的一条烟他都不肯收，怎么能接受妻子挪用二百万公款的现实呢？算了，别说了，还是自己把这件事情摆平吧，本来他们的婚姻已有了裂痕，何必再雪上加霜呢？

这么想着，辛怡就掩饰地说没什么，等会儿我要先去一趟证券营业部，凤凰科技还没有买完，一下子买多了，怕引起庄家的警觉。下午，我也争取早点回来,顺便买几条黄花鱼。女儿最爱吃清蒸黄花鱼蘸姜汁了,说有种吃螃蟹的味道。其实,孩子在学校并不缺嘴,光伙食费一个月就要交上千元,不过每逢节假日,夫妻俩还是变着法儿地做一些女儿爱吃的东西。

出了楼道门,辛怡的双脚像灌了铅一样沉重。她不知道脚步该往哪个方向迈。她想起了一位哲人说过的话:人生的道路虽然漫长,但最关键处无非就是几步。所谓几步,指的就是人生的几次重要选择吧?而这不同的人生选择,可能会形成完全不同的人生状态!自己这一步如果迈错了,也许会铸成终生大错啊!她的眼前浮现出了父亲那充满期待的眼神,彤彤那稚气未脱的双眸,还有母亲、许非同,一个个仿佛都走到自己面前,语气严厉地制止着她,呵斥着她。她开始移动脚步向银行的方向走去,她决定了,她要把剩下的一百多万公款划回到公司,不足的部分今天就把昨天买的凤凰科技抛出补足。她从来不羡慕奢华,她和许非同结婚以后靠两个人的工资生活,不炒股的时候,虽不富有,过得不也快乐、怡然、充实吗?

快到银行门口了,辛怡又犹豫起来。她想起了朱丹送来个人画展请柬时的神态。

他志得意满,那散淡的笑容后面流露的分明是不屑与嘲弄:你许非同不是众人公认的才子吗?在你眼中我朱丹不是马尾拴豆腐——根本提不起来吗?可是如今,我在中国美术馆,听清楚了,是中国美术馆举办个人画展了,阁下你呢?你有什么成绩可以炫之于世人呢?

辛怡丝毫不怀疑许非同的才气远在朱丹之上,他这几年所以一事无成,不正是由于连绵阴跌的股市破坏了他的创作心态,分散了他的创作精力吗?作为妻子,从她携手和许非同走进婚姻殿堂的那一刻开始,就把丈夫在事业上的成功当成了自己最重要的生活目标,那么,她能看着丈夫在股市中继续无谓地消耗生命吗?况且,这种局面的形成还是自己不听丈夫的劝导所致。而眼下可是唯——次获利出局的机会啊!

她和许非同已经发誓,一旦打平就不炒了。她不再奢望一个月翻一倍。一个月翻一倍?听上去很美好,可是股市诡异多变,又有多少胜算呢!尽管消息来源于小雨,为了稳妥起见,她把盈利预期大大降低。对,挪用的这两百万能有二三十个点的利润就赶紧出局,这笔款子她决定只挪用一个礼拜之内。时间长了，肯定会出纰漏。一个礼拜，五个交易日，能有二三十个点的收益就不错了。那时就有了一百多万的本金，如能再涨七八十个点，许非同的"三个一"计划和女儿出国的费用就有指望了。

辛怡看看手表，九点半了，股市已经开盘，她掏出股票机一看，凤凰科技高开两毛，并有巨额成交量放出，一副放量上攻的态势！

看来，这消息的准确性毋庸置疑，一周内涨个百分之二三十应该毫无问题。

辛怡下意识地跺了一下脚，心里暗暗说，爸、妈，你们就原谅女儿一次吧！为了许非同，为了这个家，就让女儿放纵一回吧！从小到大，你们的女儿一直是个乖乖女，循规蹈矩，没有做过半点出格儿的事，她压抑得实在太久！这一次若是如愿以偿，算是上天佑我，这些年没有白白付出；若是出了事儿，那就是老天爷瞎了眼！

辛怡急匆匆赶到证券营业部找了一台靠边的电脑坐下，急着按现价打进了两笔买单。她不愿意让别人知道自己一下子吃进这么多凤凰科技，免得节外生枝。说也巧，辛怡每次来股市都会碰上刘胖子，一开盘，刘胖子总坐在她的旁边看她操作，然后东问西问。自己说多了，怕言多语失，一旦把消息走漏，跟风的一多票就拉不起来了；说少了，让人家觉得自己吃独食，有赚钱的机会瞒着大家，也怪不好的。其实像凤凰科技这种十亿盘子的股票，散户吃上十几万几十万股，根本影响不了股价走势。但辛怡因为对这张股票倾注了太多的希望，还是决定秘而不宣。趁没人的时候买进去，别人就看不到她买什么票了。

果然，见到辛怡，刘胖子又凑过来了，一口一个辛姐，问今天如何动作。

辛怡轻描淡写地说自己想买点凤凰科技，也是一个朋友给的消息，不知道准不准。

刘胖子双手捧着一个小暖瓶一样大的玻璃杯，倚在那凸出的像坟堆一样的肚子上，他微微斜着身子，右脚支撑着全身的重量，左脚有节奏地点击着大理石的地面，用很夸张的语气说：

"辛姐，您甭逗了。您那两把短线做得多漂亮，还说消息来源不知道准不准！您放心，我的票全套着呢，就是有好票我也没钱买呀。"

辛怡一时觉得有些过意不去，就说要不你换点凤凰科技，据说这张票不错，不过，赔了钱你可别怪我。

刘胖子说："得，有您这话我就特知足。这张票确实不错，备不住是第二个亿安科技呢！亿安科技多牛啊！从八元启动，一路上攻到一百二十元啊！"

辛怡听了刘胖子的话心里踏实了许多。

凤凰科技小步推升，辛怡分几次打进买单，将账户里的钱全买了。每打进一笔买单，她的手都颤抖一下，有两次因为抖得厉害，甚至操作失误。她不得不闭上眼，将头趴在胳膊上平和一下自己的心态。这哪里是在买股票，分明是在赌命！

凤凰科技在几分钱几分钱地攀升，那根标志股价走势的黄线像一条蜿蜒伸展的长蛇，一路向上。现价已比开盘涨了三个多点儿，从量价配合和各项技术指标上看，今天涨势确定。

最后一笔单子成交后，辛怡如同大病了一场，浑身一点气力也没有了。过了一会儿，她看见凤凰科技的股价稳步上推，涨幅已达百分之五，身上才渐渐又有了力气，想想与其坐在这儿看着股价涨一分跌一分地心惊肉跳，不如去上班转移一下注意力，于是站起身拿起提包离开中户室。下楼走出营业部的大门后又折回来，上次一汽轿车本应赚得盆满钵满，可是由于错听了广电财经信息技术咨询公司的话，自己不但没有赚到钱，害得老张也颗粒无收，她总觉得欠了老张一笔人情，现在有了好股票，应该告诉他一声才是。老张已从中户室被请到了散户大厅，账面上已经没多少钱了，买上一些不会惊了庄家。

辛怡来到散户大厅，见老张正坐在第一排的椅子上，伸长脖子看着墙上的大屏幕，脸上一副痛不欲生的表情，就知道他买的股票肯定又赔钱了，于是走过去拍了一下老张的肩膀，示意他出来。老张知道辛怡买的ST海洋和英华实业都赚了钱，心里挺不高兴，我有了消息告诉你，你有了消息就吃独食，做人太不厚道了。现在见辛怡主动来找自己，便颠颠地跟了出来，心中暗自猜度，或许辛怡也觉得不合适了有好股票要告诉他。这么想着，心跳便不由加快，脸上也因激动而绽出红晕。

来到大厅外，找了一个没人的地方站住，辛怡有些歉疚地说：

"老张，ST海洋和樱花实业我买的时候都没有十分的把握，不敢轻易和您说，您不会见怪吧？"

老张一摆手："嗐，过去的事了，还提它有什么意思。怎么着，有什么新消息吗？"

他有些迫不及待，昨天买的两张股票今天都跌了，他急于想打回一些损失，他知道辛怡找自己，绝不会仅仅是为了向自己道个歉。

"老张，朋友又告诉了我一张票，说一个月以内就可以翻番！"

"真的？"老张发出一声惊叫。

"消息绝对可靠。我已经全仓杀进去了。您也赶快换票吧！"

"和那两张票是同一个消息来源吗？"

"是！"辛怡点点头，"人家不让说。您悄悄买吧，别声张了。"

"什么票？"

"凤、凰、科、技！"辛怡压低了声音，一字一顿地说。

"好！谢谢你。"老张转身就往交易大厅走。走了几步，回头对辛怡用右手的食指和中指做了一个V的手势，兴奋地说："赚了钱我请你吃涮羊肉！"

晚上下班后，辛怡特意到超市买了几条袋装黄花鱼，回到家，见许非同不但把房间收拾得干干净净，米饭也蒸好了，这可是多年少有的事情。

贝贝本待在彤彤的房间里，一听门铃响，立即跑出来迎接女主人。它围着辛怡转了好几圈儿，直到辛怡给了它一根香肠才欢蹦乱跳地跑回彤彤身边，用嘴叼着递给小主人，彤彤接过香肠，剥着表层的皮，贝贝趴在一旁，专心致志地看着，它的舌头耷拉着，口水直流……

许非同的心情不错。有三件事让他很开心。一是彤彤拿回了这学期的成绩单，分数大有提高。据彤彤说，她在班里的排名已上升到前十名，照这个样子发展下去，考上个重点大学应该没有问题。二是下午他抽空找了一趟石羽，画册出版的事已经敲定，石羽慷慨允诺，由他包销的册数从两千册降到一千册，他是专业美术老师，在劳动人民文化宫美术班又一直兼课，弟子已经过千，推销出去几百册应当不成问题；当然，最令他高兴的还是小雨的那个电话。其实，在小雨来电话前他已经从股票机上看到了凤凰科技的收盘价位，比昨天上涨了百分之六，也就是说，他在股市的近五十万元资金仅一天就增值三万元。这绝不仅仅是三万元的问题，它意味着他和辛怡濒临绝境的关系透出了一抹曙光；同时，也让他深深感到小雨这个红颜知己对自己的一往情深。所以，当小雨提出想吃"肉饼张"时，他差点改变了陪女儿的初衷。还是小雨善解人意，知道他的女儿从寄宿学校回来了，马上说改天吧，今天你的任务就是好好在家陪彤彤。

辛怡更高兴。账面上今天获利近二十万，这可是开天辟地从来没有过的事。照这个增值速度，再过个三五天就彻底返本了。她想，那时就先把挪用的两百万还回去。她告诫自己，到时候千万不要贪，不要不舍！

辛怡本想把获利情况告诉丈夫，想一想，还是压下了这个念头。她判断丈夫知道后肯定会让她立即卖票还钱。在这个问题上，他太刻板了。还是等过几天获利出仓时告诉他，给他一份意外和惊喜。

房间里洋溢着清蒸黄花鱼的鲜味，录音机里正播放着贝多芬的《田园交响曲》，明快、舒缓，像一条潺潺流淌的小河，把欢乐浇灌于每一升空气。

彤彤也感觉出了家里气氛的变化，蛮有兴致地向许非同和辛怡讲述着学校里发生的一些趣事，当她讲到教物理的胖张老师在监考时，因为坐的一把旧椅子不堪重负，加之她又往后伸了一个懒腰，一下子将椅子坐散了摔倒在地时，许非同和辛怡都禁不住哈哈大笑起来。

彤彤很适时地提出了一个问题：

"妈妈，我们学校组织了一个舞蹈队，我参加吗？"

"参加。"辛怡没有犹豫，舞蹈是心灵的体操，一个女孩，练练舞蹈对她综合素质的提高肯定会有好处的，况且女儿的身材条件很好，说不定会在这方面展示才华呢！再说，多参加一些这类活动，对于改变女儿的性格也会有所帮助。

"可是，每个人要交两千元的服装费。"

"又是两千元。"辛怡有些愕然。在她的印象里，女儿每个星期回来，都会通知家长交各种名目繁多的费用。这所私立学校的学生大都是一些有钱人的子弟，千八百元的在他们眼里根本算不上钱，可是对于许非同和辛怡来说实在是勉强招架。

"交。两千元就两千元！"许非同想，这两千元无非是股市今天进账的十五分之一。既然女儿上了这所学校，就不能被别人轻视："只要有利于你的发展，交多少钱我们都没二话。"

"哇塞，老爸！"彤彤兴奋地高举起双手。

辛怡也没有表示反对。因为按凤凰科技今天走出的 K 线形态，后市向好无疑。她觉得幸福就像锅里的黄花鱼，一伸筷子就可以夹到了。她心里暗暗叮嘱自己，到时候千万不要贪心，不要指望它能翻倍，该收手时且收手吧！

晚饭后，彤彤把家里那台卡拉 OK 机接上了话筒。

这台机器买了五六年了，许非同的印象中只唱过一次，如果不是女儿把它搬出来，几近遗忘。

"彤彤，怎么着，要一展歌喉啊！"许非同笑着问。

其实，女儿挺有文艺细胞的，辛怡能歌善舞的基因几乎全部遗传给了她，只是这几年因为炒股，把家里的气氛搞得挺紧张，彤彤的性格才越发孤僻起来。她像契诃夫笔下的套中人，封闭了自己，平时在家总把自己关在小屋里，除了吃饭上卫生间，轻易不出来，今天难得女儿有兴致。

许非同忙把几盘已落满了灰尘的伴唱带从床下找出来，一盘盘翻看选歌。

"爸，都什么年代了，卡拉 OK 机早都淘汰了，买一套家庭影院吧，画面清晰，音质也好。"

彤彤拍拍麦克风的话筒，喂喂试了两声，然后清了清嗓子拿腔拿调地宣布："下面……请实力派中年女歌手，原某校文艺宣传队大牌主演辛怡女士为我们演唱一首……一首，哎妈，您最拿手的是什么歌啊？"

辛怡刚刚洗过碗，她擦着手走出厨房，脸上掠过一缕难以察觉的红晕：

"这孩子，怎么想起来拿老妈开心呀！"

彤彤佯装生气地瞪了辛怡一眼：

"您哪儿老呀？去年您到我们学校去开家长会，老师和同学还以为您是我小姨呢！"

许非同望着妻子。当年，她欢容笑黛、顾盼生辉的样子仿佛就在眼前，如今虽然已人到中年，仍风韵动人。如果没有因股票费心劳神，她会比现在还要年轻呢！许非同心中暗自感叹着，不由又有一丝愧疚浮上心头，很长时间了，他已没有这样关注过妻子，而把更多的目光投向了小雨。他在内心常常矛盾，不知道情感的天平应该更多地向哪一边倾斜。今天他突然有所领悟：投向小雨的目光中更多的是欣赏，像欣赏一朵盛开的鲜花，一幅杰出的画作；而投向妻子的目光中，则渗透了化解不开的浓浓亲情。

"你妈可是当年有名的校花呢！"

彤彤已经把一盘带子塞进了卡拉 OK 机里，前奏曲开始响起，是迪克牛仔的《有多少爱可以重来》。

辛怡接过彤彤塞过来的话筒，坐在许非同旁边，伴着音乐唱了起来：

> 常常责怪自己当初不应该，
> 常常后悔没有把你留下来。
> 为什么明明相爱，到最后还是要分开，
> 是否我们总是徘徊在心门之外……

辛怡唱得声情并茂、怨艾自叹，许非同被辛怡的歌声深深打动了，他觉得这歌词写得太好了，比起那些标语口号式的歌曲，流行歌曲的一个最大特点就是能深入人的内心，把人心中那细致微妙的情感准确无误地表达出来。许非同想，歌曲作者该是有过刻骨铭心的情感经历，不然，何以有如此缠绵凄切的表达？

> 有多少爱可以重来，
> 有多少人愿意等待，
> 当懂得珍惜以后回来，
> 却不知道那份爱是不是还在……

一曲唱完，辛怡已眼含热泪，不光是歌曲拨动了她情感的琴弦，她也为女儿的良苦用心所感动。她知道，女儿是想用这首歌来修复她和许非同之间已见端倪的爱情裂痕。女儿大了，懂事了，她是在用自己的方式和父母作着沟通与交流，她是在用自己的努力维护并关爱着这个家啊！

许非同也有些激动，有一种醺然薄醉的感觉。他庆幸自己生的是女儿，如果是儿子，会有这样细微周到的安排吗？

"妈，您唱得太好了，绝对的专业水平！"彤彤一边换着录像带，一边说，"爸，您也应该展示一下自己的风采啊！这样，你们俩来一首对唱吧，付笛声和任静的《知心爱人》，好不好？"

许非同接过话筒："没问题。你老爸正经是男中音呢！"

　　"哇塞！"彤彤夸张地冲许非同做了一个鬼脸，"那让我们来领略一下男中音歌唱家许非同先生富有磁性的歌喉吧！"

　　许非同清了清嗓子，举起话筒唱了起来……

　　　　让我的爱伴着你直到永远

　　　　你有没有感觉到我为你担心

　　　　在相对的视线里才发现什么是缘

　　　　你是否也在等待有一个知心爱人……

第二十二章

计划同时实施

汪海那天从春雨潇潇娱乐城回去以后，丽丽正如约在东湖别墅等他。见汪海进了卧室，她用被子蒙住头，故意不理他。

汪海的心情不错，走过去掀起被子，在丽丽的脑门上亲了一下：

"小宝贝儿，生气了？"

丽丽忽地坐起，她只穿了一件吊带的内衣，胸罩也摘了，两只饱满的乳房像两只小兔子一样活蹦乱跳。她瞪着汪海，问：

"你鬼鬼祟祟地干什么去了，是不是又被哪个小妖精把魂勾走了！"

汪海坐在床边去搂丽丽，他实在抵御不了那两只小白兔的诱惑。丽丽象征性地挣巴了一下，就顺从地倒进他的怀里。她知道，使使性子是可以的，但不能太过了。汪海是一只风筝，风筝飞高了，她适当地要松一松线，一旦把线拽断了，风筝说不定会落到哪里。况且，自己还有那样一段经历瞒着汪海，心中更觉得底气不足。

"我到哪里去了？还不是为我们的未来去谋划！"

汪海宽衣解带就要上床，刚才的一顿人体盛，已使他欲火中烧，他急着发泄，一出门就打了电话叫丽丽在别墅等他。为了讨得丽丽高兴，他便把和金戈的交易大概说了一遍。

汪海对丽丽是动了真情的，这丫头虽然当过模特儿，但善解风月，对自己一心一意。快六十的人了，能有这样一个如花似玉的女子陪伴下半生，也算是上天带来的福分，所以有些事他也不瞒她。只是可能的利润他只说了五分之一，无论如何，他也不能把这丫头的胃口吊得太高，一旦花钱花顺了手，即便是一座金山银山也经不住挥霍。

丽丽一听这一次汪海会有几百万的进项，兴奋得涨红了脸，又听汪海说打算带她一起到加拿大定居，心中的怨气顿时稀释了，她推了一把汪海，娇嗔地说："也不去冲个澡，埋不埋汰人啊！"

汪海如鸡啄米一样亲着丽丽，嬉皮笑脸地回答：

"刚洗过桑拿，干净得很呢！"

这天早晨，金戈刚一上班，丽丽就来到了金戈的办公室，大大咧咧地往金戈对面的转椅上一坐，右脚一点，忽悠就在原地转了一圈；尔后一点左脚，转椅便稳稳停下。她用手轻轻拍着转椅的扶手，两眼放肆地打量着办公室里的陈设，好像她来这里不是求人办事而是视察。

她已经完全找到了汪夫人的感觉。从昨天晚上开始，丽丽的心里已经有了一些微妙的变化。她不再一心打进演艺界了。打进演艺界又能怎么样？当个不入流的小演员，还不是要看导演、制片和大腕的脸色？吃苦受累、无名无利！不如名正言顺地做了汪夫人，到国外去享清福。所以她急于把汪海的离婚案搞定。

"丽丽，有什么话快说，我还要见当事人呢。"

丽丽的做派越来越张狂，这让金戈的心里很别扭。本是自己安插到汪海身旁的眼线，却完全倒向了汪海，还拿自己越来越不当回事，真是狗眼看人低！心里不痛快，话说得便也不客气。

"哟，瞧你金大律师，我好心来看看你，屁股还没坐热，你就要赶人家走啊？"

说着丽丽从手包里拿出烟盒抽出一支摩尔烟，点着了，抽了一口，歪着头吐出一个个烟圈儿。

"丽丽，别跟我兜圈子了。我知道你是无事不登三宝殿，是不是为案子的事情找我？"

金戈从抽屉里拿出一沓卷宗，摊在面前翻看着，摆出一副很忙的架势。他不愿意和这个小娘们儿耗费太多的时间。要不是因为投鼠忌器，他早下逐客令了。

丽丽在烟灰缸里磕磕烟灰，歪着头给了金戈一个媚眼：

"金大律师啊，我老公说了，凭你的牌子，办这么个离婚案本来是抽一根烟的工夫，怎么一拖再拖，都拖了快三个月了？"

金戈听丽丽这么一说，心里直来气。这桩案子拖就拖在了财产分割上。这小妖精太贪，金戈给汪海的炒股分成他们都另立账户，在郊外买的东湖别墅也秘而不宣，明着的财产不过几十万元，小妖精还不肯半儿劈，非要让金戈多给他们争取一些。有《婚姻法》在那儿管着呢，你当法院是我金戈开的吗？好在汪海同意在财产分割上作一些让步，案子估计马上就会有眉目了，于是说：

"你再等一半天，案子马上就要判了，不会让你吃亏。"

丽丽撇撇嘴，摁灭烟蒂，然后双臂交叉抱在胸前，用右手托着下巴，摆出一副不达目的誓不罢休的样子说：

"一半天，一半天，多少个一半天了，莫非让本小姐等白了头发？"

金戈心里骂了一句，本小姐？你算什么东西？与"站街"的野鸡相比，你和她们不过是"批发"与"零售"的区别，还在这儿充大？真是蚂蚁戴眼镜——自觉得脸不小。

当初，金戈把丽丽介绍给汪海时，一是想套住汪海，二是想通过丽丽能多从汪海那里得到一些可靠信息，带有点卧底的味道。现在看来，第一个目的是达到了，第二个目的却彻底泡了汤儿。这小妖精不但没反馈什么有价值的信息，还和汪海完全一个鼻孔出气，摆出了一副夫唱妇随的架势。他妈的，如果不是我介绍你认识汪海，你能混成今天的样子吗？在我面前还一口一个"本小姐"！

丽丽与汪海相识时，自然也明了金戈的意思。金戈曾允诺她，每透露一条有价值的信息，可以给她三万至五万的酬劳。当初她听到这个数目，差点没惊讶得背过气儿去！什么信息这么值钱？倒白粉也没有这么高的利润回报啊！待明白了其中的路数，丽丽"觉悟"了：三五万，那不过是金戈所赚的九牛之一毛；再者说，你金戈就是再财大气粗，能比汪海的道深吗？你有了小雨，充其量我不过是你手中的一张牌，犯得上为你尽忠效力吗？汪海虽然老点，对自己却是真心实意，两相比较，还是汪海值得依靠。于是，丽丽彻底和金戈离心离德，说话办事完全站在了汪海的立场上。

"金大律师，办事麻利点儿，别再拖了成不？"

看着丽丽张狂的神态，金戈愈发生气，给她一个嘴巴的心都有。正气得不知如何发泄，忽然间一个想法从脑海中冒出，顿时令金戈颇觉亢奋。

那天，汪海和他在桑拿间里摊牌，提出他必须筹措到五千万资金并在获利后按五五分成，他的心中就十分不快。这次下单这么大，多多少少总该向自己倾斜一点吧。可是，这老东西竟贪得无厌，狮子大开口，出手这么黑！他当时就想找个机会不露声色地报复一下，只是没有成形的想法。现在他突然想到的这个主意真是天衣无缝，叫这个老家伙哑巴吃黄连，有苦说不出，只要做得不留破绽，老东西还会上赶着谢自己。金戈不由得意地笑了，他起身说：

"好，好，我现在马上就去一趟法院，你让汪局长放心，好不好？丽丽大小姐！"

"这还差不多！"丽丽站起身，屁股一扭一扭地出去了。她当然没有看出，刚才金戈的一笑已然暗藏杀机！

打发走了丽丽，金戈本打算去见当事人，刚发动着车，就接到了区法院的电话，告诉他汪海的离婚判决下来了。他索性到法院拿了判决书，驱车直奔汪海和丽丽的别墅。

汪海正在别墅的大厅里搂着丽丽看电视，拿到离婚判决书乐得眼睛眯成了一道细缝，嘴角一撇，肌肉松弛的双腮油亮油亮的，本来有些浑浊的目光也聚拢了，如同手电筒的两柱光，每当亢奋时他才会有这样的目光。

"小金子呀，这么快就办妥了，真是要谢谢你呀！"

汪海的话倒是出于真心。这张离婚判决书卸掉了他心中的一个包袱。无论如何，在原有的婚姻关系没有解除之前，他和丽丽的来往都算包养情妇。而现在不同了，他和丽丽是光明正大的恋爱，即便中纪委查下来，也无任何可以指责之处。他也不必再担心财产被前妻分割了，他们已经没有了婚姻关系，从现在开始，他的所有财产前妻都不可能再染指一分！

"老公，说什么呢你？如果不是我三番五次去催金大律师，他早把这事忘到脖子后面了！"

丽丽搂着汪海的脖子，一边撒娇一边表功。

金戈白了丽丽一眼，压住心中的火气说：

"是啊，丽丽小姐刚才还催我呢！她前脚走，我后脚就去了法院。丽丽小姐想快点做汪太太，我要不赶紧成人之美，丽丽小姐非把我吃了不可！"

丽丽故作娇嗔地瞪了金戈一眼：

"吃你，还不如吃生鱼片！"

汪海哈哈大笑："不要扯闲篇儿了，还是说点正事。"

兴奋之余他告诉金戈，国有股减持将使股市大量失血，在一个靠资金推动的市场，这无疑是一大灾难，意味着国家这个最大的庄家开始减仓了。而申奥成功和中国加入世贸，对股市都构不成实质性利好，管理层将有一系列监管措施出台，加上股市市盈率居高不下，股市暴跌在即。不过，要做的那张票因为有强庄入驻，却会走出独立于大盘的行情：

"小金子呀，那张票这两天正在按计划砸盘，再跌一两天，我们就可以陆续进场了，你的资金筹措得怎么样了？"

汪海这几天注意了一下电视，见严伟成在股评节目中对顺达股份大肆宣空，说它的基本面已经出现了严重问题，业绩将出现严重亏损，很可能有退市的风险。

中国的证券从业人员有不少与庄家勾结。他们和庄家分赃的方式是这样的：庄家如果看好一只票，但筹码又不够、便会与上市公司和黑心的证券从业人员联手，从基本面、技术面论证这只股如何如何不好，上市公司会配合庄家在各个关键点位发布利空消息，主力资金会配合上市公司的利空消息，跌破重要的技术支撑位。被称作黑嘴的证券分析师则推波助澜、鼓噪呐喊，诱骗散户在低位交出带血的筹码。一般庄家有流通盘的百分之三十左右筹码就可以控制盘面了，一旦他们收集够了筹码，股票会快速拉升。到阶段高位后，上市公司会发布一个个利好的消息，"黑嘴"分析师会利用各种媒介极力推崇这只股票，让天真的散户相信这只票会有三倍、五倍甚至十倍的涨幅，不惜高位追入。而在股票不断拉升的过程中，庄家会逐渐把建仓成本五元钱买入的筹码在十几元二十元卖给广大中小散户。这时庄家会用一定的资金维持股价的相对高位，一旦他们的筹码抛售得差不多了，高位股票没有资金护盘，利好消息又没有一一兑现，股票便会一路阴跌，或是呈断崖式下跌。庄家即使有十分之一的筹码套在里面了，其损失比起其获利，简直是微不足道，可以忽略不计！而"黑嘴"或者搭车狠狠赚上一笔，或是根据当初与庄家的约定，分得一杯羹，一杯浸透散户血泪的羹。

此时，汪海听着严伟成头头是道的分析，也禁不住为散户们悲哀。他完全了解内情，知道如果按照这类黑了心的证券分析师的意见操作股票，不赔个倾家荡产才是怪事。

金戈说，明天以前，资金全部到位，他已经开了五个个人账户，就等着汪局的一声指令大举杀入了。尔后问：

"到底是哪张票啊？现在您可以说了吧！"

汪海摆摆手，不急，不急，明天一早儿我会通知你。他又用手点着金戈说，不要大举杀入！五个账户，每个账户一千万资金，一天各买五百万，两天全部吃进，吃进后什么时候抛出，等我的消息。

前几天，汪海约见了一次房总，以谈工作为名，旁敲侧击地把顺达股份的运作方式再次凿实了一遍。房总当然明白汪海的心思，把顺达股份的操盘计划和盘托出，反正是一次利益交换，他也不吃亏。汪海是业内人士，又身居高位，自然知道应该怎样拿捏好分寸。

汪海只告诉了金戈这张票将有大动作，至于能翻五番，他没有告诉金戈，他要始终掌握主动权，不能叫金戈把底牌全弄清楚了。

金戈说，我这资金中有一半多是银行贷款，资金安全可不能出一点问题呀！

张行长和他见过面的第二天就打来电话，说贷款从手续上是不完备的，这是我第一次行使行长职权为你特批的，多余的话我也不说了，半年后你要按时还贷哟！金戈承诺，用不了半年，连本带息不会少给银行一分钱。张行长忙说那就好那就好，你这样说我就放心了。我知道金律师是个守信用、重承诺的人。

金戈也知道汪海的消息来源万无一失，但毕竟动用的资金量太大，还是叮了一句。

汪海有些不高兴了：

"小金子，你这是对我不放心嘛！你无非是出一点钱嘛！老汉我押上的可是半世清白、一生命运，没有百分之百的把握，我能出手吗？"

丽丽也在一旁帮腔：

"金大律师，这等于是白送钱给你，天下哪找这么便宜的事去？"

金戈便赔出笑脸，说我不过是随便说说，谁不知道你汪局长神通广大？心中却暗暗骂了一句丽丽，这小婊子，怎么哪儿都有你呀，看你还能神气几天！又一想，看来汪海的事一点也没有瞒丽丽，这使他的计划更增加了几分保险系数，不由暗自高兴。

汪海很宽宏大量地一挥手，仿佛是一位胸有成竹、胜券在握的将军：

"股票的事我完全可以搞定，你从明天开始分批进货吧！早晨我通知你股票代码！"

金戈进门之前，他又和顺达集团的房总通了电话，告诉他顺达集团国有股股改方案马上开会研究，他会说服大家通过这个方案，因为符合中央改革的精神嘛！房总当然明白汪海醉翁之意不在酒，在说了一番恭维和感激的话后，又装作例行公事地表示，集团工作一切正常，所有工作都在按部就班推进。他知道，汪海听得出他的弦外之音。果然，汪海一语双关地说了一句，有你房总坐镇，我还有什么不放心的，便挂断了电话。

"行，汪局，那我就不在这里当电灯泡了！"

出门的时候，金戈和汪海开了一个玩笑。

汪海指着金戈的背影笑骂：

"这个小金子呀，油嘴滑舌，净拿老汉我打哈哈！"

金戈开车路过马克西姆餐厅时把车停在路边，打了电话约刘胖子出来吃饭。刘胖子的公司离这儿很近，不一会儿，两个人已经在一张铺了雪白桌布的长方形餐桌前坐下了。

没有寒暄和客套，金戈开门见山，他和刘胖子的关系就是赤裸裸的金钱关系，用不着虚与委蛇：

"我叫你办的事情有什么进展吗？"

刘胖子仍是一脸谦恭的笑容，五官几乎堆到了一起。他探着上身，屁股微微离开椅子，右手挡在嘴边，努力伸长脖子做出一副很神秘的样子：

"金先生，昨天和前天，那女人一口气吃进了八万多股凤凰科技呢。"

"八万多股？"金戈不由一愣，三十多元一股，三八二十四，八万多股就是二百五十万元，她哪来那么一笔巨款？于是问，"真的吗？"

刘胖子又起一只虾球塞在嘴里，很专注地嚼着，待虾球下肚，才用纸巾抹了一下嘴角冒出的唾液，表功地说：

"千真万确。营业部有我一个哥们儿，我让他把那个女人的账号调出来看了，前天，她吃进了一万六千股。昨天她又往账号里入了二百万，分五次买了六万五千股。我按您的意思跟她说了，这张票有可能是第二个亿安科技呢！她听了特踏实。"

金戈倒吸进一口冷气，脸上掠过一丝复杂的神色，下意识道一声：

"她玩儿大了。"

刘胖子有些不解，问：

"您的意思是……？"

金戈并不看刘胖子。他打开皮包，从里面抽出五捆百元大钞，顺桌子面推过去，说：

"这是五万元，你收好。剩下的五万等事情彻底了结了我再付你。这一段时间还烦劳你费点心，有什么情况及时告诉我，不会亏了你！听见没有？"

"您放心！我们公司是信誉第一，服务至上。"

"你慢用。"金戈站起身说，"我还有重要的事情要办，先走一步了！"又对服务员说，"买单。再加一份牛排和蛋卷，打包！"

刘胖子忙起身，点着头说：

"您走好！您走好！"

走出马克西姆餐厅，金戈抬眼望了一眼天。

秋云微薄，艳阳当头。只是时值仲秋，鹅蛋黄儿一样的太阳已经没有了盛夏的火爆脾气，像一位四十不惑的男子，多了些沉稳和内敛；风却是比夏天硬了，嗖嗖的刮起来像一把巨大的蒲扇拍打在脸上，有着些许的寒意。路边的梧桐在风中发出一阵阵哗哗的声响，不知是感叹夏日的远离还是为秋天渐近的萧瑟哭泣。一片片尚未完全枯黄的叶子，在风中悄然落下，把一地寒意堆积在了人们的心里。

不知为什么，计划按设想一步步实施，本来应当兴奋的金戈却陡生一缕悲凉。他知道那不单单是季节变换带给他的心理感受。

他站在秋风里，点燃了一支烟。

从刘胖子提供的照片中，金戈已经认出了辛怡。他万万没有想到，在自己导演的这出活剧中，悲情女主角会由辛怡出任。命运真是残酷，而且也不容你去选择。

刚才，他脑子里闪过放弃的念头。

二百万？辛怡不可能有这么多钱，她从哪里筹到了这样一笔巨款呢？不出几日，这笔钱就会灰飞烟灭。现在它是账号上的一串数字，一旦没了，就是一串悲痛欲绝的泪水，一个分崩离析的家庭，甚至是一条鲜活的生命！但是一想到夺妻之恨，一想到杀母之仇，他浑身的血液仿佛就变成了高度的酒精，随时能够燃成冲天的烈焰。他没有理由让它冷却，也没有能力将它熄灭。这世上，只要有恩仇，就会有无辜的人受牵连；就像有战争，一定会有平民被伤及一样。

金戈把烟头扔到地上，用脚踩灭，在心里狠狠地诅咒：都是那对狗男女作的孽，要恨，大姐，你就去恨他们吧！

一位身挎垃圾桶的环卫工人走了过来，斜睨了金戈一眼，说："不能随地乱扔烟头，你不知道吗？看上去人五人六的，怎么素质这么低！"说着，把烟头扫进垃圾桶里。

金戈忙向那个环卫工人鞠了一个躬，连声说：

"对不起、对不起，让您受累了。"

金戈这一客气，倒弄得那个环卫工人有些不好意思了，忙摆摆手，说：

"没事儿没事儿，您走您的。"

金戈看看表，还不到两点，就坐进车里打开手机：

"熊三吗？咱们还是老地方见，有一单生意要交给你去做！"

第二十三章

情敌之间

W 大学美术系的画室里。

画室两端各摆着一张模特台，模特台上铺着白色的衬布。画室是在教学楼的顶层，阳光透过天窗柔和地洒落在模特的身上。学生们像往常一样，找好合适的角度和距离，支起画架，摆上画板，开始作画。画室里很静，听得见铅笔在纸上划动发出的沙沙声。

小雨站在模特台上，一动不动。

她的头略略低垂，左手抚在后颈，右臂微弯搭在纤细的腰际。二十分钟过去了，细碎的汗珠沁出她光泽圆润、毫无瑕疵的皮肤，她仍一动不动。一般的模特很少能一个姿势坚持这么长时间，小雨很敬业，只要一上了模特台，她的脑海中就全无一丝杂念，精力非常集中。许多模特第一次画人体，总是不大自然和放松，可是小雨第一次走上模特台时，就很喜欢这样一种氛围，觉得这里就是自己应该来的地方。她身体放松，浑身的肌肉也不紧绷，与周围的气氛相融合，很受老师和学生的欢迎。

今天本来不是她的课。一个同伴"倒霉"了，她临时来顶替。

下课铃响起来，一个女同学跑过来，把浴巾给她披上，她感激地看了她一眼，然后到屏风里迅速地穿上了那套经过磨砂处理的牛仔上装和牛仔短裙。

穿上衣服的小雨阳光、青春。好几个学生围拢过来，说柯老师，以后我们再上人体课你还能来吗？

作为一个模特，最尴尬的处境就是两个模特同时上课，结果一个面前围了许多学生，一个周围冷冷清清，还要叫老师吆三喝六地往过叫学生。每次和其他模特同时上课，小雨几乎都会遇到这种情况，自己的付出得到了充分的尊重，小雨自然会有一种满足感，这也是小雨迟迟没有离开模特这个行当的原因之一。同时她也有些不安，因为她知道被人冷落是一种什么滋味。所以，面对师生们殷切的目光，她只是笑了笑。她没有看某个人，那是送给一个整体的笑，真诚、善良，又有些歉疚。

出了学校，小雨拿出手机一看，竟有十个未接电话。

上课时，为了课堂秩序，小雨把手机调到了会议状态。她不像有的模特，

206

上着上着课，只要手机一响，就会不管不顾地去接。她觉得，尊重是彼此的，你尊重了别人，别人也会尊重你。而尊重是由很多细节构成的，包括上课时不接任何电话。

电话是许非同家的号码。

她有些奇怪，许非同一般不会用这个号码给自己拨电话，除非有特别紧急的事。可是，许非同正在画室整理画册，他不是还嘱咐自己没急事别再打电话吗？

疑惑间，电话又响了。小雨摁下接听键，是一个陌生女人的声音。声音柔润而急切，又夹杂一缕哀怨。小雨一直认为，一个女人的美丽与高贵是由各种细节组成的：仪表、形象、肤色、步态，包括声音。声音如果有如珍珠跌落玉盘、清泉流过山涧，那么这女人大体也会端庄高雅、风姿绰约。

"请问，是柯小姐吗？"

"我是。您是……"

小雨的心一沉，有一种不祥的预感突然弥漫开来。她嗔怪自己，既是许非同家的电话号码，而许非同又不在家，这个电话无疑是他妻子打来的了，自己也没动动脑子就按下了接听键，现在想挂也来不及了。

"我是谁这并不重要。重要的是我想见你！"

"哎，您是辛怡姐吧！"

小雨马上做出了反应。她想，辛怡这么急切地要见自己，莫不是知道了她和许非同的来往要兴问罪之师？又不像。她和许非同并没有突破那条底线，尽管她对辛怡有歉疚之意，也没必要自乱了阵脚。再者说，有这样一副柔润、高贵的声音的女人，会像泼妇一样和她大吵大闹吗？

"既然柯小姐猜出了我是谁，那我就不兜圈子了。"辛怡的语调有着明显的焦虑，"我有重要的事要和柯小姐沟通，你看我们今天能不能见一见？"

"可以。"小雨说，"我刚下了课正好有空，辛怡姐，你说哪里方便？"

辛怡说："看柯小姐哪里方便？"

小雨回答："那我们就去温馨庭院吧，我请你喝茶。不远，就在三环路边上。"

小雨和辛怡见面时，两个人都愣了一下。辛怡比小雨想象的要憔悴许多。

她脸色苍白，黑眼圈非常明显，像是长时间睡眠不好。特别是她的目光，焦灼而无奈，只是举手投足间，仍流淌出一种高贵文雅的气质，显示出受过良好的教育。小雨的样子也出乎辛怡的想象。她本来以为，一个外地来京打工的女孩儿，甘愿做人体模特，又去介入别人的家庭，该是有些张扬和俗气，不想站在面前的女孩亭亭玉立、清纯文静，难怪许非同喜欢她。

这是两个女人第一次短兵相接。

这之前，她们都有意无意地设想过见面时的情景。只要许非同存在，只要她们对许非同的爱都真切得像已经灌了浆的麦穗一样伸手可触，这种见面就无法避免，无论是刀光剑影，还是暗藏杀机，两个女人总有面对面的一天。

但辛怡纵然做出千般设想，也没有想到会是在这样一种氛围中相见。小雨的目光是坦然的，正是这坦然让辛怡有些不能容忍，就像一把剑，剑锋倏忽一抖，挑破了辛怡心中的那份高贵与自尊。一瞬间，辛怡几乎失去理智。四十岁出头的男人是最美的时候。许非同四十多岁，是一枚成熟的果子。可是，他不是一开始就成熟的。在他从不成熟走向成熟的过程中，是作为妻子的我帮助了他，并为此付出了心血。而那时候，你在哪儿呢？他成熟了，你来摘取，而把一枚苦涩的酸杏让做妻子的咀嚼，这难道公平吗？

辛怡想着，怨恨便如水到沸点之前的气泡，一个接一个从心底冒出，她直视着小雨，两道目光因幽怨而变得犀利，像两把投出去的飞镖。她几乎忘了自己来找小雨的初衷。

小雨本能地用两道目光迎战，然而在目光相撞的一瞬间，小雨还是垂下了眼帘。不是因为胆怯，而是多多少少有一些自责。

她爱许非同，尽管小雨认为爱的权利不应该被任何有形或无形的枷锁禁锢，但面对辛怡，她依然有一种歉然。

她想起了那次在许非同家的楼下，无意间看到辛怡脱衣服的窗影时自己内心的感受。设身处地，如果自己是辛怡，如果自己面对着一个有可能把自己的爱人夺走的女人，自己能像辛怡这样克制吗？况且，辛怡的憔悴也令小雨为之心动，这是一个女人对另一个女人的理解，一种善良对另一种善良的包容。她可以说，许非同有爱你的权利，也有不爱你的权利，如果不爱你了，还和你在一个屋顶下生活，那更是对你的亵渎与不尊重！她还可以说，我们的谈话和见面本来就是多余，你不觉得爱和被爱只能用心去感受而不能由交谈来确定吗？然而面对辛怡哀怨凄切的目光，小雨已经完全打消了针锋相对的念头。她愿意尽自己的所能，去抚平那颗心龟裂的伤口。

如果这是虚伪，那就虚伪一回吧！

"辛怡姐，你想喝点什么？"小雨热情地招呼着。

飞镖悄然落地。对方不是用剑将它拨落，而是用藤条做成的盾牌轻轻一挡。

辛怡在小雨坦然的目光后，捕捉到了一个女人的善良。在这物欲横流、一切都以我为轴心、以利害关系为半径的尘世，这善良近乎灭绝的恐龙。可是，辛怡还是在小雨的长睫毛下，读到了一个女人秘不示人的心语。命运多舛，造化弄人，如果引领她们走到一起的不是许非同，也许她们会成为以心相托的好姐妹啊！

人为情所累，情为爱所困，因了情爱这两个字，她们的心注定是两根平行的铁轨，恐怕永远也不会有交会的那一天了！

辛怡的目光有些空洞、游离。她望着小雨，忽然被小雨脖颈上的项链吸引住。她觉得这串项链有些眼熟，愣怔了一下，想起来是在丈夫的手包里看见过。她还以为这将是丈夫送给自己的生日礼物，没想到此刻竟戴在了小雨的脖子上。

她的心在滴血，悲哀如海潮漫过。

小雨也注意到了辛怡哀怨嫉恨的目光，她不由自主地抬手摸了一下项链。

辛怡的手机突然响了，是老张打来的电话，询问凤凰科技的情况，辛怡这才回过神来想起找小雨的本来目的，于是，尽量用平缓的语调回应了一句，菊花吧。

坐在小雨的对面，辛怡等服务员递上茶后，开门见山地说：

"今天我约柯小姐来，主要是想问问凤凰科技的情况。我知道，这股票是你推荐给非同的，前两天我们获利的两张股票也是你向非同推荐的，我很感谢你，真的。现在我权且以茶代酒，敬你一杯，算是表达我衷心的谢意！"

辛怡举起茶杯向小雨示意了一下，本欲一饮而尽，因水温还烫，喝了一口直吸冷气。

小雨看出辛怡的情绪有些不太正常，她的心里好像燃着一团火，焦躁正通过眉宇和举手投足间喷射出来，虽是在宜人的茶室，似也有一股炙人的热浪正扑向小雨。

果然，放下茶杯，辛怡用手向脑后撩了一下散落在额前的头发，急切地接着说："不过，凤凰科技这几天持续下跌，我现在紧张得很。柯小姐，你能不能把这张票的底牌翻给我？"

凤凰科技买入后略作上冲，最高涨了六个点。第二天就开始反手向下，连收了三根中阴线，刨除第一天的获利，已亏损了百分之十二。辛怡只高兴了一天，心就又悬在了半空，紧张得寝食不安。按目前的市值计算，二百五十万，赔去了近三十万，自家的钱已经赔得差不多了，再有一个跌停，就要赔公款了！问许非同，他只让耐心持股。辛怡实在沉不住气了，决定亲自找小雨问明情况。小雨的电话号码是在许非同的手机上显示频率最高的，辛怡早就烂熟于心，她瞒着许非同，打了电话约出小雨。

小雨不炒股，这两天没有关注股市情况，许非同也没有提及，她以为一切正常，听辛怡说凤凰科技大跌，心中不免也有些着急，就问，跌了多少？

辛怡拿出股票机，调出凤凰科技一看，不禁大惊失色：

"哎呀！今天已经跌停了！"

小雨不明白什么叫作跌停。辛怡告诉她，就是国家规定的一天股票下跌不能超过的极限位。此刻，辛怡已如被暴雨淋湿的泥塑，站都站不起来了。她脸色苍白，额头全是冷汗。按现在的市值，她已将公款赔进去了二十万！

小雨见辛怡一副霜打了的样子，心中也不免歉然。她对辛怡的感情是极为复杂的，一方面，辛怡是许非同的合法妻子，许非同因为辛怡才不肯把爱全部倾注给自己，这让她有一点妒忌和怨恨；直觉又告诉她，辛怡是一个好人，特别是今天辛怡见到自己，连一句难听的话都没有说，更让她感觉到辛怡的善良和宽容，涌动在心中更多的便是自责。如果说，以前她向金戈打听股票消息是为了帮助许非同从沮丧的情绪中解脱出来，那么现在，她真的希望帮助辛怡。她不愿意看到辛怡为股票痛苦成这个样子！

"辛怡姐，你不要着急。这张股票没有问题！"

辛怡也心存很大希望。一只股票出现这种走势，一般是两种情况：庄家为了拉升震仓洗盘，把一部分不坚定的筹码清洗出局；或是庄家资金链断裂，不计成本出货。根据上一只股票的经验，前一种可能性居大，如果庄家这样大幅度地震仓洗盘，反倒说明拉升在即，而且越是急跌的股票，拉升时越快。只因这一次她是孤注一掷，弄得不好就会倾家荡产，所以心理承受能力已十分脆弱，一有风吹草动就紧张得要命，何况是今天这种暴风雨般的砸盘呢？如果不是闭上了嘴，说不定心都会从嗓子眼里进出来。听了小雨的话，她的情绪渐渐平静了一些，盯着她又问了一句：

"你能把凤凰科技的消息来源告诉我吗？柯小姐，如果这张票做赔了，说不定我们会家破人亡的，算我求你了！"

辛怡本是一个内敛的人，自尊心又极强，从未央求过别人，尤其面对的是自己的情敌。而此刻，她已经顾不了那么多了。原来，人的自尊并不是一块坚硬的钢板，也会屈从于某种强大的外力。自尊者与自轻者的区别就在于，他们各自所能容忍的"度"。辛怡说完这几句话，更觉燥热难挨，除了焦虑与紧张外，又多了几分羞愧。

小雨本不打算说出自己和金戈的关系，即便是对许非同她也一直回避。可是今天听辛怡这么一说，她觉得再不说，良心便会受到谴责。她能感觉出，辛怡的这几句话是下了多大的决心才说出来的。她也能意识到，一个要强的女人如果已经放弃了自尊将意味着什么。辛怡求她，不但没有使她获得丝毫的心理满足，反而加重了她的负罪感。她有些奇怪，因为从见到辛怡的那一刻起，她本来蛰伏在潜意识中的敌意就如冰雪消融，剩下的只有歉疚和不安了。

辛怡的存在仿佛形成了一个"场"，在这个"场"里她只能按照辛怡的指令去做，没有任何选择的余地。于是她告诉辛怡，这张票是一个关系很不一般的朋友说的，这个人认识国资局的一个副局长，消息来源绝对可靠。她这个朋友的财富有很大一部分是从股市挣来的，并且这个朋友和那个国资局长有利益上的关系，他们做的股票几乎无一失手。

辛怡从小雨的目光和语调中确信她说的是真话，但还是不放心地追问了一句：

"你的那个朋友是做什么的？他叫什么名字？"

"他叫金戈，是天平律师事务所的头牌律师。"

辛怡听这个名字有些耳熟。她在手包里翻了半天，翻出金戈的名片，递给小雨，问是不是这个人。小雨接过名片看了看，很惊讶，问你怎么认识他？

辛怡没有作过多解释。她对金戈的印象不错，乐于助人，彬彬有礼。知道消息来源于他，心里踏实了一些。

为了表示诚意，也确实是想让辛怡安心，小雨拿出手机，说我马上给金戈打一个电话，你听听他怎么说。手机接通了，小雨按开免提键，里面传出金戈的声音：小雨，有事儿吗？听小雨说明了情况，金戈不紧不慢地说，叫你哥放心吧，这是庄家拉升前的震仓洗盘。用股市行话说，叫挖坑儿，就像跳高一样，下蹲是为了起跳，蹲得越深，跳得越高嘛！

小雨的眉头舒展了，像刚刚烧开的水，喜悦之情突突往外冒，把水壶的盖儿都顶起来了：

"谢谢你了，真的，谢谢你了，金哥！"

"咱俩是什么关系呀，说谢不是太见外了吗？"

小雨挂断手机，后悔最后一句话让辛怡听到，谁也不是傻子，这句话暗示的内容是什么，明眼人一听就明白。又一想，辛怡听到这句话也好，会对安抚她焦虑的情绪有所帮助。

果然，辛怡脸上的阴霾一扫而光。她没有在意小雨和金戈的关系，是恋人也正常，金戈仪表堂堂，小雨青春靓丽，两个人真走到一起，倒还消除了对自己婚姻的安全隐患呢！关键是，金戈的这番话如一根定海神针，让她翻江倒海的内心安定下来了，仿佛在沙漠长途跋涉快要力竭而衰的一个行者，突然看到了前边的一片绿洲。那绿洲水波荡漾、绿树参天、虫鸣鸟叫、鲜花芬芳。

辛怡喝了一口菊花茶，心里盘算，退一万步，即便不翻一番，按最坏的情况，如果不是庄家出货，照目前这种跌法反弹个百分之二三十应该绝对没有问题。按照原来的时间推算，她本应该把挪用的二百万公款还回去了，没想到庄家洗盘洗得这么狠！如果现在清仓还款，自有资金不但赔没了，公款还欠了二十万，她怎么向许非同交代，怎么面对以后的生活？

辛怡看了一眼面前的小雨，小雨正用有些愧疚的目光注视着她，除了愧疚，那目光中还有善良和真诚。

辛怡又想起了金戈刚刚说过的话：下蹲是为了起跳，蹲得越深，跳得越高！

辛怡心里算了一下，股市上挪用的二百万不能拖更长时间了，昨天石羽还问起这笔款，说不定哪天就要用，而靠现有的资金想在短期里打回损失几乎不可能！

她突然又冒出一个想法，决定再赌一把，公司的账号上刚进了二百万货款，她可以挪用个把礼拜。加上这二百万，反弹个百分之三十后全部出局，基本就可以把损失全打回来了。

刚这样一想，内心深处一个声音马上说，不可。再进二百万，那可是小卒过河，没有任何退路了。现在收手，给公司亏损的那些钱还可以想方设法补回去，倘若再进二百万，一旦被套就死定了！人生铸成大错，往往在一念之间，切不可一错再错，心存侥幸了！另一个声音立即反驳道：怎么是心存侥幸？消息来源的准确性已经证实，砸盘越狠，升势越猛，这是股市中一条被反复证实的真理。这个机会如果不把握住，许非同一辈子辛辛苦苦挣下的血汗钱就要付之东流，从此家中将永无宁日。难怪许非同说你一身晦气，遇事为什么总往坏处想？明天凤凰科技还会顺势低开，低挂几毛钱进场吃货，涨个百分之二三十坚决全部抛出，彻底清仓，永不再进股市，踏踏实实地过日子。

对，就这么办！辛怡下意识拍了一下桌子，急着要回公司将钱转到股市，就站起身对有些愕然的小雨说：

"谢谢你，柯小姐。我还有点事，先走一步了。"

离开温馨庭院，小雨本来想约许非同去吃"肉饼张"，把和辛怡见面的事告诉他，打了两个电话，无人接听，服务台说不在服务区。回到家，先冲了一个澡，见金戈的几件衬衣扔在洗衣机里，便动手洗了起来。正洗着，金戈回来了。

小雨甩甩手，说："你还没吃饭吧？等我洗完衣服给你做。"

金戈说吃过了，顺便给你带回了马克西姆的牛排和蛋卷，你吃的时候自己在微波炉里热热就行了。

金戈说完躺在双人沙发上。一抬头，见小雨的手机和项链放在茶几上，就顺手拿过手机，摁出已拨电话和已接电话，都有那几个熟悉的数字，再一看通话的时间全是今天，最后一次已拨电话竟然是在自己进门前半小时。金戈的心一下子缩紧了，仿佛被一只无形的手紧紧攥住。他又抓起那串石榴石项链。他知道这项链肯定是那个鸟画家送的。平时，小雨对这串项链珍爱有加，除了睡觉和洗澡从不离身。攥着项链，金戈仿佛是攥着一把火，心被烧灼得痛不欲生，他真想狠狠地把项链掷在地上，然后再用鞋底将它碾得粉碎。

想一想，还是克制住了，伸手又把项链放回了原处。

小雨端着一盆洗好的衣服走出洗衣间，她身着一款白色的拖地长裙，收紧的腰身把她的曲线恰如其分地展现出来，愈发显得婀娜多姿。来到阳台上，她用晾衣竿把衣架一只只举起挂好，这时宽大的袖子便褪下来，露出了藕一样白嫩的长臂。

金戈侧卧在沙发上，望着夕阳下小雨那令人怦然心动的身影，心里说不清是一种什么滋味。他闭上了眼睛。随即，两颗泪珠从他紧闭的双眼中涌出来，顺着他因痛苦、妒忌和愤怒而有些抽搐的脸颊慢慢滚落。

房间里弥漫着烤牛排的香味儿。

金戈睁开眼睛的时候，小雨已端着盛有牛排的盘子坐在了他对面的沙发上。

"金哥，谢谢你的牛排和蛋卷。"

听到小雨这么说，金戈想起了第一次请小雨吃饭时的情景——

那天，从地下通道出来，金戈一指不远处的马克西姆餐厅说，我请你吃西餐好吗？

小雨笑了笑，不是说好了我买单吗？

金戈没有再坚持，两人进了餐厅找到一张情侣桌坐下，金戈问，你点还是我点？

小雨接过菜单，她请客自然应该是由她来点。可是翻开菜单一看，小雨被吓了一跳，上面的标价实在是太贵了。但是人家两次救了自己，这份心意总还是要表的。一咬牙，小雨点了四个菜和几种西点。

金戈也不阻止，微笑地看着小雨，心里暗自盘算了一下，估计结完账，这丫头也就剩点打车回家的钱了。

席间，金戈彬彬有礼、谈吐风趣，表现得很绅士。没想到，自称是律师的金戈对艺术也不生疏，从米开朗基罗、达·芬奇到拉斐尔，都有独到的见解。吃完饭，小雨叫过服务生结账，才知道金戈席间说上洗手间，其实是到前台结了账。

就是在那次闲聊中，金戈知道了牛排和蛋卷是小雨的最爱。这以后，只要金戈路过马克西姆，总会给小雨带回牛排和蛋卷。刚才请刘胖子吃饭，他又下意识地打包带了回来。闻到满屋的牛排香气时，金戈忽然领悟，爱也会成为一种习惯。

金戈望一眼小雨，没有说话。这时，小雨的手机突然响起来，她下意识地放下托盘一把抢过手机，摁下接听键，里面传出许非同的声音，她"喂"了一声走到房间的一角。

许非同告诉她，刚才在地铁里，人声嘈杂，没有听到电话响，问小雨有什么事。见小雨并不回答，知道她说话不方便，就说，好了，方便的时候，你问问凤凰科技的情况，这几天跌了，是什么原因，尽快打电话告我一声。

小雨挂断电话后掩饰地对金戈说：

"我哥来的电话，他让我问问你凤凰科技怎么跌了，没什么事吧？"

金戈望一眼小雨，神色已归于平静，只是嘴角挂起一缕冷笑，暗示这平静的后面正隐藏一股杀机。他点燃一支烟，一字一顿地说：

"大盘无恙。这张票是震仓洗盘，一个月后必上六十元。记住：无论涨跌，不到目标价位绝不抛出！"

第二十四章

山水洗尘嚣

波音 747 开始在跑道上加速。

辛怡的位置紧贴舷窗，她可以看见飞机的轮子和跑道摩擦迸出的火星。那火星飞溅迸射，像是一簇簇开了又谢、谢了又开的叫不出名儿的花。引擎的轰鸣声也越来越响，如一阵由远及近的飓风，先轻微尖刻后粗犷豪放，末了呜的一声发力，裹挟着这只神奇的铁鸟直冲蓝天。地上的景物慢慢被拉开了距离，不一会儿，便如一个站立的巨人在俯视一张棋盘，一座在地面上须仰视的高楼成了一枚小小的棋子，宽阔的公路也细如棋盘上的一条条线，随着飞机不断攀高，这棋子和细线也模糊不清了，被一片漫无边际的云海所遮挡。没有了地上的参照物，飞机穿行在云海中便显不出快来。窗外白云翻滚，像堆起千堆雪，捧出万担棉。

辛怡还是平生第一次坐飞机，她被眼前的一切感染着。她觉得自己仿佛不是身处距离地面几千米的高空，而是坐着一辆雪爬犁穿行于堆满冬雪的大地，她甚至有一种错觉，如果打开舷窗，她也可以像仙女一样站立云头指点河山，为芸芸众生祈福祛灾。

她最由衷的祝福就是中国的股市能健康规范起来，让大多数中小散户可以享受到经济发展带来的红利，而不是机构做局、恶庄设套，在股市翻云覆雨，把股市变成中小散户的屠宰场。刚这么一想，辛怡马上在心里恨自己，不是说好了吗，出来就是放松身心，怎么又跟鬼使神差一样放不下股市呢？

这次旅行是许非同临时提议的，小雨传递的信息给他吃了一颗定心丸。想想这几年天天受股票煎熬，搞得身心交瘁，觉得真是有些得不偿失，他就和辛怡商量，咱们远离股市到外面玩几天怎么样？辛怡开始有些犹豫，一是怕花钱，二来不盯盘心里不踏实。虽然从小雨那里得到了可靠的信息，但毕竟公款已被深套。可是禁不住许非同一再劝说就点头了。星期四走星期二回，耽误不了什么事，再者说，弦绷得太紧要断，船负载太重了要沉，再不放松一下精神，自己恐怕真的撑不住了。

辛怡同意出来几天散散心，还有一个重要原因未向丈夫言明。

就在昨天，凤凰科技短暂一个反抽后又继续下跌，辛怡沉不住气打电话问小雨情况。小雨为了叫她放心，带她到北京妙峰山一座寺院里见了一位道士。据小雨说，这道士精通八卦，谙熟周易，能根据人的生辰八字推算其今生来世。金戈慕名请他推算，所言皆一一应验。比如，他初次见金戈，就说金戈虽出身寒微，但可得贵人相助，必财源广进；说金戈所操为口舌之业，立身在公门之内。公门，旧时衙门之谓，亦可理解为现今的法院。金戈为律师，不正应了他的说法吗？只有一条金戈当时不以为然，说他命中该有两个妹妹一个哥哥，金戈却是独子。可是前些时候金戈回家探亲，和父亲说起此事，不想父亲听后愕然不语，经金戈追问才知道，生他之前，母亲曾育有一子，只是生下不足满月就夭折了。你说神不神？

辛怡四百万公款已投入股市，目前已赔进上百万，心理压力确实太大了，有些病急乱投医，便抱着将信将疑的态度去求问财运。

道士却也有些仙风道骨的模样。他约莫五十多岁，前额突出，眉眼一带平坦，鼻子低，唇部短缩，下巴有点前翘，从侧面看，整个头面呈凹进形状。

听辛怡说明来意，他让辛怡抽了一支签，接过看后两眼放光，双手抱拳说，女施主抽了一支上上大吉的签，这种签我这里一百人也不见得抽得一个，真是可喜可贺啊！女施主，三个月以后你必要来还愿啊！

辛怡听了惊讶莫名。

道士清了清喉咙，为她解读签上的词句：

"冲霄志气祛心怀，花木逢时待露开，南北东西随所去，时来点铁尽为财。女施主，这诗句的意思是说，你心怀大志，左右逢源，近日可外出一游，日后必有财源广进，即使是铁，经你手一点也会幻化为金银啊！"

小雨在一旁听了，直替辛怡高兴，做主花两千元买了寺庙里的鞭炮，用棍子挑起来放了。那噼里啪啦的鞭炮声在暮色低垂的山谷间回响，像是一阵闷雷滚过，听得辛怡竟有些惊悚。

道士定定望住辛怡，又说：

"恕贫道冒昧，女施主仪表端庄，实乃贵人之相也。"

辛怡羞涩一笑：

"道长过誉了，平平常常一女子，哪里有什么贵人之相？"

道士摇摇手："谬也。中国古相经曾言：鼻者面之山，不高则不灵。鼻通于气，以察神之躁静，心胆之强弱，为人生最重要之窍相。女施主的鼻子直长，细而凸出，称伏犀之鼻，具有这种鼻子的人大都内慧外秀，心地善良。再说您的眉毛。眉为两目之华盖，实为一面之威仪，乃日月之英华，主贤愚辨别。女施主的双眉宛如新月，必是纯情、明快、温柔多情之人啊！有男人娶您，乃是前世修来的造化。"

辛怡已被道士说得心境疏朗起来，细一想确也有几分神奇。道士说她三个月之内必有财运，想必暗合了凤凰科技；昨天许非同提议到武夷山作四日游，今天签上就有南北东西随所去的隐语，莫非这一切都是命运的安排？

辛怡觉得幸运之门似乎正慢慢向她开启，恍惚之间仿佛进入了行至水穷处，坐看云烟起的境界。

"老妈，您喝点什么饮料？"

身旁的彤彤捅了她一下。辛怡这才从遐想中惊醒，她顺手把散落在额前的一缕头发拢到耳后，冲着正以职业性的微笑望着她的空中小姐说：

"来杯咖啡吧！"

"好，给您咖啡，请拿好。"

空中小姐将纸杯递给她，推着饮料车过去了。

彤彤冲辛怡诡秘地眨眨眼，趴在辛怡的耳边小声问：

"老妈，您想什么呢？半天了，跟罗丹的《思想者》似的！"

"什么思想者？老妈在想你小时候缠着爸爸妈妈上公园时的情景呢！这回可倒好，请你到武夷山旅游，还跟求着你似的，整个都颠倒了。"

辛怡说的是有点夸张，她是想以此掩饰一下自己的内心。其实，外出旅游的决定一做出，女儿稍微犹豫了一下就投了赞成票。辛怡知道，这几天校舞蹈队排练很紧张，彤彤克服了很大困难。

"那是自然啊！您没看过有关心理学方面的书吗？像我们这个年龄段的孩子独立意识很强，已经不愿意和家长一起出去了，他们更愿意和同辈人在一起，因为同辈人之间会有更多的共同话题，更多的心灵默契！"

彤彤也不辩白，而是顺着辛怡的话茬和母亲调侃。

"那你为什么又来了？"

辛怡慈爱地望着女儿。她知道女儿说的是实话。女儿所以请了三天假陪父母出来旅游，完全是想以自己的方式来帮助修复他们之间的裂痕。女儿一直是个懂事的乖乖女，月子里都很少哭闹。上了幼儿园，别的小朋友哭着喊着不愿意去，女儿却每天牵着妈妈或爸爸的手，一路上欢蹦乱跳。是什么时候，女儿的眼里开始有了阴霾呢？因为股票，两个人争吵渐多以后，那回看见五岁的女儿从门缝里塞进了那张纸条，辛怡一下子眼泪就涌了出来，打开门紧紧地抱住了女儿。女儿是她生命天空中的太阳，好几回，她因为股票和许非同争吵后心灰意懒，情绪沮丧，甚至觉得生活已经变得黯然无光，但是一想到女儿，希望便像北归的燕子一样又飞了回来，为她的情感世界找回了春天。

为了女儿，生活真的值得珍惜值得留恋。

"爸爸不是说了吗？一个人要想提高自身的修养，不光要读书，还要读山、读水，让大自然来净化自己的心灵吗？"

彤彤搂着辛怡，她太爱妈妈了，太爱这个家了。小时候父母因为股票吵架，她只是有一种莫名的恐惧；长大了，再看到父母因为股票吵架，她便焦虑、紧张、担心。她多么希望家里的日子风和日丽呀。在同学们的眼中，她的爸爸才华横溢、气质脱俗，她的妈妈有如出水芙蓉、高贵典雅，可是谁知道这个被人羡慕的家庭常常硝烟四起呢！听妈妈说，他们会很快退出股市了，彤彤由衷地高兴。她是学校舞蹈队的领舞，尽管她的这次出游有可能使她失去这个位置，但是略一权衡，她还是让天平向这边倾斜了，世间还有什么比亲情更为重要的呢？

坐在后排正看报纸的许非同探过头来，对女儿说：

"彤彤，我保证你这一趟不虚此行，四天所得，比你在课堂上的十天所得还要多，你信不信？"

"当然信啦，老师兼老爸的话还能不信？"彤彤举起手中的橘汁碰了一下辛怡手中倒了咖啡的纸杯，"老妈，让我们为不虚此行干一杯！"

辛怡举起纸杯："好，干！"

飞机到武夷山还不到上午十点，他们找了一家宾馆稍事安顿，马上就扑入了武夷山的秀美景色中。

久在都市生活的彤彤像是一头被放归山林的小鹿，蹦蹦跳跳跑在前面。

辛怡也被女儿的情绪感染，伸出双臂做了两个扩胸动作，深深吸了一口充满花草清香的空气，又缓缓吐出，像是要把五脏六腑洗净。

绿水青山，相映成趣，千姿百态的自然、生态、人文景观演绎着武夷山的博大精深和迷人的神韵。

许非同建议先爬天游峰。

攀登天游峰，没有想象中的那么费力。因为缓慢的人群使你有时间去领略周围的景色；你会看到晒布岩，远远看去，一座山峰立于你的面前，像一扇黑色的幕布，其实它就是一块石头。千百万年的自然造化使得它的表面有无数条被雨冲刷出的凹槽，又像少女的长发，而山脚下蜿蜒流过的九曲溪就是一面铜镜，映照着她妖娆的面容。

"老爸老妈，这儿的景色太美了，你们站在那儿，留个影。"

许非同和辛怡听从女儿的安排，并肩站在了一棵叶如华冠的古树下。

"近一点，近一点。哎，老夫老妻了嘛，把手搭上去呀！"

"这孩子！"辛怡不习惯在众人面前勾肩搭背，但经不住女儿的怂恿，也不愿引人驻足观看，就顺从地把手搭在了许非同的肩上，许非同也伸出手挽住了她的腰，一缕温馨顿时在辛怡的心头弥漫开来，与这迷人的景致融为了一体……

爬过天游峰，许非同提议找一家好的餐馆饱餐一顿。

彤彤反对："一共才三四天，把宝贵时间浪费在吃上岂不可惜。我看，咱们还是多看几个景点吧！"

许非同打趣说："看来，我们彤彤政治经济学学得不错，这是在求时间成本的最大增值，我赞成。辛怡你反对吗？"

辛怡说："我干吗要反对，我正想减肥呢！你们给了我这样一个好机会，既可减肥又能饱餐秀色，感激你们还来不及呢！"

彤彤故作夸张地惊呼：

"哇塞，老妈，您现在的身材是增一分则胖，减一分则瘦，不肥不瘦正合适，羡慕都羡慕死我了，还减肥？"

"是吗？"许非同故意歪着脖子眯起眼端详着辛怡，"你妈有这等好身材？"

彤彤娇嗔地瞪了一眼许非同：

"老爸，您是久居兰室而不闻其香啊！"

一家人说说笑笑，在山路边的小食摊前一人吃了一碗米粉，又去了瑞岩寺。武夷山是中国道教名山之一，晋、唐、宋都有名道在这儿修炼。北宋著名词人柳永曾有名句形容武夷山道教的鼎盛：千万峰中梵室开。寺庙大都地处风景清幽之地，苍松参天，篁竹蔽地，鸟鸣蝉叫，且常伴有山、水、岩、洞、塔、桥、亭、阁，很容易让人流连其中，感悟人生玄妙。

辛怡见神像便拜，双手合十，口中念念有词……

彤彤见状，忍不住要笑，许非同忙伸出右手食指竖在嘴上，小声说：

"在神像前要轻轻地走！"

下午快四点了，天下起蒙蒙细雨，虽已有些疲惫，但一家人兴致不减。

许非同问，山挟水转，水绕山行的九曲溪乃是武夷山的灵魂，不游上一番，如同到了北京没有登上长城，咱们是今天游，还是明天游？

彤彤兴致颇高，她已被武夷山的秀美景色迷住了。听说还有更好的美景未曾见着，更是心痒难挨，吵吵说，今天去，今天去，明天不是还有云窝、一线天、水帘洞、莲花峰好些景点要看吗？

许非同看一眼辛怡，征询她的意见，辛怡也兴致正好，就说咱们听彤彤的吧！

等候竹筏的时候，许非同买了三件雨披挡在头上，尔后告诉母女俩：九曲溪发源于武夷山脉主峰，由西向东穿过武夷山风景区，盈盈一水，折为九曲，因而得名。它已有几千年的历史，即便是枯水时节，也是碧水盈盈，清风徐徐，从来没有因为干旱而枯竭，所以被联合国教科文组织誉为"原始生态环境保护的典范"。

为他们撑筏的艄公年不过三旬，他戴一只斗笠，罩一件雨披，面色黑里透红，双目炯炯有神，只见他竹篙一点，竹筏便如一片落叶漂浮在溪水之上。

蒙蒙细雨中，蒸蒸水雾如同仙女遗落的条条裙带，把两岸的奇峰怪石浓一道淡一道锁定，人置身其中，仿佛已羽化至了玉宇仙境。

听许非同说是第一次到武夷，艄公十分健谈，他自豪地说，九曲溪两岸有三十六峰、九十九崖，每一峰一崖都有一个动人的传说呢！

彤彤喊："讲一个，讲一个！"

艄公却故作玄虚地说：

"大家互相拉紧座椅，筏下深潭了！"

果然，竹筏似乎被什么轻轻硌了一下，仿佛突然卷入漩涡，刚才还是波平如镜，瞬息间便浪打飞舟。

彤彤抱住辛怡，"啊——！"发出一声快活的惊叫。幸亏艄公好身手，只用竹篙轻轻点了几下，竹筏便挣出漩涡又顺水而下了，有惊无险。原来，这九曲溪浅滩深潭相间，最浅处，不过盈盈半尺，最深处竟达十余丈，神秘莫测。

筏至三曲，艄公抹去脸上的雨水，用手指着耸立溪畔、危崖峭壁的一座山峰说：

"你们看看小藏峰上有什么？"

顺艄公手指的方向望去，只见几十米高的峭壁之上，竟有一条"小船"凌空悬架，似远航九天刚刚归来，令人扼腕称奇。

艄公看一眼彤彤说：

"小妹妹，你不是想听故事吗？我讲给你。据传，那'飞舟'的主人名叫游三蓬，是秦时的渔人。一天，他与弟弟乞奴在九曲溪上打鱼，天色将黑，小船停泊于梅溪渡口。忽一衣衫褴褛的老翁前来搭渡，称是赴武夷君、皇太姥在幔亭峰上大宴群仙的酒会，并邀请三蓬兄弟同往。善良勤朴的游氏兄弟喜出望外，他们遵老翁嘱，闭上双目安坐船中，小船忽一声腾空而起，待睁眼时已是鹤唳声声、笙乐袅袅的仙境了。这一夜，他们跟群仙一起参加了盛大的幔亭之宴。如今小藏峰上的架壑船，便是他们当初的那条打鱼船哩！"

彤彤已听得目瞪口呆。

许非同搂着女儿说，事实上，那"飞舟"是一种葬具，称为架壑船棺，源于一种奇异的葬俗。泛舟九曲，可在两岸壁立千仞的峰腰洞穴内，发现一只又一只的"飞舟"。它们或深藏洞内，如远游归来安然憩息；或微露洞外，似穿云破雾凌空欲航。

"三曲君看架壑船，不知停棹几何年？"八百年前朱熹的疑叹，由今天的考古工作者给予了初步解答，他们对观音岩、白岩的两具船棺进行考察，分析船棺的结构和工艺水平后得出结论，它应属于青铜器时代的产物，距今已有四千年左右。至于武夷族先人是用什么方法将硕大沉重的船棺放进了岩洞之中，则无人能解，成为一个千古之谜。因为所有放置船棺的洞穴，上至峰顶，下至崖谷，都至少有数十米之遥，而所处的峭壁大多丰上敛下，陡峭如切，人们根本就无法攀援。

辛怡听了也连连称奇。

彤彤有些崇拜地问许非同：

"老爸，你怎么知道这么多？"

许非同一笑："来之前我看了许多相关的资料，这是读山、读水的一种必要准备啊，乖女儿！"

艄公也凑趣说："看得出来，这位先生必是一个文化人哩！"

说话间，竹筏已至四曲，蒙蒙细雨中，大藏峰危立水际，陡峭千仞，与昂首云天的仙钓台隔水相望，竞展雄姿。卧龙潭在两山环抱之中，水雾升腾，显得深不可测。

艄公说，电视剧《西游记》中"白龙出世"那一场戏便是在这里摄制的，而那匹驮着唐僧取经路上历尽九九八十一劫的白龙马，还是他用竹筏运来的呢！

彤彤一听立马要照相留念。

艄公主动要为一家人拍一张合影，见辛怡有些犹豫，知道是对他的照相技艺有所怀疑，便笑着说：

"放心吧，我是'马屁大学'毕业的，没有问题。"

辛怡闻言先是一愣，继而便为艄公的诙谐与幽默开怀大笑。

筏过卧龙潭，便是景色最为清幽的五曲了。这里巨石崎岖，背山临水，峰影朦胧，直插碧霄。然而，最令人心仪的，还是溪畔那座驰名中外的"武夷精舍"了。

许非同告诉母女俩，武夷精舍乃南宋理学大家朱熹于公元1182年因弹劾赃官受挫，愤而辞职返回武夷山后筹建的。其实早在三年前，朱熹携友共游武夷时，见五曲溪畔的隐屏峰下云气流动，便动了建屋初念，曾作诗云："仙人久相招，授我黄素书，赠我双琼瑶，茆茨几时建，自此遣纷嚣。"武夷精舍落成后，诗人陆游也驰函祝贺，并赠诗曰："先生结屋绿岩边，读易悬知屡绝编。不肯采芝惊世俗，恐人谤道是神仙。"可见这里的景色之美了。

彤彤感叹："五夷不仅山水美，还有这么深厚的文化积淀呐！"

许非同对女儿说："朱熹在中国文化史上的成就数一数二，著名学者蔡尚思曾这样评价：东周出孔子，南宋有朱熹。中国古文化，泰山与武夷。而朱熹在武夷山生活长达五十年之久，'武夷精舍'建成后，他更是专心致志讲学授徒，四年而不辍。诸大儒云从星拱，流风相继，历元明以至于今。可以说，武夷山孕育了朱子文化。"

许非同本想领辛怡和彤彤上岸去瞻仰一下"武夷精舍"遗址，借以凭吊这位集理学之大成的圣贤先哲，只可惜细雨蒙蒙、岸滑风紧，便只能向溪畔山间眺望，沙沙的雨声，仿佛是历史的回应，正把当年的夜半梆音、幽幽书声送入耳中。

竹筏沿溪北上，渐至六曲，艄公"噢"一声长叫，竟招来一阵阵空谷响答，此呼彼应。原来由于溪岸两边高峰林立，使这里形成一个既深且广的岩壑，故名"响声岩"，岩上有宋、元、明三代的摩崖石刻二十条。其中"逝者如斯"四个字笔力更为遒劲。

艄公说，此乃朱熹亲笔手书，已悠悠历经近千载。

筏过岩前，许非同注目凝望，想着岁月如水，一去不返，而人类创造的文明却与世长存，心头骤然涌出一股庄重的历史感，一时竟默然无语。

辛怡也感慨莫名。她想，"逝者如斯"几个字已有千年历史，但笔锋遒劲，竟清晰如昨，而这期间它历经了多少个朝代的兴亡更替啊！更不要说人事的代谢。面对沧桑的历史，自己经历的苦楚实在渺小。她仿佛明白了许非同极力请她出来旅游的一片良苦用心，心境也融入了诗情画意的景色中，变得舒展平和起来。

回到宾馆，已是暮霭四合的时分。吃完饭，洗过澡，一家人坐在房间里打开电视机，一部电视剧刚刚结束，紧接着出现的是股市节目，只听主持人说：今天大盘……

许非同立马换了频道，对辛怡说：

"远离股市，融入自然，这是我们事先约定的，不看它好不好？"

辛怡点点头："对！不看。我们回去后，咱们买的票一定大涨！"

第二十五章

第一天上路

辛怡一家走上飞机的时候，老葛第一天出车。

他在肉联厂开了十几年货车，对北京这个巨大身躯的每一个毛孔每一块骨骼都熟悉得犹如自己的身体，所以避免了一些司机路生的短处，但以前开的是货车，送的是整扇儿整扇儿的生猪，没有跟人打过交道，猛不丁要接触形形色色的乘客，心里着实还有点紧张。

工厂因地处北京的黄金地段，所占土地被一家集团公司买走，他拿了六万元的工龄买断费回家了。厂里得了一笔土地转让的巨款，存进银行的利息就够买断工人工龄的了，犯不上费心劳神惨淡经营还要冒亏损的风险；工人呢，拿上几万十几万回家，开个饭馆、美发店或洗衣店，本金大体也够了，还可以尝尝自己当老板的滋味儿，再苦再累都是给自己干；没有能力做生意，把钱存进银行找个差事每月也能对付个千儿八百的，比在工厂上班少拿不了多少，这是两好换一好的事，老葛没意见。

下岗后，他最理想的职业就是开出租，一来他有这门儿手艺，二来也自由，挣得又不少。无奈北京的出租车行业竞争激烈，尽管一上班就要交好几万风险抵押金，没挣钱呢先得花上一笔，但排着队等着上车的人仍然多了去了，老葛一直没有如愿以偿。没想到对于老葛难以企及的事儿，到了金戈那里只是一句话，菲菲向金戈说了老葛的意思，没几天金戈就通知他到出租车公司报到了，押金一个子儿也没收。

本来金戈说他老葛上不上班无所谓，一个月由他周济个千八百的算不了什么。但老葛不愿意，自己还不到五张儿呢，能在家里混吃等喝吗？即便将来金戈成了自己的女婿，还是花自己挣来的钱硬气。再说了，人不能总在家里待着，待长了人就废了，就跟那机器一样放长了会生锈，末了就成了一堆废铜烂铁，得经常运转着才成。

这么想着，老葛的夏利就驶出了胡同儿。

没想到，第一个乘客就是一个难缠的主儿。刚出胡同口儿，一个青年招手上了车。这是老葛干出租的头一笔生意，他开得倍加小心。以前开惯货车了，有点不管不顾，反正车上放的是生猪，现在他尽量把车开得又快又稳，可到了民航大楼那青年不下车，架起二郎腿儿，点燃一支香烟抽上了。

老葛问："您下车不？"

青年人瞟一眼老葛，没好气地说：

"干吗不下车，你开的是车，又不是旅馆！"

嘿，这叫什么话！

"那您倒是挪挪地方呀！"

"没瞅见外面下着雨吗？"

老葛这才注意到外面星星点点下着毛毛细雨。至于吗？老葛心里这么想，嘴里可没说。头一天上路，他心里头兴奋不愿意给自个儿添堵。得，您是大爷，您待着吧！老葛也点燃了一支烟，抽了两口，一想这位爷要是在车里待上两个小时，今天的车份儿找谁要去？等候虽然付费，但比跑活儿少多了，便忍不住又问："你到民航大楼干吗来了？"

"干吗来了？买机票。要是买白菜，我就奔农贸市场了！"

您听听，这主儿怎么就像吃了枪药，一肚子火气！老葛咽了口唾沫，没言声。心想，就当他是丢了钱包才被老婆数落了一顿刚上医院确诊得了癌症！人家没处撒气儿，咱就当一回出气筒，也算当了一次先进做了一次雷锋！

好容易对付走了这位，老葛看看表，快十点了。他掐着指头算了一下，一天车份三百五十元，俩钟头他才拉了二十元，照这种速度干到明天早晨，连一半车份还挣不够呢！得，别磨叽了，麻溜着拉活去吧。

紧紧张张干到中午，老葛又拉了三趟，共计挣了四十五元。

本来老葛中午打算回家吃老婆烙的馅饼，早起出来时说好了的，想一想，对付一碗面条算了。回去吃了馅饼再眯上一小觉，下午就基本报销了。既然干就得拿出个干的样子，不能没人管着就松了咣当地不正经练活儿。当然，他没忘了给老婆打一个电话，省得她惦记。

打两点钟以后，事情就透着有点邪性。打车的倒是不少，可是大都上车屁股还没坐稳，就火上房一样急着下车，嘴里还一个劲儿地说：

"得，您忙，您忙，我再打辆车。"

老葛纳闷儿，这是怎么话儿说的，我吃的就是这碗饭，你们都下车了，这还上哪忙去？所以，当一位乘客又"故伎重演"时，老葛忍不住问：

"怎么回事啊？您是看我别扭还是怕我黑您？给句明白话儿！"

那乘客脑袋摇得像拨浪鼓一般，边推门着急下车边用嘴向仪表盘那儿一努，老葛这才给了自己脑袋瓜子一巴掌！嘻，这是怎么话儿说的，我瞪大双眼是出气的？怎么没注意到这个细节呢？原来是放在那儿的一个骨灰存放证和一个黑箍儿给闹的。

中午吃了一碗马兰拉面，他拉了一趟活儿：从八宝山到崇文门外。客人到地方下了车，老葛从座位上捡到了这两样东西，他没多想随手放在了仪表盘下，不想却搅了自己的生意。他觉得丧气，摇下车窗就把它们扔出了车外，刚要启动车又觉得不对劲儿，因为他知道，这种证件丢失不补，不凭此证就不能看骨灰。想起丢这东西的客人，一路无话，满脸阴云，像是个孝子，不如赶紧给人家送回去，也算积了一次阴德！想着，老葛把骨灰证和黑箍儿捡回收好，凭着记忆找到了崇文门外的那个小院儿。

此时，已近黄昏。一敲门，开门的正是刚才那位爷。

老葛刚要说话，这位爷像是知道老葛的来意，一闪身关上了房门，伸出双手做了一个篮球比赛中"暂停"的手势，说："师傅，有什么话咱们外边聊。"来到院外，他见到老葛手中的骨灰证和黑箍儿，惊魂未定地解释说："我们家老爷子不知道我把老太太的骨灰证给丢了，要是知道了非跟我拼命不可。您不知道，我们家两位老人几十年从没红过一次脸，感情好得要命，自打老太太走了以后，老爷子像换了一个人，人瞅着一天不如一天，还说死了后要把两个人的骨灰合葬呢。得，幸亏您把骨灰证送回来了，我也没要发票，正发愁跟您联系不上呢！谢谢您了，谢谢您了！"说完，把一百块钱塞到老葛的手里："也不请您进屋喝茶了，这一百块钱您自个儿买包茶叶喝吧！"

老葛说："钱不钱的倒无所谓，只要没耽误了您的事，我就踏实了。"

那位爷说："钱您一定要收下，不然就是看不起我。另外呢，我还得写封表扬信给你的公司。"说着掏出笔，在手掌心里记下了老葛的车号儿。

老葛心里挺高兴。又有钱又有名，这趟没白来。他刚到公司，头一天就有表扬信，对他以后在公司站住脚大有好处，也算给金戈挣了面子。可又担心这位爷一不留神洗手时把车牌号洗掉了，想着提醒他一声，没好意思张嘴。

回到车上刚点着火儿，手机响了，他一看是菲菲打来的，忙摁下接听键。

目前这个号码只有老婆和女儿知道，昨天上路前他才在东四的一个电器商行买的二手货，不贵，二百块。

"老爸，第一天上路感觉怎么样？"

"爽，那叫一个爽！"老葛对着手机乐呵呵地回答。他知道女儿惦记着自己，心里自然高兴。中午拉活时经过菲菲所在的律师楼，他本来想抽个空进去看上一眼，但一想这律师楼里全是白领，自己土里土气的别给姑娘丢人就没进去。他知道女儿并不嫌弃自己是个工人，无论是上学还是后来做了啤酒小姐，不管身旁有没有同学或同事，她在街上如果遇见了老葛，老远就喊爸爸，那感觉，老葛真是觉得爽！

"老爸，早点回家，今天我和我妈要犒劳您一下。"

"怎么个犒劳法儿？"

"给您炖您最爱吃的猪蹄子！"

"得！"老葛咽着口水，"你这不是勾引老爸的馋虫吗？记着，再给你老爸准备一瓶啤酒啊，燕京黑啤！"

"行，没问题！"菲菲也学着老葛的腔调，"您就擎好吧！哎，金律师叫我呢，爸您开车小心点啊！"

"代我谢谢你们金律师，告诉他，我老葛不会让他在朋友面前栽面子的，我会好好干！"

关上手机，老葛的心情更好了。眼下虽然份钱还差不少，但头一天上路嘛，怎么也得有个摸索适应的过程啊！看来开出租只熟悉路不成，还得学会和各色人等打交道。正想着，一个黑衣女郎一拍车窗玻璃，问了一句贵友去不去？

怎么能不去呢？老葛一挥手示意女郎上车。

坐在副驾驶位置上的女郎拿出化妆盒，描眼影儿涂口红，旁若无人；等到把脸拾掇得满意了，拨通手机开始煲电话粥，说话那叫一个酸：

"老公，忙什么呢？说嘛说嘛！不说，我可生气啦！嗯……"

老葛听得几乎起了一身鸡皮疙瘩。他就想，当初自己搞对象的时候没这样过啊，不会好好说话吗？想是想，一点不耐烦的神态也没敢流露出来。到了贵友，活儿倒真顺，黑衣女郎刚下车，就有一对小夫妻坐在了后排座上，到团结湖。不但活儿顺，道儿也真顺，一路居然没等红灯，不到一刻钟就到了目的地。老葛盘算，要是照这个架势干，一天少说也能挣二百。突然手机铃响，老葛一听不是自己的手机，侧头一看，原来是那黑衣女郎下车时把手机落在座椅上了。他不会使那女郎的手机，摆弄了几下竟把手机挂断了，手机上了锁，再打也打不开了。老葛想，女郎丢了手机一定很着急，刚才他眼见黑衣女郎进了贵友大厦，女孩子逛商场，一时三刻出不来，不如回去找找，说不定能碰上。

在贵友大厦门口，老葛一眼就看见黑衣女郎提着一个 Prada 的购物袋正在路边俯首怏怏而行。他一踩油门，夏利在黑衣女郎面前"嘎"一声停下，老葛举着手机还未开口，那女郎抬起头来已恶狠狠开骂："你他妈会不会开车？找抽呢！"和刚才的酸醋味道判若两人，待认出老葛才堆出一脸惊喜："哟，师傅，原来是您啊，我手机丢您车上了！"

黑衣女郎是丽丽。下午汪海出去办事把车开走了。晚上请金戈吃饭，让丽丽打个车过来作陪，丽丽便撒娇说要买两套衣服，汪海自然答应。顺达股份连收大阳，每天的进账都在上百万元，买两身衣服算什么？就是买座金山也指日可待呀！丽丽拣贵的买了两身，要向汪海报账，一摸兜儿才发现手机不见了。想来想去，是落在了刚才的出租车上，下车时又没要发票，想联系老葛也联系不上，正郁郁寡欢，一辆出租车差点撞上她，能不生气吗？一生气，在歌厅当小姐时耳濡目染的一些做派便复燃了。

老葛挨了骂心中不快，便有意"刁难"说，你说手机是你的，你叫它它会应声吗？

丽丽倒也聪明，说我的手机我叫它自然会应声。说着来到路边的公用电话亭拨叫起来，那手机嘟嘟叫个不停。因为有了这段"插曲"，丽丽从老葛手上接过手机后，非但没有道一声谢，还恶狠狠瞪了他一眼。

眼瞅着丽丽扬长而去了，老葛才琢磨过味儿来，大喊一声：

"嘿，我大老远给你送手机来，你不道谢也罢了，怎么着也得给我个车钱吧！"

丽丽已坐上了另一辆夏利，上车前冲老葛摆摆手，说了声：

"拜拜——"

老葛心里这个气啊！

　　老葛不打算再拉活儿了，他得回家。他有点想老婆，想菲菲。他突然觉摸出，自己的家虽然狭小局促甚至贫寒，但那却是一个可以让自己四仰八叉躺下无所顾忌的地方，是一个可以把想说的话尽情说出来不管别人爱听不爱听的所在。这一天，老葛从早上六点出来已干了溜溜十多个小时，他还没有正经地吃过一顿饭，从容地喝过一杯茶水，而这一切那个并不富足的家都给他预备好了。冰镇黑啤、红烧猪蹄，还有饭后那香浓的茶水，既去油腻又解困乏，喝上一壶那叫一个美！老葛咂吧咂吧嘴儿，伸出手刚要关了空驶的指示灯，一个女孩儿拉开门上车了。老葛一听到哈德门饭店，正好顺路，就摁下了计价器。

　　真是巧，这个女孩儿是小雨。汪海请金戈吃饭，叮嘱金戈叫上小雨。说出口的理由是丽丽有个伴儿；还有一个理由说不出口，小雨的清纯令他心仪。朋友妻不可欺，这道理汪海自然明白，肯定会克制自己的非分之想，但是吃饭时有小雨坐在身旁，也可以愉悦心情。吃不到嘴里，看着也是享受嘛。

　　金戈本不想叫小雨，离亮出底牌的日子不远了。那时候就是仇人相见，有她坐在身旁会有怪怪的感觉。只是汪海提出了，他没有理由拒绝，就给小雨打了电话。

　　小雨正在逛街，接了电话特意买了一束红玫瑰，今天是金戈的生日。上车后她有些无聊，就和老葛闲扯：

　　"师傅，干出租多好，想几点上班儿几点上班儿，几点下班儿几点下班儿，又自由又能挣钱，每月少说也得挣个七八千吧！"

　　老葛有些累了，本不想搭理，但听小雨说得离谱，便把自己第一天上路的经历讲给她听。小雨开始还有一搭没一搭地听着，嗓子眼进出一个个单音节的"噢"字以为敷衍，后来则被老葛的诉说打动，表情变得专注起来。末了说：

　　"啧，啧，真不容易师傅您！干了一天了，份钱还没挣出来！"

　　到了哈德门饭店下车，老葛接过车钱刚要走，小雨像想起了什么，又"哎"一声叫住他：

　　"师傅，今天是我一位朋友的生日。我把送给他的这束花，转送给您和您爱人吧，愿你们天天有副好心情！"

　　老葛接过花，说花儿我留下了，姑娘能留下芳名吗？

小雨嫣然一笑，柯小雨。

柯小雨。老葛重复了一遍，咂咂嘴儿说，多好听的名字。

望着消逝在饭店转门里的小雨背影，老葛眼睛忽地一热。得，什么也甭说了……挂挡，给油，走车吧您。从这里拐三道弯，老葛就可以看见自家小屋的窗户了。那后窗户肯定已被灯光点亮。在这座上千万人口的特大都市里，每晚都会燃起无数只灯盏，说是银河倒泻也不为过。而在这无数的灯盏中，有一盏永远属于他，这就足够了！

第二十六章

雷电在头顶聚集

从武夷山回来，许非同听小雨说，已见过辛怡，并带辛怡去求签拜过佛，辛怡手气好，抓了一个上上大吉的签。对看相算命这一套，许非同从来不信，认为那不过是人在命运面前的一种规避和逃遁。但人家小雨是好心，自己不便说什么；再者，听说两个人谈得还算平和，心里悬的一块石头算是落了地。于是，连着几天他没有走出画室一步，为了心无旁骛，还关了手机，拔掉了电话线，除了煮包方便面充饥，就是整理画稿、拍照片、撰写自序。

画册编好了，许非同如释重负。望着桌上那一摞整整齐齐的稿件，他本已龟裂的心田如同降了一场春雨，变得润泽、潮湿，开始孕育生机。他端详着《许非同画集》那几个气韵生动、笔力雄健的行书，渐渐地在脑海中叠印出了如下画面：飘着墨香的精制画册，朋友同人热情的祝贺，报纸上刊发消息，记者伸着话筒采访……

在美院读书时，许非同是高才生，那时的朱丹与许非同相比，简直就是丑小鸭与白天鹅。朱丹也知道许非同看不起他，特别是许非同和他暗恋多年的辛怡好上后，两个人的关系就愈发疏淡。能不令人生气吗？为了追求到心中的女神，朱丹离开了豪宅大院，屈尊在辛怡的院子里租了一间小南房，就是为了创造多和辛怡接触的机会。确实也做到了，每天总会和辛怡照上两面，没想到许非同只来了一次，就神不知鬼不觉地夺走了心上人。

许非同和辛怡的恋情公开以后，朱丹的肠子都悔青了。本来想当张生，万万没有想到，扮演了牵线的红娘。

上个月，久不联系的朱丹突然登门造访，送来了两张个人画展的请柬，请许非同夫妇务必届时光临指导。

朱丹走了以后，许非同烦躁得一夜未眠。搞艺术并非勤奋就行，还需要天赋与灵气。以他对朱丹的了解，他的画拘泥、匠气，近乎工厂批量印制的行活儿，偏偏就是这么个连造型能力都很差的电影院美工，也成了中国美术家协会会员，并举办了个人画展，难道真是世无英雄，遂使竖子成名？

画展许非同自然是不会去看的，朱丹送请柬来也不过是想羞辱他一番。可是晚上看电视，许非同还是无意间看到了朱丹在摄像机前春风得意的神态。当时许非同就想，总有一天，他会让混入缪斯圣殿的低劣之作，在真正的艺术珍品面前黯然无光。

　　许非同有些激动地赶到红蜻蜓文化发展公司时，石羽已经在办公室里恭候多时。他翻了翻许非同的画稿，似乎很内行地评点几句后，就叫来出版部的一位小姐，让她安排下厂制版。随后，又从抽屉里拿出一份合同书让许非同签字。合同条款许非同早已熟知，他大概其扫了一眼，就在乙方处签上了自己的名字。

　　许非同起身要走，他想尽快把画册将要出版的消息告诉小雨。他知道，除了自己，最关注这件事的恐怕就是小雨了。石羽见状双手一按，做了一个留人的手势。

　　"许先生，你我也算得上是朋友了，有些事情恕我直言相告。"

　　许非同有些不解地望着对方：

　　"有什么话直说无妨！"

　　"最近几天，嫂夫人……"石羽用手把两侧稀疏的长发向头部的中央空地上拢了拢，欲言又止，似乎是在挑选合适的字眼，稍停，才接着说，"工作中有些神不守舍。前天，竟多交了两万多的税金。你也知道我对她本来是很信任的，可是，她要是……"

　　许非同心头一震，有一种不祥的预感。

　　"唉，直说了吧，她要是总出差错，公司要考虑调换一下她的岗位。你老兄也知道，会计病休，财务上就她一个人顶着，这可是个关键岗位，马虎不得哟！我和她谈了两次也不见效果，你老兄整天和她生活在一起，了不了解她最近是怎么了？"

　　"石总，您的意思我明白了。"许非同站起身，长吁一口气，掩饰着自己内心的焦虑，"我会和她好好谈一谈，让她珍惜这一份工作。请您放心！"

　　走出红蜻蜓文化公司那座漂亮的四层小楼时，许非同的好心情已经荡然无存了，凭他对辛怡的了解，如果妻子已经到了无心工作的地步，肯定是在股市上又遭重创了。她是一个要强的人，以前在工作上从来无可挑剔，只是炒股以后才时而出一点差错，但像现在这样重大的失误还从来没有过。他有些惊恐，仿佛那个已然走远的厄运突然又龇牙咧嘴地挡在了自己面前。

十月的北京，本是秋高气爽的宜人时节，许非同却感到一阵阵寒意，乌云与闪电似乎也正在他的头顶上聚集。

一进家门，许非同的预感就被辛怡那张阴沉的脸证实了。

"电话也不开，手机也不接，这几天你死到哪儿去了？"

辛怡显得更憔悴了，她面色如土，两个眼圈又青又黑，而且浮肿得厉害，像是几天没有睡觉。

因感冒休假的彤彤在屋里喊了一句：

"又吵，又吵，再吵我就回学校了。"

许非同见女儿在屋里，就压低了声音说：

"我不是跟你说了吗？这几天我在画室整理画册。"

辛怡跟了一句：

"天都快塌了，你还有心整理画册？"

许非同不以为然：

"大不了又赔了点钱嘛，别那么夸大其词！"

"我夸大其词？"辛怡腾地从沙发上站起来，嘴里忽然冒出了杜牧的一句诗，"你是'商女不知亡国恨，隔江犹唱后庭花'。"

许非同摆摆手：

"这是哪儿接哪儿啊，根本扯不到一起嘛！"

"还吵！还吵！"彤彤在房间里喊着，"你们就不能坐在一起好好说吗？贝贝，到姐姐房间里来，不听他们吵！"

趴在地上望着男女主人的贝贝噌一声蹿起，循着彤彤的声音跑走，接着啪一声，彤彤把自己房间的门关了。

彤彤没有弟弟，贝贝来到这个家以后，彤彤一直就把它当作弟弟看待。说起来，彤彤是一个极有爱心的孩子。十岁那年，她曾养过一对鹦鹉，分别给它们命名为大眼儿和小眼儿。刚刚买来时，两只小鹦鹉刚刚会叫，还飞不高。因为铁丝编成的鸟笼太小，彤彤怕它们伸展不开，便想在房间里放养。两只小东西倒也乖巧，从不乱飞，只围着笼子转；一到晚上，便会自觉地站在笼子上面准备睡觉。渐渐地，它们的羽翼丰满了，大眼儿较为勇猛，时常上蹿下跳，并跃跃欲试地飞一飞，小眼儿胆子小，总是老老实实跟在大眼儿身后，满世界闲逛。后来许非同封了阳台，就放它们到阳台上，谁知道第二天早晨许非同和辛怡还未起床，便被彤彤的哭声吵醒，原来大眼儿因馋嘴而误食了散落在地上的水泥渣胀死了。

彤彤难过地把大眼儿埋在了楼下的花池里，并立了一根小木棍权且做碑。有一个礼拜，她少言寡语，只是一有时间就仔细地打扫阳台，怕小眼儿成了大眼儿第二。小眼儿只消沉了一天，不吃不喝，很快又常态如初，它已经和一家人混熟了，每到晚上，一会儿飞到辛怡的头上，一会儿飞到许非同的肩上。不过，只要彤彤一声召唤，它便会径直飞到她的手上。

小眼儿一点也不怕人，它会瞪着一双圆溜溜的小眼睛看电视，会跳到许非同的手上来争食，甚至在主人吃饭时，从容地飞到饭桌上来东叨西啄。一次小眼儿飞到碗边上没站稳，一失足掉进汤里，彤彤捞它出来，拿了一块布一边为它擦抹一边埋怨：看看你，这么不小心，幸亏汤凉了，要是热的烫坏了你怎么办？

小眼儿最喜欢待的地方是矿泉壶的盖子上。起初许非同和辛怡不明白是为什么，还是女儿心细，她发现是因为那里经常放着几个水杯，而杯子里又常常留有喝剩的水。小眼儿站在杯子口上，能像杂技演员一样，探进半个身子够水喝。

每天彤彤一放学，小眼儿就会飞到她的肩上，啄啄她的耳朵，咬咬她的衣领，每每这时，女儿就高兴得不行，轻轻拍拍小眼儿说，来，跟我去做作业。可是有一天，放了学的彤彤没有受到小眼儿隆重而亲热的迎接，她找遍了卧室、阳台、卫生间、厨房和所有的柜子，也没有找着小眼儿。彤彤不死心，又点燃蜡烛，把所有的缝隙都照了一遍，依然没有。彤彤绝望了，在房间里来回转悠，嘴里念叨着：小眼儿，求求你，快出来吧！

辛怡突然在阳台上发现，小眼儿常待的一根横杠的后面，因为洋灰的脱落，露出了一个洞，看来，小眼儿是从这里钻出去了。彤彤听辛怡说它有可能落在楼下的草丛里，便急急忙忙点燃了一支蜡烛举着跑下楼。于是，在沉沉的夜色中，一个亮点忽高忽低，时远时近，几乎照遍了楼下所有的灌木与草丛……

第二天，电梯门口贴出了彤彤写的《寻鸟启事》：

我家走失鹦鹉一只，它的身子主要呈黄色，腹部和翅膀有些绿色，尾巴和嘴的两边因为洗不着而有些脏。它很馋，苹果、梨等一些有甜味的东西都吃，最爱吃的是哈密瓜，但不爱吃蚂蚱，也喜欢咬纸。凡有将其捉住或提供线索者，请与4门401号彤彤联系。若将此鸟送回，必有重谢。

《寻鸟启事》贴出去了，小眼儿仍音讯杳无。彤彤料定小眼儿凶多吉少，便在大眼儿的坟旁又堆起了一个坟头，还含泪写了一篇墓志铭：我的爱鸟小眼儿，你现在在哪儿？是活着，还是死了？你要是活着，是被人捉去了，还是四处流浪？你若是死了，见到大眼儿了吗？我很想你，你若是活着，祝你快乐，你若是死了，就安息吧！

彤彤从此心事重重，很长一段时间都缓不过来。许非同看着难受，便要再给她买两只鹦鹉，他以为女儿会高兴，没想到彤彤却摇摇头，说我再也不养鹦鹉了。它们一定是不快乐，不幸福，要不怎么不是死了就是跑了呢？我不愿意它们不快乐！

彤彤虽然不再养宠物了，但许非同发现，每当她在街上看到别人的小猫小狗，都会一步三回头。于是当辛怡说老张要送他们一只京巴儿后，许非同立马答应了。因为股票，家里硝烟不断，很少和女儿去沟通，他能想象到女儿的孤寂。小狗儿比小鸟儿更通人性，有了小狗儿的陪伴，会使女儿的内心多一些温情。

彤彤对贝贝也珍爱有加，她和贝贝的心灵感应已相当默契，跟当初的小眼儿一样，无论什么情况下，只要彤彤一声呼唤，贝贝就会急奔而去。

许非同见贝贝进了女儿的房间，心里多少平和了一些。他坐到电脑前，打开沪市大盘的走势图，定睛一看，不由得倒吸了一口凉气！乖乖，连着五根阴线，这在股市上实不多见。再调出自己买的凤凰科技一看，许非同的脑袋一下子大了，五天时间下跌十多元钱，跌幅在百分之三十以上，也就是说，前些天他们打回的那点损失又全赔了进去。

"这，这是怎么了？"

"你问谁呢？"辛怡一把将手机塞到许非同手里，"还不打电话问问你那位红颜知己，她不是说这张票一个月内必然翻番吗？"

这之前，辛怡已经给小雨打过电话，小雨每次都言之凿凿说没问题，叫她耐心持股。她希望小雨说的是事实，让许非同打电话，无非是想进一步凿实，强化一下她等待的理由。

没有了这个理由，她就没有了活下去的勇气。现在，已不是原来那几十万又赔了百分之三十，而是自己的本金全部赔光，公款又赔进去了一百多万，凤凰科技每下跌一个百分点，账户上就损失好几万。辛怡承受不住了。以她有限的股票知识和操盘经验，又问了营业部的分析师和几个资深股友，大家一致认为，从技术图形上看这只股票已经彻底走坏，成交量急剧放大，关键的技术点位全部跌破，已经进入了深不可测的下降通道。

如果不是小雨言之凿凿的让持股，如果不是她亲眼见到了小雨并亲耳听到了小雨打给金戈的电话，她早就割肉止损了。她相信小雨没有骗她，但事实让她又找不到支撑这种信任的依据。

她的精神已经不堪重负！

许非同急忙回到自己的房间拨通了小雨的手机，他不想让女儿听见他们又吵。

第二十七章

各怀心腹事

在哈德门饭店一间豪华的包房里，汪海为答谢金戈摆了一桌酒席。

说是答谢金戈，其实是找个借口聚一聚。金戈已全仓介入了顺达股份。大盘一路盘跌，顺达股份却走势坚挺，一路推升，每天有大把的银子进账，金戈和汪海自然高兴。

同是高兴，两人却各有一番滋味。

汪海是打算做完这一张票就金盆洗手了。不能心存侥幸，这次不出问题并不能确保下次不出问题，此时未出问题并不能保证彼时不出问题。汪海从小科员做起，几十年一步一步晋升为主管业务的副局长，除了他的能力之外，和他的小心谨慎不无关系，凡事都三思而行，并做出最坏的打算。为此，他为自己设计了两种应急方案。一是平安出境，退休后以探亲为由到加拿大和儿子团聚。儿子以投资移民的资格获得了加拿大的居民身份，他去了花点钱办个绿卡当不成问题。二是非正常出走。所谓非正常出走，就是事情已然败露之后的行动。他是省管干部，真的要对他动手立案，还需要一个请示批准的过程，他就利用这个时间差，取道香港或澳门直飞加拿大。他早已办好了港澳通行证和私人护照，要想脚底抹油也很便当。他在省里经营了这么多年，方方面面的关系还是有一些的，有个什么风吹草动，事先不会一点征兆也不知道。

他现在考虑的是两个问题：一是顺达股份获利后怎么确保金戈不打折扣地全部兑现承诺，这可不是一笔小数目，几个亿啊，难保他从兜里往外掏钱的时候不会心疼；二是这笔钱到手后如何顺利地转移出境。稳妥的办法就是找一家可以信赖的公司，通过它在海外的业务，把这笔钱存到该公司境外的账户，再由儿子分批提走。

找一家这样的公司不难，只要有利益关系。他们一旦这样做了，就承担了相应的责任，不会去坏事！至于第一个问题的解决，就是要把金戈的胃口吊起来，让他确信更大的鱼还在下一网，他就不会把这一网的小鱼扣住不放了。所以吃饭前，汪海已向金戈悄悄作了暗示，告诉他这张票出来后还有更好的票。

金戈果然上钩了，两眼放光，他的贪欲就像小孩子在吹的一只肥皂泡儿，越大越不嫌大。兴奋之余，他仍有一份怨恨，觉得汪海要价太高！这回投入的五千万没打任何埋伏！按现在的市值算，汪海已经该分一千多万了。顺达股份的技术图形正处在加速上升的阶段，汪海最后到手的钱远远不止一千万。无论如何，自己投的是真金白银，而且大部分是银行贷款，一旦失手就可能倾家荡产，风险系数比汪海高多了。他不过是一句话，在利润分配上理应自己占比更多一点，哪怕是多一个百分点，也会有几十万甚至上百万的收入。

金戈现在才明白，人的欲望其实是没有止境的，像一座蛰伏的火山，只要爆发的条件具备了就会喷涌而出，"我不在乎别人挣了多少，而只关注自己挣了多少"，不过是自我抚慰的心理按摩而已。

金戈一边为自己的进账兴奋不已，一边又为自己的怨恨寻找着出口。不能这么便宜了这个老东西，那天他找到熊三，已经做出了周密计划，要让老东西自觉自愿地把吃到嘴里的肥肉吐出一块儿来！

转台的正中是一条龙船，里面摆着冰镇的龙虾刺身。船首的那只虾头还活着，一碰长长的根须，一对如绿豆一样凸出的眼睛还会转动；龙船的四周，有清蒸石斑鱼、姜葱肉蟹、红烧牛蛙等几样广式菜肴。

丽丽用手指碰碰龙虾的根须，然后很夸张地发出一声惊叫。

小雨很淑女地坐在金戈的旁边，用叉子剔着蟹肉。

丽丽绘声绘色地把赴宴时打车的经历说了，开始金戈没认真听，后来听到丽丽描述司机的长相和说话的风格，觉得有点像老葛，就问了一句，出租车的车号是多少？丽丽夹了一片龙虾刺身放在嘴里，吧唧吧唧地嚼了几下说，那谁记得清，尾号好像是5…8…8吧。

这个尾号正是老葛的，因为出租公司的老板为了讨好金戈，特意说为老葛选了一个很吉利的车牌，尾号正是588，"我发发"几个字的谐音。

金戈心里冒出几个气泡儿，说丽丽，人家大老远把手机送给你，你不谢谢人家也就罢了，总要把车钱给人家吧。

丽丽瞥了一眼金戈，很有点不以为然。自从她傍上了汪海这棵大树，已经越来越不把金戈放在眼里了：

"我是想给他来着，可是这老东西说话太难听，什么叫我的手机我叫它它能答应吗？幸亏我急中生智，要不然八成被他讹了，给他钱？不骂他就是因为本小姐心情好。"

金戈不再搭话，心里说，你这小娘们做人这么不厚道，有你哭爹喊娘的时候。等着吧！

小雨没想到会有这样巧的事。丽丽刚说了一半儿，小雨马上就和老葛对上了号儿。她也觉得丽丽有点儿过分。凭直觉，老葛人不错，虽然说话有点贫，但为人实在、厚道，活的也实在不容易。你丽丽随便买一身衣服就是几万，还在乎那两个车钱吗？

见到金戈也很同情司机，小雨就讲了打车的经过，最后弱弱地问了一句金戈：

"我把送你的玫瑰转送给了司机，你不介意吧？"

金戈心头一热，难得小雨能记住自己的生日，说来令人不信，金戈从小没有过过生日，也记不清自己的生日是哪一天。第一次过生日是去年，也是小雨给他买了一个生日蛋糕，并在上面插满了蜡烛。晚上，她把房间的灯都关了，点燃一支支红蜡烛。然后双手合十，闭着眼，在烛光的衬映下为金戈许了愿。当金戈一口气将蜡烛吹灭后，小雨趴在金戈的耳旁说：

"我为你许的愿是：福禄双进，永远年轻。"

金戈当时一把抱住小雨。他真的希望这个温馨的瞬间成为永恒。可是这才过了一年多，却发生了这么大变故！要怪就怪那个鸟画家，不是他，小雨的心怎么能和自己越来越远。

望着小雨，金戈百感交集：

"花送谁了不重要，只要心在就行。"

丽丽有点尴尬，面对老葛的态度，两人的情怀高下立见。她听出金戈的话似乎弦外有音，就借机调侃道：

"金律师看样子有点吃醋了！"

汪海瞪一眼丽丽："一个出租车司机，小金子怎么会吃醋。不过，今天这顿饭本来缺少一个主题，现在有了，为小金子庆生。"说着举起一杯酒，我先干为敬，一扬脖儿，把一杯酒搁进嘴里。

汪海不胜酒力，两杯贵州茅台下肚脸已经成了猪肝色，他又端起面前的酒杯，因为亢奋，那两只本来就有些浮肿的眼睛又眯成了一道缝儿，目光也如同两柱手电筒的光一样在每个人的脸上搜寻闪烁："小金子啊，三十五岁，多好的年纪呀，前程无可限量！另外，也要谢谢你摆平了这个案子。今日只是略表谢意，等我和丽丽正式办事的时候，还要好好地请请你们。"他又望了一眼小雨，"不过，你老弟办事的时候，也不要忘了请我们喝一杯喜酒噢。"

小雨被汪海有些淫邪的目光包裹，浑身很不自在，对他说的话接也不是，不接也不是。

说实话，小雨还从来没有想过和金戈结婚，把自己的终身托付给一个男人，是那么好下决心的吗？尤其是在这样一个物欲横流、所有的东西都被明码标价的社会。

小雨咧了咧嘴，勉强绽开一缕笑容，算是做了一种回应。

丽丽一把抢过了汪海的酒杯，解了小雨的围："你血脂高，就少喝一点嘛！"然后抱住他的胳膊，撒娇说，"老公，刚才金大律师说你的手机号不好，四八四八、死吧死吧，换一个嘛，你要死了我可怎么办？"

汪海收回撒在小雨身上的网，哈哈一笑：

"我就不信这个邪。照这么说，用五八五八号码的人都能发财？笑话！我们共产党人是彻底的唯物主义者嘛！"

"我们共产党人？"丽丽学着汪海的腔调，夸张地张大双眼，像观赏稀有动物一样望着汪海，故意用手摸了摸他的额头，"老公，你没有发烧吧？"

"怎么？难道我不是共产党人吗？"汪海拨开丽丽的手，"共产党人难道就是苦行僧，就不讲物质享受了吗？嘁，笑话！想我老汉，几十年兢兢业业，直接或间接为国家创造了多少财富？拿到手的报酬不过九牛一毛嘛！你看那些私企老板，啊，因为政策好，从几万甚至几千元起步，不用几年的工夫，就变成了身家几千万、几亿甚至几十亿几百亿的大阔佬。财富积累的速度惊人啊！凭什么？如果我有同样的政策环境，如果这些年我不是辛辛苦苦为共产党干，老汉我也不见得比他们笨吧！"

金戈因为刚吃了一片龙虾刺身，被绿芥末呛得直流眼泪，他用湿毛巾擦着眼，奉承说："您肯定比他们强。"

"那是自然。"汪海当仁不让，他用短粗的手指一下一下敲打着桌面，以此加重自己说话的分量，"从这个意义上说，我们这些老家伙在不违背大原则的前提下，适当地考虑一下晚年的生活，该不为过吧？啊！"

他这样说，一方面是自己的真实想法，一方面也是说给金戈听，让他不起任何疑心。

丽丽端起酒杯举到汪海面前，说：

"老公，你早这样想就好了，没听过一段顺口溜吗：辛辛苦苦四十年，只讲奉献不讲钱，退休工资两条烟，勒紧裤带度晚年！来，为你的觉醒我干一杯，你干一口。"

汪海并未举杯，而是频频点头发起感慨：

"这民间的口头文学，真是精辟，精辟呀！"

忽然他又像想起了什么，转过脸问丽丽：

"如果我的晚年要勒紧裤腰带，你还心甘情愿地做汪太太吗？"

"又瞎想。"丽丽在汪海的腮上拍了拍，一仰脖，干掉了杯中酒。

金戈见汪海有些认真了，怕顺着这个话题把气氛搞糟，就拽回话头说：

"汪局长，有些事信则有，不信则无。不过，咱们老人家当初也挺在意的，中央警卫团为什么代号为八三四一？据说就是香山的一个道士提议的。老人家正好就活了八十三岁，从遵义会议算起，在位四十一年。你说，神不神？再有，你看毛主席第一次接见红卫兵的阵势，那整个儿一个八卦图啊，他左边是贺龙，右边是林彪，左龙右虎……"

"怎么是虎啊，左龙右彪嘛！"丽丽打断了金戈的话。

"三虎出一彪，彪能吃虎，彪比虎还厉害呀！"金戈白一眼丽丽，继续说，"他后边坐的是谢富治、杨成武，文治武功，前边是汪东兴，东兴开道啊，那都是有讲究的！"

"野史，野史，不足为凭，不足为凭！"汪海连连摆手。

"怎么是野史？您可以查查当年的报纸啊！"

"即便如此，也不过是巧合，巧合嘛！"汪海挺直身子摆出一副做报告的架势，"如果相信这一套，那我们整天求签拜佛就行了，还要什么奋斗？要知道，从来没有什么救世主，也不靠神仙皇帝，要创造人类的幸福，全靠我们自己嘛！"

"就是领导干部，讲出的话有水平。"

金戈顺水推舟，汪海自鸣得意地嘿嘿一笑。

丽丽一撇嘴：

"什么有水平，全都是套话。老公，你想听听老百姓是怎么形容你们这些当官的说套话吗？"

大凡男女的情感历程，一般分为三个阶段。最初为孔雀开屏阶段，只把自己的优势或者美丽向对方展示，说话也会投其所好，净拣好听的说，像抻面一样，劲要用得恰到好处，不然面条就抻断了；其次为真情袒露阶段，这时男女之间已经有了肌肤之亲，说话不再遮遮掩掩，因为他们的关系基本确定，如同重新捏过的泥人，已你中有我、我中有你了；第三就是夫唱妇随或妇唱夫随阶段，无论对与不对，两人中占主导的一方为领唱，而另一方则心甘情愿地随声附和，不再挑剔领唱者的音色是否圆润、音域是否宽广了。

丽丽和汪海的关系，就已处于第二阶段。所以，丽丽一方面很真心地关切着汪海，同时也很真实地表达着自己的看法。

"噢，说来听听！"

汪海望着丽丽，目光中既有情欲也有欣赏。丽丽初中毕业，又没有正经职业，汪海屈身以就，除了她年轻漂亮之外，很重要的一条就是丽丽爽直的性格。妻子虽华贵雍容，两个人的情欲之河却永远是波澜不兴，结婚二十年了，彼此还互称同志，感情如同一壶温暾水，既无三九严冬的寒冷，也无三伏盛暑的热情。是丽丽使他意识到，自己这种经历的男人，原本是一堆受潮的柴，需要用温情的火将它烘干，用激情的火把它点燃、烧旺。妻子那里感受不到的率真，在单位就更是难得寻觅了。他是常务副局长，手握实权，八面威风，除了局长之外，听到的大都是奉承之声，听得多了，他也觉得厌烦。

丽丽喝了一口酒，故意冲金戈说：

"金大律师，别瞪我呀！我老公嘛，说错了他也不会介意的，对吧老公？"

汪海亲昵地拍拍丽丽的脸蛋："当然，言者无罪嘛！"

"听着！"丽丽清了清喉咙，伸出手示意在座的人注意——

> 讲话没有不重要的，鼓掌没有不热烈的，
> 领导没有不重视的，看望没有不亲切的，
> 接见没有不亲自的，进展没有不顺利的，
> 完成没有不圆满的，成就没有不巨大的，

工作没有不扎实的，效率没有不显著的，

决议没有不通过的，人心没有不振奋的，

班子没有不团结的，群众没有不满意的。

汪海听得哈哈大笑。金戈见汪海情绪没有受影响，便放了心，矜持地笑着说："汪局，您要愿意听，我这还有新段子呢，算是对丽丽小姐的完善和补充吧。"

设计没有不合理的，技术没有不先进的，

论证没有不专家的，检测没有不严格的，

运行没有不可靠的，系统没有不安全的，

特色没有不中国的，失误永远是难免的。

汪海拍着手说："好，好，犀利、尖锐，一针见血嘛！我看，这些民间的口头文学还是很深刻的嘛！警示我们要对那种华而不实的作风很好地反省一下啊！你说是不是，小金子？"

金戈未及答话，"铃铃铃"，小雨的手机突然响了，她忙站起身道了一声对不起，转身走出包间。

汪海望着小雨出了门，拿起一根牙签剔着牙，眼睛眯成一条缝问金戈：

"这小妞儿是不是外面还有人呢？我看她有些魂不守舍，你老弟可不要周郎妙计安天下，赔了夫人又折兵啊。"

金戈不屑地摇摇头，斜睨着那双欧式的眼睛"哼"了一声，从牙缝里挤出一句话：

"跟我玩儿，她还嫩点！"

正专心致志地啃着一只牛蛙腿的丽丽听见了金戈的后半句话，嗲声嗲气地问：

"金大律师，你还嫌小雨嫩？你们男人不都爱老牛吃嫩草吗？"

汪海转身捏了一把丽丽的大腿：

"你不是在影射我吧？老汉我牛是老了，可牙口还行嘛！"

"行，行，你厉害着呢！"丽丽浪声大笑。

金戈没看小雨的手机，但料定是那个鸟画家的电话。凤凰科技的跌法，漫说是辛怡，就是放在自己身上恐怕也承受不住了。每天不是中阴就是长阴，再大的资金量也如同填进了黑洞。他料定许非同会来电话，他也知道小雨这几天有点魂不守舍是因为什么。说老实话，如果小雨表现得漫不经心，金戈也许会引发一点点恻隐之心，毕竟那个辛怡给他的印象蛮好。只是小雨的心不在焉完全说明了许非同在她心目中的位置，仿佛赔的是她自己的钱。这更激起了金戈报复的欲望：你这个小娘们，老子对你这么好，你的心还另有所属！还有那个鸟画家，杀母夺妻之恨，他金戈怎么能咽得下去？

小雨回来了。果然，她俯过身小声对金戈说：

"我哥来的电话，问凤凰科技连跌五天了，是怎么回事？"

金戈脸上闪过一丝不易察觉的冷笑，附在她耳边小声说：

"不是和你说过好几次了吗？这是庄家震仓洗盘，拉升在即，告诉你哥千万要沉住气！"

小雨犹豫了一下，还是回了一句：

"我哥说技术指标全部走坏了，而且每天都是放量下跌，根本看不出任何反转向上的迹象。"

金戈回答："上次那只樱花实业，技术指标不是也完全走坏了吗？如果你哥的技术这么好，他早成亿万富翁了。告诉他，我说没事就没事。他要是真的赔了钱，损失全记在我头上，我赔他。"

汪海举起手中的酒杯：

"说什么悄悄话呢？来，来来，罚酒一杯！罚酒一杯！"

小雨想说什么，张了张嘴没有说，一转身走出包房去给许非同回电话。

金戈举起酒杯一饮而尽，说认罚认罚，又装作漫不经心地问了一句：

"汪局，凤凰科技这两天跟吃了泻药一样，您可是太了不得了！"

汪海趁机得意地说："好戏还在后面呢，这只股票庄家马上就要不计成本抛售，会连续跌停。小金子，你可以检验一下老汉我说的靠谱不靠谱。"

金戈听了也不由倒吸一口冷气，他举起酒杯：

"汪局长的话怎么能不靠谱！"

汪海嘿嘿一笑，举起酒杯要和金戈碰。

丽丽一把夺过汪海的酒杯，嘴一撇，一副小鸟依人的样子：

"老公，你少喝点嘛！来，这杯酒我替你喝。"

汪海顺从地把酒杯递给丽丽，笑眯眯地看着丽丽一饮而尽。

金戈拍拍手："丽丽小姐真有女侠风范，还如此体贴老公，实在难得！"

丽丽瞟一眼金戈，说那是。又扭过头看着推门进来的小雨，用手一指她光洁滑润的脖颈，对汪海说："不过，你也要给我买一串像小雨那样的项链，吐火女神，好浪漫哟！"

"好，好，没问题，没问题！"汪海拍拍丽丽的肩头，说："只要你不怕被火烧着，我就给你买，买十串都行。啊，哈哈哈！"

"说话算数？"丽丽望着汪海，又斟满了一杯酒，向金戈示意了一下，一饮而尽。

"痛快！"金戈让服务员为自己斟满酒，举起酒杯也一仰脖儿，喝干了，然后杯底朝天对丽丽说：

"好，祝你们早结良缘！"

汪海也举起酒杯：

"祝金大律师生日快乐！"

第二十八章

两个女人的危机

丽丽每天晚上都要在小区散步。

从哈德门饭店出来，她把车开进别墅的车库后对汪海说，我在小区走一走，你要不要随我一块儿去？汪海喝了些酒，头有些晕，就说，我回房间等你，早些回来。

丽丽从后备厢里拿出一双网球鞋，在驾驶室里换上，就在小区的林荫道上快走起来。她在一本书里看过，散步是最好的一种锻炼方式，特别是快走，能有效地保持人的体形。

美貌、形体是她最重要的资本，她必须保持。起码在嫁给汪海之前，要让汪海有一种新鲜感。结婚以后风险系数就降低了，退一万步，离婚时她也会分割一半财产。现在不行，现在一切都存在变数，她必须具有风险意识。

已是仲秋。路旁草丛里，有蟋蟀在欢快地歌唱，萤火虫也举着小灯笼穿行在沉沉的夜色里。一轮弯月镶在夜幕上，银白色的月光如水银泻地，无处不可照及，树影重重，暗香流动。

丽丽每天晚上散步五十分钟，围小区的林荫道走五圈。不知为什么，今天她心里有些恐惧。小区还没有住满业主，平时人就不多，今天因已近子夜，更是杳无人声，那幽深的夜色里，似乎有暗流在涌动。特别是如水的月光下，一盏盏节能路灯发出惨淡的白光，显得有些恐怖。她决定回家。可是就在她经过一辆北京吉普时，车门突然开了，一个戴墨镜的人下来一伸手就挽住了丽丽的脖子，她刚啊了一声，嘴就被一只大手堵住了。不到半分钟，丽丽已经被塞进了车里。借着月色她看清了，车里已坐了一个人，戴着面罩，手里还晃动着一把明晃晃的匕首。此人用一卷透明胶条噜噜几下，就把丽丽的嘴贴了个严严实实，然后掏出一只破袜子套在丽丽头上，双手一摁，丽丽躺倒在车里。出小区门的时候，吉普停了一下，似乎是在交费，交费一点也没费周折，车就出了小区。

丽丽知道自己被绑架了。

她又气又怕。气的是买这房子的时候，说有保安二十四小时巡逻，安全确有保证，可遇上事保安都跑哪儿去了？保安只管收费，为什么不向车里看一眼，让歹徒在他们的眼皮底下把自己绑走？每个月交的物业费都喂了狗！怕的是绑匪敢在小区里绑她，肯定是穷凶极恶，而且选择的那个地方是个安全死角，摄像头根本照不到，绑匪撕票的事屡见不鲜，这一次恐怕比那次烟台之行还要凶多吉少！

丽丽这么想着，眼泪就不由自主地流下来。她才二十二岁，她不想死。她后悔自己到北京闯世界来了。高中毕业没有考上大学，爸爸已经在城市信用社给她找了一份工作，虽说收入不高，可也为很多人所羡慕，安安稳稳地过日子绰绰有余了。可自己不甘心，非要杀入演艺界。演艺界有什么好？旧社会不是被归入了下九流吗？上次，为了这破理想惨遭蹂躏，这次如果为这个破理想把命搭上了，更是不值！

她又后悔认识了汪海。她住的是一个高档社区，业主都是有钱人，绑匪是吃腥儿的猫，闻到腥味才跑来，如果住在一个普通的居民区，会招来杀身之祸吗？她恨自己虚荣，她恨自己不安分，一个个悔恨像一圈圈涟漪，在她的心头荡开，她的心就像那颗荡起涟漪的石子儿，下沉、下沉，沉入了暗流涌动的水底。

丽丽是被绑匪架进一间地下室的。虽然经历过许多事，她还是怕得不行，浑身瘫软，连站立的力气都没有了。她也是凭着本能判断自己被押进了一间地下室，因为往下走的楼梯好长，越往下走，丽丽越害怕，仿佛在一步步走进坟墓。

扑通一声，丽丽被重重扔在了地上。

有人阻止："轻点，这小妞儿细皮嫩肉儿，摔坏了老子如何享用？"

有人不屑："你他妈到底是劫财还是劫色？"

那人嘿嘿一笑："老子钱色全要，什么也不耽误。"

丽丽喊着不要不要，你们要钱我老公有的是，千万放过我。但她的嘴上贴着胶条，发出的只是呜呜声，像是将被屠宰的猪发出的惨叫。

她头上的破袜子和嘴上的胶条被揭去了。

她睁着惊恐的眼睛打量着眼前的这两个人。这两个人的面罩没有摘，只有一双眼睛露在外面，那眼睛滴溜溜乱转，目光中透着一股杀气，丽丽觉得似曾相识，不由又想起了在烟台遇到的那几个打手，禁不住打了一个冷战。

"两位大哥，你们放过我吧！"

"放过你？容易啊！你打算多少钱买你这条命？"

"多少钱都行，只要不杀我！"

一个绑匪要摘面罩，被另一个绑匪拦住了。

"怎么着，还要留活口儿啊！"要摘面罩的绑匪问。

"道上有道上的规矩，只要这小妞儿主动配合，咱们不杀她。"说话的绑匪走过来，在丽丽的胸前抓了一把，"这么大的波，一刀割下来多可惜。"

丽丽虽然对他抓了自己一把有些反感，但语调里明显透着感激。她知道，绑匪不摘面罩，她就还有活着出去的可能，一旦绑匪的真面目暴露了，十有八九会要她的命！

"大哥，我给你们钱，我叫我的老公不去报案，你们放了我，我在家天天焚香祷告，保佑你们大富大贵！"

"这小妞儿嘴倒是挺甜的，抹了几两蜂蜜？让大哥我亲亲！"那个绑匪又要动手，被另一个绑匪喝住了："兄弟，赶快办正事吧，有了钱什么样的女人找不到？"说着，绑匪递过手机："给你老公打电话，叫他拿钱来赎你！告诉他，两千万，一个子儿不能少，交钱方式随后会通知他。他要是胆敢报案，立马儿撕票，我们可是说到做到！"

另一个绑匪说："急什么？明天早晨再打，先叫那老东西着一宿急！放心，他不敢去报案。"

凤凰科技跳空低开，不到半小时又跌去了五个百分点。

辛怡的脑袋已经麻木了，一片空白，一片混沌，仿佛突然失灵的车床，被什么东西卡死了，一动不动，死一般寂静。

昨天盘中，许非同打电话特意嘱咐辛怡，说是庄家在震仓洗盘，千万不要被清洗出局。因为他刚和小雨通了电话，小雨信誓旦旦告诉他没事儿。他绝对相信小雨，他知道小雨没有十分的把握不可能把话说得那么决绝。可有这么洗盘的吗？几个重要的技术支撑位已经连连失守，大笔抛单不断涌出，庄家好像是在不计成本地出逃。以辛怡可怜的实战经验，她的预感也极为不好，怎么小雨还坚持让守仓不动呢？话说回来，不守仓又有什么办法呢？在这个点位割肉出局，损失已达二百多万，拿什么去补这个巨大的窟窿？

盘中刘胖子也劝过辛怡止损出局，说凤凰科技的技术走势凶多吉少。辛怡没理他，心中暗暗怨恨，前几天你还说凤凰科技会是第二个亿安科技呢。亿安科技是一只大牛股，一个月内股价就翻了两倍。

辛怡现在最怕的不是股票下跌，而是突然接到小雨的电话，叫她止损出局！她坚持让自己守仓，总归还有一丝希望！那个金戈不是神通广大吗？樱花实业不也是先跌后涨吗？虽然辛怡觉得这张票和樱花实业的走势并不相像，但为了给自己一点信心，她还是自欺欺人地拿两张票对比。其实，樱花实业虽然下跌，但重要的支撑位没有被全部击破，股票月 K 线的上升通道保持完好，而这张凤凰科技的月线也明显呈破位走势了。

中户室的门嘭一声被人推开。老张急赤白脸地走进来，见到辛怡，一脸焦虑："辛怡啊！前几天我就要出凤凰科技，你不让出，说是洗盘。你看看，这几天又跌去了百分之三十，我，我可眼瞅着就倾家荡产了！"

辛怡木然地望一眼老张，眼睛里涌出泪水：

"您可以查查我的仓位，我也是一股没出，谁想到它会跌成这样。再说，您才买了多少？我可是全仓啊！"

老张叹一口气说："这两天我陆续补票，现在也是全仓了！"

辛怡哀怨地望一眼老张：

"您的成本价比我低多了，我全是在高位进的，再说，赔赚您都是自己的钱，我可惨了，大部分钱都是借的啊！"

老张一时无话可说了。他看过辛怡的账户，知道辛怡说的是实情。辛怡不是那种奸诈狡猾的人，人家把消息告诉自己，也是为了让自己赚钱，现在股票跌了，她的心情肯定比自己还糟糕，就缓和了一下语气说：

"我不是埋怨你。我是说，咱们这么被动地守仓也不是个事呀！反正从技术上看，这张票是彻底走坏了，现在关键是看消息来源有没有变化。"

辛怡说："昨天晚上刚打过电话，说法没有变。"

老张坐在辛怡身旁，神色有些狐疑：

"你跟给你消息的人不会有什么仇吧？他会不会在成心坑咱们呀？"

辛怡觉得老张的话太无厘头。小雨是许非同的崇拜者，自己也见了。她没有想到小雨这么恬静、这么清纯，虽然纯洁的不一定就是白的。不过，有着那样一副清澈眼神的女孩，绝不可能设置这样的陷阱让她跳。

正说话间，凤凰科技突然涌出几笔大买单，股价噌噌上涨了两毛多钱，辛怡欣喜若狂，她指着电脑屏幕喊道：

"老张，股价涨了！股价涨了！"

老张也看到了，他像一个长途跋涉者终于抵达了目的地一样，瘫软在椅子上，四肢放松，颓然叹出一口长气，说终于熬到头了！

两人话音未落，凤凰科技又掉头向下，卖单像崩塌的雪山一样涌出，不到五分钟，股价牢牢封死在跌停板上。而且封单有几千万股，预示着这张票将上演更加惨烈的跳水走势。

辛怡不相信这瞬间的变化，她以为自己出现了幻觉，使劲擦了擦眼睛，千真万确，凤凰科技几乎已无买单出现，在跌停板上的巨大抛单像一头狰狞的恶魔，正冲着辛怡怪笑！

她正不知所措，忽听身旁咻溜一声，回头一看，老张口吐白沫已从椅子上滑落到了地上！

"不好，快来救人！"辛怡喊。

营业部的两个工作人员跑过来，架起老张下楼。

辛怡如同被雨水打湿了的泥人，瘫在椅子上，直到他们的背影在楼梯口消失了，脑子才像接上电源的机器一样重又启动。她又想起了老张刚才说过的那句话，一种不祥的预感顿时像一片乌云压上心头，那乌云在风雨中变幻着各种形态，时而像怪兽张牙舞爪，时而如浊浪奔腾咆哮。

是啊，小雨害人的可能性微乎其微，可是她的消息来源于金戈，金戈看上去衣冠楚楚、彬彬有礼，可知人知面不知心。毕竟，许非同和小雨的关系比较暧昧，而小雨又是金戈的心上人，会不会……

辛怡腾一下站起身跑下楼，叫了一辆出租车急切地说："送我到天平律师事务所！"尔后把名片递给司机，"这是地址。"

夏利右冲左拐，超过了一辆又一辆车，见辛怡紧绷着脸不说话，司机主动搭讪说：

"遇到什么不顺心的事了吧？凡事想开点，没有过不去的火焰山。"

辛怡勉强冲司机笑了一笑。

司机继续说："我以前是开军车的，就受不了前边有车挡道儿。坐我的车您习惯吗？"

辛怡双眼望着车窗外，没有说话。

前面一辆卡车的尾气非常浑浊，冒出好大一股黑烟，司机冲辛怡说：

"您看前边这车是烧劈柴的吧？"

辛怡心情焦躁，有些不耐烦：

"师傅，您怎么这么多话？"

司机不急不恼，说：

"我看你的脸色不好，估计是有什么烦心事，跟你逗逗闷子，让您开开心。"

辛怡心生感动。这司机心肠不错，帮助人是一种快乐，不是有一句谚语说，送人玫瑰，手留余香吗？一个陌生人都愿意真诚地去帮助另一个人，她和金戈毕竟有过两面之交，他该不会见死不救吧？况且，她相信丈夫和小雨目前仍恪守底线。丈夫不过是因为工作和家庭的压力，寻找一点精神的慰藉；柯小雨呢？也不过是为丈夫的才华和风度所吸引，有所倾慕而已，能有什么大不了的？漫说金戈不一定知道，如果知道了，他应该不会对小雨还那么温柔；就算知道了，至于把人往死里整吗？假如一定要把许非同和柯小雨的交往定义为婚外恋，那自己也是受害者呀！金戈没有理由对自己下此毒手，没有理由！

到了地方，辛怡着急下车，头一下撞到了车门框上，疼得她嗞嗞吐气。

司机说："大姐，别慌。人生没有过不去的坎儿，祝你好运啊！"

辛怡感激地冲他招招手，急匆匆走进事务所。菲菲从前台的圆桌后站起来，微笑着问：

"请问，您有什么事？"

"我找人。金戈，金律师。"

"有预约吗？"

"唉，对不起。我找他有点急事，没来得及预约。"

辛怡没有事先打电话，一是怕他记不起自己，二也是怕他借故推托不见，她今天必须要见到金戈，问出一个准确的答案。她像一个已卷入漩涡中的落水者，这是她求生的最后一线希望了。

"噢，对不起。"菲菲仍面露微笑，"金律师事情很多，有事要事先预约的。"

辛怡正要说话，金戈从办公室里走了出来，见到她，神色一愣，他没有想到辛怡会找到他，装作若无其事地问：

"这位大姐，你怎么来了，找我有事吗？"

辛怡像是见到了救星，急走几步握住金戈的手，眼睛里已闪出泪花：

"金律师，您好！"

金戈见她这副神态，心里早已明白，就说有事办公室谈吧！

来到办公室，菲菲端来一杯热茶放到辛怡面前。

金戈坐下来听辛怡说明了事情原委，半晌没有说话。他有点后悔，那天和汪海吃饭，得知凤凰科技将会连续跌停，他想到了辛怡。辛怡给他的印象不错，她本该活得风生水起、桃红柳绿；但是情感与股票的双重压力已使她如一枝寒风中的牡丹，开始枯萎、凋零了。凤凰科技的直线下跌，将使她陷入万劫不复之地。所以听汪海说凤凰科技将连续跌停后，他还给刘胖子特意打了电话，让刘胖子劝辛怡出货。刘胖子说辛怡根本不理会，金戈不由暗自长叹一声，唉，一切皆是天意。昨天，就是最后一次逃命的机会。

能怨辛怡吗？金戈想，他在叫刘胖子劝辛怡卖票的前半个小时，不是刚刚通过小雨传递了守仓不动的指令吗！刚才他打开电脑，看了一眼大盘，顺达股份大涨八个点，凤凰科技牢牢封死在跌停板。按说他应该高兴，但是只看了一眼，他就关闭了软件。他觉得凤凰科技的巨量卖单正变幻成一片汹涌的潮水，辛怡在里边苦苦挣扎。一个接一个的巨大浪头打来，辛怡已经陷入了灭顶之灾！

事已至此，他也无力回天了。

凤凰科技的股价正进入加速下跌阶段，如果汪海说得不错，将连着七八个跌停，到三元附近才有可能止跌，这中间根本就没有出货的机会。到最后，她的四百多万恐怕连二十万也剩不下。他觉得对不住辛怡，心中有些愧疚，又在心里骂自己，不能这么想！这是一钱不值的妇人之仁。辛怡和许非同、小雨是一条绳上的蚂蚱，他顾及了辛怡，就会放过小雨和那个鸟画家！金戈信奉曹操的一句名言：宁肯我负天下人，而不能让天下人负我。况且，这一切都是小雨和那个鸟画家咎由自取，搭上辛怡只能怪她的命。有仇有恨，她应该找那一对狗男女去发泄。他本打算把许非同和小雨的事情告诉她，以求得辛怡的理解，转念一想，不妥。这样一来，不是叫辛怡明显地意识到这是设套报复了吗？事已至此了，何必还授人以柄？

辛怡见金戈不说话，急切地问：

"金律师，凤凰科技是不是在震仓洗盘？这张票还有机会吗？"

金戈说，大姐你先喝点水。他略一沉吟，字斟句酌地说：

"从盘面的走势看，这张票的资金链已经断裂了，估计是没有什么机会了！"

辛怡顿时如五雷轰顶，张大了嘴一时说不出话来。

直到面见金戈之前，她一直心存侥幸，希望这是庄家的一种洗仓手法，找金戈无非是想得到进一步的证实。她料定金戈会给她一粒宽心丸，吃了这粒宽心丸，她就像溺水的人抓住了一只救生圈，总还有生存的可能。即便这张票真的彻底走坏了，她也不愿意听金戈宣判它的"死刑"，因为金戈的否定将会彻底泯灭她心中残存的那一点点希望。希望是什么？希望是人活着的理由啊！没有了希望，人生不过是滚滚浪涛中的一叶失舵之舟，安有不倾覆的道理？

"金先生，不是您一直让守仓的吗？"

"我？"金戈双手一摊，摆出一副很无辜的样子，"这张股票的技术图形早就走坏了，我什么时候叫您一直守仓呢？无稽之谈嘛！"

"是柯小姐……"

"柯小姐？"金戈坐下来抽出一支香烟点燃，深吸一口再缓缓吐出，然后仰起脸注视着在空中变幻的烟雾，轻描淡写地说，"对，小雨说让她哥哥买了四万元的凤凰科技，我就让她拿着不去管了，亏了的钱我补给她。四万元，连一顿饭钱都不够嘛！"

见辛怡一副呆若木鸡的样子，金戈弹去烟灰继续说：

"我不知道小雨叫您买了这张票。而且，股票的走势常常是瞬息万变，神仙也把握不住，出现这种情况我觉得很对不住您。"

辛怡的心彻底凉了，感觉自己是已经被押上断头台的死囚，刽子手已经高高地举起了鬼头刀，她已经听到了刀片在空中划过的声音，但求生的欲望还是使她本能地想挣扎一下：

"您不知道，如果这张票不能反手拉起，我们，我们……很可能会倾家荡产，家破人亡！"

金戈把烟头掐灭，双手一摊：

"那我只能表示同情，实在是爱莫能助了。"

"金律师，您不能这样……"

金戈说："那您让我怎么样呢？第一，股市有风险，入市须谨慎，您既然炒股，就要做好赔钱的心理准备。中国的象形文字是很有意思的。您看，炒股的炒，就是个火字边，这就意味着炒股赚钱如同火中取栗，弄得不好就会烫手，甚至把手灼伤。第二，我没有让您买凤凰科技，赔与赚完全是您的个人行为，和我没有任何关系，对不对？"

辛怡无话可说。

金戈的话无懈可击，他确实不必承担任何责任，他甚至没有义务接待自己。尽管她越来越感觉到这似乎是一个布好的陷阱，但是自己能拿出证据吗？即使能拿出证据，又会得到哪怕一点点法律的支持吗？不可能！

辛怡站起身，一步一步向门外走。快四十年了，她的四肢健全，岂止健全，还匀称修长令人羡慕。它们轻巧得从来没有叫你感觉到它们的存在。现在，辛怡觉出那两条腿的存在了，它们怎么那么沉重，简直就是两截没有知觉的木头，每挪动一步都要使出浑身的气力。

金戈喊住辛怡，大姐，拿走你的包。

辛怡呆呆地接过包。

金戈又面无表情地跟上了一句：

"还记得我曾经跟您说过的话吗？……不要轻易地去相信任何一个人！"

第二十九章

男人下跪

许非同摁了两次门铃儿，都没有人开门，只有贝贝听到铃声跑到门口着急地叫着，并用前爪使劲儿挠门。他掏出钥匙开锁推门，贝贝一下子扑到他的脚下，叼他的裤脚，摇晃着尾巴向他示好。许非同蹲下身子拍了拍，它才安静下来，一边幸福地低吟，一边伸出舌头舔许非同的手。屋里黑着灯，只有电视机屏幕折射出来的白光，像一把把明晃晃的刀片儿，左一下右一下地划破了房间的黑暗。

辛怡如泥塑一般端坐在电视机对面的沙发上，见到许非同，她的眼皮抬也没抬，仍然木呆呆地注视着电视机。

远方证券营业部的散户大厅里，老张正在慷慨陈词地接受电视台记者的采访，这是上午现场录的像，谁想到下午他就因股票下跌被送进了医院。辛怡刚才已打电话问过营业部，据说老张是突发脑溢血，幸亏抢救及时，命是保住了，可是会有严重的后遗症。辛怡很难受，她觉得老张出事，她有不可推卸的责任。

"我们不是不能承受股市的下跌，而是不能接受这种非理性的下跌，一个月跌去四百多个点，这说得过去吗？国有股减持，国家一块钱买的原始股，凭什么现在要二十多块钱卖出？有这样的吗？查处上市公司的违规行为，那上市公司股价八元钱的时候为什么不查？三十块钱开始查处了，一查股价连着几个跌停板，在高位买进去的股民找谁去说理？上市公司违规又不自今日始！上市公司违规，散户怎么会知道？三个代表，头一条就是代表广大人民群众的根本利益，中国股民有八千万，涉及的人口不下三四个亿，算不算广大人民群众，他们的基本利益怎么代表？"

许非同一脸苦笑。这老先生真敢直言。可是说了半天管什么用？谁听你的？中国股市黑幕重重，消息来源根本不对等，和大机构、大庄家比起来，中小散户原本是一个弱势群体，任人宰割。可是，许非同百思不解，自己这次可是占消息来源之先，怎么不到十天也被拦腰斩了一刀呢？上个星期五，股市连收五阴，小雨告诉他这是庄家震仓洗盘。没想到星期一上海股市又狂跌一百多点，收出了多年不见的长阴线。他打电话给小雨，小雨仍然说消息没有变化，暴跌必有暴涨。

暴跌必有暴涨，这是屡试不爽的股市谚语，没想到这一次彻底失灵，星期二、星期三、星期四又连收三阴。许非同实在沉不住气了，今晚约了小雨去吃"肉饼张"。小雨还是那两句话："再忍一下！再忍一下！黑暗即将过去，曙光就在前头！"

"她怎么说？"像是从千年古墓中飞出来的一只只黑乌鸦，这四个字从辛怡嘴里蹦出，木讷、呆滞，没有一点感情色彩。其实怎么说已经并不重要了。她知道今天晚上丈夫肯定会去见柯小雨，股票连续长阴，丈夫怎么能坐得住？只是她已经明了了底细，她只是想知道，如果她没有见到金戈，事情还会怎么发展。魔术已然穿了帮，这魔术还继续上演就太可笑了。

许非同打开灯，颓然坐在沙发上，回答："再忍一下。"

辛怡好像坐着一堆收紧的弹簧，突然被松开了，把她一下子弹起：

"忍一下，忍一下，忍到什么时候算完？"

"你天天看盘，不愿再忍，为什么不早点儿卖了！"

"你不是说让我听你的吗？你不是说那……那狐狸精、臭婊子的消息来源绝对可靠吗？"积蓄内心已久的对小雨的怨恨有如火山下滚滚的岩浆，终于有了一个爆发的出口，一下子喷涌而出。辛怡有些歇斯底里，她从来没有这样粗鲁、这样世俗、这样冲动过。那双本来怯懦的眼睛里充满了怒火，满脸绯红，一直红到了发根，由于激动，鼻翼也一张一合，向外喷着粗气。

"以前你为什么不听我的？你即便听我一次能有今天吗？"许非同也一肚子气正没处发泄。也怪了，自己向辛怡提出十次建议，九次对的她都没听，唯独这一次错的她一点也没有贪污，"你这个人，就是一身晦气。"

以往许非同这样说，辛怡都会忍气吞声，可是这次辛怡没有忍受，她一伸手将沙发桌上的茶杯、花瓶全都胡撸到地下：

"我一身晦气，我不活了，我不活了！你去找那个狐狸精吧！"

辛怡确实觉得太委屈了。以往在股市上虽然也屡屡失手，但每次交易顶多赔个百分之一二十，而且是自己的钱，虽然心疼却没有压力。可这次简直就是拿破仑的滑铁卢，真的要家破人亡了。不错，那个小婊子可能是不明就里，或许是金戈做了手脚，可是金戈为什么会做手脚？难道不是因为你们在一起鬼混才使人家的心理大大失衡的吗？金戈是可恶，可恶至极！但是你们难道不应当承担相应的责任吗？在这场环环相扣的游戏中，自己才是最无辜的牺牲品呀！再说，金戈只让小雨的哥哥那四万元守仓，为什么不把真实情况及时告诉我们呢？如果我们知道她的消息来源对应的只是四万元的资金量，我们能守到今天吗？

辛怡越想越委屈，越想越生气，捂着脸哭得上气不接下气。

许非同和辛怡吵架的时候，贝贝悄悄地趴在沙发底下，瞪着惊恐的眼睛望着他们。见女主人哭了，贝贝小心翼翼从沙发底下走出来，在辛怡的脚下蹭来蹭去。辛怡一伸手，它噌地一蹿，跳入了辛怡的怀里，立起身伸出舌头舔辛怡眼角的泪水。辛怡更难受了，小狗尚能如此，做丈夫的对自己的呵护与关切之情反而倒不如！

许非同害怕了，在他的印象中辛怡从来没有这样激烈过。辛怡虽然小许非同几岁，但两人发生矛盾时，常常是辛怡做出让步。对许非同，她呵护有加。有一次许非同在工作中受了委屈，回家后找碴儿和辛怡打架，借口汤做咸了摔了饭碗，辛怡一句话没说，重做了一锅端上来。可是今天，辛怡完全丧失了理智，结婚十多年了，他还从来没有见过辛怡这样暴怒、痛苦，说过这么粗俗的话，发过这么大的脾气！

"唉，不就是赔了点钱吗？赔了以后再赚。"

许非同递过一条毛巾，轻轻拍了拍辛怡抖动的肩膀。他听人说，南方已有破产的股民跳楼，他怕万一辛怡失去理智，会做出什么过激的事情。再者，辛怡已经知道了他和小雨的来往，尽管到目前为止，自己还没有突破那条底线，但总觉得有些愧对妻子。

辛怡闭眼躺在床上，枕边已被默默流淌的泪水打湿。

该是子夜时分了。喧嚣的城市像一个顽劣的孩子，打闹了一天已酣然入眠。仲秋的夜风有了些寒意，有气无力地刮着，月亮躲在一片深色白边的云里，羞羞答答地向人间窥视，仿佛在猜度着每个屋顶下演绎着什么样的悲欢离合。疏疏落落的一天星斗，忽明忽暗，缩着头，眨着眼，为世俗的人世值更。

偶尔有一辆汽车驶过街市，呜呜的轰鸣，像是城市发出的不规则的鼾声。

恍惚之中，辛怡眼前出现了这样一幅图景：

在一座现代化的城堡旁边，有一间用石头砌成的房子。门口，摆着一张

266

可以推着走的床。她想走进去，但潜意识告诉她，石屋里面一定异常可怕。果然，借着惨淡的月光，她看到了石屋里面并排摆放着许多张床，每张床上都用雪白的被单罩着一个没有了灵魂的人。她望而却步，转身想走进城堡旁的一条大道，但腿却不由自主地迈进了一条幽深的隧道，与其说是走，不如说是飘。那隧道那么长，长不见头，黑不见指。黑暗中有尖利的声音在叫，像刀片儿刮过水缸的声音，一声声，令人毛骨悚然！好不容易飘出长长的隧道，眼前又被一条浊浪滔天的大河挡住了路。

辛怡在河边徘徊着，身后传来尖利的叫声。正在她无路可去时，有一条小船漂过来。这小船好怪哟，没有船帆，没有桨橹，两边是高高的船帷，黑色呈 V 型，一边有一排白色的座椅，还没等辛怡决定是不是上船，那小船突然发出一股巨大的引力，嗖一下就把辛怡吸了过去。

辛怡刚惊魂未定地坐在白色的椅子上，那小船却凌空翻了个个儿。原来根本不是什么小船，而是一只水怪的血盆大口！

辛怡一声惨叫，翻身坐起，身上的睡衣已被冷汗湿透。

许非同揉揉惺忪的睡眼，把辛怡揽进怀里，他知道辛怡一定是噩梦不断，他不敢再睡了，唯恐睡梦中的辛怡会一跃而起，做出什么不理智的事情。

许非同觉得辛怡有些反应过度。按照目前的股价，他估计账户上还有十几万元吧。妻子操盘，他有密码，有几次他想输入密码看看账户上的市值，都放弃了。他不想给自己添堵。前前后后在股市上投入了一百多万，到了剩了还不到十万，搁谁心里也难受，索性眼不见心不烦。不过，最坏的结果也莫过如此了吧。大不了，一切从头再来，自己正当盛年，辛怡也业务精通，两人身体又无大碍，退出股市依然生活无虞，充其量生活质量下降一些而已，还是比上不足、比下有余。至于说自己的"三个一"计划，权且作为一个美丽的秘密，永远埋藏在心底吧。关键是，女儿出国留学的钱要早做筹措。

辛怡本是一个对钱财看得很淡的人，如果她是个物质女，怎么可能在众多的追求者中选了许非同？那时候，许非同只是一个研究生毕业的助教，家还在安徽的乡镇。论起家境，和朱丹比就差了十万八千里。结婚以后，许非同眼中的妻子更是有些不食人间烟火，比如晋级、办画展、出画册、带研究生，因为有朱丹比着，许非同难免会时感失落。都是辛怡劝他不必太认真，说名利有当然好，没有也要安之若素。一个人的价值不靠这些外在的东西支撑，一个家庭的日子过得甜美不甜美，也不为这些东西左右。可是这次怎么了？不就是买了一只股票被拦腰斩去一刀吗！

许非同把迷迷糊糊的妻子轻轻放在床上，见她的呼吸比较均匀了，心才放下来，精神一放松，上下眼皮直打架。天快放亮时，他睡着了。

早晨他迷迷糊糊睁开眼，一看表，快九点了。辛怡已经醒了，她两眼瞅着天花板，目光凄楚而无助，仿佛一个就要被滔天巨浪吞噬的泳者，身边却连一根稻草也没有。

许非同从来没有看见辛怡有过这种眼神，他不由心里一激灵，忙坐起来倚在床头说：

"辛怡，我想了一宿，没有只跌不涨的股市，既然已经缩水这么多了，咱们只能死扛，反正也不急等钱用。"

辛怡扭过头，眼眶中噙满了泪水：

"非同，等不及了，石羽已经叫我交接工作，他让我到办公室搞杂务，不让我做出纳了。"

"不当出纳就不当出纳吧。"许非同因为有心理准备，所以并不感到特别突然，"干杂务还少操点心呢，有什么大不了的，别这么想不开。"

"非同，"辛怡坐起来，望着丈夫，脸上强露出一丝笑容。因为笑，她眼角细碎的皱纹尽显无遗，一夜之间竟如不规则的刀刻。她的脸因而也愈发憔悴和沧桑，如暮色弥漫的傍晚，有些肃穆，又有些凄凉："我……我想告诉你一件事。"

见妻子欲言又止，许非同警觉地叮问：

"到底出了什么事？你快说！"

"你身体不好，听了不要着急。"辛怡顿了顿，终于鼓起勇气："我先后两次把公司的四百万公款全买了凤凰科技！"

"什么？"许非同像被蝎子蜇了一般发出一声惊叫，四百万，连他们的五十万，就是四百五十万，现在已经缩水八成，也就是说只剩了百十来万，把自己的全部家当搭上，还有三百多万的窟窿补不上！况且，昨天已有大笔卖单封死了跌停板，想卖也卖不出去了，不知道还有几个跌停等着。

"你，你疯了吗？"许非同一抬手狠狠扇了辛怡一个嘴巴，"你这个混蛋！

吐火女神

268

你知道吗？贪污十万就是大案，四百万，够挨枪子儿的罪过了。"

辛怡捂着脸呜呜地哭出了声：

"你不是说凤凰科技一个月能翻一番吗？我只是想挪用一个月，赚了钱就把公款还上，没想到那个小妖精，她害得咱们家破人亡！"

真是鬼使神差，辛怡痛悔地想，如果没有去找柯小雨，自己会再一次挪用公司的二百万公款吗？当时，石羽已让她将这笔钱作为应付账款汇出，拖延搪塞一下，也不能超过一个礼拜。一旦短期内不能抽身，后果简直不堪设想。如果不是柯小雨信誓旦旦，不是当着她的面打电话给金戈证实消息的可靠性，她肯定不会再填入二百万，而且很可能会止损出局。那样，损失的公款她有能力还上。没想到迈出去的那一步，竟把她引入了万劫不复之地。

当时，她已经不寄希望凤凰科技上涨百分之百了，公司的那笔货款很快就要用，即便凤凰科技过上一两个月能翻番，她也等不及了。她就想抓住那几天的机会从股市抽身，又入市二百万，只要能反弹百分之二三十，所有的损失就基本打回来了。凤凰科技已经下跌了百分之五十，从技术图形上看，也该有个反弹了！辛怡万万也没有想到，她第二次大举买入凤凰科技的时候，庄家已经在不计成本地出货，这哪是拉升前的最后一次洗盘，分明是股票暴跌中的最后一次逃命机会！她不但没有夺路而逃，反而伸着脖子把脑袋送进了人家拴好的绞索里！

许非同脑海里已是一片空白。他盘腿坐着，掏出香烟叼在嘴上，因为手抖得厉害，怎么也打不着火。他扔了打火机，把烟从嘴上拿下来，下意识地掐成两截儿，用拇指和食指捻成碎末。烟末从他的指缝间纷纷落下，在他的脚旁堆成了两个小坟头儿。

"一人做事一人当，我不会连累你。"

话说了，辛怡反而安静下来，她把散落到额前的一缕头发拢向耳后，侧身下床穿鞋。

"都这时候了，说这些有什么用？"许非同的大脑重又启动，"我马上去见石羽说明情况，求求他通融一段时间，一旦反弹马上平仓，争取少损失一些，剩下的窟窿咱们砸锅卖铁、求亲告友也给补上。"

"来不及了。"辛怡已经穿好鞋，她走进卫生间，对着墙上的镜子端详着自己憔悴的面容，凄楚地说，"电视上已经说了，中国股市已经由牛转熊，所有技术指标都已走坏，明显进入了一条下降通道，恐怕几年都甭想解套了！"她没有说出和金戈见面的情况，她怕许非同承受不了，毕竟许非同还心存一线希望，她不忍心把他的最后一点企盼也毁灭。她不愿意在记忆的胶片上，许非同最终留给她一个沮丧、痛苦、无奈和绝望的影像。她长出了一口气，沾湿毛巾小心翼翼地擦着自己的脸，"我今天不上班了，一会儿去看看彤彤。"

许非同呆呆地没有反应，辛怡从手包里拿出一盒蜂胶说：

"昨天给你买的，忘了给你了。每天吃两粒，能调节血脂、软化血管，对中年人很有好处，以后别忘了吃。"

许非同接过来，随手放在桌子上。他的脑海已经被凤凰科技堵塞了，容不下别的想法。

"非同，你相信前世今生吗？"

辛怡望着许非同，目光中充满依恋。

许非同随口说："玄学家相信有今生来世。他们认为前世、今生甚至来世都有因果关系，所谓：欲知前世因，今生受者是，欲知来世果，今生做者是。哎，你怎么想起问这个了？"

"昨天晚上我睡不着觉，想起了听别人讲过的一件事。"

辛怡的神态平和了许多，语气也静如止水，与昨天晚上的暴躁、惊惧判若两人。许非同见状心里略微踏实了一点。

"说有一个人到外地旅游，住在郊外的一个旅馆。半夜突然听到门外有铃铛响，出来一看，见是一辆蓝色帷幔白色缎带装饰的马车正疾奔而来，车上坐了七个人，他觉得挺好玩，也要挤上去。车把式说，人满了，搭不上车了，就扬长而去。他再细细一看，发觉是辆灵车，不由惊出一身冷汗。旅游回来他回到家，电梯门正好要关，他急跑几步想赶上，电梯工却对他说，已经满载了，等下一次吧！他正有些遗憾，这架电梯因机械故障已从五楼掉了下去，电梯里的七个人全部遇难。"

许非同听了只觉一股寒气逼来，他问：

"这个故事能说明什么？"

辛怡回答："这个故事据说确实发生过。如果真有其事，那么就是说人的生死富贵其实都是命中注定的，你想抗也抗不了。你说，要不然咱们做股票为什么多买多套、少买少套，总是赔钱呢？！"

270

许非同说："我不这样看，你这是典型的宿命论。如果你的理论能够成立，只能导致生活中的消极无为。"

辛怡笑了笑，似乎不屑于和丈夫争论。她拿起梳子，认真地梳着长长的头发，梳了几下，便从梳子上捋下几根头发，顺手团成一个团，放在手心里端详。少顷，她像是开玩笑似的说：

"非同，我倒真希望玄学是一门科学。假如有来世，我还愿意做你的妻子，只是不知道那时候你还愿意不愿意娶我。当然，下辈子我们就好好过日子，绝不再炒股了！"

"按玄学的说法，人死后也要一百二十年到一百五十年后才能投胎转世，还早呢！"

许非同没有心情再和妻子说这些虚无缥缈的事情了，他心存一丝侥幸，股市已经连续下跌几个月了，最晚年底前总会有一波像样的反弹，只要能反弹百分之二十，他觉得事情就还有救儿。冥冥之中，他总觉得凤凰科技不会就此一蹶不振，如果真像小雨说的是洗盘，庄家要拉升这张票，有一个交易周就把损失全打回来了，这种情况在股市并不鲜见。湘火炬，从十八元一口气跌到九元钱，横盘筑底十几天后，反手拉到了二十三元；柳阳新钢，从九元一路阴跌，半年跌去了股价的百分之八十，触底后形成 V 型反转，不到两个月就全面收复了失地。现在关键是石羽能够给他一段儿时间，让他去和命运做一次抗争。

许非同匆匆穿好衣服，着急出门。

辛怡叫了一声非同，幽幽地望着他，目光中充满了爱恋与不舍。许非同很久没有感受到妻子这样的目光了，印象中谈恋爱时他到外地写生，辛怡送别时才会用这样的目光注视他，不由一股暖流从心头涌过。许非同想起了和妻子携手走过的那么多个日日夜夜，他知道，妻子看上去是个很能干的女人，但是在内心深处，依然对自己充满了依赖。现在家里遇到了这么大的风浪，他一定要和辛怡共同走过。他抱了抱妻子。辛怡也抱住他，把头靠在他的肩上不肯松手。许久，才放开手，为他扣上了一颗纽扣，又帮他抚平衣领，关切地说：

"非同，你不要太着急了，你要照顾好自己的身体。"

许非同拍拍妻子的肩膀，宽慰了她一句，面包会有的。然后转身急如星火地跑下楼。

一出单元门，许非同险些和一个人撞了个满怀，定睛一看，是朱丹。

朱丹问："非同，你慌慌张张的这是要去哪儿？"

许非同勉强挤出几丝笑意，说我有点事，你这是……

朱丹做出惊讶状，说真是来得早不如来得巧，晚来一分钟我就抓不着你了。又故作亲热地打了许非同一拳，上回我的画展，你老兄硬是不肯赏光指导啊！

"哪里，哪里。"许非同有点不好意思，"我确实忙，再说了，那天我在电视上看你风光得很，不在乎缺我这么一个小人物嘛！"

"虚伪了，虚伪了不是？"朱丹兴致很高，他夸张地用手点着许非同，"谁不知道你是美院的高才生，未来的毕加索！"

许非同不想和他耽误时间，就说：

"我确实有点急事，要不咱们改天再聊？"

朱丹一把攥住他的胳膊，唯恐他跑了似的：

"非同，我找你有一件大事，也许会让你一鸣惊人，一夜成名呢！"

许非同心动了一下，等朱丹说出下文。

朱丹松开攥着许非同的手，却不急着说。他掏出香烟点燃，深吸一口，抬起头慢慢将烟雾向空中吐出，待烟雾散尽了，才一脸郑重地说：

"非同，你知道吗，我已经转轨了。我觉得传统的艺术形式，包括雕塑、绘画、音乐、舞蹈等等，都不足以使我们现代人的精神得到最完全的宣泄，而行为艺术作为一种新的艺术样式，与传统的艺术则大相径庭，它在以身体为基本材料的表演过程中，通过艺术家的自身身体的体验来达到一种人与物、人与环境的最和谐、自然的交流，同时经由这种交流传达出一些非视觉审美性的内涵。"

许非同大失所望，原来朱丹是向他兜售所谓"行为艺术"。果然，朱丹见许非同沉默不语，以为是被他的演说打动，更加兴致勃勃起来。他夸张地打着手势，以增强他话语的感染力：

"由于行为艺术表现形式的先锋与前卫，就决定了从事这一艺术形式的人更容易为大众所熟知，换言之，也就是更容易出名。我现在正在构思一幅极有爆发力的行为艺术作品，题目就叫《天浴》，我想邀请你……"

　　许非同忍无可忍，有些蛮横地打断了朱丹的话：

　　"对不起，我现在没有时间和你讨论这些问题。不过——，说到出名，我倒想起了一则希腊神话故事：有个人无缘无故地放火烧了神庙，法官问他为什么要烧神庙，他说不为别的，就是为出名。法官说，那好，现在判你死刑，但不留下任何记录。"

　　说完，丢下愣在那里的朱丹急匆匆地走了。

　　许非同气喘吁吁地赶到红蜻蜓文化发展公司。

　　石羽听他说明情况后气急败坏，其后态度异常强硬：

　　"许先生，这件事毫无通融的余地。您告诉辛怡，今天下班前她把钱全拿回来，我就睁一只眼闭一只眼，只当这件事从来没有发生过。过了下午五点，我就要报警。许先生，天下有这样的道理吗？你们拿着公司的钱去发大财，杀头的事叫我担着？岂有此理嘛！"

　　说着，他接通了出版部的电话：

　　"小宋啊，《许非同画集》赶快让工厂停下来！为什么？不为什么。"

　　放下电话他又一指墙上的挂钟说：

　　"许先生，现在还不到十一点，您赶快去想办法，我石某人能等到下午五点，就已经是很够朋友了！"

　　见许非同站着不动，石羽拨通了公司法律顾问金戈的电话，说明了情况。金戈态度很明确：立即报案，并愿意免费为石羽代理这起诉讼。辛怡从公司走后，金戈的良心确有一丝自责，但一想到和许非同有夺妻杀母之仇，心肠立即硬了。他知道许非同还爱着辛怡，毕竟是十多年的夫妻，血浓于水。如果把辛怡抓起来判以极刑，许非同的一生将得不到安宁，精神也许就彻底崩溃了，那才叫生不如死！这怒火必然会转烧到小雨身上，就更有好戏可看了。

　　许非同看了一眼墙上的摆钟，依然站着没动。

　　漫说四百万，就是四十万，他也没有办法在七个小时之内筹齐。这意味着辛怡在今天晚上就将被押上囚车，即便不饮弹刑场，也要在铁窗之内度过漫长的后半生。想着想着，一股股冷气顺着他的脊椎骨嗖嗖往上蹿，直抵他的后脑勺。许非同觉得脑海中变成一片空白，像被冰雪覆盖了的荒漠，除了渗入骨髓的逼人寒气外，已没有了任何意识。

他不由打了一个冷战。

石羽坐在老板桌后的转椅上，抽出一支烟叼在嘴里，又"呸"一声吐掉，铁青着脸吼道：

"您阁下站在这里还发什么愣？天上他妈不会掉钞票，赶紧想辙去呀！还等着我雇八抬大轿把您阁下抬出去？"

石羽一吼，把已经有些迷瞪的许非同吓了一跳。他望一眼石羽，竟出现了一种幻觉：仿佛坐在面前的不是那个皮肤松懈、头发稀疏的公司老总，而是面目狰狞、目露凶光的索命无常。他十指交叉使劲一捏，指节发出咔咔吧吧的响声，他这才发觉，手心原来已渗出一层冷汗。

"石总……"

"打住，您！"石羽站起身快步走到门前，一伸手拉开门："趁着我还没改主意，您赶快去想辙！"

许非同慢慢转过身，面向石羽，一字一顿地说：

"石先生，我许非同一辈子从没求过人，现在，我给您跪下了，求您能给我一段转圜的时间！"

说着双膝一弯，扑通一声跪在地上。许非同的头低下了，两行泪水顺着他的鼻翼流下来，吧嗒吧嗒滴落在紫红色的地板上。

许非同本是一个饿死不求人的主儿，他的脸皮太薄。曾有朋友介绍他认识了一家上市公司的老总，那老总欣赏他的才华，让他为自己画过一幅油画肖像，并说以后许非同有事他愿意帮忙。后来辛怡买了那家上市公司的股票，因为心里没底，想叫许非同去问一问公司的业绩。许非同鼓了几次勇气，还是没好意思开口。辛怡卖出股票后，这家上市公司便因为业绩大幅提升，股价连续拉升了百分之四十。为此，辛怡叫苦不迭，许非同却心如止水，他觉得钱虽然没赚到，但面子没丢，打探内幕消息让人家为难，有违自己做人的原则，如果开口了，人家万一不说而驳了他的面子，他会很长一段时间深陷羞愧与懊悔之中。还有一次，他有机会与一位身居高位的官员吃饭，饭桌上其他人又递名片又敬酒，竭尽逢迎讨好之能事，因为这位高官的一句话，便可能决定一个人的升迁荣辱。唯独许非同态度淡漠，匆匆吃了几口饭便逃离了饭桌。一方面，他不擅长交际，没话找话、虚与委蛇的那一套他学不会；一方面，他固执地认为，人所以是人，就在于人的自尊。如果没有了自尊，

274

人和摇尾乞怜的巴儿狗还有什么区别？这之前，他还从未跪过，有一次去大戈壁写生，恰逢两个村落的人因为水眼看要发生械斗，他去劝解，被几十个西北汉子围住，指责他没有袒护自己一方，让他跪下谢罪。面对挥舞的刀棒，他都没有跪，说死可以，跪不成！

男儿膝下有黄金，只跪苍天和娘亲！可是这一次许非同跪下了，平生第一次。跪的不是苍天，不是娘亲，而是他从内心深处看不起的一个暴发户。

门半敞着，楼道里过往的人惊愕地向房间里窥视……

许非同不知道自己是怎么跪下去的。他只是觉得血管里的血就像被抽干了一样，浑身一点气力也没有了，双膝软得竟支撑不了身体的重量。当他再次抬起头的时候，因为屈辱和痛苦，他的脸色苍白，嘴唇青紫，上面已刻下了几枚深深的牙印。他望着石羽，本来深邃而明澈的双眸有如两眼枯井，显得异常绝望。

石羽没想到许非同会这样。他本想发作，但许非同的目光使他悚然心惊，凭一个男人的直觉，他知道一个男人如果用这样的目光看人，不知道会干出什么事。再者说，下午五点以前，无论如何他们也不能凑齐四百万。立马儿把辛怡抓起来，除了一解心头之恨外，反而于事无补，如果宽限他两天时间，说不定会有奇迹发生，公司或许还能少受点损失。同时……一个深埋心底的念头突然像肥皂泡一样冒出来，一丝诡谲的笑纹在石羽的眉宇间一闪：

"您这是干吗呢？许先生！得，我好人做到底、再给您宽限两天。后天的上午十一点，是我报案的最后期限！"

许非同还想说话，石羽一摆手：

"许先生，就此打住。君子不强人所难，彼此都留点面子，如何？"

第三十章

绑架发生之后

丽丽一夜未归，汪海一夜无眠。

汪海和丽丽的感情发展还算正常，丽丽小鸟依人，使他本来因老婆红杏出墙而变坏的心态大有缓解，和丽丽耳鬓厮磨，很有枯木逢春的感觉，不由常常感叹老庄的福祸相依的哲学确实悟透了人生的真谛。试想，假如不是因为和老婆离婚，他怎么能认识金戈？如果没有认识金戈，他很可能还在旧有的生活轨道上运行，退休以后和在公园里提笼遛鸟、下棋扯淡的老头儿们没有什么两样，哪里会因为观念转变有这么多的财源滚滚而来，让他真正体验到了金钱的魔力和玄妙，当然也不可能认识丽丽，不可能为晚年勾勒出那么一幅美好的生活图景。

人这东西说来也怪。没有认识金戈以前，对待退休，汪海就像飞机上的乘客等待着陆一样，心态平和得很，从未奢望着机舱门打开，面对的是一座耀眼夺目的金山。遛遛鸟，下下棋，跳跳老年迪斯科。如果有了隔代人，抱着小孙子或小孙女逛逛公园，吃吃麦当劳，倒也怡然自得，轻松惬意。可是自从金戈在他面前打开了另一扇生活的窗口，汪海对那种退休生活简直都不敢去想了。

从手握重权的国资局长到无所事事的退休老头，他其实还没有咂摸出这巨大的落差将带给他多大的失落！这失落将如一条冬眠后苏醒的蛇，啃噬和撕扯他的心，使他难以有片刻的安宁。他已经习惯了颐指气使，习惯了被人前呼后拥，习惯了随便说一句话就有人毕恭毕敬地记在小本子上的感觉，习惯了上下轿车时，有人适时地把手挡在车门上方的威仪，而这一切，都将随着他的退休而不复存在，这是他可以接受的吗？

当然不是。

那么，唯一可以使他无权有势、弥补心灵空缺的东西就是——钱！有了钱，他的晚年生活将完全是另一种状态：白浪、沙滩、别墅、高尔夫球场，还有可相拥入怀的年轻娇妻。

胡乱想着，汪海又惦记起丽丽。丽丽虽有点风尘之气，但终归还是一个良家女子，且又那么知冷知热、善解人意，对自己总体上也算是忠贞不贰，她受到骚扰后那沮丧痛苦的样子足以为之佐证。晚年能有这样一个美人陪伴左右也算是人生一大幸事了。按说，丽丽如果有急事走了，肯定会打来一个电话。昨天晚上，他久等丽丽不回，曾到小区里找过，但不见丽丽踪迹，丽丽的手机又没在身上，无法联络。他不怀疑丽丽的感情，他觉得丽丽突然去向不明，可别是出了什么事儿！

早晨，汪海起了床。

往常，丽丽已把洗澡水为他放好；他洗澡的时候，丽丽会把早餐准备停当：牛奶、果汁、面包、鸡蛋、沙拉，应有尽有。现在，偌大一座别墅，只他一个人，不免显得空落；没有了一个女人在身旁，温馨也如消退的夜色，觅不到了一点踪迹。

汪海心神不宁地摇摇头，他还期望丽丽会突然出现在他的面前，说出一个令他无可挑剔的理由，然后开始准备早餐。但抽了两根烟，仍不见丽丽的影子，他心头浮上的阴云便越发浓密。

丁零零……，电话突然急促地响起来。

汪海伸出手抓起听筒，喂了一声。里面没有声音，只隐隐传来一阵女人的抽泣。汪海有些发慌，又对着听筒大声喂了几声。

"嚎他妈什么你嚎！"一个男人低沉阴冷的声音，"你的小蜜现在我们手里，快点准备好两千万准备赎人！"

汪海不祥的预感被证实了。丽丽已被人绑架！他举着听筒，焦急地问：

"你是哪一位，能不能把事情说清楚些？"

"我是哪一位？我是哪一位能告诉你吗？真他妈是笑话！喏，你跟这老东西把话说明白喽！"

话筒里传出丽丽哽咽的声音：

"老公，我被绑架了，两位大哥要你拿两千万赎人，你快点筹钱吧，晚了我就活不成了！"

话筒又被那个男人抢了过去：

"听明白没有？我告诉你汪大局长，老老实实按我的要求把款打进我们指定的账号，我放你和你这小蜜一条生路。不然，宰她之前先让她写一份揭发你违法乱纪的材料寄到中纪委，叫你人财两空，后半辈子到大狱里面过去！听明白没？"

汪海说："我没有那么多钱，两千万，你干脆把我也一块儿杀了吧！"

"嘿，还他妈嘴硬！你当我们是随便绑她的吗？你的那点子破事爷们早就调查得底儿掉了！你是要钱，还是要命，要名誉，要地位，自个琢磨吧！"

汪海还要说话，听筒里已传出嘟嘟的忙音。

汪海颓然坐在沙发里，脑子里一时杂乱如麻。

坐了一会儿，他逐渐理清了思绪：首先，要确定一下这是不是丽丽与绑匪合谋演出的双簧。他仔细想了和丽丽交往以来的每一个细节，觉得这种可能性不大，因为他已允诺带丽丽出国，丽丽对他也从未表现出三心二意；况且，丽丽跟了自己，以后的生活有享受不尽的荣华，她犯不上为了敲诈一笔钱和自己耍心眼儿，她虽有些张扬，但还不至于有这个心计。第二，就是应不应该报案。这个想法刚从脑海中闪出就立即被否决了。他以什么名义报案？公安局一旦介入，极有可能拔出萝卜带出泥。绑匪不是说了吗，对他的情况已了解得很清楚，报案岂不是自投罗网？除非警察在解救人质的时候将绑匪全部击毙，这简直毫无可能。剩下的问题就是怎么摆平此事。

他突然想起了金戈，他是律师，黑白两道儿都有关系，应该求他想想办法。但一想到金戈，他不由打了一个寒战，这一切会不会是金戈设的套呢？细想想，觉得可能性也不大，自己现在是金戈的摇钱树，做好一张票，收入个几百上千万不过是小菜一碟，金戈会冒这么大风险用这种手段敲诈吗？他难道不怕事情一旦穿帮，断了财路？不过，凡事小心一点为好，顺达股份做完后，还是赶快去到加拿大过几年安稳日子吧。金戈工于心计，钱的占有欲又极强，与他长期合作，保不齐什么时候会出事。

接到汪海电话的时候，金戈正陪着菲菲一家看房。

北京站的平房拆了，菲菲家得到了近百万补偿款。菲菲的母亲本想在四环以内买一套二手房，或者到郊区买一套便宜些的商品房。金戈在朝阳公园附近看上了一套一百零五平方米的二居室，地理环境和房屋朝向、楼层、质量都不错，就动员菲菲买下来。老葛嫌贵，八千五百元一平方米，一次付清就要近百万。他们不打算办按揭，算来算去利息太高，他还想攒够钱把车盘下来。租车开，一个月光份钱就是四五千，要是把车买了，一个月只交公司千把块钱管理费就行了，盘算来盘算去还是后者划算。金戈说他们只需出五十万，剩下的由他补足，算是尽一点朋友的情分。

接受不接受金戈的做法，老葛和女人产生了一定的分歧。

女人认为，醉翁之意不在酒，金戈凭什么白白扔出几十万？肯定是冲着菲菲来的！两个人年龄相差一倍，太不匹配。再说，她总觉得金戈的眼睛似乎不那么安分，别图了钱把女儿推向火坑！

在醉翁之意不在酒这一点上，老葛和女人没什么分歧。

分歧在于：老葛认为，如果金戈看上了菲菲，没准儿还是女儿的一大幸事呢！金戈哪点不好？外貌、学历、职业，大个十多岁怕什么？孙中山比宋庆龄还大几十岁呢！八十二岁的杨博士还娶了一个二十八岁的女研究生呢！至于眼睛不安分，老葛问女人，你是相面的吗？牛眼羊眼小狗眼倒是本分，可那是畜生！你女儿本不是金枝玉叶，又摊上了这么一桩花事，人家金戈不嫌弃就烧高香了！关键金戈是个可以依靠的男人，跟了金戈，菲菲的一辈子就有指望，相当于掉进了蜜罐儿，吃不了亏。

当然，金戈补差的钱他不会白要。且不要说女儿现在还没有嫁给金戈，即便嫁了，也要丁是丁，卯是卯，他不是在卖女儿！亲兄弟还要明算账呢，他老葛不是贪小的主儿。他老葛要一点儿一点儿挣钱还上，无非是让四只轮子每天多转一会儿。

女人拗不过老葛，只得同意。再说，男人是借不是要。她知道丈夫粗虽粗些，却是一个唾沫星子掉到地上也要砸出一个坑的人，说到做到。既然如此，还有什么过意不去的呢？于是，他们一起来看房。房子确实不错，比面向工薪阶层的经济适用房强多了。一楼的大厅简直就像宾馆的大堂，大理石地面，正中摆了一圈沙发，供业主和来访的客人歇脚，沙发桌上还插着鲜花，女人用手掐了一下，竟是真的。比起他们住的那个大杂院，这里简直就是天堂了。

菲菲也很高兴。毕竟是因为自己，父母才能住上这样高档的住房，她很宽慰也很自豪。对金戈，她正经历着情感上的"快三步"：从尊重、不讨厌到有好感。是啊，还有什么比一个男人肯大把大把地为一个女人花钱更叫女人动心呢！何况这个男人又风度翩翩事业有成腰缠万贯？金钱不能买来爱情，金钱却可以浇灌爱情！没有了物质基础的爱情，就像没有放盐的菜肴，那还有滋味吗？

"大叔大婶，房子满意，明天叫菲菲就把钱交了！"

金戈改了称呼。这意味着他已做出决定，让菲菲取代小雨。菲菲被诱奸一事曾经令他有点堵心，现在他已经想明白了：像菲菲这样的女孩儿，能守身如玉到十八岁已经很不容易了。人家不是说，现在只有到幼儿园才能找到处女吗？话虽说得夸张，也道出了婚前性关系的普遍。再说，被强奸后菲菲寻死觅活立马报案，就已经说明了她还是纯洁的。

"好，金律师，就按你说的办！"

老葛也改了口，不再称金戈兄弟，但叫大侄子又有些别扭，于是用了一个中性的称呼。

这时，汪海的电话打了进来。

"噢，汪局，您好！"金戈走到一边，语调兴奋异常，"顺达股份开盘就又涨了七个点……我在郊区看房子……没有人，您放心！什么？丽丽被绑架了！您开什么玩笑？唉，唉唉，你等着，我马上过去一趟。"

金戈听汪海说丽丽被绑了，头不由嗡的一声巨响，心中不由狠狠骂了一句熊三，这个王八蛋，真是成事不足败事有余！他本打算过些时候等顺达股份出了货再绑，那样万一百密一疏，让汪海嗅出了一点腥味儿，也不会影响到顺达股份的收益。什么时候出货，毕竟要听汪海的指令。一只股票能涨多高那真是神鬼莫测，除了庄家。有的涨几十个点就见顶了；有的可以翻一倍、两倍、甚至十倍二十倍。顺达股份的走势势如破竹，他可不愿意轻易放掉一条大鱼。没想到熊三自行其是，没有得到明确指令就动了手。也怪自己，明知道熊三对丽丽已垂涎三尺，本该动手时再通知他。这小子猴儿急地出手，看来是既想贪财又要贪色。

他急忙拨通了熊三的手机，劈头就是一顿臭骂，并警告说，下一步你小子要是再敢擅自做主，别怪我不客气！

金戈骂完了，熊三才嗫嚅地解释，金爷，昨儿个正好是一个机会，我想反正是要绑这小娘们儿，早两天晚两天还不是一码事儿！

金戈不再跟他啰唆，关上手机后迅速盘算起对策。他对自己刚才接听汪海电话感到满意。正因为事出突然，他的惊诧和焦灼都很真实，汪海虽生性多疑，也听不出半点破绽。事已至此了，索性假戏真做，叫上韩队一块儿去，彻底打消汪海对自己可能产生的疑虑，如果再把两千万敲过来，没有两千万，一千万也好，随着顺达股份的上涨，过上些日子就可能又翻了一倍，坏事反倒变成了好事。想到这儿，金戈的情绪好了些，他又给韩队打了电话，约好一个小时后在东湖别墅的广场见面。

合上手机，金戈走过来对菲菲说：

"我有个案子急着去处理，你坐你爸爸的夏利走吧！明天一早过来把钱交了。"

菲菲点点头，问："要不要我跟你一起去？"

"不必了，陪好你爸妈吧！"

一宿未见，汪海似乎老了十岁。

他的眼泡更加青肿了，双目黯淡无光，头发也未梳理，像一蓬乱草堆在脑袋上。见到金戈，他眯起眼望着他，好像要把散淡的目光聚拢：

"小金子呀，我遇到难处了！"

金戈把包放在桌子上，走过去坐在汪海对面，听他讲述了一遍事情经过。金戈长叹一口气，点燃一支香烟深吸了一口，说：

"看来绑匪是有备而来，汪局长，您打算怎么办？"

"我打算怎么办？我要是知道了怎么办，还劳你小金子跑来？"

"丁零零！"沙发桌上的电话又响了起来。

汪海拿起听筒，里面还是那个男人阴冷的声音，他让汪海记了一个银行账号，又命令说，三天以内，你把一千万打进去，我们立马放人，不然别怪我们把事情做绝！

汪海放下电话，愁眉苦脸地望着金戈。

金戈说："这件事不好报案，我在刑警队有朋友，要不然，请他们私下查一查？"

正说着，金戈的手机响起来，是韩队打进的电话：

"金大律师，我已如约到了东湖别墅，你什么时候到啊？"

金戈望着汪海，故意把手机与耳朵隔开一段距离，以便让汪海听到他们之间的对话：

"噢，韩队，你稍等片刻，我马上到。"

"什么事啊，这么急如星火地把我叫来，晚饭我可还没吃呢啊，你得请客！"

"那是自然，随便由你点地儿。"

金戈挂断手机，对汪海说，来的路上我已经约了这位朋友。他起身走到落地窗前，拉开白纱绣花的窗帘，指着楼下的警车和一个站在车旁的警察对汪海说，您看他已经来了，要不然请他上来一块儿坐坐？

汪海望着楼下的韩队，抓了一把头发，神情倦怠地说：

"公安部门一介入，这件事就难免闹大，还是另想一个万全之策吧。"

金戈说："没事儿，都是自家兄弟。"

汪海摆摆手：

"还是算了吧，这件事最好限制在你我的范围之内。"

金戈无可奈何地说：

"那就只好按他们说的，交钱赎人了！"

汪海恼火地拍着桌子，压低了声音喊：

"我哪里去搞一千万来？一千万，他们以为我是孙猴子，拔一根毫毛吹口气就能变出来？再说，给了他们一千万，过一段时间再来敲诈，我如何是好？用不了几次，我这把老骨头也要卖给他们！"

金戈装出义愤填膺状：

"妈的，胃口真是不小，张口就是一千万！"

汪海说："这还是你来以前，讨价还价了半天，才降到这个数，开始要两千万呢！"

金戈开了一个玩笑：

"他们肯定了解了您的底细，知道您是国资局局长，还以为您是个大贪官呢！谁能想到您这么廉洁？说出来谁也不信！"

汪海望着金戈，有气无力地说：

"小金子呀，你是不是正话反说，拿老汉我打哈哈？"

金戈忙说："您多心了。说实话，像您这种级别的干部，又在这样一个位置上，买卖几张股票算什么？就是丽丽，也不是您包养的二奶啊，您不是已经离婚了吗？"

汪海点点头："对呀！我这不是包养二奶，是自由恋爱嘛！中纪委知道了我也不怕。"他略一沉吟，又有些悔意地说：

"要是股票的事不让丽丽知道就好了……"

金戈问："怎么，丽丽和绑匪说了？"

汪海摇摇头："一个弱女子为了活命，也怪不得她！"

金戈说："如果情况是这样，就只好破财免灾了。至于说您怕他们以后不断敲诈，这个担心倒不必。黑道也有黑道的规矩，如果把事主逼急了，结果是鱼死网破、两败俱伤，这个道理他们还懂！"

汪海叹一口气："可是我一下子哪里能拿出一千万？"

金戈说："顺达涨势不错，要不先从股市提出一千万打到那个账号？"

汪海无奈地点点头：

"事已至此，烦劳你帮我办一下吧。顺达出局后，从我的获利中扣除。"

金戈站起身说：

"既然这样我就告辞了，我还要去招呼楼下那位朋友。"

汪海无精打采地长叹一口气，抬手做了一个请便的手势：

"那我就不留了。"

金戈边向外走边说：

"汪局长，您也想开点。顺达股份我们已获利颇丰，就只当我们少赚了一点。有好票我们再做一两把，这点损失算不了什么！"

汪海挥挥手：

"去吧，事情办完了告我一声。"

出了门，金戈回想了一下进门后所有的细节，没发现自己出什么纰漏。他在心中暗暗骂了一句：

"老东西，是你不义在前，怪不得别人！"

第三十一章

五雷轰顶

许非同不知道是怎么走出了石羽的房间。他依稀记得，走出楼道的时候，两旁的办公室都半掩着门，人们像观赏珍稀动物一样对他指指点点，那一道道或怜悯、或厌恶、或幸灾乐祸的目光，编织成了一张巨大的网，许非同像是一条被网住的鱼，嘴里吐着白沫，痛苦地挣扎。而这种挣扎又有什么意义呢？一条离开了水的鱼还能活吗？

"四百万……两天……两天……"

倏地，他想起了几天前的一幕：樱花实业大涨了百分之三十，加上 ST 海洋的获益，不到十个交易日，他们已经有了二十多万的进账。那时他和辛怡的心情如同秋日的晴空一样，除了醉人的蓝，看不到一丝阴霾。不过，想想樱花实业的走势他们也是后怕，如果不是按小雨的指令当机立断卖出，稍一犹豫就会坐一次过山车。事后许非同调出樱花实业的 K 线图，不由得倒抽了一口凉气，股价在高位只停留了不到五分钟便一路暴跌。这哪里是炒股，分明是在炒命，几十万真金白银稍不留意就灰飞烟灭了。

两次交易赚得盆满钵满，但是许非同却有一种不祥的预感，为什么他也说不清。他在脑海里曾闪过一个念头：损失已挽回大半，就此抽身股市，安安稳稳地过日子，他试探着把这想法和妻子说了，辛怡沉吟良久，说关键是你的消息来源靠谱不靠谱，从 ST 海洋和樱花实业的走势看，消息来源绝非一般人，很可能就是操盘的庄家，否则不可能如此精确地把握买卖点。如果是这样，咱们能不能再做一两只票，把损失全部打回来再收手不迟。你的"三个一"计划需要钱，彤彤到国外留学也需要钱。我们不贪图大富大贵，只是要把赔进去的钱捞回来，不算贪吧？说完这些话，辛怡用征询的目光看着丈夫。

许非同觉得辛怡说的也有道理，消息来源绝对靠谱，自己只想打回本金，苍天有眼，应该成全。于是对妻子说，那好，就按你的意见办。不过至多再做两只票，我们就彻底抽身，到时候可千万别恋战不舍呀！毕竟，这是一种危险的游戏。

时隔不到一个月，物是人非事事休，欲语泪先流。他们的头上已不是万里无云的朗朗晴空，而是阴霾遮日、乌云聚集，竟让人看不到了一线亮光。

人生的路虽然漫长，关键处却只有几步，想起这句耳熟能详的处世箴言，许非同真是感慨莫名。那时候要是撤出股市该多好，该多好，该多好！

许非同像着了魔一样喃喃自语，漫无目地走在林荫路上。

时值正午，太阳在蓝得发暗的天空上火辣辣地照着，日光从杨树叶片的缝隙间一丝一丝漏下来，像一根根钢针，刺在许非同的脸上、身上，让他觉得浑身火辣辣的疼。没有风，空气似乎凝滞了，伸出手抓一把，就可以感受到烦人的燥热。

前边不远处的杨树下，一对穿着校服的少男少女正靠着粗壮的树干忘情地接吻。两个人如入无人之境，对身旁的车流、行人全然不顾，还不时调整姿势，以便嘴和嘴对接得更加严丝合缝。

许非同走过他们身边时，目光和那女孩儿的目光相遇。那女孩儿一边吻着男孩，一边侧着头望着许非同，没有一丝畏惧与羞涩，甚至有些嘲弄。她看样子也就是彤彤一样的年纪。许非同的心倏然一沉，如果没有了辛怡，彤彤的生活该是怎样的情景？那些本该由母亲去沟通的话题，到时候应该由谁去替代呢？

许非同迷迷糊糊来到了"肉饼张"。

伙计早已认识了他，一边给他拿餐具一边问，怎么着，还是老样子？六两饼，两碗羊杂碎汤，一瓶啤酒？说着，诡谲地望一眼许非同，要不要给那位小姐留一副碗筷？许非同这才像想起了什么，掏出股票机一看，大盘仍是毫无起色，凤凰科技又是跌停板，已跌至六点九元。账面又损失十几万元。

他拿出手机拨通了小雨，小雨，你能来一趟吗？我在"肉饼张"等你。又回头对伙计说，你给我另加一瓶二锅头。

此刻，许非同已是心如死灰。按现在的市值算，手中的股票全抛了也不足五十万。而且，大笔卖单封死了盘口，根本就卖不出去。后天十一点钟以前，到哪去凑齐这四百万？石羽这个混蛋说得出做得到，以自己不多的法律常识，许非同知道，挪用公款四百万即便不枪毙，也会施以重刑。一想到辛怡将会被戴上手铐塞进警车，他就不寒而栗。辛怡那么娇小，那么柔弱，她如何能承受漫漫的铁窗生涯？她走了，剩下自己和彤彤怎么办？一想到彤彤，他的脑海中又浮现出刚才正在热吻的那一对少男少女，特别是那女孩儿的眼神，那么像彤彤，有些稚气又有些玩世不恭。现在彤彤已经和家里有了隔阂，再发生了如此重大的变故她能承受吗？如果承受不了，她会不会因此而步入歧途？作为父母，这几年因为炒股，给女儿的关爱实在太少了，如果彤彤因此而出什么意外，他的内心会深深地自责并永远不得安宁！

他真怨恨辛怡，如果一个月前退出股市，现在不是风和日丽吗？她怎么就这么大胆子？竟敢动用四百万公款炒股！这不是玩火吗？又一想辛怡平时克勤克俭，为这个家几乎操碎了心，禁不住又流下眼泪。

手机响了，许非同懒得去接，是贝多芬的《田园交响曲》，悠扬的前奏曲响过，接着是动人心魄的电闪雷鸣。许非同焦躁地看了一下号码，有些陌生，他摁下了接听键：

"许老师吗，手机响了这么长时间，为什么不接电话？"

原来是系主任。怪不得号码有些陌生，因为系主任很少给他打手机。

"噢，主任啊！我……"

系主任似乎不想听他解释，有些粗暴地打断了他的话：

"许老师，有一个情况跟你通报一下，你的学生已经联名写信给校长，要求换老师。这一段时间我们彼此缺乏一些沟通，不知道你整天在外面忙些什么。我们不反对你有个人的活动空间，你是一个很有才华的老师，只要是围绕美术所做的工作，都是在为社会做贡献嘛！这一点我还是开明的。关键是，你不能置你的本职工作于不顾，是不是？好了，今天我算是给你打一个招呼，有时间你到学校来一趟，我们好好谈一谈。"

小雨来到"肉饼张"的时候，许非同已经把一瓶六十五度的二锅头快喝光了，他因股票本来已心情极差，刚才又被系主任没头没脸批评了一顿，而且学生还要炒他的鱿鱼，更是烦闷忧郁，只好借酒浇愁。见了小雨，他红着眼圈醉意蒙眬地招呼着：

"来，来来，坐坐坐。"

小雨在许非同对面坐下，她实在没有想到会是这样一种结局。她每次问金戈，金戈都说没事儿，上午金戈上班的时候，她还再一次问了他，金戈不屑一顾地说，怕什么？你哥不就投了四五万块钱吗？真赔了，我给他。这叫小雨的心里有点发毛，不知道如何再去应对许非同。她知道，许非同的全部家当都在股市上，他眼下赔了已经不止一半儿！

"怎么着？还……还叫我再忍一下？"许非同对着酒瓶，把最后一滴酒液倒进嘴里，吧嗒吧嗒嘴儿，舌头有些发硬地说，"对，对对！有、有利的情况和主、主动的恢复，往、往往产生于再坚持一下的努力之中。这是谁……谁说的？不是你，是郭建光，是，是老人家！哈哈哈哈哈……"

"非同，你喝多了，我扶你上楼去休息吧。"

小雨认识许非同一年多了，从来没有见过他这样失态。在她的眼中，许非同一直是个沉稳、心里搁得住事的男人。尽管她估计到股市暴跌会对他的打击很大，但实在没有想到，许非同竟会落魄沮丧到如此地步。她在自责和懊悔的同时，心中不免生出一缕悲哀。

"笑话，一斤白酒我就喝多了？我心里清楚着呢！你，你知道我们赔了多少钱吗？说，说出来吓你一跳！"

他说着，又举起一瓶啤酒，对着嘴儿咕咚咕咚喝了起来。

"你不能再喝了。"小雨夺下啤酒瓶，揪着许非同的胳膊往自己的脖子上一搭，随手扔在桌子上一张百元大钞，搀扶着许非同走出了"肉饼张"。

伙计在身后喊："找您钱啊！"

小雨回答："算了。剩下的是付你的小费。"

伙计忙跑到门口，冲小雨的背影一劲儿点头哈腰：

"谢了！两位常来啊！"

门外，一辆挂着河北省公安牌照的切诺基停下，几个警察推门下车说笑着朝"肉饼张"走来。许非同一个激灵，伏在小雨肩头含糊不清地喊着：

"警、警车，警、警察抓、抓人来了！"

一个小警察听到了，停下脚步警觉地望着小雨和许非同。另一个年龄大的警察拽了他一把："快喂脑袋去吧，情人幽会喝多了，有他妈什么看头。"小警察问，你怎么知道是情人幽会？老警察不屑地说："这还用说吗？第一，两个人年龄不相当，不是夫妻，也绝不是父女，因为那小姐见到咱们有点不好意思；第二，两个人在这种小酒馆喝酒，说明关系已经相当不一般了，且动作亲昵、自然，不是情人又是什么？"

小警察信服地连连点头，老警察卖弄地接着说：

"我还可以判断出他们的职业基本都和艺术沾点儿边儿，你信不信？"

小警察更为惊讶了："你怎么看得出来？"

老警察引而不发："不信你去问。说错了，这顿饭老子埋单！"

小雨听了脸上一阵发热。她扶着许非同跟跟跄跄地走着，喝醉了酒的许非同死沉死沉，她好不容易才把他架回画室。一进屋，许非同哇的一声吐了两个人一身。

小雨把许非同放在床上，脱下他的衣服和自己的上衣泡在盆里，找了一件睡衣穿上，又烧了一壶开水，冲了热茶放在许非同的床头：

"非同，喝杯热茶，解解酒。"

许非同的头痛得像裂开了一样，心跳也快得不行，好像一张嘴那颗心就能蹦出来。他睁开眼，一时天旋地转，依稀看出小雨的轮廓，定了定神，小雨似乎在冲自己笑，随即又变成了辛怡痛哭的脸。他挣扎着坐起来，一把抱住小雨，好像一撒手小雨就会跑了，嘴里却含混不清地叫着：

"辛怡，石……石羽，只……给了咱们两天的时、时间。如果后天十一点之前……不、凑齐，四……四百万，他，他就要报……报……报案！"

小雨如五雷轰顶，失声叫道："四百万！"

许非同一口一口喷着酒气，头又垂了下去："你，你怎么……忘了，不是你，先后动用了四、四、四百万公款……投入股市，现在剩了不足，五、五、五十万吗？"说着痛哭失声："辛怡，辛……辛怡，我，我……"

小雨颓然坐在地上，她万万没想到事情的严重程度远远超出了自己的预料。和辛怡见面时，辛怡哀求小雨救救自己，说不然就会家破人亡，当时小雨还觉得辛怡危言耸听，没想到果真如此，贪污公款四百万完全可能被枪毙啊！而这一切不都是自己造成的吗？她本想帮助许非同，没想到会是这样的结局！小雨痛悔不已，像有万根钢针在戳自己的心。她扶住床头使劲站了起来，摇摇晃晃走进卫生间，拧开自来水龙头用冷水洗了洗脸，脑子才觉得清醒了一些。

许非同已经醉得不省人事。小雨拿了两瓶矿泉水放在床头，想了想，又从冰箱里拿出两只橘子剥了皮放在矿泉水旁边的水杯里，然后背起包急切地向外走去。走出房间时，她怕惊扰了酣睡的许非同，轻轻地带上了门。

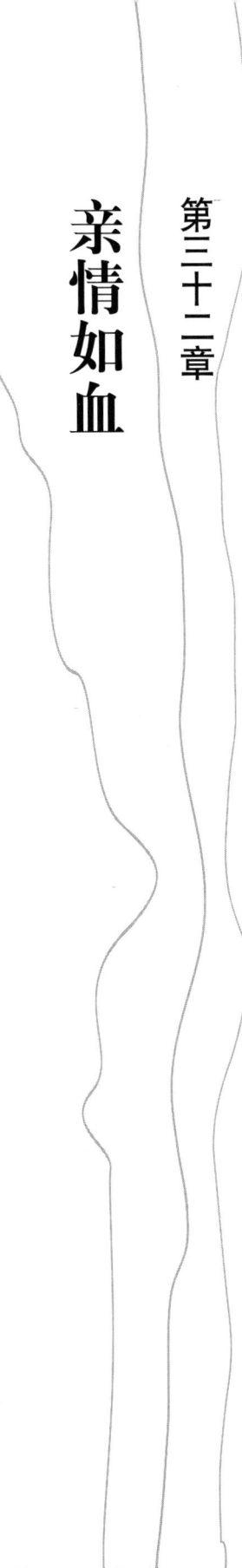

第三十二章

亲情如血

许非同去找石羽后，辛怡决定到学校看彤彤。

她先到超市买了一大包彤彤爱吃的东西，有巧克力、开心果、果丹皮和炸薯片。本想打车，彤彤的学校在郊区，没有直达车，倒两次公共汽车还要走上两站的土路。出租车都停在身旁了，辛怡犹豫了一下还是没舍得，挥挥手让出租车走了。

司机探出头来骂了一句：

"不打车，乱招什么手？你当你是乐队指挥呀！也配，嘁！"

辛怡抱歉地冲司机赔着笑脸。

公共汽车上人很多，辛怡怕把薯片挤烂了，便顶在头上，惹得别人直拿白眼看她。那意思是，至于吗，不就是两包薯片吗？

辛怡不在乎，为了女儿她什么苦都可以吃，什么屈辱都可以受。想起来，这一辈子她觉得最对不起的就是女儿了。俗话说怀胎十月，可是女儿不到九个月就落地了。原因是她在分娩的前两天，帮助一个行动不便的孤寡老太太洗了一次头。老太太曾是许非同的房东，对许非同一向很好，病在床上几个月，头上都长了虱子。她在北京没有亲人，视许非同如己出，就托人捎来信，说让你的婆娘给我洗个头吧。许非同想起老人对自己的种种好处，又看到老人晚年的凄苦，不禁落泪，就打发已有了八个月身孕的辛怡去了。辛怡站起蹲下，忙活了一个多小时，给老人洗了头。没想到回来的第二天肚子就突然痛了起来，许非同用自行车把妻子驮到医院，还没进急诊室，羊水就破了。

因月份不足，先天营养不良，彤彤小时候没少闹病。上小学以前，每年都得一次肺炎，打针打得胳膊和屁股上没一块儿好地方。因为辛怡和许非同工作忙，辛怡的父母也没有退休，彤彤从托儿所到幼儿园一直是整托。上学后，脖子上就拴了一把钥匙，孩子懂事，怕父母操心，下学就把自己反锁在屋子里。好容易女儿上了初中，本该让她享受一下家庭的温馨了，因为身陷股市，家里又硝烟不断，彤彤没有过过几天风清云淡的日子。

辛怡来到学校，已近中午了。铺了胶皮地毯的操场上，有的同学在打篮球、踢毽子，还有一群同学敲着饭盆向食堂走去。辛怡问一个梳了马尾巴的女同学，认不认识彤彤。马尾巴用手一指一座浅灰色的六层砖楼，她呀，在宿舍呢，二〇一室。

辛怡来到二〇一室，屋里没有其他人，只见彤彤正一个人坐在电脑前敲击键盘。一见辛怡，彤彤忙用鼠标点出桌面，问您怎么来了，妈。

辛怡把东西放在桌子上，说我来看看你。

彤彤有些狐疑地望望辛怡，问是不是因为股票又和爸爸吵架了。

"没有。"辛怡掩饰地站起身来，给自己倒了一杯水。

"别骗我了，没吵架，你的眼睛怎么又哭肿了？"

辛怡眼圈一红，没有说话。

彤彤起身抱住辛怡的肩头，说：

"妈，股票咱们不再炒了，行吗？您没听人说过吗，这世上有两样东西不能沾，一个是赌场，一个是股票。"

辛怡回过身，轻轻拢了拢女儿额前的秀发，慈爱地望着女儿：

"彤彤，你还记得小时候送你上幼儿园，你抱着妈妈的腿哭着喊着不松手的情景吗？"

"妈，您别打岔，这股票以后咱们不炒了行不行？您说。"

彤彤摇晃着辛怡的肩头，目光里充满期待与无奈。

"不炒了，真的不会再炒了。"辛怡一把抱住女儿，把脸紧紧贴在女儿的脸上，忍不住泪水夺眶而出，"彤彤大了，懂事了。妈妈不在你身旁，你要学会照顾自己，你爸爸身体不好，你也要知道心疼爸爸，懂吗？"

"妈，您这是怎么了？"

彤彤还要说什么，门啪的一声被推开了，马尾巴风风火火闯进来，大声说，学校舞蹈队排练，老师叫我喊你去！见到辛怡，马尾巴有些不好意思，阿姨，你是彤彤的妈妈吧？要不，我去给彤彤请个假？

辛怡忙松开女儿，背过脸擦了擦眼睛说，不用了，我这就走。临出门又回过头对女儿说，我走了，彤彤，星期六妈妈给你做清蒸黄花鱼，好吗？

离开了女儿的宿舍，辛怡悄悄站在楼角，目送着彤彤的背影在自己的视野里一寸一寸地走远，心也随着女儿的脚步被一寸一寸抻长。当女儿的背影终于消失在学校教学楼的玻璃转门里时，她的心也被扯断了。阴阳两界在哪里？其实就在一念之间。一念有多久，按佛教的说法，二十念才为一瞬，时间的长度实在微不足道。可是短短的一念付之于行，却成就了不同的人生状态、不同的世间万象。辛怡本不相信来世，现在，她却强烈地希望今生来世不是虚幻的禅说。她深深地爱着丈夫、女儿，爱着父母和朋友，如果没有了来世，撒手人寰的那一刻，这一切不都成了飘逝的云烟吗？可是即便有来世，人还要重新投胎、托生，为人为马为草为木还说不定。再做许非同的妻子、做彤彤妈妈的概率也如大海捞针一样渺茫。想到这里，辛怡仿佛一下子掉入了万丈枯井，耳畔生风，心无所依，浑身一点儿力气也没有了，一下顺着楼角瘫坐在地上。

一个路过的学生过来问："阿姨，您需要帮助吗？"

辛怡摆摆手，挣扎着站起来，稳稳神，拖着沉重的脚步离开了学校。

在学校门口的小摊上，她买了一份三块钱的盒饭，吃完了，又挤上公共汽车去看母亲。母亲住在团结湖的一处居民小区里。这是朝阳区的模范小区，一条条方砖铺地的小径纵横交错，把一幢幢楼房连接起来。小径旁是一排排塔松和一块块鲜嫩的草坪。草坪被一尺高的铁护栏围着，走不多远便有一块做成小兔或小狗形状的木牌插在草坪上，上面写着：小草在睡觉，请勿打搅。几幢楼的中间，还修建了一座街心公园，靠近大门是儿童游乐场，往里再走十几步便是健身园。

辛怡走在小径上，离老远就听到一阵类似于庙宇中拖着长腔的诵经声，清一色老年妇女。她看看表，是下午两点，就直奔健身园而去。这是每天午饭和晚饭后母亲必修的功课：和一帮老太太在练一种什么健身功，据说能使浊气下降、清气上升、祛病驱邪、延年益寿。

辛怡对这功法实在不感冒，总觉得有些旁门左道的味道，但一想甩甩胳膊，晃晃脑袋，对身体总是无害，也就随母亲去了。再者说，母亲自工厂退休后，找点事情做，精神上也算有了寄托。

健身园里，十几个老太太正围成一圈，闭目仰脸，双手前后甩动，口中念念有词。

母亲果然置身其中，并且似乎还处于领诵的位置：

注意！心要静，气要平，去除杂念，精力集中。来，重新开始：思、维、沟通……老太太们齐声跟上：心、情舒畅，超、常能量，就、在身旁。辛怡站在一旁耐心等待。她知道这几句话周而复始要念上几十遍。望着母亲陶然的神态，辛怡心里说不清是什么滋味。记得母亲把许非同领进家中，悄悄问女儿感觉怎么样时，自己和许非同牵着手在婚礼上向母亲深鞠一躬时，老人也是这样的神态：满足、欣慰，流淌着蜂蜜一样的幸福感。可那时的母亲还年轻，五十岁不到的生命像一本正读到一半儿的书，更为精彩的篇章还在后面；像一条刚刚汇入大河的小溪，更为欢快的歌唱正在酝酿。可眼前的母亲呢？俨然已是一位迟暮岁月的老妇人，体态臃肿、白发如雪。时光真像一条贪婪的蛀虫，于不知不觉中竟将人的生命之树慢慢蛀空。又一想，晚年母亲还有这样一份满足与幸福，自己呢？不由悲从中来，眼眶突然就湿了。

母亲已睁开眼，见到辛怡很是意外：

"哎，你怎么来了？"

辛怡忙忍住就要落下的泪水，说：

"下午没事，我过来看看您和爸。"

母亲没有察觉到女儿的异样，走过来有些得意地说：

"今天十五楼的雍姐有事，让我领着姐妹们练。怎么样，你看你妈还像那么回事吧？"

辛怡忙点头，说："像，像，当年的工会主席干这点事还不是小菜一碟儿！"

母亲很受用地打了辛怡一巴掌，就我这丫头会说话。然后接过辛怡手中的提兜问，这是什么东西啊，怪老沉的。

辛怡说是六必居的黄酱，您和我爸不是爱吃炸酱面吗？我给你们炸出点。

好家伙，母亲张开提兜口看了看，这得有十几袋吧，够我们吃一年的了。

辛怡说，我工作忙，以后可能没时间总过来看你们了。

母亲瞪一眼女儿，嗔怪地说：

"忙，忙，再忙不也在一个城市里住着，又不是离着十万八千里！"

辛怡跟母亲回到家，父亲一个人在客厅里看电视，见到辛怡只嗯了一声。

父亲退休前是一家出版社的副社长，为人严谨，不苟言笑，从小对辛怡管教甚严。上小学三年级时，辛怡有一次和几个同学去游泳，为了省下钱买一根冰棍，躲在大人身后逃了票。这件事被小伙伴无意中告诉了父亲，一向反对棍棒教育的父亲勃然大怒，抬手就给了女儿一个耳光，这之前，父亲连捅都没有捅过女儿一指头啊！

辛怡被打蒙了，她没有想到父亲会打她，更没有想到父亲会出手这么重，吓得连哭都忘了。父亲望着惊恐的女儿，掏出五分钱，叫她马上去打一张票；还跺着脚说，蚁穴虽小可溃千里长堤，你今天贪图五分钱的小利，明天就可能贪污五万、五十万！辛怡从小对父亲敬畏有加，参加工作后也时刻记着父亲的教诲，从未动过公家一根草棍。眼下怎么就利令智昏，鬼使神差地私自动用四百万公款炒股，以致深陷其中无力自拔！

扪心自问，辛怡自觉对钱并无太多的欲望。

她是那种贤妻良母型的女人，钱多多花，钱少少花。只要有女儿天真的笑脸可以抚摩，有丈夫宽厚的臂膀可以依靠，有钱没钱并不重要。细想起来，所以走到这一步，或许是太爱许非同的缘故。许非同天性善良，谈恋爱时常有脏兮兮的小孩把一张纸条递到相偎而坐的他们面前，上面无非是家里发了大水需要救助、亲人病危无钱医治等等一些理由。许非同也知道，指使他们的大人也许就躲在不远的树后，但他每次还是掏出一两块钱递给孩子。他说，人最珍贵的就是自尊，当一个人手心向上时，就已经丢弃了自尊，作为一个同类还能无动于衷吗？辛怡有时也觉得他的理由有些迂腐，但也恰恰是这迂腐所折射出来的善良使她心动。

结婚后两人晚饭后出去散步，他们兜里常备一些零钞，以备沿街乞讨的流浪者索要。散步时许非同爱异想天开，有时孩子气地指着路旁的高楼说，这座楼要是我的就好了，我要让所有的流浪者每人都有一间房子住。他还爱幻想自己有了很多很多钱，说那时候我们就站在这儿，给每个过往的穷人一张百元大钞，你说那会是一种什么感觉？

正因为这样，当她把许非同十几年辛辛苦苦攒下的一点血汗钱大都赔于股市时，心中便觉得愧疚、自责，她是多么希望许非同能实现自己的愿望！大街上发钱不过是笑谈，但有了钱，帮助许非同完成久存于心的"三个一"工程就有了希望：出一本画册，举办一次画展，援建一所以美术为特色的希望小学。前两项不难办到，只要水准达到了，不过是早一天晚一天的事儿。关键是援建一所以美术为特色的希望小学，没有上百万想都不要想。辛怡明白，因为当初的求学经历，许非同知道经济条件的限制会使许多有美术天赋的农村孩子被埋没，他最想做的其实就是这件事。

辛怡一遍遍地问自己，许非同在樱花科技出局后说洗手不干了，自己为什么不支持？凤凰科技第一次买进后，不是还有过一个百分之六的升幅吗？二百多万，就是十多万的收益。那时候如果全身而退，损失就打回不少了，许非同不知道，自己是很清楚的，为什么还想着再赚一点，以致深套其中，又动用二百万公款入市！几次有机会可以抽身股市，都放弃了。哪怕抓住一次，何至于有今天啊！

她想，仅仅是为了帮助丈夫完成那三个心愿吗？是，也不全是。因为当时的获利虽然离援建一所希望小学还有些距离，但是再过上两三年，靠许非同的工资和创作收入应该不成问题，内心深处还是想多赚些钱。面对太容易到手的金钱，她心中的防线有些崩溃。

辛怡想起了小时候父亲给她讲的一则伊索寓言：

一只猫变成了一个女人，安安静静地坐在餐桌前。但是，当一只老鼠出现的时候，她就情不自禁地扑上去。

父亲讲完这则寓言后说，人的天性是很难克服的，它可以在你警惕的时候潜伏下来，当你放松时又溜回来。所以幸运的美德是节制。一个人要懂得节制，节制自己的欲望，节制自己的贪婪！并且，时时也不能松懈！

想起往事，辛怡恍如梦中，面对父亲更是羞愧难当。她想，如果一辈子清正廉洁的父亲知道了女儿犯下的罪孽……

她不敢往下想了，冷汗从她额上一层层渗出，像是把她体内的活力一齐带出了一样。辛怡感到浑身发软，坐在沙发上闭着眼待了一会儿，才渐渐又有了一点气力。

母亲在厨房里忙着炸酱，一股香味在房间里弥漫。

"辛怡，非同怎么没一起来？他现在忙不忙？"

"忙，他正在筹备出画册呢！"

辛怡强打起精神，一边回答母亲的问话，一边起身到小立柜前打开磨砂玻璃的拉门，拿出一副理发用具，对父亲说，爸，我给您理发吧。辛怡刚参加工作的时候在理发馆学过徒，后来考上大学学了企业管理，但理发的手艺一直没扔。前些年，父亲的头基本上被辛怡"承包"了，这些年因为事情多，加上心态不好，已很久没给父亲理发了。

老人摸摸头，有些意外地望望女儿：

"给我理理发？好！那就给我理理发。"

辛怡捏捏推子，因久未使用已有些生涩，她上了两滴机油，又使劲捏了几下，便为父亲围上围裙，小心翼翼地理起来。

"彤彤的学习怎么样？"母亲走出厨房问。

"我刚从她们学校过来，彤彤挺好的。"

辛怡轻轻用梳子梳着父亲花白的头发。记得前些年给父亲理发时，老人的头发还像一把刷子，又硬又密，间或有一些白发，不仔细看都看不出来。现在呢，头发已经脱落了许多，借着日光，可以清楚地看见油光发亮的头顶。不但头发稀疏了，老人的胡须也没有了先前的坚硬和浓密，软塌塌地贴着下巴和两腮，像是一片荒地上长出的茅草。闭上眼，父亲用硬硬的胡茬在自己稚嫩的脸上磨蹭的情景恍如昨日，父亲如洪钟一样的笑声犹在耳畔。那时小，还无法体会到父亲的一片舐犊之情，现在自己也有了女儿，才理解了父母给子女的爱原本是那么深厚、那么无私。

"爸、妈，彤彤这孩子身体比较弱，以后你们要多照顾她。"

"看你这话说的，好像彤彤不是我外孙女一样。"母亲忽然做出一副神秘状："十五楼雍姐的女儿在协和当大夫。我已经托她了，什么时候有新鲜的胎盘球蛋白，给彤彤打一针。据说那东西大补，能增强人体的抵抗力！"

父亲抬头瞪了母亲一眼，嘟囔了一句：

"人血制品不要随意打，传染病！"

辛怡一走神，推子夹住了父亲的头发，老人哎哟一声，痛得倒吸了一口冷气。

第二十二章

亮出底牌

金戈今天的心情不错。

绑架丽丽的事，熊三干得虽鲁莽了点，但歪打正着，结局还不错。既煞了那个小贱货的傲气，又黑了汪海那老东西一把，让他打碎了牙往肚子里咽，有苦说不出。股市暴跌，他不但毫发未损，而且顺达股份还屡收长阳，每天收益在百万以上，真可谓日进斗金。现在上证指数已跌去近八百个点，凤凰科技跌幅高达百分之七十，那个勾引小雨的画家已然倾家荡产，这更让金戈的心头出了一口恶气。

手机突然响了，金戈看了一眼，是个陌生的号码。他不想接，但铃声很执着地响，他皱了皱眉头按了接听键：

"喂，哪一位？"

手机里没有声音，他贴近耳朵认真听，似乎有人喘气，嗞啦、嗞啦，如同在拉风箱。他有些好奇，这个人怎么回事，电话接通了不说话？刚要挂断，里边传出一个女人的声音：金律师吗？幽幽的，像是从时空隧道的另一端传来，疲惫、无奈、绝望，却很坚硬。

来电话的是辛怡。从父母家出来，辛怡计划中要做的事都做完了，但是她的心依然无处安放，她觉得还有一件重要的事没有完成，搜肠刮肚想了半天，才一个激灵，想到了金戈。对，她必须要见一下金戈。当然，金戈做得滴水不漏，她没有任何理由找金戈的麻烦，在情理上他也不负任何责任。但是在道义上、在良心上他也可以没有任何愧疚吗？

那一次从金戈的律师事务所出来，她就知道自己掉入了一个深不可测的陷阱。这陷阱应该是金戈布下的，上面铺着一层土，土上点缀了绿草、点缀了鲜花。一个声音从幽深的峡谷中传来：你的前方是绿洲，走过去鲜花会为你绽放。那声音太动听、太真切、太富有诱惑力，她走过去了，身陷绝境，那声音却悄然而遁，让你寻不到一点踪迹，像烟融化于风中。但是辛怡断定了那声音的出处。

她已踏上不归路，她只是想让那个声音明了：不是所有的罪孽都可以不付出代价，只是代价的表现方式不同。有的要以肉体的痛苦甚至消失来完成，有的则需要用一生一世的愧疚去体现。

"我是辛怡，许非同的妻子。"

金戈一愣，他没有想到辛怡会打来电话。他告诉过她了，对她的遭遇只能深表同情，但是爱莫能助。以他对辛怡的感觉，这是一个内心很高傲的女人，应该知难而退，不会自取其辱，怎么还打来电话？

"噢，大姐，你有什么事吗？我说过了，您最好不要找我，因为找我的人都是摊上了官司……"

"金戈律师！"辛怡打断了他的话，她没有想到事到如今了，这个衣冠楚楚的家伙还若无其事地调侃。他难道不知道，除了死自己已经别无选择了吗？如果他明了这一点，他的声调还会这么轻松吗？辛怡平静了一下自己的情绪："俗话说，人之将死其言也善。如果你不介意的话，我想见一见你，向你进几句忠言。"

金戈嘿嘿一笑："不劳大姐费心了，我还有事，恕不奉陪。"

辛怡的来电，把金戈复仇的欲火催得更旺了，他早就等这么一天，这一天终于来了，他要慢慢享受这个过程。

最早觉察到小雨心有所属，是由于频频出现在小雨手机上的那个电话号码。他花钱雇刘胖子去盯梢、调查，知道了画家竟是那副乡长的儿子，不由感叹冤家路窄。他要一锅端，让这两个狗男女都生不如死。特别是不能轻饶了那个鸟画家，父债子还，他要为他父亲当年的罪孽埋单。

现在，该亮出底牌了。他不怕小雨反水，她手上没有证据，奈何不了自己。下午，刘胖子打电话告诉他，小雨和那个画家在一个小酒馆里喝完酒后互相搂着上了楼，现在八成正行云雨之事。金戈本想去抓"现行"，犹豫了一下，没有去。他想两个人今天行不成云雨之事了，去了结局未免太简略，他需要的是过程，而报复的快感正产生于过程之中。

本来，金戈听到刘胖子说画家的老婆买了四百多万元凤凰科技时，曾动过恻隐之心，毕竟他和那女人无冤无仇；那天从马克西姆回来，见到小雨在为自己洗衬衣，也有一股温情在心头弥漫。只是，那小贱人着实可恶，仍频频和那个什么鸟画家黏在一块儿，而且还编造谎话搪塞自己，实在令他欲罢不能。

　　说来也怪，以金戈的条件，得到个女人实在是太容易了，这些年，从他手下过过的女人少说也有几十。感情对金戈，好像是一个转门，总是从一个忠实的诺言走向另一个忠实的诺言，从不当真的。认识小雨后，金戈却动了真情。为什么呢？或许正像德国哲学家黑格尔所言：人生本是一个洞，他需要的永远是他所欠缺的。小雨漂亮而不妖媚，纯真并不浅薄，聪明又不卖弄。现实生活中的尔虞我诈，已使金戈的心理期待有了欠缺，而这欠缺正需要小雨的纯真、美丽填充，他已经把小雨当成了自己的私有财产，他绝不能容忍小雨另有所爱，即便把她毁灭，金戈也不能容忍和别人分享。特别是小雨的欺骗更让他妒火中烧，看到刘胖子拍的照片，他就忍不住一次又一次地在想象中勾勒两个人鬼混的画面，内心便燥热难忍，恨不得将他们撕成碎片！

　　自作孽不可活，休怪我金戈狠！

　　小雨心急火燎地往家赶的时候，辛怡正走进金戈的律师事务所。

　　金戈挂断电话，令辛怡的心理有些失衡，她不甘心就这样走了，她要见一见金戈，她想证实一下，把一个无辜的人逼入绝境，这个叫金戈的律师就真的没有一点歉疚，没有一点忏悔，没有一点点良心上的不安吗？尽管在不到一分钟的对话中她已经感觉到了，但是她仍然要面对面地证实。这对她很重要，决定她到另一个世界后，除了对亲人的牵挂、不舍和歉疚外，还会带去多少恨！爱与牵挂如彩云升腾，让她虽西行也有温馨陪伴；唯恨让她难以重负。当然，潜意识中她仍心存一线希望，那希望危如累卵、细若游丝：万一金戈良知发现，会不会有绝处逢生的转机呢？

　　菲菲见过辛怡，见辛怡推门进来，她迎上去问：

　　"您找金律师吗？"

　　辛怡点了一下头，径直往里走。

　　菲菲跟在她身后，说金律师不在。

　　辛怡一推金戈的房门，果然锁着。从门玻璃望进去空无一人。她转过身问菲菲：

　　"他去哪里了？麻烦你告诉我。"

　　菲菲摇了一下头：

　　"我不清楚。不过金律师知道你会来找他，留下一段电话录音。"

辛怡跟着菲菲回到前台，按了一下电话的回放键，里面传出金戈的声音：

"辛女士，如果你来找我，下面的话便是我对你的忠告：你要问责的不是哪一个人，而是你心中的贪欲。无论这贪欲披上了怎样华丽的外衣，它都是引领你走向绝境的向导。期盼通过这件事你能够有所反省，祝福你今后的人生道路上能少些挫折。"

辛怡听罢，如同被猛击了一掌，这个道貌岸然的家伙，直到现在了居然还能够如此理直气壮！可是他说错了什么呢？什么也没有说错。正是他的"一贯正确"，才导致自己踏上了这条不归路。辛怡已别无选择，别无选择也是一种选择。

辛怡忽然觉得释然了，她知道前边已经没有了岔路口。

小雨推门进屋的时候，金戈坐在面对着门的沙发上，他特意选择了这样一个角度，以便能在第一时间看到手中猎物的神态。他断定，今天小雨与那个什么鸟画家见面的结局，必定是彻底分手。四百多万的窟窿，那个什么破鸟画家就是画上十年也不见得补得上，况且，命运也不会给他这么充裕的时间了，不饱揍小雨一顿就算他宽厚。

果然，进屋的小雨一脸痛苦一脸沮丧，换拖鞋的时候，身子有些踉跄，险些瘫倒下去。这让金戈很解气，比在法庭上做了一次成功的辩护都爽。好几个月了，他一直在等待这么一刻，让自己的屈辱化为乌有，让这个忘恩负义的小婊子跪在地上求饶。当然，跪在地上求饶也没用，他会像扔一块抹布一样把她赶走，让她知道什么叫后悔，什么叫活该！

小雨扶着门框，定了定神。金戈望着她，目光中全是满足和得意，他用右手的拇指和中指啪地打了一个榧子，语调中抑制不住的幸灾乐祸：

"柯大小姐，遇到什么不顺心的事情了吗？"

小雨望望坐在沙发上跷着腿的金戈，觉出他今天的神态有些异样，联想到凤凰科技暴跌他却一点也不着急，心中不免警觉，试探地问：

"你不是说凤凰科技没事吗，怎么不到一个月就跌去百分之八十？"

凤凰科技每天开盘即跌停，根本无法出货。

"哈哈哈……"金戈仰头大笑，那笑声如隆隆作响的火车，由远及近，声音越来越大，到后来已近乎狂笑，笑得小雨怦然心惊时，又仿佛突然拉了紧急制动闸，戛然而止："你哥不是就赔了四万块钱吗？我赔给他。凤凰科技这张票彻底没戏了。庄家资金链断裂，元气大伤，三五年也翻不了身了。"

金戈本来想和小雨摊牌，话到嘴边又改了主意。他还想和小雨再周旋周旋，看看这小婊子还有什么表演。

小雨傻了。仅存的一点希望也彻底破灭了，凤凰科技不会出现奇迹了！她愣了一会儿，才一步一步走到金戈面前，趴在金戈的肩头说：

"金哥，我遇到难处了，你能借我点钱吗？"

"什么难处？"金戈转身面对着小雨，嘲弄地注视着她，就像猎人在欣赏掉入陷阱的一只猎物，"上次是你妈换肾，这次该不是轮到你爸爸了吧？"

小雨因为着急，没有感觉出金戈目光中的嘲弄，摇摇头说：

"金哥，没跟你开玩笑，真的，算我求你了。你不是想结婚吗？我们下个月就结婚好不好？我会好好服侍你，我会一辈子对你好！"

凤凰科技既然已经彻底完了，那么，只有马上筹到足够的钱才能救辛怡。她从来没有开口向金戈要过钱，这一次她已经被逼到墙角，为了许非同，她只好厚起脸皮。她愿意嫁给金戈，尽管她并不爱金戈，只要金戈能给她钱！

金戈立即明白了小雨的心思，真是又气又恨又倍觉失落！这个小婊子为了那个鸟画家居然连感情也可以出卖，他真想拽过小雨暴打她一顿，想了想，还是忍住了：

"要多少钱？四百万够不够？"

小雨愕然地望着金戈，不知道金戈怎么说出了这个数目。

见小雨没有否认，金戈的怒气再也压抑不住了，他注视着小雨，目光中充满了怨恨：

"是不是给你哥，噢，应该是你的情哥哥救急去吧！"

小雨一时语塞。少停，才辩白说：

"我和他没什么，真的没什么！"

金戈从衣兜抽出几张照片，冲小雨的脸摔过去：

"臭婊子，现在你还敢跟我嘴硬！跟我结婚？你以为你是谁？不过是我花钱包的一只鸡，老子现在玩腻了，你可以滚蛋了，找你那个情哥哥去吧！不过，死，我也让你死个明白，你的一切早就在我的股掌之中，跟我玩儿，你还嫩！"

　　小雨低下头，看到了自己和许非同在一起散步、吃饭的照片，她没有想到金戈会跟踪她，没有想到金戈会这么粗鲁，用这么肮脏的字眼儿来骂她。如果说在这以前，她对金戈还心存感激与歉疚的话，那么金戈这么一骂，她觉得全扯平了，谁也不欠谁的了。只是，从许非同的画室出来后，她心如刀绞，隐约感觉，她似乎被一个巨大的阴谋包围着，不过还无法证实。现在听金戈这么一说，她的心被重重一击，脑袋一阵眩晕。尽管她预感到了这是一个阴谋，但阴谋真的一旦被证实后，以她的善良与懦弱仍然无法承受。她靠在墙上，把双手的十根指头紧密交叉地握在一起，想使自己镇定下来，然而不能。许非同愤怒的眼睛，在她的脑海里闪现，让她浑身禁不住战栗，她顾不上去洗刷金戈向她泼过来的污水，颤声向金戈发问：

　　"这，么说，这一切都、都是你设下的圈套？"

　　"不要说得那么难听嘛。"金戈故作轻松地一笑，"应该说，这是我的计谋。小人谋于市，君子谋于计，懂吗？"

　　"你知道吗？许非同的妻子在凤凰科技上赔了四百万公款，她可能因此被判死刑！"

　　小雨几乎是喊着说出了这个令她痛不欲生的事实。她以为，金戈听到这个消息会感到震惊、愧疚和自责。没想到，金戈只是稍微愣了一下，又说了一句直刺她心肺的话：

　　"她用公款炒股和我有什么关系？记住，是你，而不是我让她买了凤凰科技，如果她被枪毙，你才是杀死她的真正凶手！"

　　"你……是你导演了这一出悲剧！我恨你！"

　　小雨冲上几步，想抓金戈。这让金戈多少有些失望。他本来期望摊牌后小雨会向他求饶，向他忏悔，那样才更有报复的快感。不想这小贱人一条道儿走到黑，为了情人竟敢和自己动手！他妈的，给她买房买车，供她吃供她用，花了几百万竟养了一个冤家！好在买房子时留了一个心眼，要不然，真应了汪海的话，是赔了夫人又折兵。金戈越想越生气，就让开小雨挥舞的双手，一把拽住她脖颈上的石榴石项链，顺势狠狠一推，把小雨推倒在沙发上。那条石榴石项链在撕扯中断了，殷红的石榴石散落了一地，在灯光下一闪一闪的，像一簇簇火苗。

　　金戈望了望一闪一闪的石榴石，不知为什么，在他的脑海里叠印出一幅幅画面：

母亲死时家里炕头的油灯就是这样一闪一闪的，像是一簇簇暗红的火苗。母亲拉着他的手，嘴唇动了动，想说什么却终于没有说出，最后手一松，头歪向了一边。收茶季节，他和父亲夜里炒茶的炭火也是这样一闪一闪的，像是一簇簇暗红的火苗。因为太累太困，小有财常常炒着炒着上下眼皮就合到了一起，双手烫起血泡。烫起泡还好，要是把茶叶炒过了火候，就一定要挨父亲的耳光。

幼时的苦难和那个姓许的乡长有关，现在的屈辱和这个乡长的儿子有关。

苍天总算有眼，让他有机会一雪心头之恨。

金戈抬起脚，狠狠地用鞋底踩了几脚地上散落的石榴石，然后用冒火的眼睛盯着小雨。

两个人对视着。那是人兽相持时才会有的目光，是彼此恨不得把对方吞掉的目光。金戈满脑袋都是仇恨，在他眼里，小雨已经不再是那个楚楚动人的少女了，甚至不是一个女人，而只是他发泄的工具。发泄仇恨，发泄性欲！他一步步走近小雨，动手解着自己的衣服。他今天要好好收拾收拾这个臭婊子，让她弄懂什么叫"蹂躏"！

小雨望着一步步走近的金戈明白了，她害怕、恶心，有一种要呕吐的欲望，但啊、啊干呕了几声，只有一股胃酸涌出。她意识到屈辱正在临近，惊恐中抓起了沙发桌上的花瓶高举过头……

见到小雨一副宁死不屈的神态，金戈的占有欲被进一步激发出来，他的"命根子"已经坚挺，尽管小雨很少主动地配合，但是他还没有"强暴"过小雨，他突然很想尝尝这种滋味，或许更能获得报复的快感。

他就要扑上去的一瞬间，电话铃突然响了。金戈走过去有些恼怒地拿起听筒。

电话是韩队打来的。他告诉金戈，上午分局的领导找他谈了话，话里话外似乎是对那起案子有所察觉。现在市局正在整顿警纪警风，对违规违纪的事有一起查处一起绝不手软，更何况他这已经不是违规违纪，而是触犯了法律。如果事发，即便不被判刑，警服注定是要脱的。他让金戈出来一趟，商量商量如何应对。

金戈听了，皱皱眉头说：

"老韩，警察这碗饭你吃了也不是一年两年了，遇事怎么这么沉不住气？大风大浪我经历得多了，还会在小阴沟里翻船？我自会想办法摆平这件事。"

见对方还喋喋不休，他粗暴地打断道：

"行了行了！老地方，我现在马上过去，有什么话见面谈！"

放下电话，金戈的"命根子"已经软了，他狠狠瞪了一眼小雨，骂了一句臭婊子，等会儿看我怎么收拾你！然后十分不情愿地转过身，整理了一下自己的头发，正一正领结，拽一拽西装，拉开门走了。

金戈对韩队的惊慌颇不以为然。他并不担心菲菲这桩案子，只要菲菲不松口，神仙也没办法，他对菲菲是有把握的，即便有点破绽，拿钱抹平就是了。退一万步说，真出什么闪失能有什么了不起的，凭他在司法界经营这么多年的关系网，摆平这么件事也难不到哪去！关键是汪海那头儿不要出事，违规炒股、巨额行贿、绑架人质，随便拎出哪一条也不是闹着玩的，他现在需要稳住韩队，然后全力操作好顺达股份，到达目标位后赶紧收网，有了大把大把的钞票，什么事情都好办。

望着砰然关闭的门，小雨回想起到北京以来，特别是近一个月发生的事，不由百感交集，恍如梦中。好像有无数只蚂蚁在她的心里爬来爬去，令她浑身焦躁，惴惴不安，思绪也如一团烂麻，解不开，理还乱。她站起身想离开这里，她要想办法去救辛怡，她一分钟也不想再在这所房子里待下去了，仿佛这座房子就是一个巨大的陷阱，一不留神，她就会被整个吞噬……

她挪动脚步往门外走，脚下突然一滑，身子一个趔趄，险些摔了一跤，原来是踩在了散落在地上的石榴石上。她的耳畔突然响起了金戈的话：

"它既可以是爱情之火，也可以是复仇之火、贪欲之火……"

第三十四章

二手房交易中心

许非同醉得一塌糊涂，昏睡中做了一个梦。

他梦见了父亲。父亲正被一个持刀少年追赶，可是父亲怎么能跑得起来？他的后脚跟已经被少年扔出的飞刀击中，鲜血迸射。父亲挣扎着，一瘸一拐地往前挪。实在跑不动了，就趴在了地上，双手向前伸出，嘴里含糊不清地呼喊着。许非同想听清楚他喊的是什么，却听不清；他想扑上去救父亲，两条腿却像被灌了铅一样沉重，一步也挪不动……

他梦见了辛怡。妻子站在云头之上，远远地望着他。他急切地想接近妻子，他要把心中的苦闷向妻子叙说。结婚多少年了，有了想不开的事儿，每每是辛怡帮他排解；有时候失眠，辛怡轻轻攥住他的手，他的心便可以安置。可是，现在的辛怡离自己这么远，他根本够不着。他找来了梯子，把梯子搭在了云头的边缘上，开始往上攀登。攀呀、攀呀，就要够到了，云彩却被风吹走了，梯子忽一下倒了……

他还梦见了彤彤，梦见了小雨，梦见了母亲，梦见了家乡的茶山和小学的课堂。所有一切，时而清晰，清晰得如同一幅幅工笔画，纤毫毕现；时而模糊，模糊得好像一团团洇开的墨汁，除了无边无际的黑暗，什么也看不清。

他在梦中筋疲力尽，像一个长途跋涉的旅人，已经看见了远方的地平线，那里有山、有水、有粮食、有绿树和清风，只是他再也没有力气走过去了。面对落日，他倒下去了。日落后的暮霭一寸一寸把他吞没，直到把他和黑夜融为一体。

第二天早晨许非同睁开眼，已经是上午十点了。

他发现自己没有睡在床上，而是睡在了客厅的地板上，头仍然很疼，沉重得像灌了铅，心脏也跳得很快，气像是不够用，浑身又酥又软，没有一点力气。

他用双肘努力支撑起身子，发现小雨正侧卧在那里，深情地注视着自己，脖颈上那串红小豆一样的项链在阳光的照射下，显得更加光彩夺目。小雨的目光里充满憧憬，又像是满怀心事。许非同擦擦惺忪的眼睛，才意识到侧卧在那里的不过是小雨的画像。他闭上眼，摇了摇头，依稀有了一些记忆：昨天晚上好像是小雨把自己搀回到画室的，半夜自己口渴，迷迷糊糊地起床找水，水没喝到又摔倒在地板上睡了起来。

小雨呢？小雨好像走了，走的时候对自己似乎说了些什么，至于说的什么，他怎么也回忆不起来了。

贝多芬的《田园交响曲》突然响了起来。

许非同很喜欢这首交响乐，特意把手机的铃声确定为这个旋律。每一次铃声响起，都会使许非同紧张的心态稍有缓解，乐曲尽情抒发了人们田园生活的惬意感受，闻之如沐春风。由乐器模拟出来的风声、鸟鸣声、波涛声如此简约又如此地打动人心。

许非同摇摇晃晃站起身去拿手机时，由两声定音鼓模拟的雷鸣响起来了，旋律转向阴暗，阳光被遮挡，阴云开始密布，暴风雨来了……

许非同悚然一惊，一下子想起了醉酒的原因，他赶忙摁下接听键，是石羽的声音：怎么着，款子筹得怎么样了？过了整一天了。再有一天我立马报案，到时候可别怪我不讲情面！没等许非同回话，石羽已挂断了电话。

许非同喃喃自语："阴云会过去，彩虹还会出来吗？"

他给小雨打了个电话。小雨告诉他自己到朋友家住了，并把地址告诉了他。许非同有些奇怪，因为小雨从未告诉过自己的住址，许非同无意中问起时，她也刻意回避，这回怎么主动告诉了自己的地址，她为什么要搬家呢？许非同无心细想，他得赶紧去想办法筹钱。于是强打起精神，拿了自己作品的照片头重脚轻地离开了画室……

小雨是在二手房交易中心接到许非同的电话的。一个戴眼镜的业务员拿了她的房契进了里屋。前台一位负责接待的女孩儿有一搭无一搭地和她聊天：

"柯小姐，你那地段新开了不少楼盘，现在楼市在降温，闲置的高档住宅越来越多，所以你这房子的价位恐怕上不去。"

"我这是新房，刚住了一年多，即便不升值，原价总可以出手吧？"

"难说，"女孩起身走到净水器前，接了一杯冰水放到小雨面前，"喝点冰水吧，我看你嘴都起泡了，去去火。"

"谢谢。"小雨一仰脖喝下冰水，火烧火燎的内心稍微熨帖了一些，"我是急等钱用，要不我也不会出此下策啊！你想，即使房子能原价出手，几十万的装修费不也白搭进去了吗？"

"也是。"女孩儿点点头，表示理解。

小雨确实不想卖这套房子。不错，这房子是金戈送给她的，可是当初她和金戈走到一起，绝不仅仅是为了房子。如果分手后她要了房子，岂不是让金戈小瞧了自己？人活得要有尊严，有志气，她有两只手，完全可以凭劳动自己养活自己，她要让金戈明白，不是所有的女孩儿为了钱都可以投怀送抱的。也是做模特的朋友不以为然，说你跟了他快两年，两年的青春岁月是可以用钱来计算的吗？到了只用一套房子作补偿，就已经很便宜了他！再说，金戈不肯借钱给你，你又不要这套房子，那你拿什么去救你的朋友？小雨想想也是。金戈向她身上泼了那么多污水，用了那么恶毒的字眼骂她，自己已经不欠他什么了。她要这套房子是为了救人，完全可以心安理得。再者说，辛怡所以赔得倾家荡产，身陷绝境，完全是金戈设套所致，他为此应该付出代价，一套房子不过一两百万，根本不足挂齿。这么一想，小雨的心态平和了，趁金戈不在，又打车回到别墅拿了房契，今天一早就赶到了二手房交易中心。刚才和许非同通电话时，她本来想说明情况，犹豫了一下，还是想把钱拿到手后再给许非同一个意外的惊喜。

戴眼镜的业务员从里屋出来了。他把房契摊在前台的桌子上，用一种怪怪的眼神看着小雨：

"小姐，你打算多少钱出手这套房子？"

"按买的价位吧，一百八十八万。"小雨挺直上身，眼睛里充满了希望。她想，有了这一百八十八万，再想点别的办法，凑上二百万应该不成问题。送上这笔钱求石羽通融一下，事情就有可能发生转机。

嘿嘿，眼镜冷笑了两声，目光中流露出几丝嘲弄：

"一百八十八万，够判你在大牢里蹲上个十年八年的了！"

小雨闻言一愣，疑惑地望着眼镜，问：

"你这是什么意思，卖房难道还犯法吗？"

"卖房不犯法，诈骗可是犯法的哟！"眼镜依然不愠不恼，他左手托着下巴，右手中指有节奏地敲击着桌面，慢条斯理地说，"柯小姐，我看你也不像是坏人，要不我打一个电话，等一会儿你出门就不用打的了，有警车会把你接走。"

"你再说一遍，你把事情说清楚！"

小雨如坠云里雾中，霍地站起身，一脸迷茫地注视着眼镜。

"稍安毋躁，稍安毋躁。"眼镜似乎很有闲情逸致，愿意和眼前这个漂亮的小姐逗逗闷子，来为自己单调的工作增加一些花絮。他双手下按，示意小雨坐下，然后油腔滑调地问："你……你老公，或者说你的，男朋友……"他暧昧地望着小雨，"叫什么名字？"

小雨愤怒了，她有一种被人耍弄的感觉，同时又朦朦胧胧地预感到了什么，语调变得紧促、急切：

"先生，请你不要绕圈子了，有话明说！"

"好吧！"眼镜拿起桌上的房契，用手指弹了弹："刚才我们已经打电话问了名人别墅的物业，这套房子的业主是金戈，而不是柯小雨。"

"这怎么可能呢？"小雨如同被点中了死穴，浑身一阵发抖。金戈将房契交给她的情景恍如昨日，那是在她二十一岁生日的那天，金戈将一只黑漆缎面的盒子郑重地交到她的手上，说打开看看，我送你的是什么礼物。小雨打开了，是一本写有她名字的房契和一串房钥匙。当时小雨坚辞不受，觉得这礼物太贵重，自己承受不起。金戈单膝跪地，像18世纪的欧洲绅士一样吻着她的左手说："漫说这一套房子，如果我拥有，我愿意送给你整个世界！因为，你就是我心中的女皇。"谁能想到，一脸虔诚的金戈竟是在演戏，他居然拿了一本假房契在糊弄自己！

女孩儿从眼镜手中拿过房契，看了看说：

"这玩意儿在中关村二百元钱就能买到。我们这儿已经发生好几起这样的事了，那些有钱人用这么一张破纸骗色，玩够了一脚又把女孩子踢开！"她充满同情地看了看呆若木鸡的小雨，"柯小姐，长点记性，以后别再这么傻拉巴叽的了！臭男人没一个好东西！"

眼镜夸张地双手一摊：

"哎，说话注意点，你这是不是打击面太大了？"

女孩儿冲眼镜呸了一声：

"你也就是没钱，有了钱你也好不到哪儿去！我还不知道你是什么鸟儿变的。"

"那我是什么鸟儿变的？"眼镜嬉皮笑脸地问。

"什么鸟儿变的？"女孩儿瞪了眼镜一眼，"大尾巴狼！"

小雨前脚离开二手房交易中心，许非同后脚就推开了门。许非同拿着自己作品找了几个画廊，都卖不出好价钱，而且画廊也太黑，标价十万元一幅的油画，他们竟要提成百分之六十，还要等画卖出才能结账。无奈之中，他又找了一个画商，这画商对许非同的画还比较赏识，但知道他急等钱用，故意趁机压价。好在能现款结账，许非同除了把小雨那幅画保留了以外，其余的二十几幅油画全部打包卖了，不过筹得了三十多万元，离四百万还差得远。没办法，他想把自己的画室出手，虽然值不了多少钱，但有一点是一点。

女孩儿见到许非同，忙笑着迎上前问：

"先生，买房还是卖房？"

许非同把房契送上去："卖房。"

女孩看了看房契，说：

"你这位置恐怕卖不出好价位。"

许非同说："急等用钱，给钱就卖。"

这时眼镜走过来，拿过房契走进里屋，过了一会儿出来说：

"许先生，两种交易方式，一是我们实地考察完您的房源后，把您的房源输入电脑，等找到下家成交后，我们抽取提成……"

许非同打断眼镜的话：

"那要等多长时间？"

"没谱儿。"眼镜又用右手食指有节奏地敲击着桌面，慢条斯理地回答，"也许十天半月，也许仨月半年。"

许非同说等不及了，那另一种交易方式呢？

眼镜说："现金交易。房子先由我们买下，由我们去找买主，房屋空置的损失由我们承担。"

许非同想，房屋空置能有几个子儿的损失？一时卖不出去，你们还可以出租嘛，不过是找些理由压低房价罢了。他抬起手腕看了看表，已经是下午一点了，离石羽的最后通牒时间不过十多个小时了，就不再犹豫，一狠心说：

"那就按第二种方式办！"

眼镜说："那许先生恐怕要受些损失了，我们只能按购房价的百分之六十

316

付款！"

许非同这套房子是花了二十五万元买的，才用了不到两年就要折价近一半，他实在心疼，但一想到眼下的处境，根本就没有讨价还价的余地，便啪地猛拍了一下桌面：

"好，成交！"

眼镜吓了一跳，他注视着许非同，断定他没有暴力倾向后，才长吁一口气：

"我们得先去看看您的房源。"

"我去叫车！"许非同有些迫不及待，转身就往外走，"你们最好带上钱和相关的手续！"

望着许非同拉门走出去的背影，眼镜说：

"这主儿可够急茬儿的。"

女孩儿瞪了眼镜一眼，说：

"你可够黑的，把人家的房价压得这么低！"

眼镜得意地一笑；

"在商言商嘛，咱们不是慈善机构，到手的银子干吗不赚？有病啊！"

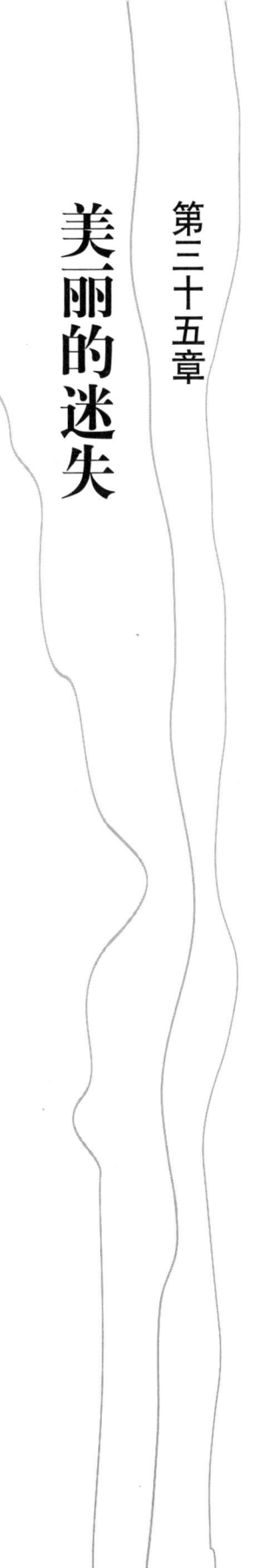

第三十五章

美丽的迷失

小雨提着简单的行李离开名人别墅的时候，辛怡正好走进家门。

她刚刚做了一个美容。时下，对于女人来说，美容已经是再普通不过的消费了，就像洗一次脚吃一顿饭。便宜的一次花上几十元，贵一些的就要好几百甚至上千元。不但公司白领已是高档美容院的常客，就是农贸市场卖菜的外地女孩儿也会时不时地光顾一下小美容院。除了银行、饭馆、证券营业部，北京街头最多的要数各种档次的美容院了。可是辛怡还从来没有进去过。不知为什么，从金戈的律师事务所出来，路过这家美容院的时候，她下意识地就进来了。

坐在椅子上，美容小姐说：

"大姐，您的底子这么好，如果坚持保养，一定不比潘虹差。"

另一个美容小姐说，什么叫不比潘虹差呀，哼，也就搭着潘虹是明星，要不然两个人站在一起，潘虹往哪儿摆呀？您说是不是大姐？

辛怡欠身冲镜子里自嘲地笑了笑，没有说话。

美容小姐拿过印刷精美的产品介绍本，问辛怡，大姐，您做哪一种？增白的、除皱的、保湿的？牌子有伊丽莎白、玫尔美、欧珀莱，都是很时兴的牌子。

辛怡随便翻了翻，说了一句："就做最普通的吧！"

美容小姐失望地收起本子，说：

"大姐，看您这气质，绝对不是一般人，何必苦着自己呢！"

辛怡没说话，长叹了一口气。

躺在美容床上，小姐先用一块海绵沾上水，擦洗干净她的脸，又用手在她的脸上轻轻地拍打着，然后涂上一层油，从脑门到下巴依次按摩。

"姐，这两天您没休息好吧？眼圈儿都黑了。"

"姐，您办张卡吧，办了卡可以享受八折优惠。"

辛怡摇摇头，一股酸楚涌上心来。她原本可以办张卡，让生活过得有滋有味、有声有色，可是现在，办张卡对她还有任何意义吗？人生太诡异了，风和日丽与暴风骤雨，其实就在转头之间。

"姐，我做三年美容了，说句老实话，像您这样优雅漂亮的顾客还真是不常见。"美容小姐二十来岁，清秀漂亮，一双大眼睛像是会说话，流露着深深的惋惜。看得出来她不是在虚伪地赞美辛怡："姐，您看您的皮肤多好，若是不爱惜自己，真是有点暴殄天物了。"

辛怡笑了一下："你这姑娘真会奉承人。"

美容小姐夸张地呀了一声：

"哪里，我说的是事实呀。姐，一进门我看您就好像有心事。其实呀，女人就要善待自己，把自己保养好，出了门在阳光下一走，什么烦心事都没了。您说是不是？"

辛怡下意识地叹了一口气：

"小妹妹，生活要像你说的那么简单，这世上哪还会有那么多的悲欢离合？"

做过美容，辛怡觉得自己的脸色好了一些，心情也更平静，如一潭死水，波澜不兴。

她和美容小姐挥手告别，回到家，刚打开房门，"妈妈，来电话了，是我呀！"一个娇滴滴的小女孩的声音响了起来，辛怡从包里取出手机，摁下接听键，又是那个金日升公司的郑小姐：

"辛小姐，你考虑得怎么样了，赶快入会吧。我们的会员前两天介入的岳泰实业，这两天逆市飘红，连拉了两个涨停板，您还犹豫什么？"

辛怡没有回答，啪一声合上了手机。

自从辛怡打了股市纵横节目公布的股票咨询电话以后，这个郑小姐就像蛇一样缠住了她。在电视上，股票分析师口口声声说可以免费咨询股票走势，但当你一旦打进电话，对方就千方百计动员你入会。要想成为会员，必须按个人的资金量每个月交一万至三万元咨询费不等，然后对方才向你推荐股票，赚了钱算你走运，赔了钱对方概不负责。第一次郑小姐接听电话，便动员她入会。辛怡说我也不知道你们说得准不准，你们先帮我诊断一下凤凰科技的走势，如果说得准了再谈入会不迟。郑小姐便大谈他们公司的研发实力如何如何雄厚、推荐给会员的股票怎样怎样暴涨，见辛怡不为所动，才答应去问问分析师，给辛怡一个答复。不是辛怡舍不得花钱，而是这种当她已经上了不止一次。

她曾听老张说过，这类咨询公司的话不可信，真有好的股票他们会用自有资金炒，不会告诉会员；告诉会员的票大都是一些没什么谱的票，赔赚全靠运气，他们的目的就是骗取会费。辛怡开始不信，上了几次当才明白老张的话都是用血换来的教训。

东南卫视有一个发送短信节目，女主持人天天说，她们在短信中推荐的股票如何如何暴涨，可是当辛怡按她们的要求发送了短信，并从手机账上被划走了五十元后，按这家公司推荐买入的凯诺科技和四川长虹都让她深套其中，原来他们只讲自己过五关，从来不提自己走麦城。推荐的股票涨了的就说，跌了的就黑不提白不提了。更让辛怡生气的是上海那家名为广电财经信息技术咨询公司，在收到辛怡寄去的六千元咨询费后，指导连连失误，后来竟人去楼空。辛怡真不明白，这一个个骗局怎么就能在光天化日之下的电视荧屏上公开进行？

这位郑小姐还算守信，两天以后打电话给辛怡，说分析师说了，凤凰科技基本面不错，可持有。话音未落，便暴跌不止。辛怡打过电话问，对方还振振有词地说，你也不是我们的会员，凭什么我们要为你服务？直气得辛怡七窍生烟，没想到她还有脸再次打电话动员辛怡入会。

辛怡刚把手机挂断，小女孩儿的声音又响了起来了："妈妈，来电话了，是我呀！"她一看来电显示的号码，还是金日升公司，就关了手机。

辛怡走进卫生间，随手关上了推拉门。

卫生间宽有一米五，长三米。原来厕所和洗手间是隔开的。搬进来的时候，辛怡主张打通了，这样房间里总体的格局显得规整些，卫生间的活动空间也大了。装修的时候，辛怡只选择了两种颜色的材料，瓷砖一铺到顶，全部用黑色，连地砖也选择了黑的，只有洁具和洗脸池用了白色。辛怡喜欢这两种颜色，黑色庄重，白色高洁。装修完了，许非同只发表了一句意见，是不是太压抑？辛怡不以为然，说画画你是专家，居家过日子还是按我的意见办吧！这两种颜色搭配起来多有品位。家是隐私之所，卫生间又是家中最隐私的部位，是一个适合人们想心事的地方，如果装修材料选了红的、绿的，该多闹得慌！以前，辛怡对卫生间里的感觉是：庄重中透着几分静谧，高洁中又流动着几缕温情。可是今天，辛怡第一次感到了压抑，一如她此刻的心情，像干旱无雨的苦夏。

辛怡打开淋浴器，调试好了温度。

热气渐渐弥漫开来，不一会儿，就充溢了整个卫生间。墙上的长条梳妆镜也被热气模糊了，似乎罩上了一块灰蒙蒙的轻纱。

辛怡慢慢地解开衣扣，一件一件地脱去衣服。乳罩和内裤脱掉后，她一边打开抽风机，一边用干毛巾擦亮了镜子。随着毛巾的移动，镜子里出现了一个冰清玉洁的人体。辛怡侧身站在长条镜前，凝神地端详。她这还是第一次认认真真地审视自己的身体。上幼儿园的时候，街坊们就说她是美人坯子，那时候她对这话的内在含义还不十分明了，感觉就如同答对了一个问题受到老师表扬。上了中学和大学，她才越来越对自己的身体充满了骄傲。造物主对她似乎格外宽厚，让她集中了父母几乎所有的优点。眼睛深邃而明澈，是父亲的翻版；皮肤白皙并光洁，是母亲的克隆。亚裔人种的女人，一般臀部松弛、下肢较短，而辛怡下肢修长而匀称，臀部也如欧洲人一样上翘并丰实。上大学的时候她穿一条牛仔裤，一件紧身的T恤，简直就是魔鬼转世。难怪有些同学私下里这样评价她：后面看想死你，正面看馋死你！

风姿绰约的辛怡却一直守身如玉。通过各种方式向她大献殷勤的男生不少，但辛怡从来没有和他们当中的任何一个人单独外出过，许非同是她的初恋。恋爱中，许非同也有过几次冲动，但至多是亲吻和抚摩，最后一道防线辛怡一直坚守到了新婚之夜。第一次房事，许非同感到辛怡很紧，自己的前进仿佛如一艘破冰船，好不容易冲过了那道坎，随着辛怡发出欢快的呻吟，许非同感到一阵温热。伸手一摸，手上一片殷红的血迹。当时许非同就把辛怡紧紧抱在怀里，很动情地说："辛怡，谢谢你，我会好好爱你！"

辛怡站在喷头下，让清水在她的身上随意流淌。她想起了小时候妈妈给自己洗澡时的情景。那时还没有淋浴，妈妈烧好水倒进一只大木盆里，就蹲着给她一边洗澡一边讲故事。妈妈虽然文化程度不高，但受爸爸的熏陶，肚子里的那点故事也足够小辛怡享用的了。《卖火柴的小女孩》《白雪公主和七个小矮人》《蚕豆姑娘》……那些美丽的童话伴随着辛怡度过了快乐的童年。长大了，辛怡不再让母亲为自己洗澡，随着胸前的两个小妞妞膨胀成了两只小面包，辛怡迎来了少女的初潮。当时她以为自己大难将至，瞪着惊恐的眼睛把这个"噩耗"告诉母亲。母亲笑了，一把将她揽进怀里，神秘地说：傻怡怡，这说明你已经长大了，长成了一个大姑娘，以后就不能再像小孩子似的任性、淘气了，懂吗？当时辛怡似懂非懂，但是朦朦胧胧中她意识到，自己一个新的人生阶段开始了。从此，她将背负更大的期待、更多的责任。

辛怡关了水龙头，往一块海绵上挤了几滴沐浴露，精心地擦拭着身上的每一块肌肤。一会儿，浑身上下沾满了泡沫。擦到双乳，她轻轻地揉搓着，虽已人到中年，双峰却仍柔韧、挺拔，为彤彤第一次哺乳的情景也恍如昨日。弹指之间，彤彤已经长成了大姑娘。她托起双乳，真想让彤彤再吃一次自己的奶。对于一个女人，没有比婴儿吸吮乳汁更能唤起母性的感觉了。女人只是性别的符号，母亲则是一个至善至美的称谓。她意味着可以忍受任何的屈辱、苦难、挫折和不幸，她包容了所有的慈爱、责任和宽厚。从女人到母亲，绝不仅仅是一次角色的转换，而意味着人生的一次巨大蜕变，就像破茧化蝶。女人想到的常常是容貌、身材，母亲想到的往往是责任与奉献。辛怡本来心如枯井，哀怨与痛苦已被过度的麻木蒸发。但一想到彤彤，她又禁不住肝肠寸断，满眼泪水。她几乎想要放弃自己的决定了，但是想一想，放弃了又能怎么样？只能留给女儿更长久的屈辱与痛苦。

辛怡仰起脸，拧开淋浴器的开关，让清水冲去脸上的泪水，又精心地冲净身上的泡沫，然后关上开关，用毛巾包住头，裹了一条浴巾走出卫生间。打开衣柜找衣服的时候，她有些心酸，她的衣服几乎全是在小摊和服装大排档买的便宜货，没有一件超过一百元，在眼下这样一个奢侈、浮华、追求物质享受的年代，实在是够寒酸的了。想了想，她从床头柜的抽屉里拿出一个首饰盒，盒里放着一串珍珠项链，这还是许非同为她买的结婚礼物，十几年了，只在婚礼上戴过一次，一直舍不得戴。

她还清晰地记得买项链时的情景。

那时的日子是那么风和日丽，她的非同是那么朝气蓬勃，她是那么年轻和美丽。这一切好像一幅似曾相识的照片，深深地镌刻在她的脑海里。抽抽鼻子，她甚至嗅到了那天下午空气中流动的花香。在街道办事处领了结婚证后，两个人一起来到了贵友大厦。在首饰专柜前，辛怡站住了，她无意中一瞥，便被那一串上好的珍珠项链震撼了——那不是没有生命的物件，简直就是造物主捧出的一副杰作：熠熠闪光，晶莹剔透，通体充满了灵性。然而价格也实在不菲：九百五十元。那年月这无异于一个天文数字。辛怡有些失望，她没有想到，自己脸上细微的情绪变化竟被许非同一下捕捉到了。他走上一步，手指项链，冲服务员矜持地点点头，只轻轻地说了一句："我要这串项链。"辛怡便被巨大的幸福感湮没了，她在内心发誓：无论以后的路是鲜花还是荆棘，她都愿意与许非同相伴永远。

婚后，两个人虽然也为一些事后都想不起来的小事吵闹，但吵过就好了，冲突真的到了难以调和的地步还是在炒股以后。他们曾经想到过离婚，但说归说，真要去办手续时却肝肠寸断。这时他们才发现，随着岁月的流逝，维系他们的已不单单是爱，更有难以割舍的浓浓亲情。

辛怡穿上衣服，捧起项链戴在脖颈上，一时百感交集，有一种说不出的滋味灌满了她的心。十几年了，青丝与白发，原来近在咫尺。斗转星移，物是人非，这项链仍然晶莹剔透，充满灵性，仿佛在见证着他们夫妻一起走过的风风雨雨。没想到，第二次戴上它，竟是此情此景。

辛怡对着镜子照了照，脸上绽开了一缕凄苦的笑容。她渐渐平静了，仿佛一个历尽坎坷的长途跋涉者终于要走到目的地了，可以不再担心，不再害怕，不再为世间的一切烦恼发愁了。其实，昨天夜里她就已经下了最后的决心，她觉得不如此便无以摆脱世间的纷纷扰扰。今天去找金戈，无非是想做最后一次争取。下决心的时候，她痛苦，痛苦得肝肠寸断；可是真的要做了，心态反倒平和了许多。

她坐在床头，开始给许非同写信。拿起笔，才知道岁月流逝了，往事却如贝壳一样镶嵌在了记忆的沙滩上，晶莹剔透，令她不由驻足。她像一只黄昏里的母羊，咀嚼着所剩无几的时光，不让一粒记忆遗漏——

最初，母亲把许非同领进小屋，只是出于对他本能的好感。而辛怡则是被他富有传奇色彩的经历所打动：读大学的时候，和同学自驾车去旅游，汽车在戈壁抛锚，前不着村、后不着店，饥寒交迫，是他顶着风沙步行三十里搬来了救援；两个村因水要发生械斗，在这里写生的他临危不惧，一席话语竟使刀出鞘棍在手的上百条西北汉子化干戈为玉帛。

辛怡实在难以想象，一个外表清秀的大男孩儿竟有如此的胆魄。她觉得这男人伟岸如山，背靠着他便什么都不用怕了。

现在，山摇了，是什么将它撼动的呢？

辛怡永远也忘不了自己的初吻。那是大二那年寒假，她和几个同学相约到普陀山远足。五天后回家的晚上，一出站台见到了迎风而立的许非同。许非同问：这些天你感觉没感觉自己的腿好累？不等辛怡回答，许非同又深情地说，你知道吗？你在我的脑海里已经跑了整整的五天，没有片刻的止息。送她回家的路上，许非同告诉她，过两天他要到青岛去写生。辛怡问，你愿意带我同行吗？我好想到海边去看一看落日。我觉得落日比日出更令人遐想……许非同停下脚步，伸出双手托起她的脸，凝视着她的双眸，说出了埋藏心底已久的承诺：我愿意一生一世与你同行！情窦初开的少女实在抵御不了一个成熟的男人所释放出来的雄性魅力，她闭上眼，迎上去，把自己一生中的初吻印在了许非同滚烫的唇上。

一生一世？现在才过了十几年，他们的婚姻怎么就搭乘上了"泰坦尼克号"？

眼前的信纸已被泪水打湿，对生活深深的眷恋重又萦绕心头。辛怡的脑海中不断闪过一个又一个难以割舍的面容：彤彤、许非同、母亲，还有儿时的伙伴，读书时的同学……

窗外，隐约传来汽车的喇叭声。岁月真像一只无形的车轮，从一个个好端端的女人身上碾过去，一碾过去，人就变形了。辛怡想起自己曾经历过的恋爱时光，那时候的自己清纯、高傲并富有情趣。什么时候发生了变化呢？是婚姻。一结了婚，自己只乐于扮演一种原始的角色：妻子与母亲，而把青春、美和个人情趣一股脑儿地关到了门外。自己不再看茨威格和托尔斯泰，因为需要洗衣、做饭、拖地和整理房间；不再把剪纸小猫贴在床头，因为怕丈夫不喜欢；不再和以前的朋友和同学交往，因为丈夫和女儿已经成了自己生活的全部理由。自己是在无意识之中把自己作为祭品摆上了传统婚姻的供桌啊！特别是炒股之后，原来的辛怡更杳无踪迹了。可是，这一切的责任在谁呢？辛怡的泪水再一次溢出眼眶。

"丁零零"，急促的门铃把沉浸在回忆中的辛怡惊醒。她愣了愣神儿，便起身打开房门。

石羽站在门外。

楼道灯是振动式的，一跺脚便亮，一没动静就灭了。此刻，楼道里黑洞洞的，石羽那张有些浮肿的脸在暗影里便有些恐怖："嗐，我给老许打电话没人接，你的手机又关机了，吓出我一身冷汗。"石羽用手拍拍宽阔的脑门，如释重负地长出一口气。

"噢，石总，您……"

辛怡没想到石羽会来，上午她已经接到了许非同的电话，知道他给了自己两天的时间筹款，这刚过了几个小时，他来干什么呢？

石羽也不等辛怡让，径自进了屋，回手拉上房门：

"辛怡呀，你简直是把天捅了一个大窟窿啊！今天上午老许跪着求我，我给他宽限了两天时间，说实话，我是为你呀！你要明白我的心思。"

石羽的话暧昧，看她的眼神也暧昧。辛怡像吃了一只苍蝇似的，有些恶心。

石羽对自己心存歹念，她隐隐约约有所感觉，因为有些饭局，明明她可以不到场，但石羽常常叫她作陪，还趁着酒盖脸，偷偷在她腿上拧过两把。辛怡觉得他喝多了，又当着那么多人就没有声张，不过，再有和自己无关的应酬她就借故推托了。她珍惜这一份工作，但是她不能靠色相去换取，况且，自己已经是奔四十的人了，更要懂得自尊自重！

石羽做的是文化生意，接触美女的机会很多，不过他总觉得辛怡和那些用钱可以买到或主动投怀送抱的女人不一样。从十七八岁到四十来岁，石羽认为在这个年龄跨度中，三十多岁的女人是最有韵味的。她们既有小女孩的纯情与浪漫，又有成年女性的风骚和魅力，如品橄榄，耐咀嚼还有余味，不像口香糖。辛怡在这个年龄段中又属佼佼者，他曾从几个不同的侧面审视过辛怡：正面看，辛怡有贵妇人似的端庄与大气；从背影看，辛怡收臀提胯，双腿修长，不松不垮，身材显得挺拔飘逸，特别是穿上牛仔裤时，两条长腿更是性感十足，大腿和小腿的比例不但恰到好处，粗细也非常适中，着实令石羽魂不守舍。他臆想过辛怡脱了衣服后的身材，那肯定是肌如白缎，柔润圆滑，该平展的地方平如水面，该隆起的地方凸似山峰。因为一起吃饭时，他曾留意过坐着的辛怡，腹部竟无一点赘肉，哪里像年近四十的女人！但一方面碍于许非同的面子，一方面辛怡又冷傲得难以接近，他一直没有机会得手。这一次他觉得是个机会，他给了许非同这么大面子，辛怡不应该有所表示吗？他现在是辛怡最大的债主，是辛怡命运的主宰者，辛怡对他只可仰视，只能听命。我石羽这时候还能想起你，还能看中你，难道不是对你最大的恩宠吗？他身体里原本已僵化的触角，又蠢蠢欲动地复活了。

"辛怡啊！我在华都开了一间房，我们到那里去谈一谈吧，省得老许突然回来大家不愉快。"

辛怡没想到石羽会这样赤裸裸，没有铺垫，没有过渡，坦白得就像在召唤一个妓女。屈辱像老鼠一样啃噬她的心，愤怒如达到沸点的水，猛烈地撞击她的心扉。她真想大吼一声，然后狠狠抽石羽几个嘴巴，问问他把自己看成了什么人！但一想到石羽所以有这副嘴脸完全是因为他抓住了自己的软肋，一想到四百万公款已灰飞烟灭，她一下子自卑得抬不起头。

"走嘛，两个小时你就回来，如何？"石羽走过来，拍拍辛怡的肩，"你知道，这四百万给我造成了多大的压力，你应该叫我放松放松嘛！我还可以再宽限你们几天。"

辛怡实在忍无可忍了。她一把打落了石羽的手，冲过去打开房门："你给我滚，滚！"那声音极其尖利，像一大扇玻璃墙轰然倒塌后留下的绵长余音，令人浑身发冷，头发乍立。

辛怡真恨自己！如果没有挪用那四百万公款炒股，石羽敢这样轻看自己吗？一个自尊的女人，没有比受到别人的尊重更为迫切的心理需求了，没有了尊重，女人的生命就会枯萎。此刻，辛怡就觉得灵魂已弃肉体而去。她倏地想起了昨天夜里做过的那个梦：一间冰冷的石屋里，躺着一具具没有了灵魂的躯壳。她觉得她已经躺在了其中一张铺着白被单的床上，正在受到良知的诅咒，正在等待命运的唾弃！她忽然后悔起来，如果当初石羽在酒桌下偷偷捏自己的大腿时，自己能够拍案而起，怒目而视，就会离开公司。如果离开了公司，还会有随后发生的一切吗？不尽的悔意在她的心底汩汩涌出，化做一排排巨浪，呼啸奔腾，接踵而至，撞击着她的心扉。她一时百感交集，想不清到底是什么害了自己：贪欲，虚荣，还是怯懦？

石羽一时愣住了，辛怡的表现完全出乎他的意料。一个濒临死亡的人，有一根稻草都会抓住，我石羽对于辛怡，何止稻草，无疑是一只巨大的救生圈，甚至有可能是渡她逃离苦海的诺亚方舟啊！可是，这女人居然毫不在乎，毫不犹豫地呵斥他，让他滚。石羽望着辛怡的眼睛，那眼里分明燃烧着怒火，仿佛他晚走一步，就会把他烧成灰烬。石羽越发感到这个女人陌生了，他缓了缓神，像贼一样快步走出了辛怡的家。临出门时甩下一句话：

"不识抬举！咱们走着瞧。"

辛怡砰的一声关上房门，趴在床上失声痛哭。正哭得伤心，家里的电话响了起来，辛怡收住悲声拿起听筒。她希望是女儿的声音。母亲的臂膀是女儿泊船的港湾，当港湾被风暴淹没后，女儿将在哪里泊船呢？离开人世之前，她还有多少话要对女儿倾诉啊！

"麻烦您，我找辛怡。"一个中年妇女的声音，有些陌生，但滑润而亲切，像春天泼过的一杯温暖的水。

"您是……哪一位？"

"你就是辛怡吧？我是北京中医院的朱大夫啊！"

"噢，您好！"辛怡记起来了，上次看完病后，她一直没有去看拍片结果。没有希望的等待，把时间变成了一把锋利的剪刀，那剪刀锋利无比，已经将辛怡的心情剪割成了无数的碎片，她早已忘记了自己的病痛。

"哎，我告诉你，结果没有什么大问题，是一般的增生。不过，像你这个年纪也应该注意了，不要总是那么心情抑郁，有了病要抓紧诊治，怎么能对自己的身体这么不爱惜呢！"

快人快语的朱大夫只顾自己说着，并没有注意到辛怡的反应。

"谢谢您，朱大夫。噢，您是怎么知道我家电话的？"

"还说呢！我看你不来看结果，担心你是因为紧张和害怕，就去查了你病历上留的电话。现在好了，良性的，我们都放心了！不过，你还是抽空来一趟医院，我给你开点中药好好调理一下。"

放下电话，辛怡掠过几缕苦笑。良性或恶性，此刻对自己还有任何意义吗？佛家说，人一生一世的全过程，不过像一团被揉皱的纸团，浸泡在清水中，逐渐逐渐平展开来，直至回复如原来的一张纸。但愿行走于另一个世界时，自己能复原如初。辛怡抬起头来看看表，差二十分钟十二点。她抹去眼泪，打开手机发出了一个短信，又在浸着泪痕的信纸上写了起来……

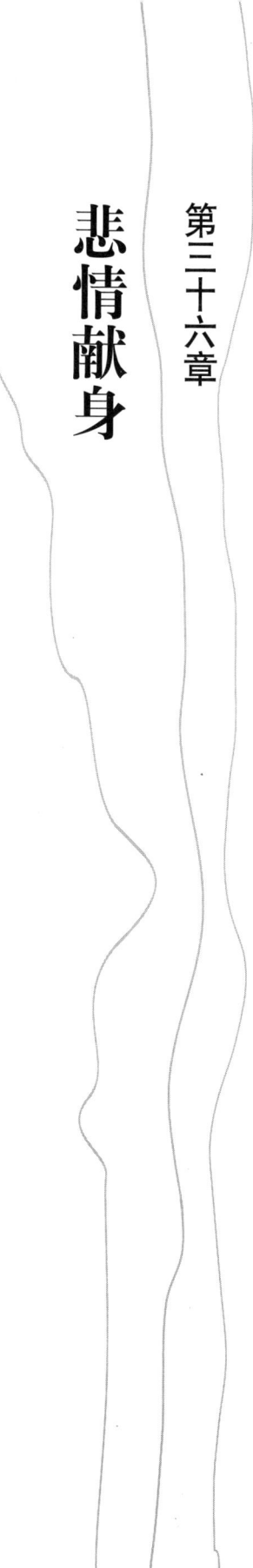

第三十六章

悲情献身

从二手房交易中心出来，小雨已无计可施。

她和金戈在一起生活了几个月，多多少少懂得一点法律常识，贪污四百万公款，八成就是死罪。现在，离石羽最后通牒的时间只差不到一天了，她仿佛看见死神的阴影正一步一步走近辛怡。

不，自己一定要救辛怡！

辛怡如果死了，许非同的精神会彻底崩溃，许非同一旦崩溃了，自己也会万念俱灰。人世间，有什么比眼睁睁看着心爱的人被摧垮更让人痛心的事呢？许非同是一块未曾打磨的璞玉，他的才华与辉煌还没有真正展示啊！

小雨也同情辛怡。辛怡并不是为自己贪污公款，她是为了许非同，为了那个有些风雨飘摇的家！她所以一步一步走向死亡，不正是自己下的追命符吗？尽管是中了金戈的圈套，可金戈为什么要设下这样的毒计？他要伤害的本是她，辛怡不过是为自己挡了暗箭！她有责任有义务去救辛怡！可是，救辛怡的所有尝试均告失败。她认识的人中已没有富人，即便有富人，人家凭什么送你四百万呢？

手机响了，是丽丽来的电话：

"小雨，你有时间吗？我们一起吃顿饭吧！我在燕莎呢，我们去吃水煮鱼好不好？沸腾鱼乡的水煮鱼味道不错。"

小雨由丽丽突然想到了汪海，仿佛阴云密布的天空中突然划出一道闪电：求汪海推荐一张股票给石羽，让石羽在股市上有所收获，以此为条件求他再通融一段筹款还钱的时间。

真是天无绝人之路，对，就这么办！

"你在听吗，小雨。我好险哟，险些出了人命！"丽丽说，语调里有一种劫后余生的兴奋，"我老公还行，危难时刻见人心，关键的时候他还真没有掉链子！"

汪海同意用一千万赎丽丽后，金戈就让熊三在一天以后放了人，然后做了一张假的银行对账单交给了汪海。他知道汪海处事谨慎，以他的性格不会到银行核实这张对账单的真伪，即便他心生疑虑，也不会引火烧身。而熊三那里，他给了五十万元。不费吹灰之力，不担任何风险，熊三在三天之内有五十万元入账，自然高兴得屁颠儿屁颠儿的；况且，他对丽丽早已垂涎欲滴，这次虽然没有上手，也趁机占了不少便宜，算是一举两得。

那天凌晨，他们把蒙上了双眼的丽丽装上了一辆面包车，面包车出了城，又跑出老远，才在一个荒僻的路口停下。丽丽被吓傻了，体若筛糠。她不知道此行的终点是东湖别墅温暖的小屋，还是鬼魔遍地的阴曹地府。她的嘴被胶条封着说不出话，只是鸡啄米一样在车厢的地上磕头。车停了，有人过来拉她，丽丽蜷缩着身子不肯下。拉她的人急了，一把扯下她的衣扣，把手伸进她的内衣，在她两只坚挺的乳房上揉搓了几下，说，臭婊子，不要你的命。要了你的命，可惜了这两只大波。丽丽顾不得羞愧，忙呜呜叫着，表示感谢。她觉得这个家伙把一个纸卷塞到了她的双乳之间。她在歌厅当过小姐，她估计是钱，因为歌厅的客人经常这么做。车门打开了，有人解开了绑她双手的绳子，在她屁股上踹了一脚，说，滚！十分钟以后把眼上的胶布撕掉，早一分钟撕了你就没命！

丽丽滚下车，趴在地上不敢动，足足在地上趴了半个小时，直到再也听不到任何声音了，才战战兢兢把眼上的胶布撕开，一看双乳间果然是卷成一卷的二百元钱，于是她截了一辆过路车，把二百元钱全给了司机，被送回了别墅。

丽丽见到汪海的那一刻，两个人相拥而泣，她在鬼门关走了一圈儿，但检验出了汪海对自己的诚心，惊恐之余心里也很感动，这种感动如发酵的面团，在心里膨胀，憋得她难受，总想找个知心的人说说，于是在家待了两天，情绪刚刚平复，便急切地给小雨打来了电话。

"丽丽，汪局在家吗？"

"在别墅睡觉呢，你问他干什么？"

"噢，没事，我是说，汪局在北京你应该好好陪陪他才对，有什么事过几天咱们再聊。这两天我有点急事，就陪不了你了！"

丽丽说话大大咧咧，小雨对她说的话从来都有保留地听，没有太在意。至于想到的那个办法，小雨不愿意让丽丽知道。这种事知道的人越少，保险系数越大，丽丽的嘴那么快，难免节外生枝。

"真没劲！"丽丽并不掩饰自己的失望和不满，"有什么事非得今天办不可？忙忙忙，我看你都快赶上撒切尔夫人了。得了，我一个人去吃！"说着，挂断了手机。

事不宜迟，小雨估摸丽丽出门了，马上给汪海挂电话。

汪海似乎刚刚睡醒，语气明显有些疲惫，"哪一位？"一听是小雨，有些吃惊，"噢，柯小姐？你找老汉我有什么吩咐？"

"汪局长，我想请您喝茶，您有时间吗？"

"那就到我家里来喝吧，我有上好的碧螺春，还是小金子送给我的呢！"

"汪局长，我们不提他。"小雨的口气中流露出明显的鄙夷与怨恨，"您稍等，我马上打车过去！"

汪海放下电话，觉得事情有些蹊跷。听小雨的口气，是和金戈闹崩了，她一个人急着来访，像有什么事求自己。什么事呢？莫不是想让自己帮忙修复她和金戈之间的关系？又不像。如果是那样，提到金戈时小雨的口气为什么充满了厌恶呢？

对金戈，汪海也觉得把不准脉了。这小子出身贫寒，却着实是个人精儿，干事果断、思路清晰，入行没几年，居然人脉广泛、黑白通吃，几近呼风唤雨；没有几招狠的能行吗？这次丽丽被绑架，虽然金戈的表现无懈可击，但多多少少，汪海总觉得事情有点蹊跷。丽丽是一个北漂儿，绑匪张口就要一千万赎金，没有摸清丽丽的背景怎么敢这样狮子大开口？而深知丽丽背景的人是谁呢？除了金戈没别人。再有，听丽丽说，绑匪虽然戴着面罩，但毕竟是放了活口回来，说明他们并不怕报警，或者说相信事主不敢报警。谁有能力摸清这样的底牌呢？依然是金戈。所谓智者千虑，必有一失。金戈虽然精明，也有疏漏的地方。如果自己的推断成立，金戈这小子就太黑，也太会演戏了。与这样的人结成利益同盟，翻船是早晚的事儿，还是早点抽身为好。小雨不请自到，正好可以趁机摸摸底细。

半小时后，小雨来到了东湖别墅。小雨告诉汪海，金戈让她的一个朋友全仓买入了凤凰科技，这位朋友是借钱买的股票，目前已倾家荡产，就要跳楼了。现在没有人能够救她的朋友，只有汪海。她希望汪海能告诉她一只股票，让债主能赚点钱，好放宽她这位朋友还款的时限。

"凤凰科技？"汪海脱口而出，"怎么敢买这张票？我已经跟小金子说过了嘛，那是一只烫手的热山芋，谁接过来谁的手要被烫成猴爪子。"

汪海很震惊，由此他更加确信金戈绝非善类。他说的明明白白，凤凰科技是一道万丈深渊，有什么深仇大恨能把人往里推呢？

小雨早就感觉这张票不是金戈判断失误，汪海的话更证实了这一点。金戈真是心毒手狠，自己居然和这样的人共同生活了好几个月，小雨说不清心里是什么滋味："汪局长，我求求您，救我那朋友一命吧！"

汪海端详着小雨。因为焦急，小雨的脸微微涨红，显得更加妩媚；那双黑白分明的双眸也因渴望而熠熠生辉，摄人心魄。从见到小雨第一眼开始，汪海就为小雨的清纯甜美所倾倒，只是碍于金戈，他从来也没敢有非分之想。现在，小雨和金戈掰了，她又有事求着自己，汪海内心深处的占有欲便如一条冬眠的蛇，蠢蠢地动了起来。人都有欲望，只是蛰伏着而已，这欲望一旦被放纵，便很可能如决堤之口。如果说，汪海最初放纵贪欲情欲，还有些瞻前顾后，良心上还有些自责，那么随着事态的发展，他已有些身不由己，他已经听凭欲望的驱使，而不愿意节制了：

"我可以帮你，不过，你怎么谢我？"

汪海的眼睛里开始燃起欲火。小雨感觉到了这欲火正一簇簇洒落在自己身上，仿佛要把自己焚化。她来的时候想了好几种结果，比如拒绝、搪塞，但无论如何也没想到他会这样赤裸裸地交换！她后悔不该把和金戈闹翻的事让他知道，让他没有了一点顾忌，但事已至此，她已经没有了一点退路，只能装傻道：

"以后您有事需要我帮忙，我会竭尽全力。"

"干吗要等到以后，一账一清不是更利索吗？"

汪海淫笑着，起身坐到小雨身旁。小雨愤怒了，他哪里是什么国资局长，简直就是个衣冠禽兽！是他，利用手中的权力，把股市当成了私人提款机，还想乘人之危欲行不轨！小雨真想狠狠抽他一个耳光，但一想到辛怡的处境，只好强压下心头的怒火，尽量用平缓的语气说：

"汪局长，我和丽丽是好朋友，这样不好。"

"丽丽逛街去了，一时半会回不来，时间很充裕嘛！"

小雨推开汪海伸过的手，起身正色道：

"汪局长，乘人之危，强人所难，你不觉得这样做很卑鄙吗？"

小雨跑出汪海的别墅，见路旁停着一辆黑色的切诺基，司机座上，一个有些臃肿的中年男人透过前挡风玻璃在看自己。她忙停下脚步，平和了一下心态，她不想在路人面前显得张皇失措。但那男人还是定定地望着她，看得她心里有点发毛。小雨拐进一条岔道，避开了那男人的目光。

怎么办呢？她在一条石凳上坐下，一时不知如何是好。她有些绝望了。她感觉到了绝望的滋味原来竟是这般苦涩：就像一个被虎豹追逐的人面临着万丈悬崖，就像一个濒临饿死的人面临一条不尽长路，希望已被风声扯碎，已为黄沙覆盖！

怎么办呢？她在内心深处一遍遍问着自己，而心扉又如天坛公园的回音壁，把声音折射回来，在她的脑海弥漫，在她的耳畔回响，一声声，撕心裂肺：

怎么办？怎么办？怎么办？

手机响了，有人发来短信：

"柯小姐，因为你我们已经家破人亡！如果我死了，但愿你能善待我的丈夫和女儿。进不了天堂的我，在九泉之下也会对你感激不尽！辛怡"

小雨悚然一惊，心如刀绞一般。屏幕上那几行字渐渐模糊，却是一个字一个字印进了脑海，又一个字一个字蹦出来，蹦得她太阳穴突突直跳。她知道事情已经到了千钧一发之际，如果不出现奇迹，就难有转机了。她拢一拢被风吹乱的头发，站起来往回走，开始走得很慢，后来就踉踉跄跄地跑了起来。

她要去找汪海，她要和汪海上床！她想，即使是悬崖，也只能闭着眼睛往下跳了！

石羽这两天心神不宁。

他经常无端地发火，大声训斥公司的职员，以宣泄积郁在心中的焦虑与不安。中午他被辛怡赶出了房间后，一时恼羞成怒，本打算立马报案，看着警车把辛怡抓走，但一想，这一来失信于许非同；二来辛怡入了狱，许非同筹款的心态就会受到影响，公司的损失更难以挽回，就把火压下了。

他在想，如果许非同两天里能筹到一百万，他可以酌情把时间再顺延几

336

天。他要的是钱，不是辛怡的命。如果刚才辛怡从了自己，他就做个顺水推舟的人情。没想到，都这个节骨眼儿了，辛怡还清高得如同出水芙蓉。这一方面让他生气，一方面也更加觉出了辛怡的高贵。

他坐在老板台后，点燃了一支烟，抽了两口又掐灭，打电话安排公司的保安盯住辛怡，防止她外逃，尽管他觉得这种可能性微乎其微，以他对辛怡的了解，她绝非那种女人。但不怕一万，就怕万一。后来又连着给许非同发了两个短信，让他抓紧时间筹款，一再重申自己过时不候。人都是心存侥幸的，他要把鞭子抡起来，让许非同不敢有一丝一毫的懈怠。

做好了这一切，他才安定了一些，沏了一杯浓浓的铁观音，想去去这两天的内火。

石羽的老家在福建，和家在安徽的金戈一样，从小便有饮茶的嗜好。他与金戈相识也是缘于茶。那一日他到春雨潇潇喝茶，与金戈比邻而坐。听金戈言谈中对茶道颇有心得，便上去搭讪。聊得投机，便聘金戈做了自己的法律顾问，顾问费也是象征性的。金戈所以同意，是了解到了他的身份，知道他是辛怡的老板。金戈爱喝黄山毛峰，石羽喜好福建的溪茶即产于安溪的铁观音。铁观音号称乌龙茶中的极品，以七泡有余香和特殊的观音韵被茶客所青睐。石羽心烦意乱的时候，常常会泡上一杯浓浓的铁观音，饮上两杯，心境便会渐渐趋于平和。

笃、笃、笃，有人敲门，急促而有力。

"进来！"他放下茶杯，吼了一声，语气中有明显的不耐烦。

小雨推门而入。

石羽抬头打量了一眼，见是一个二十来岁的陌生女孩，穿一身洗得发白的牛仔服，背一个牛仔背包，亭亭玉立，面容姣好，只是额头上有两道明显的抓痕，眼圈也有些发红，像是刚刚哭过的样子。

进门之前，小雨刚刚擦干了屈辱的眼泪。为了救辛怡，她万般无奈委身汪海，两个人刚刚完事，汪海告诉了小雨一张股票：顺达实业。他说长个百分之三四十不成问题，可以叫她朋友的债主去买上二百万，十天之内必可获利五十万以上。他还说，深圳每天往返香港的"飞鱼"，每次的价码也不过三五万，他这一次可是支付了五十万，全世界也不会有这个价钱啊！小雨厌恶之至，真想啐他一脸唾沫。就在这时丽丽破门而入。丽丽一个人逛街，觉得没有意思，到"沸腾鱼乡"要了一份水煮鱼，吃了一半总觉得心里有事，就急急地赶了回来。冥冥中她预感有事情要发生，却万万也没有想到小雨不肯和自己一起吃饭，原来是要来勾引自己的老公。她先是怔怔地望着好朋友，突然间发出一声尖叫直扑小雨。小雨一闪身躲过，想到辛怡命悬一线，无心和丽丽分辩，匆匆逃离了汪海的别墅。

"您是石总吗？"

"我是。你是谁？"

小雨说明来意，石羽眨眨眼问：

"凭什么让我相信你，就凭你这一番话？"

小雨拿出一张私人存折：

"这是十万元存款。石总，我可以把它押给你，我们俩再拟一份书面协议，如果您买顺达股份亏钱了或没有获利，我这钱就算是给您的补偿！"

石羽接过存折，翻来覆去地看着。

"存折的真假，您到银行一问便知。我不会拿我全部的积蓄做赌注，让您买一张没有把握的股票吧？这张股票的消息来源我已经告诉您了，我和辛怡是好朋友，我是为了救她！"

"好！我权且信你一次。顺达股份的走势我要观察一两天再说。你给我写个字据，连同这张存折先留在我这儿！"

小雨从红蜻蜓文化公司出来后，心情稍稍有一丝快慰。石羽答应还款日期再宽限十天。她现在要赶紧把这个消息告诉许非同。明天，不，最好在今天收盘之前就让辛怡换股操作，如果手上的股票能挽回一些损失，再想些别的办法，这一关也许能过去！

八一大楼对面往西不远的街面上，有两扇红漆大门。门上各有一个狮子头衔着门环，显示这家主人身份不凡。摁响门铃，会有一个老保姆隔着大门问你是谁、找谁、什么事儿，一切应答无误，红漆大门会打开一道小缝，让你侧身闪入。

一进门，古柏参天，叠石为山，假山四周是一个大的水池。池子里红鲤摇尾、青萍漂浮，很有一番闹中求静的典雅与高贵。

这是朱丹的家。

朱丹的父亲曾是我军一位高级将领，红军时期就是独立师政委。因为受林彪事件的牵连，仕途晚年受挫，但生活待遇还是按正兵团级。当初朱丹追求辛怡，曾以豪门的家境取悦她，但辛怡并不看重门第，和许非同一见钟情，义无反顾地投入了他的怀中，这曾让朱丹很有一种挫败感，所以他和许非同虽是同窗，但来往一直不密切。

万般无奈，许非同找到了朱丹。

朱丹听许非同大致说了事情的原委，有些夸张地耸耸肩：

"非同，向我借钱？越多越好？你不是在创作行为艺术吧！"

许非同没想到朱丹会以这种方式拒绝自己，又急又气，说：

"我确实遇到了难处，急着用钱，你愿意借就借，用不着以这种方式羞辱我！"

朱丹耸耸肩，摊开双手说：

"非同，你这样说话就没有道理了，漫说是你来向我借钱，就是向我讨债，也不应该是这个态度嘛！"

许非同急得直搓手，他原地转了一个圈儿，说：

"给句痛快话，借还是不借？我没有时间跟你废话了！"

"你看看，你看看，又来了！"朱丹晃动着摊开的双手，一副很无辜的样子，"借怎么讲？不借又怎么讲？"

许非同知道在朱丹这儿借不出钱来了，来之前他也未抱多大希望，只不过事到临头，死马当作活马医罢了！他不想和朱丹纠缠了，他得赶紧去想别的办法。正在这时，刚刚离开红蜻蜓文化公司的小雨打来了电话。听到小雨传递来的消息，许非同心情略微平和了一些，仿佛就要被水淹死的人突然抢到了一只救生圈，他隐隐感觉事情有些蹊跷，小雨怎么能有这么大面子，让石羽能做出这么大让步？他也顾不得细想，就离开了朱丹的家。他要赶紧联系辛怡，把这好消息告诉妻子。

朱丹送许非同出来，说：

"你要实在遇到迈不过的槛儿，老同学嘛总不会袖手旁观。多了不敢说，三万两万我还是可以想办法。"

许非同没理他，边走边急着打电话给辛怡。

辛怡的手机关机，家里的电话也没人接。许非同拨了好几次，一种不祥的预感倏地袭上心头。他想起了早晨辛怡的一句话：我一会儿去看看彤彤。明天是周末，彤彤该回家了，她今天有必要去看彤彤吗？辛怡早晨一连串的表现也一一闪现在脑海：本该焦躁的辛怡为什么那么平静？她嘱咐自己按时吃药是什么意思？她为什么要用那种眼神看自己？她为什么紧紧地抱住自己不愿松手，流露的明明是牵挂与不舍！

坏了，辛怡不要出什么事儿。

他惊出一身冷汗，忙拨通彤彤的宿舍电话，问彤彤，你妈妈今天去看你了吗？

彤彤回答："她上午来了，给我买了许多好吃的，坐了一会儿就走了。爸爸，我看妈妈神色不大对，你们是不是因为股票的事又吵架了？"

许非同没有答话，挂断手机。他的心正在加速下沉，于是跑到路旁拦下一辆出租车，心中暗自叫了一声苦：

"不好，辛怡八成出事了！"

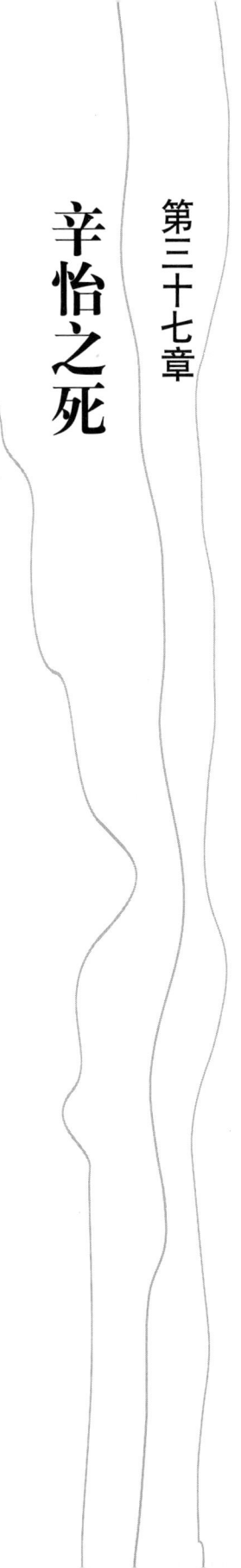

第三十七章

辛怡之死

夏利吱的一声停在楼下。

许非同拉开车门跳下车，见单元门口停着一辆"残摩"，车上坐着一个五六十岁的壮年男人：他的头歪着，嘴角流着口水，右手颤颤巍巍地指着许非同，发出呜呜的叫声。许非同看了他一眼，这不是和妻子一起炒股的老张吗？他曾去过远方证券营业部几次，见过面，他怎么成了这个样子？到这里来找谁？

许非同顾不得细问，冲老张招了一下手就向楼上跑去。因为着急，老张脸涨得通红，话又说不清楚，许非同经过他身旁的时候，他哆哆嗦嗦地伸手去抓许非同，没有抓住，于是冲着许非同的背影呜呜地叫着，似乎是在发泄着什么。

刚一进楼道，许非同就听到一阵猛烈的砸门声，咚咚咚，咚咚咚，像擂鼓一般。他急跑几步，砸门声越来越响，来到自家门口，只见一个二十多岁的小伙子正用拳头擂门。

贝贝在里面拼命地叫着，用前爪挠着门。

许非同责问："你要干什么？"

小伙子见到许非同，说："我找辛怡，他们公司说她没上班，这臭娘们在家不开门，做了亏心事不敢见人了！"又像想起了什么，问："你是谁？你管得着吗？"

"我是她爱人，请你说话放尊重些！"

小伙子不砸门了，上前一把揪住许非同的衣领：

"你来得正好。放尊重些？你刚才上楼时看见我爸爸了吧？他因为听了辛怡的话，买了凤凰科技，赔得得了脑溢血，现在半身不遂了，你说这事儿怎么办吧！"

许非同掰开小伙子的手，掏出钥匙，慌慌张张地打开门，贝贝腾地一下蹿起，扎向他的怀中，像是受了多大的委屈。许非同没有心思和它亲昵了，用手挡了一下，急着向屋里走。房间里没有开灯，辛怡不在家！许非同随手扭亮桌上的台灯，见台灯的底座下压着一张信纸，他用颤抖的手拿起来：

非同：

    当你看到这封信的时候，我已经走在通向另一个世界的路上了。我所以选择死，因为这是我目前唯一可以选择的结局。我谁都不怨，如果要怨的话，只怨我自己的贪心。早知今日，何必当初？人到悔时恨已迟！

    十几年的夫妻恩怨，就此了结。我忘不了我们一起度过的那些苦乐交织的日子。人生一世，这是我能带走的最大一笔财富了。现在，我要郑重声明的是，我前后两次动用公款四百万元入市炒股，你直到昨晚一直一无所知。不知者不为过，你可以拿着这封遗书去向有关部门说清楚，这也许是我生前能为你做的最后一件事了。但愿那笔沉重的债务因为我的远离而化为乌有。

    我真的很对不起你，把你辛辛苦苦攒下的上百万元血汗钱全部赔于股市。如果真的有下辈子，我当牛做马也要补偿对你的歉疚。

    我们已经无力支付彤彤昂贵的学习费用了，我死以后，你为她办理转学手续吧。代我向她道歉，告诉她，妈妈是爱她的，尽管这爱已经显得如此苍白无力。

    带走了你为我买的珍珠项链，但愿它能使我在另一个世界里不会孤独，不会无助。

    看在十几年夫妻的分上，再一次请求你的原谅。

爱你的妻子 绝笔于午时

    许非同手颤抖着，信纸飘然而落。仿佛一记重锤直击心脏，他趔趄了两步用手扶住墙才勉强没有瘫坐在地上。他知道，他最害怕、最担心的事情已经发生了。他太了解辛怡了，她肯定是不愿意死在家里，让丈夫和女儿触景生情，一个人找僻静的地方去自行了结了。

    跟进来的小伙子捡起信纸也读了辛怡的绝笔，他愕然地张大嘴，一时呆愣在那里。

    贝贝狂叫着咬住许非同的裤腿，扯着他向门外走。许非同想起狗可以根据嗅觉信息识别主人，它辨别气味的能力是人的一千倍，就冲出家门，跟着贝贝跑下楼。贝贝出了楼道门，一边叫着一边向楼后跑。

楼后有一块几十米的空地，空地上有一张木椅，几株枫树。枫树旁是一个水池，半池荷花。一拐过楼，许非同就看见了木椅上那熟悉的身影……辛怡穿一件新风衣，安详地坐在木椅上，一动不动，头发没有扎起来，随傍晚的风悠然飘起。

贝贝不再叫了，耷拉着尾巴放轻脚步走过去趴在了辛怡的脚边，尔后把目光投向许非同，那目光中竟充满了悲切。

正值秋日的傍晚，太阳已经落到高楼的背后，暮色正如一张张开的巨网罩住了世间万物。天空呈灰黑色，云彩的形状也变得模糊不清，好像洗过砚台的水盆，深浅不一，混混沌沌。空地上的蒿草已经败落，叶子开始泛黄，不时被秋风吹落的一片片残叶，飘落到辛怡的脚下；木椅旁的枫树也摇动着一头将掉未掉的叶片，发出一阵阵哗哗的声响，像是在秋日的风中发出了一声声悠长的叹息。

许非同的脚步陡然收住。他望着石椅上的辛怡，一时心如止水，脑袋中一片空白。从这个角度望过去，木椅、落叶、辛怡，简直就构成了一幅描绘秋天萧瑟之气的油画：

> 几树枫杨红叶坠，依稀黯淡野云飞；路途烟雨故人稀，水寒荷破人憔悴。只怕是：玄鸟去，日轮回，末路之人魂不归。

许非同真希望妻子是在静坐歇息。虽然他预感这将是自己的美好愿望。他已经有十几个小时没有和妻子联系了，这段时间妻子有足够的时间做出傻事。他放慢脚步，一步一步向妻子走去。他看清楚了，妻子双目微闭，似已酣然入睡，那神态和平时入睡没有什么两样。他走过去挨着妻子坐了下来，他企盼着轻轻呼唤一声，妻子会睁开双眼还他一个恬静的笑：瞧，我怎么在这儿就睡着了？妻子恬静如花、气息全无。他知道这肯定是自己的一个梦了，但是他依然不愿意惊扰了她，好像只要不惊扰她，过一会儿她自然就会醒来。他伸出手去挽妻子的肩，妻子一下依在了他的怀中。

刚才，妻子坐在这里，一定是为了看城市的落日。她喜欢看落日，她觉得落日的肃穆更能使人陷入遐想。是的，一只巨大的火球缓缓地沉入了高楼林立的谷底，它喷吐着最后的余晖，沿着高楼的顶端向深渊滚去。于是，太阳与高楼在晚霞飞舞的天幕并列，颂歌与挽歌波起涛涌，瞬间有如永恒。第一盏路灯唤出第一颗星星时，天空渐渐变成了暗夜。新与旧、生与死、过去与未来、珍重与忘却，就这样融合了，如同落日的景致与辛怡的心境之融合。

他把手搭在了妻子的肩上，用脸去贴妻子的脸。他明显感觉到妻子的脸颊已经没有了温度。谈恋爱时，他曾这样搭过妻子的肩头，将妻子相拥入怀；结婚后的前几年，他也曾这样搭过妻子的肩头，却比谈恋爱时少了几分浪漫，多了几分亲情；有多久没有这样搭过妻子的肩头了？想一想，遥远得如同隔了一个世纪，亲近得又仿佛就在昨天。他的手上分明还留着妻子的温热，他的身上分明还沾染着妻子的气息。可是，现在呢？妻子的脸颊怎么不再润泽温暖，妻子的气息怎么不再香若幽兰？

辛怡！他轻声地呼唤。

辛怡！他把妻子搂进怀里。

辛怡！辛怡！许非同呼唤妻子的声音一声高似一声。

妻子已经没有任何反应了，许非同从恍惚的状态中清醒过来。他知道，妻子永远永远也听不到自己的呼唤了。他真恨自己，为什么没有早一点发现妻子的反常迹象，恨自己从红蜻蜓文化发展公司出来后为什么不赶紧回家。死，原本是那么抽象的概念，此刻竟变成一具尸体实实在在地摆在了自己面前，他无法接受这个现实。

日色落尽，云彩无光。搂着妻子，许非同已泣不成声。辛怡确实太累了。工作、家庭、股票，她柔弱的双肩如何担得起这样的重负？

每天，她最早起床，收拾好房间，为许非同准备早餐；晚上她又睡得最晚。吃过了饭，她要刷碗、扫地、料理家务，然后打开电脑看盘，分析股票的技术走势。那股票的技术图形就是一个布满阴云和陷阱的迷魂阵，你看着MACD 金叉了，预示股票要涨，也许那个金叉就是庄家抹在刀口上的一点蜂蜜；你看着 KDJ 拐头向下，预示股票要跌，没准那正是庄家为诱使你割肉出局的一个诱饵。以辛怡的股票知识和实践经验，她对图形的判断每每失误，经常看了一晚上图形，关机的时候仍理不出半点头绪。她像一个陀螺，被生活的鞭子抽得滴溜溜乱转，除了睡觉的四五个小时，几乎没有片刻的停顿。即便在睡梦中，她也常常被股票缠绕，或因为股票涨了喜极而泣，或因为股票跌了惊恐万状。许非同有几次就是在睡梦中被辛怡的尖叫惊醒，睁开眼睛一看，辛怡坐在床上正直愣愣望着黑暗发呆！

她太累了。她需要好好睡一觉。

许非同呆呆地望着怀里的辛怡。早晨，辛怡还为自己扣纽扣，还为自己抚平衣领，他还能感受到妻子手上的温度。这温度太熟悉了，谈恋爱时在电影院里，他们手拉着手，那温度传递的是彼此的依恋；结婚后，许非同因为失眠睡不着觉时，辛怡也爱拉着他的手，那温度传递的是对自己深深的关切。可是此刻……

他想起了早晨妻子深情地一抱！多久了，妻子没有这样抱过自己了，而且抱得那么投入，那么忘情。

原来那是在和他最后告别！

原来那是对丈夫的牵挂与不舍！

原来那就是阴阳两隔、天上人间的一个暗示呀！

许非同拉过妻子的手，贴在自己的脸上。那手已经冰凉了，没有了任何知觉，许非同觉得自己的脸会把这双手焐热。因为没有这双手与自己相互搀扶，他会心如死灰，悔恨终生！

"非同，赶快送大姐上医院吧。"

许非同木然地回过头，见身后已经围了一群人，小雨站在自己的身后。和许非同通完电话后，小雨仍不踏实，她急于见到许非同和辛怡，就找到了许非同家。正赶上许非同随着贝贝向楼后跑，于是跟了过来。

许非同注视着小雨，心想，如果不是这个女人，妻子会买凤凰科技吗？如果这个女人不是一而再再而三地让他们守仓，能够赔得这么惨，以致辛怡搭上性命吗？他记起了妻子骂她的那些话，望着望着，在许非同的眼里，小雨已经不是那个纯洁恬静的女孩儿，而是一个面目狰狞的恶魔。

"你走吧，我不想再见到你！"

"非同！"小雨的眼眶中也充满了泪水，"这一切，也是我不愿看到的，真的，我……"

许非同正欲答话，手机响了。《田园交响乐》那悠扬的前奏，和此时此刻的情景是那么格格不入。

许非同摁下接听键，一个女孩儿的声音传了出来：

"是许先生吗？我是丽丽，我们见过面的，您想起来了吗？"

346

"有话快说！"许非同粗暴地打断了对方。

"噢，是这样。"丽丽的语调急切而哀怨，似乎还带着哭腔："柯小雨刚才上我家勾引我老公，正好被我撞上。她是个荡妇，是个小婊子！她说爱你全是假的，你听见没有？"

小雨从汪海那里跑了以后，丽丽越想越生气，她真的万万也没有想到，小雨会做出这种事。她也暗自庆幸，那次在温馨庭院没有把自己的那段经历告诉小雨。她不能饶了小雨，她要揭穿小雨的虚伪，就气急败坏地打了许非同的手机。

许非同曾见过丽丽，知道丽丽是小雨最好的朋友，也听小雨说过，她傍上了一个有权有势的大款。丽丽的话让他如五雷轰顶，内心更加痛不欲生。丽丽没有必要挑拨他和小雨之间的关系，他可以从她的语调中感受到她的愤怒与伤心，那是当一个人被最好的朋友伤害时才会有的情绪。许非同实在难以置信，对他一往情深的小雨竟会背着他去勾引另一个男人，只因为这个男人有钱、有权！

丽丽还在电话中喊叫着什么，许非同已无心听了，他关掉手机，望着小雨，一下子觉得她非常陌生，陌生得好像来自另外一个星球。小雨已感觉到这个电话是丽丽打来的，她涨红着脸，欲言又止："非同，我……"

"你这个混蛋！你给我滚！滚！"许非同因为悲伤和愤怒，脸涨得通红，本来端正的脸庞也变了形，样子有些狰狞："滚得越远越好！听见没有？混蛋！"

老张被他的儿子推了过来。见到辛怡躺在许非同的怀里，老张泪流满面。他的儿子冲许非同吼：

"还不快打120，跟她废什么话！"

许非同如梦初醒，颤抖地掏出手机，拨通了120，绝望地哭喊着：

"急救中心！急救中心……"

第三十八章

爱的触摸

金戈见过韩队以后，心里有些没底了。根据韩队反映的情况，菲菲的案子似乎有些不妙。分局领导已亲自过问，认为此案疑点重重，前后证言反差太大，让重新侦查。金戈本打算花钱摆平此事，但打了几个电话都碰了钉子，这让金戈更加揪心。如果这个案子出了问题，就有可能牵扯出违规贷款、利用内部消息炒股、巨额行贿、绑架人质等一系列重大问题，那可就麻烦大了。金戈后悔不该急着把菲菲调入律师事务所，露出破绽，让人家起了疑心。可是菲菲调到律师事务所，公安局怎么知道的呢？肯定是菲菲的爸爸、妈妈大肆张扬，街坊四邻奔走相告，公安局的耳目那么多，哪有不知道的道理？也是，一个胡同里的女孩儿一月挣了好几千元，宝马轿车常在胡同口等候接人，不闹出动静才怪呢！

金戈正坐在办公室里想着对策，菲菲打来电话：

"金律师，有一个人要见您！"

"就说我不在。菲菲，以后凡是事先没有预约的，你一律帮我挡驾，听见没有？"金戈还没有放下电话，一个人已破门而入。

"金大律师，恕我鲁莽，不请自到了！"

金戈抬头一看，原来是刘胖子。菲菲追进来，说这位先生执意要见您，我拉不住！金戈一摆手，没关系，这不怪你。又问刘胖子：

"你找我有什么事？这几天怎么听不到你的音信了？"

刘胖子也不等金戈让，一屁股坐在沙发上，呼出了一口长气，像是在稀释着心中的郁闷，少顷，才望着金戈问：

"辛怡自杀了，您知道吗？"

金戈闻言一愣，他没有想到辛怡会自杀，心中不免生出一缕伤感和几分歉意。在这场复仇的游戏中，辛怡原本是最无辜的，虽然和她只见过几面，也未及深谈，但凭直觉，金戈觉出辛怡是一个非常贤惠的女人，让这样的女人为那一对狗男女陪葬，并非他的本意。可是，投鼠无法忌器，这只能怨她自己的命不好！于是明知故问道：

"她自杀了，为什么？"

"动用四百万公款炒股，亏得一塌糊涂！"

"这和我有什么关系？我让她挪用公款去炒股了吗？"

刘胖子没说话。他从提包里拿出五捆百元大钞，在桌子上撂成一摞：

"您是律师，律师是干什么的？律师应该维护法律和公正。我没您学问高，可是我知道，美国有史以来最伟大的律师丹诺在法庭的发言，常常感动得法官都悄然落泪。他凭的是什么？凭的是公理、正义和自己的良知。可是您都干了些什么？……辛怡、小雨，那都是多好的女人啊，让您整得人不人、鬼不鬼！"

说着，刘胖子狠狠抽了自己一个嘴巴：

"我也他妈不是个人，竟帮您……"

刘胖子由衷地悔恨。他是六八届知青。20 世纪 80 年代从内蒙古返城后，先是在环卫局做掏粪工人，后来掏粪全用上了汽车，他便辞职下海搞起了家政服务，招来一些农村姑娘，经短期培训后去做保姆或钟点工，从中收取介绍费。因利润空间有限，他发现随着市场经济的发展，私人侦探有很大的市场需求，就转轨承揽起这方面的业务，竟然收获颇丰。接了金戈这单生意后，他原本以为抓到了一条大鱼，兴奋异常，办事也格外尽心竭力。但随着调查的深入，他越来越觉得小雨和许非同的交往并没有他想象的那么醒醒，金戈的心理过于阴暗，心中便有了一些自责。但他无法抵御那几万元钱的诱惑，还不愿罢手。那天在东湖别墅，他监听到小雨和汪海的对话，知道小雨为了救辛怡居然愿意委身那个老色鬼，心里真是有说不出的滋味。他觉得小雨太圣洁了，圣洁得如同一个天使。在物欲横流的时下，居然有这样的女孩，心甘情愿地为心爱的人付出一切；而她所以山穷水尽走到这一步，正是由于金戈设下的陷阱；紧接着是辛怡的自杀，这一切给刘胖子的震撼不亚于惊雷滚过。他觉得在这场令人毛骨悚然的"游戏"中，自己充任的角色太不光彩。这世界确实已然物化到什么都可以用金钱来交换了吗？想想辛怡，想想小雨，刘胖子感到羞愧。

前几天，他回了一趟插过队的内蒙古草原。

那是一个令他魂牵梦萦的地方。他大好的青春年华几乎全部奉献给了那里的草原。在没膝的青草中，留有他太多的憧憬、太多的艰辛、太多的留恋与太多的遗憾。紧张的现代生活节奏，灯红酒绿的都市景观在给了他物质满足与感官刺激的同时，也常常令他身心疲惫、精神怠倦；这时，他常常会想起温暖的蒙古包、豪放的祝酒歌、香喷喷的奶茶和蒙古包里那如小河一样潺潺流淌的生活。他早就想回去看一看，看看那一方蓝天、那一片草原，还有仍然在蓝天下草原上生活着的她是否幸福、美满？

1968年，当他在北京站的站台上与哭作一团的父母洒泪而别时，他已经做好了在草原扎根一辈子的思想准备。但塞外冬日刺骨的北风，飘飘洒洒一下就是几天的大雪，夏日灼人的酷热和县城里马车扬起的一路黄尘，还是使他倍感生活的艰辛与困苦。不能设想，如果没有她的抚慰、关切与带着花草清香的热吻，他能独自走过生活中那么多的风风雨雨，从一个城里的中学生变成一个肌肉发达、面色紫黑的塞北大汉！可就在他的海誓山盟言犹在耳时，一纸回城的调令竟使鸳梦破碎。

分手那天，她痛哭失声，为曾经拥有过的温馨，也为负心人的薄情。三十多年了，逝去的那一段岁月变成了一张底片，被刘胖子搁置在了记忆的深处。

接了金戈交办的案子，随着调查的深入，他竟不时被小雨和辛怡真挚的情感所感动，这感动像显影液一样，使底片上的一切重新清晰起来。他终于抵不住心灵的呼唤，踏上了寻梦的旅途。他关上了手机，他不想在这几天受到都市噪音的任何干扰。一把年纪了，他想去触摸一下年轻时的情爱！草原以隆重的礼遇迎接了他。雪白的羊群、青青的牧草、热腾腾的奶茶和香喷喷的奶豆腐……这里的一切让他有一种久别重逢的亲近。他也如愿见到了她。

最令他感到震撼的还是她讲述的一件事：一个月以前，她带丈夫进京看病，在北京中医院被小偷偷了钱包，就在她走投无路的时候，是一个叫辛怡的北京女人倾囊相助，才使她的丈夫顺利住进了医院动了手术。在辛怡身上，她感受到了北京人的仁爱与善良。她拜托刘胖子看在他们曾相爱过的分上，回北京后代她去当面向辛怡致谢，并把借辛怡的钱一并转交。

刘胖子听了，先是惊诧生活中竟有这样巧的事情，然后便又羞又愧。羞的是，她来北京为丈夫治病，却不愿见故人，说明她还在恨，是辛怡化解了她对北京人的成见；愧的是，辛怡这么好的一个女人，却被金戈设计陷害几乎陷入绝境，而在这场不光彩的游戏中，他为了贪图几个钱竟充当了帮凶！

他风尘仆仆地赶回了北京，心态异常矛盾。在东湖别墅监听到小雨为了救辛怡而悲愤地去献身时，心灵受到了强烈的震撼！他才知道辛怡已经徘徊在死亡的边缘了。他后来赶到许非同家，准备把女友的感谢与还款带给辛怡时，正赶上辛怡香消玉殒、魂归西天。这打击对刘胖子太大了！他不知道如何去向远方的她解释！他觉得自己拿的五万元佣金沾满了辛怡的鲜血，拿在手上，对灵魂实在是一种痛苦的煎熬！

回来后，刘胖子一宿未眠，回想起来，金戈这单生意虽然酬劳很高，但是最缺德了。创办这家公司时，他已经确定了一条原则：违法的生意不接。原本以为只要遵循，挣的就都是干净钱了。不想在法律之外还有一片灰色地带，一旦陷进去也会沾上一脚泥。从表面看，这是一起感情纠葛的民事事件，但稍一分辨便不难看出，金戈的做法其实是一种变相的预谋杀人！而这一环环相扣的阴谋，少了自己便难以实施！特别是他听从金戈的话告诉辛怡凤凰科技是第二个亿安科技时，简直就是直接参与了杀人！他越想越悔，悔得肠子都青了，早晨一起来就迫不及待地来找金戈。

金戈本以为刘胖子是来要钱的，因为还差五万元没给他。这几天他音信杳无，本想训斥他几句，没想到他反过来倒教训起自己来，不由有些恼羞成怒：

"你以为你是谁？敢这么和我说话！"

刘胖子一改往日的谦卑，正色道：

"我没打算来教训您。我只是想把憋在心里的几句话说出来！您那五万块钱我不要了，这五万也还给您。钱是好东西，可丧尽天良的钱，我不挣，我还要给自己留点人味儿！"

说完，刘胖子转身就向外走，走到门口，他又回过身来望着金戈，扔下一句没头没脑的话：

"黄泉路上无老少，可阎王殿里有判官。你好自为之吧！"

门啪一声被关上，金戈打了一个激灵。刘胖子走了好一会儿，他才缓过神来，不解地摇摇头，琢磨着刘胖子是不是吃错了药，到手的钱居然推了出去！他把四万元锁进保险箱，刚站起身，桌子上的电话又急促地响了起来，他抓起听筒，里面传出韩队焦急的声音：金律师，不好了，领导已经把我调离了专案组，让我负责内勤，那事八成是包不住了！

金戈的心倏地往下一沉……

第三十九章

没有哀乐的葬礼

辛怡的遗体告别仪式是在西郊殡仪馆举行的。

万念俱灰的许非同赶到殡仪馆时，彤彤已陪着姥爷、姥姥等在休息室。贝贝也被彤彤抱来了，静静地趴在两位老人的身旁。

几天时间，两位老人明显地衰老，没有了一点儿精气神儿。见到许非同时，老两口呆滞而毫无生气的目光才亮了一下，如同划过阴霾的闪电，阴冷得令许非同战栗。

"许非同，你说，你说说这是怎么回事？我……我把女儿，好……好地交给你，你……你……"

岳母哽咽着说不下去，泪水顺着那张因痛苦而有些变形的脸流下来。

彤彤忙用手绢帮老人擦去泪水，自己却忍不住痛哭失声。

她真恨自己，妈妈那天的神态举止那么反常，怎么就丝毫没有察觉？父母因为股票烽烟不断，她已经有些疲沓了。那天，她虽觉得妈妈有些怪兮兮的，也只是以为因为股票又吵架了，没往深处想，舞蹈队一排练就把这事忘到脑袋后边了。一想到自己和同学们一块儿跳着欢快的扇子舞，妈妈却已经推开了地狱之门，就心如刀绞。如果当时能有所感觉，和妈妈好好聊一聊，说不定妈妈会放弃自杀的念头；或者给爸爸打一个电话，也可能制止悲剧的发生！可是，一切都无法挽回了，生养了自己的妈妈，含辛茹苦把自己养大的妈妈，世界上最关心、最深爱自己的妈妈走了！

再过一会儿，她就会化成一缕轻烟，在这个世界上消失得无影无踪。

从今天开始，她再也感受不到妈妈那慈爱的目光，那温暖的抚爱，再也不可能依偎在妈妈的怀里，搂着妈妈的肩头讲述自己心中的郁闷、企盼和只能对妈妈说的悄悄话了。

见外孙女哭得悲痛欲绝，姥姥又反过来为她擦眼泪，祖孙俩抱在一起，一时哭成了泪人。贝贝爬起来，竖起后脚站直了身子去舔她们的泪水，彤彤一把将贝贝揽进怀里，哭得更加伤心。

辛怡的父亲呆坐在椅子上，一言不发，一动不动，如一尊泥塑。他望着前方，眼皮眨也不眨，目光空如枯井，那是大悲之后的绝望，是大恨之后的无奈。父爱如茶，虽不浓烈，却情深而绵长。女儿本是他心中的至爱和骄傲，老人万万也没有想到，她会因贪污挪用公款畏罪自杀！老人一生清白、刚正，没想到晚年因为女儿蒙受如此奇耻大辱！他本不打算来送女儿，白发人送黑发人，原本就是人生一大痛事，更何况女儿走得如此不堪与人言？但是他太想再看女儿一眼了。一听说女儿出事，他的脑海和眼前，就全被女儿的影像占据了，从小时候到长大成人，那一张张女儿的脸，或笑或泣，或哀或怨，都是那么真切可感，仿佛一伸手就可以触摸，仿佛女儿正对着他说：爸爸，我对不起您！爸爸，您要多保重！

不送送女儿，九泉之下的女儿会伤心落泪……

没有追悼仪式，没有哀乐。

石羽听说辛怡自杀了，忧心如焚的是公司的四百万公款向谁去要？他虽然小试牛刀在顺达股份上赚了几十万，但比起四百万的损失来得不偿失！他没有来参加遗体告别，只是派公司的一个职员到场，送的花圈上也只写了四个字：辛怡走好！

朱丹来了，很沉痛的样子，走到两位老人面前说了一句，节哀顺变。又过来拍拍许非同，很遗憾地耸耸肩，摇摇头叹了一口气，似乎是对没有借给许非同钱表示歉意：

"我没有想到……真的！非同，请你原谅我！"

许非同茫然地点点头，面无表情地说了一句：

"谢谢你来送辛怡。"

朱丹又说："辛怡是个优秀的女性。其心可鉴，其情可佩。非同，你其实也不必过于伤心。我以为，辛怡是用生命在完成一件伟大的行为艺术作品，那就是，以一死来表明自己与旧生活的决绝！"

许非同很生气，又不便于发作，就说："那你今天来参加辛怡的遗体告别仪式，是不是也在进行行为艺术？如果是这样，恕我不能配合！"言毕，拂袖而去。他觉得朱丹简直已经走火入魔了，执迷得令人愤慨！

刘胖子也来了，他低着头，隐身在人群中。他要送辛怡最后一程，万千愧疚，已化作了他胸前别着的一朵白花，没有人问他是谁，也没有人注意到他的存在，但是刘胖子确信，尚未走远的辛怡会看到他，会用幽怨的目光注视他。他会在她的遗体前深鞠一躬，善恶是非，让人世的良知评说吧。

辛怡的同学闻讯赶来了，辛怡几个要好的同事赶来了，人们默默地站着，彼此无语，只是用眼神交换一下心中的惋惜和悲痛。

这时，殡仪馆的一个工作人员走进来，问谁是家属。许非同站起身，用探询的目光望着对方。工作人员说，有一位姓柯的小姐昨天晚上来过，留下钱送了一个花圈，可不可以摆出来？许非同怒不可遏，咬牙切齿地吼：

"扔出去，不要摆！"

人们愕然地望着许非同，不知发生了什么事。

一辆中巴停在门口，门打开，两个年轻人抬下一辆轮椅，轮椅上坐着老张。

老张的儿子推着轮椅来到休息室门口，许非同见状忙迎了出来。老张哆哆嗦嗦地说着，还抬起手颤颤巍巍地比画，老张的儿子替父亲翻译说：

"我爸说，辛怡大姐是个好人！他要送辛怡大姐一程。"

许非同听了，深鞠一躬，含泪致谢。

开始向遗体告别了。

没有鲜花，没有哀乐，有的只是哀怨的眼神和沙沙的脚步声。辛怡静静地躺在告别室正中的台子上，平和而安详，像是在熟睡。她太累了，从此，她将远离人世间的纷纷扰扰，远离令她遍体鳞伤的股票市场，远离恨她的、爱她的、关心着她的人们，一个人到另外一个清冷的世界去休养她疲惫不堪的身心了。她会快乐吗？她毕竟还有那么多的牵挂留在了这个红尘滚滚的世界。

贝贝挣脱了彤彤的怀抱，跑过来围着辛怡转了几圈儿，然后一声不响地趴在了辛怡的身旁，目光中满是不舍，似乎是在等待着女主人醒来，眼睛里闪烁着莹莹的泪花……

"闺女啊……"一声撕心裂肺的哭声如一把利器在人们的耳膜划过。辛怡的母亲挣脱开彤彤的手，扑向熟睡的辛怡，"你怎么就这么命苦？你走了我活在这个世上还有什么意思？你就不能睁开眼再看妈一眼吗？你好狠心啊！"

彤彤哭着抱住姥姥，许非同也上前去扶老人。老人回过身来，哀怨与愤恨交织地望着女婿：许非同，你还我女儿！你还我女儿！一边哭喊着，一边上前去抓许非同的帽子。女婿平时不戴帽子，今天参加遗体告别却戴了一顶黑鸭舌帽，把头发遮得严严实实。

帽子被老太太一把抓下来了……

许非同一蓬青丝荡然无存，满头白发如雪如银！

他昂起头，泪水夺眶而出，一时控制不住，痛哭失声：

"妈，我对不起您！对不起辛怡！我给您跪下了。"

说着，双膝一弯，许非同跪倒在两位老人面前。

老人惊愕异常。女儿死了，女婿一夜之间白了头，可见其心之哀，其情之悲。她仰天长啸，悲声大放：

"老天，老天爷——这都是为了什么呀！"

本该高兴的汪海却高兴不起来。

大盘阴跌不止，顺达股份却涨势如虹，股价走势正如房总所说，先抑后扬，K线图几乎就像房总预先画好的一样，日日新高，汪海和金戈可谓日进斗金。不过，那钱只是在账面上，账面上的钱未曾真正收入囊中就不可靠。这倒不是说，汪海对房总不信任，在汪海的斡旋下，房总报上来的方案已经批准，房总感恩戴德还来不及，自然不会也不敢涮自己。

问题是，他总觉得有点味道不对，至于怎么不对，他一时还没有完全理清头绪，但有些迹象他不得不防。刚才，上班路过局长办公室，局长招呼他，老汪啊，来来来，坐一坐。像是很随意，恐怕是早有预谋的，不然，局长办公室的门为什么半敞着？分明是在等着我汪海从门口过嘛！进屋后聊的话题也味道不对。局长只讲某些高级干部因金钱、女色断送了自己政治前途甚至被送上断头台的事例，包括成克杰、胡长清的蜕化变质过程，以此说明党中央在惩治腐败问题上的决心是大的，力度是强的。

这不是在敲打自己吗？

末了，局长的那些话更是醉翁之意不在酒：

"哎，老汪啊，老局长走了有多久了？"

"快一个月了吧。"

"老局长见到马克思是可以问心无愧的。老汪啊，你注意到没有，省委何书记一共给老局长鞠了六个躬，"局长用手比画着，语调中充满感慨，"整六个！这说明了什么？说明了党对老局长清正廉洁的褒奖，这是多么大的哀荣！我们不要看有些人生前活得如何奢华，但他们的良心不得安宁，睡觉要做噩梦，死后也会被人唾弃啊！"

汪海心说，哀荣？哀荣能值几个钱？为了死后的哀荣，生前过得跟个清教徒似的，傻子才这样做！至于说睡觉做噩梦，你怎么知道？那么多贪官一个个红光满面，说明他们吃睡一切正常！他尽管听得极不舒服，但还要随声附和，不但不能反驳，连一点不耐烦的情绪都不能表现出来，因为那样就等于告诉对方自己心里有鬼。

"是啊！局长，人生自古谁无死，留取丹心照汗青。我们中国人历来是把名节看得很重的！"

"说到名节，我倒忘了问一句：家里的事情处理妥当了？"

"处理妥当了，已经办了离婚手续。"

"处理妥当了就好。婚丧嫁娶本是个人私事，但如果处理不好也可能会影响到个人名节哟。有些人出问题，就是从这里被打开缺口的！你说是不是啊老汪？"

汪海不愿意再继续这场令人尴尬的谈话了。他站起身说：

"局长，如果您没有别的事我就先走了，还有些工作需要去落实。"

"好，那你就先去忙。"汪海转身要走，局长像想起了什么似的又叫住他说："老汪啊，你上次向我讨字，我写了一幅，字写得不好，请你指教。"

局长回过身拉开文件柜的门，取出一个横轴展开，只见上面笔走龙蛇，抄录了一首无名氏的诗：

公门里面好修行，
半夜敲门心不惊。
善恶到头终有报，
举头三尺有神明。

下面除了落款、印章，还有一行小字：遵汪海同志嘱，与汪海同志共勉之。

汪海接过已裱好的字，哭也不是，笑也不是，只得敷衍道：

"局长的字力透纸背，气韵生动，果然好笔力。谢谢局长送字。"

局长微笑着摆摆手：

"献丑了，献丑了！字好不好不敢自诩，但感情却是真实的，你说是不是老汪？"

"是，是，是。"汪海应允着退出局长办公室，坐回自己的椅子上好长时间还有些心神不定。

局长今天的谈话绝不是空穴来风，一定是听到了一些什么有意敲打自己，特别是他送的那幅字，不是已经把意思表达得明白无误了吗？事情看来不妙。另外，汪海越来越觉得丽丽的事情蹊跷。丽丽是在小区内被绑架的，而小区的保安措施相当严密，进出的外部车辆都有登记，除非是料定汪海不敢报案，否则，谁有那么大胆子敢冒如此大的风险？而且，据丽丽事后回忆，其中的一个绑匪尽管戴着面罩，但说话的声音似曾相识，好像就是曾调戏过她的那个小混混。由此判断，这次绑架是有预谋的，绑匪非常了解汪海的情况。联想到金戈对五五分成表现出来的不快，虽然瞬息即逝，也没有逃过汪海的眼睛。不能排除是金戈策划了这一次绑架。金戈拿来了汇款一千万的银行对账单说明不了任何问题，汪海对账单的真伪并不怀疑，即便是真的又怎么样？汇款一小时之内，汇款人完全可以撤销指令；退一步说，钱汇出去了，再从对方的账号上把钱转走也费不了什么事。智者千虑，必有一失。正是金戈急于用一张并不难搞到的证据证实已汇出了钱这一点，让汪海起了疑心。如果确是如此，这金戈简直就是一匹贪欲太强的狼，与他合作，或者被他咬伤，或者一同被猎人捕获，要赶快抽身才是。一个月后，他将率领一个代表团赴欧洲考察，他决定利用这次机会溜之大吉，不再等退休了，谁知道这一年多会发生什么事情呢？一旦事情败露，想走就来不及了，三十六计还是走为上。

在出国考察之前，他要不留痕迹地办好两件事。

一是让丽丽以留学名义先期到达加拿大，到儿子的公司落下脚。丽丽本来对他和小雨苟合怨恨有加，但在他一再声明那不过是逢场作戏，并着手为她办理出国手续后才转怒为喜。

二是他必须分批将手里的钱弄出国外。他已经通过各种手段在加紧实施，只有顺达股份尚未让金戈抛出，他不打算顺达股份翻到五倍时再抛出了，现在顺达股份已涨了两倍多，再涨一倍就抛，先把获利收入囊中，避免夜长梦多。这张票的获利加上前几次所分的利润，他已经有了四五千万的积蓄，够他后半辈子逍遥自在了。

汪海正坐在办公桌前想着心事，有人敲门，很急促，汪海忙振作起精神，面前铺开文件，双手摊在桌面上，抬起头喊了一声："进来！"

第四十章

巡行天上人间

许非同从系主任办公室出来的时候，已心如死灰。系主任的话还在耳畔回响：

"非同啊，本不该在这个时候和你谈这样的问题。可是，我也没有办法，学生们几次给院长写信，要求换老师，我们经过研究，只好……学校的教学质量是必须保障的，否则，误人子弟啊！"

许非同起身告辞的时候，系主任关切地拍拍他的肩膀：

"许老师，节哀顺变，多加珍重吧！"

走出学校，许非同回到了自己的画室。画室已经出手了，十二万元成交。为了救辛怡，房子买了一年多杀价近一半，十天以后要把房子腾干净。没有了画室，他不知道将栖身何处。家，他已经没有勇气再回了。那套两居室的单元房里到处都有辛怡的气息，每一寸空间，每一立方寸空气，都流动着辛怡的身影、神态，甚至语音。置身其中，他不可能不去想辛怡，想起辛怡，他的灵魂仿佛就在滚汤中煎熬，在烈焰上烘烤。妻子为这个家、为自己付出的太多，得到的太少，可谓身心交瘁，油尽灯枯，她一个人孤独无助地去了另一个世界，自己的心何以安放？

许非同倒在门厅的单人床上，仿佛跋涉在荒芜的沙漠，四周没有一片绿叶；仿佛漂泊在浊浪排空的海面，身边望不见一叶小舟。他闭上眼，眼前便走来了辛怡：着一身缟素，披两肩月色，踯躅不前，目光凄然，心中似有千千结，脚下如横道道索……

许非同欲起身相扶，辛怡便如一缕轻烟般地消失了，代之一个小女孩儿的声音：妈妈，是我呀，来电话了！许非同一怔，才明白是辛怡的手机响了。睹物思人，许非同眼眶又湿了，他打开手机，是一位年轻女孩儿的声音：

"喂，是辛怡小姐吗？"

"你是谁？"

"我是金日升的郑娟。我想问问辛怡小姐的股票操作情况，她是否考虑好了，愿意成为我们的会员。最近我们公司推荐给会员的股票都逆市飘红……"

364

许非同在心里恨恨骂一句骗子，不想再听她啰唆，啪一声挂断了电话。

他已完全不信她的话。这些证券咨询机构，在诱使你入会之前一般都说得天花乱坠，一旦入了会你就会发现，他们推荐你买的票赚少赔多，赔了活该，不负任何责任。还有那些证券分析师，涨时看涨，跌时看跌；今天刚在电视中鼓吹大盘飙升在即，似乎你不赶紧买票就肯定踏空了；后市大盘不但没有飙升，反而大跌，同样一个分析师，又会大言不惭地论证大跌的合理性，把他日前在电视上讲的话忘得干干净净，说话不负任何责任。许非同想，开始炒股时没听这些分析师的，反而小有赢利，迷信上了他们之后不是屡战屡败吗？就是这个郑娟，指导辛怡操作几乎没对过一次，现在还有脸再来电话！

丁零零，手机又响了。许非同一看还是郑娟，积蓄在心中的愤懑再也压抑不住了，他打开手机，没容对方讲话，就恶狠狠地大声骂了一句：

"别放你娘的臭狗屁了！"

骂完这句很粗俗的话，许非同很解气也很惊诧。解气的是他心中积郁的郁闷得以发泄，惊诧的是这样粗俗的话竟会脱口而出。

原来，粗俗与高雅并非隔着一道不可逾越的天堑。有时，它们中间只隔着一层纸。没有被捅破，是因为你还没有被伤害到一定程度。

关了手机，许非同走到主卧，见窗户下小雨正侧卧在那里注视着自己。一时，万千情感涌上心头。就是因为这个女人，辛怡才命归黄泉；就是因为这个女人，自己才倾家荡产；就是因为这个女人，自己现在连工作都没有了，被学校限令三个月之内调出，否则将被除名！就是这个女人，口口声声地说爱着自己，可在自己最倒霉的时候却背叛了自己！他再也克制不住心中的愤怒，顺手从写字台上拿起一把裁纸刀，冲过去在小雨的身上脸上狠狠地划起来，随着刀刃的划动，小雨被肢解成了一条条涂着油彩的布片飘落在地上。

许非同狠狠地在布片上踩了几脚，心头的怒火才稍稍平息了一些。

他走下楼，一个人来到了"肉饼张"。

伙计见是许非同，忙客气地迎上来边擦桌子边问：

"怎么着？还是老规矩，四两肉饼、两碗杂碎汤，外加一瓶小二？"

许非同摇摇头：

"不，一瓶二锅头，半斤羊杂碎。"

伙计诡异地望着许非同：

"怎么改戏了？那位小姐呢？有几天没见你们二位过来了。"

许非同瞪一眼伙计：

"怎么那么多废话！"

"得，您稍候。"伙计看出许非同不高兴，忙赔着笑脸转身走了。

许非同自斟自饮，不一会儿，一瓶二锅头已经喝去大半。他又倒了一杯酒，端起酒杯正要往嘴里倒，手被摁住了，抬头一看，见是一个五短身材的中年男人站在面前。

"许先生，您还算是个爷们儿吗？"

许非同瞪着血红的眼睛，舌头打着卷儿地问：

"你，你是……谁？"

"您甭管我是谁，我只想告诉你一句话：小雨是个好女孩儿！天底下没有比她更好的女孩儿了，你那样对待她，亏心呀！"

许非同听了气不打一处来，厉声吼道："你别在我面前提她，她是个淫妇，是个魔鬼！"他一把摘掉帽子，露出雪一样的白发："不是因为她我不会家破人亡！我恨她，恨不得生吞活剥了她！"

中年男人一把揪住许非同的领口，把他从椅子上拽起来，腾出右手，抡圆抽了许非同一记耳光，许非同一个趔趄倒在地上。中年男人还不罢休，揪着许非同把他拖出门外。还不到吃饭时间，没有几个顾客，只有伙计见状，拉住中年男人说：

"别打人呀，您再动手我可报警了！"

肉饼店老板走过来，拽了一把伙计，骂了一句：

"报警！报警！来了警车咱们的生意还做不做？把他们请出去不就结了吗？"

中年男人正是刘胖子。那天，他找金戈退回了佣金心里才稍稍平和了一些。他见到了许非同那么怨恨小雨，把几乎所有的后果都强加在了小雨身上，这让他替小雨不平。他要告诉许非同，所有这一切，小雨毫无过错可言。从一开始，她就在真心实意地想帮他；为了帮他，冰清玉洁的小雨甚至不惜向汪海献身！这是随便一个什么女孩儿可以做到的吗？如果不是用情太深，如果不是爱之太切，小雨能做出这么大的牺牲吗？还有辛怡她多无辜，完全是

366

被人一步一步引入了死亡的陷阱。

许非同被刘胖子揪到偏僻处，听刘胖子道出事情原委，一时呆若木鸡！他的心倏然一抖，如掠过天幕的苍鹰，为流箭所中，坠地为石，凛如寒冰。所有的怨恨已化作了深深的愧疚，半晌，已酒意全无的他瞪着眼睛颤声问：

"你说的都是真的吗？"

刘胖子仰脸望天，眼含热泪：

"我刘胖子活在世间快五十年了，还没见到这样至情至爱的女孩儿！许非同，你这样冤枉小雨，神鬼共愤，天理难容啊！还有辛怡，那是多好的一个女人！她是被金戈害死的！她是替你而死的！你知道吗，金戈要报复的是你和小雨啊！"

许非同呆呆地望着刘胖子，思想已停止了活动，仿佛一道溪流突然落下了几十米深的山涧，他被这巨大的落差打懵了。他的嘴半张着，鼻翼下意识地翕动，许久，灵魂似乎才重新归位，自语道：

"事情怎么会是这样……"

刘胖子吐出一口长气，低下头，听凭泪水扑簌扑簌流下来：

"我，我也对不住你们。许先生，你要是个爷们儿，就抽我一顿吧！你抽我一顿，我的心里会好受些，我不该贪图那几个佣金，去帮他干这种伤天害理的事儿！我悔，我悔呀！"

许非同木然地摇摇头，"不找您，他也会去找别人的。这件事怪不得您。"他掸掸衣襟，正正帽子，机械地冲刘胖子鞠了个躬，"谢谢您告诉我这些，刘先生。"言毕，快步走到路边，伸手拦了一辆夏利车。他要去会会那个金戈！那个让他与小雨反目成仇的金戈！那个把他逼得家破人亡的金戈！有仇有恨，他可以冲自己来，为什么设下如此毒计拉上两个无辜的女人垫背？

找到金戈办公室，许非同一脚踹开门。男人表示愤怒，不仅仅用语言，更多的时候用的是身体！

已过了下班时间，金戈还没有走。

金戈有些郁闷。他一直信奉金钱万能的原则，事实上他也确实用钱摆平了许多难以摆平的事情；可是这一回有钱却送不出去了！这使他的自信多少有了些动摇。特别是他打电话找汪海，手机关机，单位的座机无人接听，丽丽说也两天联络不上他了，这更使他增添了一种不祥的预感。他正在让大脑高速地运转，在盘算下一步的应对策略。

万一伪证案事发，汪海出事，他该怎么办？

顺达股份依然涨势如虹，日日新高，从目前的走势看，此时出局未免太遗憾。可是不出局，就无法安排后事。比如说出走。当然，金戈希望自己的担心只是虚惊一场。汪海的手机可能没电了，这一两天恰巧不在办公室，这不是也极正常吗？至于说韩队被调离专案组，完全可能是一次正常的人事调动，再则说，即便是领导对韩队已不信任了，又有多少理由能证明就是缘于伪证案呢？徇私枉法的事情他也不是只干了这一件！韩队是聪明人，以他的智商绝对应该明白，多一件事就多一分罪过，自己对他又不薄，他假使栽了，也不会抬出自己。

这样想着，金戈略微轻松了一些。

许非同就是在这个时候，横眉立目地站在了金戈的面前。金戈见过许非同现时的照片，也依稀记得他少年时的模样，只愣怔了一下，马上就判断出来者是谁，于是用阴森的目光逼视着对方。

两个势同水火的男人终于走到了一起。

顿时，房间的每一升空气仿佛都蓄满了炸药，只要有一个火星，整个房间都会被炸得荡然无存。

金戈并不感到突然。他忽然意识到，其实自己早就期待着这一天了。如果许非同一命呜呼或者一病不起，他多多少少还会有一丝遗憾。一个胜利者，最大的愉快不是庆功宴上的祝捷酒，而是看到对手悲惨的下场！如果少了这一环节，就像婚礼上少了大红的喜字，那不是太煞风景了吗？

许非同怒视着金戈。眼前叠现出一幅幅画面：辛怡僵硬的遗体、小雨痛苦的面容、女儿和岳父岳母那凄凉无助的神态……

这一切的一切，都是因为他精心设下的阴谋所导致！

许非同的五指合拢了，攥成了一个拳头，拳头越攥越紧，手指关节已经发出了咔吧咔吧的响声。跟他还有什么话可说吗？跟他之间的恩怨还能用语言理论清楚吗？没有必要了，这一刻，许非同心中所有的积怨、所有的愤怒、所有的歉疚，似乎只有通过拳头才能更好地宣泄，尽管面对的是一个身高和年龄都占有优势的男人！

　　金戈感觉到了，从许非同抽动的嘴角上，从许非同仇恨的目光中，他知道这个男人是来和自己拼命的！这个男人眼下已一文不名，而自己却有千万家财，和他以命相抵太不划算！再者，辛怡之死毕竟使金戈有点心虚。特别是许非同帽子下露出的两鬓白发，使金戈触摸到了他心中的伤痛。报复的目的已经超过了预期。逝者已逝，活着的这一对狗男女注定生不如死，他们心中的伤痛一辈子也无法抚平。那么，自己还有必要和他在这里动以拳脚吗？如果只是让他肉体上受点伤痛，找熊三办就完全可以了，自己何苦费这么多心思？逞一时匹夫之勇，和他动起手来，反倒给了这鸟画家一个寻求心理平衡的机会，岂不是成全了他？这样一想，金戈的目光便由愤怒调换成了轻蔑：

　　"这位先生，如果是打官司，请明天再来吧，本律师下班了。"

　　许非同没想到金戈会是这样一副嘴脸。他相信金戈已经认出了自己，这从他刚才的目光中得到了证实。他本来期待金戈能冲自己来。他不想先动手，但是如果金戈先动了手，那就如同在他的一腔怒火上浇了一瓢油，尽管他没有金戈高大、强壮，但是他的仇恨比金戈浓烈，他的哀怨比金戈幽深，这仇恨和哀怨一旦有了突破口，就将如火山爆发！

　　"你这个畜生、混蛋！"

　　金戈没有被激怒，反而不屑地一笑，那是胜利者对战败者的微笑。他望着许非同，目光中又平添了几分嘲弄：

　　"亏你还是个大学老师，要注意语言文明嘛！"

　　金戈想起了幼时的情景：许非同在茶山上画画，他观看时被父亲强行拉走。走出好远，父亲说了一句话：娃呀，你和他不是一种人，要怨就怨命吧！

　　如今这个许非同已如丧家之犬，而自己的财富和社会地位早在他之上。父亲九泉有知，应该为儿子感到骄傲吧！

　　这个嘴角挂着轻蔑笑容的混蛋，不就是当初那个衣衫破旧看自己画画的小孩子吗？许非同想起他小时候的目光，有羡慕、有渴望、但更多的是清澈。而此时此刻，他的目光竟像两条蹿动的毒蛇。许非同无法再控制自己的情绪。他不能容忍一个使自己家破人亡的仇人有这样的一副目光、这样一种腔调。他呀地大叫了一声，挥舞着拳头冲了上去，他要一拳将金戈的鼻梁打断！

金戈早有提防，他一闪身躲了过去，许非同因用力太猛，一时收不住脚，整个身子扑到了金戈身后的书柜上。他的头嗡的一声，百无一用是书生，他恨，怎么连人都没有打着，自己差点摔了一个跟头！许非同已经红了眼，他叫骂着，历数金戈的种种罪恶，越说越生气，一扭头，看见书柜旁的花架上有一盆君子兰，叶绿如翠，花红似火，那火一样红的花朵在他的眼中已幻化成了一摊浓浓的血！那是辛怡的血，是与自己朝夕相伴、为自己呕心沥血的妻子的血！而此刻，她已化作一缕轻烟，正站在云端之上注视着自己。许非同一挺身，伸手抓过花盆，高举过头冲着金戈狠狠砸了过去……

花盆砸在了金戈的肩头。金戈嗷一声惨叫，扑过去和许非同扭打在一起。菲菲叫进来两个保安，上去帮助金戈制服许非同。许非同就像一条上了岸的鱼一样蹦着，那两个保安死命将他按倒在地上，直到一动也动不了为止。许非同艰难地侧过脸，嘴里骂着："姓金的，我要杀了你！"金戈冲上去，照着许非同的肚子就是一阵乱踢，杀母夺妻之恨齐聚心头！他忽然觉得，去年回家时没有能在许乡长身上找到的感觉，今天在许非同身上找到了，那就是两个字：解恨！

笃，笃，笃！突然有人敲门。呆立一旁的菲菲刚要去开门，两名身穿制服的检察官已破门而入：

"谁是金戈？"

金戈正踹得性起，见到两名检察官，不由一怔，收住脚，下意识地点点头，回答说我是。

"你涉嫌制造伪证，并向国家公职人员巨额行贿，我们依法对你实行拘传！"检察官向他出示了拘传证。

金戈的脸变得煞白，额头上也冒出了一层细碎的汗珠。尽管他已经作了最坏的思想准备，但还是心存侥幸。他没想到事情会来得这么快，一时有些猝不及防，下意识地为自己辩白：

"你们……是不是搞错了？我……我……"

"金先生，你是律师，应该懂得什么叫配合我们工作。有些话，还是留着到法庭上去说吧！"

说着，一个检察官亮出了手铐，咔嚓一声戴在了金戈的手腕上。

许非同挣脱了两名保安站了起来。

370

金戈不再说话了。他用戴手铐的手在拘传证上签了字，一抬头正与许非同意外并仇恨的目光相对。他立即收起脸上的紧张，换成一副狰狞的样子说：

"姓许的，我不会有事的！我们的账有时间算！你等着。"

许非同喘着粗气回答："善恶有报，这才叫天理公道！你不死，我就等着你！"

望着金戈被押走的背影，许非同突然感到一丝失落。尽管理智告诉他，这或许是最合理的解决方式，但他还是有一丝失落。

菲菲惊呆了，她不知道如何是好，急忙拨通了父亲的电话。老葛在电话里听菲菲说了情况，问了一句，你说金律师的前女友叫，柯、小、雨，已经被害得生不如死？

菲菲嗯了一声，说是他们吵架中说的。

"柯小雨，那是一个多好的姑娘，该不会是她吧？"老葛在电话的另一端若有所思："闺女，老爸过去接你先回家，等事情搞清楚了再说。"

菲菲挂断电话，正好许非同走过来，见菲菲一副茫然无措的神态，心里已经明白了是怎么回事，就说了一句：

"姑娘，别以为自己靠的是一座金山，说不定它只是一尊泥塑，好自为之吧！"

菲菲觉得这句话有点耳熟。对了，那天辛怡离开律师事务所时也说了一句类似的话，姑娘，你们的金律师表面光鲜，其实一肚子残棉败絮。不要上当呀！当时她只是觉得这个女人精神受了刺激，今天看起来，也许她说的真是实情呢。

许非同离开了金戈的办公室，他要立即赶到小雨的住处，他要告诉小雨，金戈这个坏蛋已经被抓起来了！他要向小雨表示自己深深的忏悔，请求小雨的原谅。直到现在他终于明白了，小雨为什么搬家，石羽凭什么又宽限了他十天时间让他去筹款。当初他听到这两个信息时曾经有过一丝疑惑，但仅仅是疑惑了一下而已，根本就没有往心里去。他哪里能想到，这是小雨在为他承受着常人难以承受的屈辱！而自己……

赶到小雨的住处，敲开门，出来一个女孩儿：

"您是许先生吧？小雨前几天已经搬走了，到什么地方去了我不知道。

她只留下了一封信和一个小盒，说如果您来找她让我转交。"

许非同借着楼道暗淡的灯光，迫不及待地拆开信：

非同：

　　不知道你能不能读到这封信。来北京将近一年，我经历了太多太多的事情。如果做一归结，我最为庆幸的事情是认识了你，最为遗憾的事情也是认识了你。因为认识了你，我的生命才如此真实；也正是因为认识了你，我才可能给你带来那么巨大的痛苦和不幸！这也是我没有勇气再面对你、面对这座城市的原因。从此，我会永远淡出你的视野，只是有一句话我想告诉你，以后我无论情系何处、浪迹何方，我都会为给你带来的痛苦和不幸深深地自责，为你的今天和明天真诚地祈祷。没有完成辛怡姐最后的嘱托，不是我不想，而是我不能！

　　金戈和汪海不是好人！他们干了那么多坏事，我不会放过他们。我已经寄出了揭发信。我相信，法律会给他们应有的惩处，辛怡姐的在天之灵将会得到告慰！

　　"吐火女神"还给你。它是我心中永远的痛。看见它，我便无法忘怀这一段不堪回首的时光……

　　再一次为你和你的亲人祈祷。

小雨 11 月 17 日

　　许非同读罢小雨的信，怅然若失，思绪难平。此情可待成追忆，只是当时已惘然。岂止是惘然，简直就是肝肠寸断。几天来，他一连收到两封写给自己的信，一封是妻子留给自己的绝命书，一封是小雨写给自己的告别信。世界上最挚爱自己的两个女人都抛下了自己，许非同的心仿佛也追随她们离开肉体的躯壳而去，巡行于天上人间。

　　他打开了那只精致的小盒。盒子里是那串被小雨重新穿过的"吐火女神"，它无声地见证着一连串的爱恨情仇。

　　许非同走出单元门，抬起头，抑制住就要夺眶而出的泪水。刚才，夕阳还衔着几片云彩不肯松嘴，一不留神，就跌落到远方的楼群里。天边不再色彩斑斓，除了间或有几抹象牙白，已是黑压压一片，只有靠近落日的几片云彩，还镶着一圈金黄的边儿，像极了暗红的吐火女神项链。

凄美的景色正好契合许非同幽怨的心境。他想起小时候，最初的画画冲动还是源于一道横亘天际的彩虹。那彩虹太美了，美得令少年许非同心灵震颤。没有语言可以形容它的美，只有彩笔或许可以描绘其一二。如今，彩虹消逝了，只有凄美的落日和披上黑纱的云群。

许非同拖着沉重的脚步回到画室，见到了散落一地的布片。痛切自责之余，他突然激情飞逸，灵感迸发，忙支起画架，摆上画布，凭心中印象，两天不吃、不喝、不睡，画就了一幅小雨的油画肖像。

画面上，小雨神情毕现、灵性喷发，脖颈上，那串像火一样红的"吐火女神"格外醒目。

精神亢奋的许非同退后两步，侧着头眯起眼审视着这幅作品。只见小雨凝眸含情，正专注地望着自己。许非同的心底响起几个月前他和小雨的对话：

"啊，真美啊！"

"……在早期的欧洲文化中，石榴石被视为魔石，持有者可以拥有人生的幸福与永恒的爱情。它还可以确保平安，因为传说中的诺亚方舟就是用石榴石照明的……"

许非同思绪起伏，情难自抑。他小心翼翼地将小雨的画像支好，又将妻子遗像上的灰尘用心擦拭干净，然后面对两个至情至义的女人，泪流满面，长跪不起……

作家出版社 2004 年 10 月第 1 版

作家出版社 2005 年 1 月第 2 次印刷

光明日报出版社 2017 年 2 月再版重印

小说之魂：现实、爱与真诚

——《小说选刊》主编答中国作家网记者问

记者:(中国作家网记者，以下简称记)杜主编您好！近日获悉《小说选刊》将于 2006 年第 1 期改版，您能否介绍一下《小说选刊》的情况和改版的背景？

杜卫东:(《小说选刊》主编，以下简称杜)可以。《小说选刊》1980 年创刊，由茅盾先生题写刊名，是中国作家协会主办的一本在文学界有着很大影响力的选刊，高峰时期月发行量达到一百四十万册。应该说，它代表着当代中国小说创作的最高成就，许多卓有成就的作家都是通过《小说选刊》的推介走向全国，甚至走向世界的。作为一个后来者，我对所有在我之前为《小说选刊》的发展做出过贡献、付出过心血的编辑家、评论家、作家和后勤保障人员致以真诚的敬意，感谢他们用自己殚精竭虑的劳作为中国当代文学锻造了这样一个辉煌的品牌。

说到改版，主要是基于目前文学生态环境的考量。毋庸讳言，较之上世纪 80 年代，文学期刊的黄金时代已经风光不再。资讯发达，文化多元，文学在社会中的位置发生了变化。同时，电脑、网络和其他文化消费方式分流走了一大批文学的读者；一些文学写作者又出于经济收入的考虑，将更多的精力倾注于影视创作。《小说选刊》的改版就是在这样一种背景下启动的，目的是适应变化了的外部环境，旗帜鲜明地彰显自己的文学主张，以更加积极的姿态参与市场竞争。在中国作家协会党组的坚强领导下，以马克思主义文艺观为指导思想，坚持"二为方向"和"双百方针"，领引多样化的文学观念和文学需求，更好地为繁荣当代小说创作贡献一份力量。

记：那么，能谈谈你们进一步明确的编辑理念和办刊宗旨吗？

杜：编辑理念用一句话可以概括：贴着地面行走，与时下生活同步。前一句话实际上是"三贴近"的一种文学性表述。后一句话有两个层面的含义，一是文学要走进身边的历史，忠实地、艺术地再现我们时下的生活，既要有形而下的实写，也要有形而上的观照，这是支撑起我们刊物的主干；还有另外一层含义，作品反映的虽不是时下的生活，却要为时下的读者所关注。比如说我们这期选的《金陵十三钗》。

办刊宗旨我们归纳了四句话：现实观照、人文情怀、独特视角、中国气派。其实这是《小说选刊》一以贯之的宗旨，只不过我们这次把它更加条理化了。

记：能具体阐释一下吗？

杜：**关于现实观照。**刊物要关注作品的现实性，主张"与时下生活同步，贴着地面行走"的写作姿态。现实主义写作应该成为《小说选刊》的基本艺术品格，但不排斥其他流派、技法、风格写成的小说佳作，要全面体现"二为方向"和"双百方针"。具体地说，就是以现实主义作品为主干，兼顾其他流派、技巧、风格写成的具有深宏精神内涵的小说佳作；以及少量篇幅精选、优选内容丰赡、独创性强的小说试验文本。所有作品，都要求具有很强的现实性。

顺便谈一谈我们对现实主义的看法。罗德·爱克米勒说过：传统并不意味着活着的死亡，而意味着死去的还活着。进化论的观点在科学的发展史上是成立的，新的总是在旧的废墟上诞生，但在文学史上就不能适用。现实主义所提供的主要创作原则经过时间的检验，具有相当的稳定性和永恒性。尽管在"先锋文学"大行其道的"形式变革"时期它曾一度受到诟病，但目前在世界范围内，现实主义的回归已经无可争辩地证明了它是具有持久生命力的文学样态。坚持现实主义创作原则的作家正拥有越来越多的读者群；坚持稳定的现实主义办刊宗旨的刊物，始终有着名列前茅的销量和相对稳定的读者群。重新肯定现实主义文学的伟大价值，结合文学的生存状态阐释现实主义文学的巨大意义，应该成为我们选刊高扬的一面旗帜，也应该成为我们选刊独特的选稿视角和刊物特色。

关于人文情怀。人文情怀是我们努力要实现的一种境界。小说审美可以分为四个层次：一是好读，这是基础，不好读，其他的审美层面就难以实现；二是文化，通过我们的作品要传导出许多有价值的文化信息；三是哲理，也就是小说的认识功能，让读者能在一种形而上的层面深刻领悟我们的生存境遇与生活状态；四是诗化，就是向读者传导一种博大而深沉的爱与关怀，构建一种诗化的人生。

要补充说明的是，有批评家通过研究众多的小说文本发现，有些中国当代小说的基本动力是"恶"与"卑微"，这个结论如果属实则令人堪忧，因为只有末路上的文学，才会是那种景象：动力丧失，灵魂缺位。谈论一部文学史可以有多种角度、多重标准，但有一个标准应该是恒定的，那就是诗人、小说家、剧作家本人的"爱之丰盈、层次、差异和力量，决定着其作品的美学等级的高低"。《恶之花》的作者波德莱尔在评述雨果的《悲惨世界》时，曾深情感叹它是一部写仁爱的书，"这是向这个世界秩序发出的一声振聋发聩的呼吁：这个社会过于偏爱自己，过于把博爱的永恒法则不放在心上；这是从当代最雄辩的口中为'悲惨世界'（在'贫困'中受苦，并被'贫困'损坏的人们）喊出的辩护词。"爱与真诚，是一个小说家必须具备的人文情怀，因为这是这个职业的人格基础和心理基础。很难想象，一个内心龌龊、对生活充满敌意的作家会写出打动人的优秀作品！所以，我们把"人文情怀"作为一条重要的办刊宗旨，我们在选稿中也会格外关注具备丰硕的人文精神的作品。

关于独特视角。对一个选刊来说，标准比经验更重要。形成自己独特而又清晰的审美标准和遴选尺度，最能够体现出自己的价值立场，这也是区别于其他同类刊物的存在理由。对此，我们在选稿标准中有详细界定，它最能体现我们的价值立场。

关于中国气派。在美国用英语写作的华裔作家哈金向我们传递了一个有意思的信息："近年来，国内的作家和学者们似乎接受了文学的边缘地位，好像这也是与世界接轨的必然结果。其实在美国，文学从来就没有被边缘化过。在美国的文化结构中，伟大的美国小说一直是一颗众目所望的星。常常有年轻人辞掉工作，回家去写伟大的美国小说，甚至有的编辑也梦想有朝一日编辑伟大的美国小说。"他说美国人为"伟大的美国小说"是这样定义的："一部描述美国生活的长篇小说，它的描述如此广阔、真实并富有同情心，使得每一个有感情有文化的美国人都不得不承认它似乎再现了自己所知道的某些东西。"哈金以一个旁观者的角度发现,目前的中国文化中缺少的是"伟大的中国小说"的概念。没有宏大的意识,就不会有宏大的作品。他进而给"伟大的中国小说"下了定义:"一部关于中国人经验的长篇小说,其中对人物和生活的描述如此深刻、丰富、真确并富有同情心,使每一个有感情、有文化的中国人都能在故事中找到认同感。"哈金的定义准确与否姑且不论,但是他实际提出了一个很有价值的问题:我们的小说创作怎样提炼出形成中国气派的小说元素?怎样才能昭示出中国的文化特色?也就是说怎样形成中国气派?已有作家明确指出了热闹一时的先锋写作,对中国当代文学发展所产生的负面影响:年轻作家由于生活积累不够,个人对社会生活的理解还没有形成相对完整的看法,尤其没有可以形成上升到哲学这样一种思想的高度,由此便造成了他们不仅在技巧上盲目摹仿西方现代派文学的表现手法,在观念上也往往有意识地去摹仿西方现代派文学的哲学思想,很多小说里描写的情绪不是中国老百姓的情绪……这就产生了一个问题,长此以往,中国文学就将失掉自己的个性,失掉中国的文学传统,失掉中国人独特的思维方法,中国文学将会成为西方文学的"翻版"。

在这样一种背景下,重申中国气派就成了一件很迫切的任务。那么形成中国气派的元素是什么呢?到哪里去寻找呢?哈金用了"再现""真确""宏大""同情心""每个人"这样一些概念,和传统的现实主义精神基本一致。不少作家也明确认识到,中国气派的形成,一是要从传统中吸取营养,中国传统的哲学、传统的文学;二是在生活中寻找创作的灵感,因为生活才是创作的真正本源。只有这样,我们才能真正拥有属于中国人自己的当代文学。《小说选刊》在选稿中会很关注作品的内容、叙述、表达是不是带有中国独特个性和鲜明特色,《小说选刊》愿意为"伟大的中国小说"提供充裕的版面。当然,"伟大的中国小说"可以是长篇,也可以是中短篇。

记:刚才谈到你们的选稿标准最能体现你们自身的价值立场,能不能具体谈一谈?

杜:我们的选稿标准用一句话概括,就是:内在精神与审美品格相统一。内在精神,就是以马克思主义文艺观、历史观为指导的巨大的人文关怀精神。具体地说，就是要有一种悲天悯人的情怀，要有对社会与人生的真切体识，要彰显个体生命在社会情境中的尊严与良知，要探究人的存在方式的独特性和人的精神空间的无限可能性。

审美品格，就是体现了我们的价值立场和审美情怀的独到眼光、独特视角。

着重从七个方面去把握：1. 我们提倡通达好读、故事性强、具有批判锋芒的现实主义写作；尊重内容扎实、形式上有探索的新文本小说；但排斥内容空洞、情节淡化、只玩弄形式和技巧，令人无法卒读的小说文本和叙述方式单一僵化、内容陈旧、故事老套、只浮在生活的表层，缺乏人性深度的伪现实主义之作。2. 我们提倡表现人类美好情感，震撼人心，具有灵魂穿透力，读罢令人潸然泪下的作品；尊重对人性世态的丑恶进行剖析，并对这种丑恶进行道德拷问与人性批判，读罢令人悚然心惊的作品；但排斥脱离审美价值的赏丑之作，譬如肯定暴力、杀戮、色情、巫术、冷酷、残忍等等。3. 我们提倡深刻反映城市人生存状态和心路历程的城市题材小说，尊重有新意、有创见、有生活深度的农村题材小说；但排斥充满消极情绪、缺少道德诗意和人生诗意的个人主义欲望化写作。4. 我们提倡"与时下生活同步，贴着地面行走"的作品；尊重确有新意与创见，与时下的生活稍有间隔的小说；但排斥与现实生活隔阂甚深，与读者的阅读期待相去甚远的小说。5. 我们提倡文学新人新意大于缺陷、深刻多于幼稚的发轫之作；尊重成名作家思想性与艺术性俱佳的小说佳作；但坚守严肃的文学评价尺度，排斥名家的平庸之作。6. 我们提倡为他人、为人生的写作，主张编者选稿时要充分考虑大多数读者的审美情趣和阅读期待；尊重作家、学者的价值评判标准；但排斥不顾读者需要、不负责任、不具有建设性的评头品足。7. 我们提倡捍卫汉语的纯洁性，鼓励多种修辞技巧的准确运用；尊重语言的传承、发展和创新，尊重生动传神的方言写作；但排斥文理不通、语法混乱的生编硬造之作。

记：我注意到，你们把通达好读、故事性强作为一条重要的选稿标准。可现在流行一种说法：故事性强，文学性就差，作品就容易掉档。你们怎么看待这个问题？

杜：回答这个问题，就不能回避对纯文学的认识。文学走入低谷，固然是多种原因的合力，但和相当一部分文学的写作者忽略了文学最基本的道德原则和文化使命有关。那么，它的道德原则和文化使命是什么呢？写作应该是为他人、为大众的，它是从积极的方面去影响别人生活的一种手段。雨果认为诗人有一个债主，那便是人类。他进而指出，成为人民的一个伟大的仆人，这肯定不会对诗人有任何损害。因为诗人的职责便是要为人民发出呼声，唤醒人民、催促人民。他甚至认为，对于一个诗人或者小说家，避免使自己的精神对当代人有所影响，把个人的利己生活和全社会伟大的生活隔绝起来，这是一种错误，而且是犯罪。刚刚离开我们而远行的巴老也表述过同样的意思："我写作只是为了一个目标，就是对我生活其中的社会有所贡献，对读者尽一个同胞的责任……如果我的作品能够给读者带来温暖，在他们步履艰难的时候能够做一根拐杖给他们一点力，我就十分满意了。"写作的终极目的是要使人离野兽更远而不是更近。它应该站在一种公共的立场上，怀着一种爱和真诚，向人类和世界表达一种祝福的情感；而绝不仅仅是作家"安妥"自己灵魂的方式。事实上，文学走入低谷，虽然原因复杂，其中一个很重要的原因是文学疏离了读者。一个文学的写作者，应该成为思想、文化的生产者和传播者。心有良知、坚守正义、担当责任，警惕欲望消费的陷阱，使社会更加人性化和理想化，这是一个文学写作者的职业操守。可是，时下的一些作家已不再关心人民的疾苦，过于玄虚高蹈，过于圈子化，只追求小众的趣味，使文学渐渐疏离大众。纯文学的提出与强化，在某种程度上加快了这种疏离的进程。现在，有关"纯文学"对当代文学所产生的负面影响的问题已经有人提出，反思的核心点正落到了"文学与社会的关系"这样的老问题上。以鲁迅为代表的"为人生"的写作，在今天依然具有极其重要的意义！我们决不能因为追求所谓纯文学的纯，只注重了包括语言、叙事方式、叙述技巧在内的形式，而忽略了作品的精神向度。

是不是一讲故事，文学性就降低呢？故事应该是小说的基本层面。雨果在《论司各特》一文中，对书信体小说、叙述体小说的缺陷加以分析后，提出了戏剧式小说的概念，就是在小说中适当运用一些戏剧描绘的技巧。他认为小说不是别的，而是有时由于思想、有时由于心灵而超出了舞台比例的戏剧。小说家的意图就是通过一个有趣的故事来讲述一个有用的真理。当然，更加美好、更加完整的小说应该既具有戏剧性又具有史诗品格。它真实而又伟大，生动逼真而又富于诗意，切合实际而又富有理想。情节淡化的叙事作品中不乏美学价值不菲之作，如普鲁斯特的《追忆似水年华》、蒲宁的《阿尔谢尼耶夫的一生》等等。即便如此，在中国他们也是被小众欣赏。为什么呢？诚如《海浪》的作者伍尔芙所承认的那样，她说乔伊斯和她自己的意识流小说，只是零星的生活札记，无法与《战争与和平》相比。相反，具有很强的故事性和史诗品格，为大众所喜闻乐见的经典传世之作却是不胜枚举。其实，说故事性一强作品就掉档的一些作家，恰恰是因为本身缺乏结构故事的才能。

亚里士多德讲悲剧的时候，认为故事情节是第一位的，人物是第二位的。即便是把艺术的形式、方法和技巧看得高于思想价值和道德价值的纳博科夫，在《优秀读者与优秀作家》一文中提到，"从三个方面看待一个作家：他是讲故事的人，教育家和魔法师"，也把"讲故事的人"放在了第一个层面。一般而言，在一部戏剧或一篇小说中，故事情节是框架，人物在具体情节中活动、碰撞，展示出自身的道德和气质特征。在现实主义小说中，人物和环境的原生态被格外看重，但依然经常用故事来推动情节、刻画人物、表达意向。我们主张的故事性，正像雨果所强调的那样，要"有趣"，即不是浮在生活表层、对生活缺少独特感悟的俗套故事，而是在具有戏剧性的同时又具有史诗品格，它应该有着深广的社会人性内涵和揭示力量。

记：下面，能不能谈一谈你们改版后的栏目设置？

杜：可以。在本期目录上读者已经看到了，我们推出了四个新栏目："声音""专家推荐""发现"和"经历"。"专家推荐"，顾名思义就是专家认为优秀而又和我们的选稿标准相吻合的优秀作品，我们配以专家的评论隆重推出。另外三个栏目都很有纵深感，因为有纵深感所以它富有魅力。"声音"是对小说创作中的问题和病象进行善意的、具有建设性的批评，对小说创作中带有普遍意义的倾向和思潮做前瞻性引领。"发现"有三层含义。一是发现文学新人的发轫之作，推出文学新人是我们选刊一以贯之的品格；二是发现形式上有探索、内容上有新意的新文本小说，现实主义将是我们高扬的一面旗帜，但是我们也不排斥用其他流派、风格、技法写出的小说佳作，特别是在表达方式上别开生面的探索之作；三是发现被遗漏未选的优秀小说。这期的《我们的路》就属于这种情况。"经历"是著名作家隐匿在作品后面的故事，或广阔或狭仄，总之要给读者以愉悦和启示。除此之外，我们还有两个栏目将轮番登场。"网叙事"将对民间的创作姿态予以密切关注。网络文学在某种程度上正改变着我们的阅读方式和阅读经验，但如果人文关怀缺失，网络文学就有可能陷入一种精神困境。适时地选登一些优秀的网络小说，给网络文学以人文观照和精神引领，是主流文学媒体义不容辞的责任。"新闻小说"作为一种新的现代小说类型，它以真实的具有丰富社会内涵的新闻事件为素材，及时运用小说手法加以表现，将以更加直接的姿态关注现实，介入现实。

记：好，我们期待着这些栏目。

杜：还有一个技术性的问题也希望通过你告诉读者。这次改版我们调整了版心和字号，由以前的每期19万字，扩充到现在的27万字，扣除插图版面，增加了7万字，相当于多发了两个中篇。加上封面、彩插、校对和多支出的稿费等费用合计，每期的成本增加了一两万元。写作有一个姿态，办刊同样有一个姿态，读者是上帝，不能仅仅停留在口头上，也应该在行动上加以体现。我们就是想通过自己的辛勤劳作，给读者提供更多、更精美的精神大餐。

记：我替读者谢谢你们。最后一个问题，听说你们从提出动议到改版全面实施，只用了十天的时间，有没有留下遗憾？

杜：十天的时间推出了改版第一期，杂志社的全体同仁通力合作，尽心竭力，付出了艰辛的劳作。对第一期刊物我们总体上是满意的。我们正处在一个进行着伟大变革的时代。在这场变革中，人的精神迷茫和道德困境固然值得小说家去探究，同时，许多体现着时代精神和社会良知的诗意人生更需要小说家去展示。我们热切期待着这样的作品，以使我们的民族精神得以振奋，民族心态得以康健，民族尊严得以彰显，民族气质得以高贵。我们对这样的作品虚席以待！

原刊于2006年第一期《小说选刊》

守望小说的尊严

——《小说选刊》改版一周年主编答中国作家网记者问

记者：《小说选刊》改版一年，您能否对此做一个回顾？

杜卫东：去年《小说选刊》改版，在文坛引起极大反响。全国上百家主流媒体以各种方式做了深入报道，贾平凹先生称"《小说选刊》的改版是发生了一桩大事"。一本刊物的改版能在这样大的范围内引发反响说明了两个问题：一是经过两代办刊人坚持不懈的努力，《小说选刊》已经名副其实地成了中国文学的一个辉煌品牌，她在文学界乃至全社会都具有很高的影响力；二是尽管由于诸种原因，文学在社会生活中的地位与作用发生了迁移，但是，作为思想与文化传承的重要母体，文学在彰显一个民族的气质、构建一个民族的魂魄、滋养一个民族的精神、引领一个民族的理想方面仍具有无可替代的作用，社会对文学仍投以关注的目光。

《小说选刊》改版，先后收到了读者几千份反馈，有来信、评刊表、电子邮件、手机短信。98%以上的读者对《小说选刊》改版给予了热情肯定，认为她在保持了《小说选刊》始终如一的思想高度和艺术品质的前提下，更加贴近生活、贴近读者、贴近时代。2007年，在文学期刊市场日见萎缩的情况下，《小说选刊》一举扭转了下滑趋势，刊物提价，订数不降反升！这说明《小说选刊》所倡导的文学主张得到了广泛认同，《小说选刊》的改版获得了成功。

记者：改版以来，《小说选刊》所倡导的文学主张是否得到了彰显？

杜卫东：很长一段时间以来，一些文学的常识性问题被搞得比较混乱。比如，文学是为他人还是为自我，为艺术还是为人生？文学是人类灵魂的栖息地和庇护所，还是消极情感宣泄的垃圾场？等等。从某种意义上说，《小说选刊》的改版就是廓清一些被遮蔽的常识，使文学崇高、博大、深沉，充满爱与真诚。事实上，越是向常识靠拢的文学，越是考验一个写作者的情怀与功力，越是体现一部作品是否具有价值的刻度与标识。

《小说选刊》的文学主张在去年第一期的《小说之魂：现实、爱与真诚》一文中有过清晰的表述，这里不再赘言。

在闭幕不久的中国作家协会第七次代表大会上，胡锦涛同志要求广大文学工作者坚持以人为本，牢固树立人民群众是历史创造者的历史唯物主义观点，培养和增进对人民群众的感情，坚持以最广大人民为服务对象和表现主体，关心群众疾苦，体察人民愿望，把握群众需求，通过形式多样的艺术创作，为人民放歌，为人民抒情，为人民呼吁。文学作品要贴近实际、贴近生活、贴近群众。应该说，《小说选刊》去年改版以来所倡导的文学主张，符合胡锦涛总书记对文学界的期待与要求。一年来，我们忠实地践行了这些文学主张，推出了一批具有深宏精神内涵和强烈现实关照的小说佳作、一批具有血性与悲悯情怀的优秀作家。

总体而言，这些作家具有以下的共性，即血性与悲悯、揭示与深情、哀怨与抗争，否定与期待、抵制与救赎、批判与启迪构成了他们作品的经纬，他们的作品在深刻揭示了时下生活的缺陷与问题时，也向社会、向人生传递了一种温馨的祝福，他们用爱与真诚守望着小说的尊严。

记者：通过一年来《小说选刊》的改版实践，您觉得时下小说创作当中还存在哪些问题？

杜卫东：就我们的视野所及，2006年的小说创作取得了很大的成就，优秀作品层出不穷，党中央用大团结、大繁荣、大发展来概括文艺界的现状是恰如其分的。文学工作者肩负着建设和谐文化的重要职责，在肯定成绩的同时，认真反省小说创作当中的一些问题，有利于推进和谐文化的建设，也有利于社会主义核心价值体系的构建。

我们认为，时下小说创作大致有以下几个问题需要引起注意。

（一）在提倡现实主义的时候，要警惕伪现实主义对现实主义的解构

现实主义作为一种价值立场、情感态度和与现实生活发生关联的方式，它与私人化写作、欲望化写作和身体写作格格不入。它以同情心、客观性、批判精神为显著特征；特别关注底层的生存状态，关注弱小者的生存与精神困境。从这个意义上说，现实主义与人道主义又血脉相连。它在追求带有作家体温的叙事效果，表现具有普遍意义的生活感受时，又具有了文化启蒙的思想内涵。换言之，它关注生活中的苦难与罪恶，同时，又主张在罪恶面前亮出正义的利剑，在苦难旁边点燃希望的篝火。如文艺学家 M.H. 艾勃拉姆所说，作品从真实世界的素材和完整的理想世界中取得主题。

不过，当现实主义的创作方法和价值立场被更多的人所认同的时候，我们也应该警惕另外一种情况的发生，那就是伪现实主义作品对现实主义的解构，这样的作品我们在阅读中已经有所接触。它们的特征是什么呢？内容陈旧，故事老套，题材的重复和类型化。某一篇作品发表后产生了反响，同一题材的作品就会随风而至；而且书写农村，全是乡村干部鱼肉乡里；书写民工，又每每是精神和物质生活双重窘迫；白领尽是灯红酒绿，官员总是勾心斗角——这其实与千姿百态的当下生活颇多隔膜。这种放弃了写作难度、关在书斋里编造拼接出来的作品，正像有些批评家所指出的那样，缺乏穿越生活经验走向艺术审美的能力和勇气，缺乏人性深度，缺少对现实生活的精神超越和对时代生活的整体把握，不能由当下的现实体验中发现人类生活的缺陷和不完美，不能用审美理想关照和超越这种缺陷和不完美，无法使读者的阅读进入反思和升华的层面。

优秀的现实主义作品，必须真实地再现时下的生活，这种真实是艺术的真实，而不是生活本身的简单克隆和重复，它必须努力发掘生活中被遮蔽的世象，逼近人的生命内核，关怀人的精神处境，给人以思想的光照和情感的润泽；精神的引领与智力的支持。它要求写作者以心灵为笔，借助娴熟的艺术技巧，饱蘸生活的汁液才能写就。靠摹仿、拼接、编造和脱离了生活的冥思苦想是不行的。

（二）作家的写作姿态与道德立场，决定其作品的美学层次。

托尔斯泰是一座文学高峰，而他的作品之所以伟大，是因为作者终其一生都不曾放弃"对真理和博爱的渴求"。俄罗斯作家普遍富于宗教情感、忏悔意识和自我完善精神。他们身上所具有的博爱情怀以及浓浓的忧郁气质和坚忍品格，体现了俄罗斯文学的精神传统，也是俄罗斯文学走向伟大和高贵

384

的途径。我们知道,托尔斯泰出身于贵族,拥有大片庄园和成群的农奴。但是,托尔斯泰却对这种奢侈的生活深感厌恶和羞愧,晚年时他只身出走,几天后因肺病病逝在一个名叫阿斯塔波瓦来的小火车站的长椅上。这位老人留给世界的最后一句话是:"不要管我了,世界上比我更困难的人多的是,去照顾他们吧!"很难设想,如果托翁是一个内心龌龊、自私狭猾的人,怎会以小说叙事成为人类的良心?!

社会转型期,各种矛盾纷至沓来,利益重新得到组合分配——这本来是一个应该产生大作家的时代,但是为什么真正能经得起时间的检验、可以彪炳史册的大作家和大作品鲜有出现呢?这就不能不谈到作家的写作姿态与道德立场。如果在未成名时,写作是为了摆脱生活的困境而成为生活中的贵族,一旦成名之后就习惯于被人前呼后拥,被媒体追踪包围,不再深入生活的底层,他的作品就会缺乏一种大气;他们的写作就会缺少近现代文学的一个基本属性:民间性。

因此,作家采取什么样的写作姿态、坚持什么样的道德立场就显得尤为重要。

审美活动当然不等于对某种道德主张和观念的简单认同,但是说到底不能脱离一定的道德态度和选择。在小说创作中,叙事主体占据着举足轻重的地位,无论"叙什么"和"怎么叙"都会受到叙事主体的叙事观念和个性的制约,反映出叙事主体独特的审美趣味和文化品格。萨特在《为什么写作》一文中指出,文学的写作活动就是文学主体对社会的一种介入。因此,作者在写作中不能伪装中立,而必须"在审美命令的深处觉察道德命令"。

我们读中外小说中的经典之作,常常会感受到作者对生活、对人生的诗性感悟,对于人性的美好体验和深刻理解,它可以使读者的心灵变得丰饶而洁净、聪慧而馨香。而读有些中国作家的作品,我们有时会感受到一种情抑气伤,因为作品中有太多的冷漠和残酷,使人的心灵因麻木而变得冷硬。只强调叙事技巧,而忽略小说伦理,成了一些当代中国小说家的通病,这些小说家的才华和学养由于偏离了的写作姿态和道德立场,而在一定程度上被消解了。这使我想到了巴金老人的一段话:"我写作不是因为我有才华,而是我有感情,对我们的祖国和同胞我有无限的爱,我用作品来表达我的感情!"这是一个老人垂暮之年的虚伪作秀吗?不,这是一颗伟大心灵的真诚袒露。

如果缺少了这样的道德情怀和写作姿态，就不会有作为一代文学大师的巴金，大概也不会有我们今天所熟悉的一部中国现代文学史。这一段和今天距离很近的中国现代文学史，尤其是小说史，无论是在写作姿态还是在精神向度上都值得我们与之衔接。

（三）小说创作中正面价值的流失与缺位应引起特别关注。

去年改版第一期我在答中国作家网记者问：《小说之魂：现实、爱与真诚》一文中说了这样一段话："我们正处在一个进行着伟大变革的时代，在这场变革中，人的精神迷茫和道德困境固然值得小说家去探究，同时，许多体现着时代精神和社会良知的诗意人生更需要小说家去展示。我们热切期待这样的作品，以使我们的民族精神得以振奋、民族心态得以康健、民族尊严得以彰显、民族气质得以高贵。我们对这样的作品虚席以待"。

这段话当时是有感而发，因为我们急切地想选择一两篇艺术上成熟并凸显正面价值的小说精品。最后，从已出版半年的《长城》上发现了罗伟章的《我们的路》，作为"发现"这个栏目的第一篇作品在头题推出。罗伟章是一个具有血性与悲悯情怀的优秀作家，《我们的路》是一篇具有现实主义批判锋芒的佳作，真实而又富有魅力。

这篇作品发表后，在读者中引起了强烈反响。但是，在众多赞扬的读者来信中，新疆一位叫刘军的读者则提出了相反的意见。他同意编者的说法，这篇作品"珍视了人的尊严，表现了这种尊严被凌辱时产生的心灵痛感"；但是他反问，这种被凌辱的心灵痛感就从来没得到过慰藉与帮助吗？他举了雨果的作品《巴黎圣母院》的例子：卡西莫多在广场上被虐待时看见了人丛中的富洛娄，他心中一喜，但是这个当年收养他的义父却慌忙逃避了他的目光。一个多小时过去了，卡西莫多口渴难忍，他愤怒地吼叫："给我水喝！"围观者不但无人理睬，反倒是一片戏弄与咒骂声。而此时爱斯美拉达勇敢地站出来，给他送上了一杯水。刘军先生说，正是这个细节使他感动，使他为人性中的美好和真诚而流泪。刘军先生的意见是有一定道理的，如果罗伟章在主人公大宝黯淡的生活场景中，再给出一抹温馨的亮色，无疑将使作品更为丰满。

时下似乎有一个误区：一写生活中的真、善、美，就会被诟病为矫情、造作、虚假和浅薄。这反映的是道德虚化和精神颓靡。正如罗丹所说，生活中不是缺少美而是缺少发现。如果我们潜入生活的深处就不难洞悉，现实中除了龌龊与丑陋外，还有那么多的诗意人生令我们喟然长叹、潸然泪下。生活真实与艺术真实相统一的叙事，应该是在对生存状态进行全面、深入的体察当中，使读者除获得丰富的生活经验之外，更重要的是要给读者一束希望的炬火，能够获得精神与灵魂的慰藉。

契诃夫在《对艺术法则的探求》一文中说过，人们可以把各个时代艺术家创作的最优秀的作品收集起来，放在一起，使用科学方法来理解，其中有一种什么共同的东西，使他们彼此相近，成为他们价值的原因。这种共同的东西就是法则。法则是什么？契诃夫没有说，我们给它的定义就是感动！文学靠什么打动人心？它不是靠对丑恶的描摹，对残酷的抒写，对苦难的堆积，对冷漠的赞扬。它是靠爱与真诚来传递一种人类共有的情感，这个情感的名字叫——感动！

感动，是读者最大的阅读期待。

按照萨特对人的看法，人的存在是一种欠缺，人作为一种欠缺的存在本身又不满足这种欠缺的现状，他总希望得到充实。人的一生所作的种种努力，归根结底都是为了获得欠缺的东西。萨特把人的这种努力形象地比喻为"填洞"。其实，人生的充实有物质和精神两个层面，而文学阅读则是使人的精神获得充实的一条重要途径。正是在这个意义上，高尔基说，书籍是人类的朋友。文学是什么？定义多种多样，我认为，究其实质，文学应该是人与人、人与社会进行沟通与交流的一种相对隐秘的方式。人们通过真正意义上的文学阅读，假别人之生活体识，来间接地丰富自己的生活经验，来充实自己的内心世界，来认识和改变自己的生活状态和所处环境。他们阅读文学作品不是要使自己生活中的负面感受得到进一步的强化，而是要寻找一种使自己的心灵和精神得以净化和升华的力量——感动！一部作品如果不能给人以感动，不能使人的心灵得到慰藉、精神得到升华，那么，它的审美价值就会大打折扣。

当然，文学不能失去质疑生活的能力和提出问题的勇气。正如契诃夫所说，正确地提出问题，是新思想的接生婆。质疑不单单是为了批判，而是批判之后的构建；揭露也不仅仅是为了展示，而是展示之后的救赎，这才是现实主义应该具有的思想锋芒和精神质地。我们强调作品的正面价值，绝不是搞假、大、空那一套，而是在探求人的精神迷茫和道德困境的同时来展现道德诗意、人生诗意；也决不是要使文学成为政治话语的简单图解，而试图达成艺术真实与历史真实的统一。其实，人类有一种共通的、永恒的情感，它超越了地域、阶级、宗教和意识形态。那就是：同情、悲悯、慈爱、善良、真实、美好和宽容等等，而这些终极的价值标准的传递与彰显，恰恰是文学与生俱来的责任与使命，同时也是一个有道义感的作家的理想和追求！一位优秀的作家，应该像一位手持铁锹的农夫，他的每一部作品都会在我们坚硬冷漠的心田上挖出一道沟渠，而作品中那些被爱与真诚浸润的文字，就如同一股清澈温暖的溪流，使我们龟裂的心田得以滋润，使我们荒芜的精神得以丰茂。

记者：小说作为一种叙事艺术，您怎样看待它的艺术性？

杜卫东：在教育相对普及、资讯铺天盖地、网络小说方兴未艾的今天，尤其是商业文化的裹挟，小说艺术正在遭遇稀释和解构。从积极的意义上看，能够提笔为文的人多了，写作不再是少数作家的专利；而它的消极影响则是，以普通的叙事代替小说艺术叙事。

我们希望看到的局面是水涨船高，即全民写作推动小说艺术日臻完善。一篇叙事文字如果不具备小说的艺术要素，不具备浓郁的艺术魅力，是不可以称之为小说的。我们今天谈论小说应该有一个基本的前提：放在艺术的审美框架之内。胡锦涛同志特别强调，推进文化发展，基础在继承，关键在创新。只有坚持解放思想、实事求是、与时俱进，大力推进文艺观念、内容、风格和流派的积极创新，大力推进文艺体裁、题材、形式、手段的充分发展，才能创作出更多具有中国特色、中国风格、中国气派的优秀作品，不断增强文艺的时代感和吸引力。我们主张以现实主义为主干，兼顾多种流派风格技法，就是充分考虑到，穿越了20世纪的小说艺术的多样性和综合性的特征。事实上，现代主义、后现代主义流派的一些技法，就已经为现实主义写作所借用和吸收。现代现实主义本来就是一个开放的系统，在坚持固有的基本原则的同时，与古典现实主义相比，它的面貌更为现代，技术含量更趋丰富。不变的是它一如既往的现实感和对现实生活的倾力关注，这与古典现实主义是一脉相承的。

　　《小说选刊》改版以来，强调关注现实，强调凸显小说的正面价值，强调故事好读，但绝不是忽略了小说的艺术品质。我们会一如既往地坚持小说的艺术标准，在遴选最新发表的小说佳作的同时，积极推动小说艺术的发展和完善，这其实正是小说之作为艺术的内在规定性，是当今人们在名目繁多的资讯洪流中还需要小说的重要依据。惟其如此，期待今天的中国小说产生经典的传世之作，才有了一个基本的前提和平台。但是，我们不会片面地追求艺术性，而忽略了作品的道德立场、精神向度和读者的阅读期待。

　　记者：今年贵刊有什么新的举措和想法？

　　杜卫东：翻开刊物，今年的基本面貌读者一目了然，成败得失期待着读者评头品足。相信读者会感受到：略作改变的是封面、栏目和材质，始终不变的是我们的一腔真情。

　　在这里，我要特别感谢亲爱的读者，你们的一张张订单，不仅仅是对《小说选刊》的支持与厚爱，更是为文学的再度辉煌添加了一束束薪火。因为你们，我们深感，工作着是美丽的。

　　今年的封面做了局部调整，仍然沿用"生存状态系列"，只不过使它的形式感更强一些，自由表达的空间更大一些。我们坚持认为，封面应该是刊物宗旨的一种外在表现，它不是简单的包装，应该和内文一起成为并行不悖的双重读本。

　　今年，我们将在工作中认真学习、领会和落实胡锦涛总书记的讲话，继续坚持在《小说之魂：现实、爱与真诚》中阐明的文学主张。我们更为迫切地期待那些具有灵魂穿透力，能够打动人、感动人、净化人、鼓舞人的文学精品。我们再次呼吁：对能够使我们的民族精神得以振奋、民族心态得以康健、民族尊严得以彰显、民族气质得以高贵的小说佳作，时刻虚席以待！

（原刊于 2007 年第一期《小说选刊》）

文学走近身边的历史
——读长篇小说《右边一步是地狱》(原名)

张建术

吐火女神

　　杜卫东的长篇小说《右边一步是地狱》是一部压手之作，是一部汗融于泪、泪融于血的剔骨拔肉之作，是一部起闸宣泄、长歌当哭的长恨之作，是痛中思痛、批问思索、寻求症结解答之作。作家在讲述股市人群的悲欢遭遇时，尽可能张大触角，以图涵纳广阔的社会内容，由表及里地爬梳世象，切入认知。

　　作家在后记中透露他作品的内容和创作动机："反映股市的文学作品已然不少，但基本上都是反映庄家与机构之间的尔虞我诈，从一个普通股民的视角来描写股市的作品还不多见。中国有八千万股民，涉及到的人口两三个亿。中国的股市对中国经济的发展功不可没，没有他们的参与，中国的股市一天也存在不了。而他们作为一个弱势群体，有着太多惨痛的经历，由于信息来源不对等，加上庄家做套、机构设局，他们有如案上鱼肉，一个个赔得惨不忍睹、遍体鳞伤。作为一个庞大的人群，他们的喜怒哀乐，从一个独特的视角折射出了社会在转型期所经历的无序与阵痛，应该有一部描写他们心路历程的文学作品。"

　　不错，在他的小说中，股市是一个被叙写的实体，但它同时是人物活动、演出的舞台，确切地说是一个特殊魔化的舞场。凡站上这个舞场的人，都会身不由己、难以自控，但是假如有人因为小说在股市的背景下展开故事，就把它归入所谓财经小说，那实在是一种误读。曾经畅销一时的梁凤仪的财经小说的一个基本特征，就是在全盘承认现存秩序的合理性的前提下，编织她的故事。而杜卫东的这部作品，则通过对人物命运的演绎和多侧面生活场景的展示，向现实存在发出质疑与拷问。这样一种写作方向，就决定了这部小说的现实主义写作特征，而使之与被冠以财经小说之名的那类东西划清了界限。

事实上，作品的名字已经对作品的内容做了一个赋有哲理的诠释。"右边一步是地狱"，绝不仅仅指向于股市之于普通股民这一显层面，而是对人的欲望与追索的一种理性界定。平平常常才是真，只有经历了人生大痛苦、大挫折的人才会有这样的领悟。

文学作为人类把握世界的方式之一，其认识功能、认识价值，始终是第一位的，至少在有近代科学以来就是这样。试图将认识功能逐出文学的思潮和论调，不是出于无能，就是对文学史的无知。除去其他枝节的功能之外，文学的功能就两个：认识功能和审美功能。因而在为社会人群提供了认识价值这一层面上，我觉得《右边一步是地狱》是一本很有价值的作品。

小说中的一个主要人物汪海的身份，是某省的国资局副局长，另一个主要人物金戈，是出身寒微的首都律师界大腕。一个握有实权与股票市场的绝密信息，一个跻身富豪之列，这两种人相互勾结，共谋暴富。作家在这里讲述的，已不单纯是股市中的两极：弱势群体和强势群体，而是在记述现实中国的一些基本力量的变迁组合。对于大多数中国民众来说，阅读小说的这部分内容，是大有裨益的。它可以使我们对国有资产流失的黑洞有所警觉，从而找出应对的策略并加以杜绝。在这个意义上评价《右边一步是地狱》，我觉得它又是一本及时之作。

在小说技巧已经发展到烂熟程度的今天，如果某人对某作家说，他把人物写得个性化，那不是一种褒扬而是一种贬低了。如果杜卫东写汪海，只是把这个有问题的官吏个性化了，那么他在这类人物的画册上，就基本没有贡献，但是他在揭示汪海的心路历程、心理逻辑上花费笔墨，准确描摹，并揭示社会根源、主流背景，就是对文学的贡献了。他在写律师金戈为恶的同时，充分注意到人物身上的善恶交织交错，注意写人物的成长史、成长背景，注意写人物艰难独特的心路历程，则体现出作家对艺术辩证的领会。

在后现代主义作家看来，现代社会的结构具有复杂性和隐秘性，难以去认识把握。而现实主义作家的宗旨是把社会生活真相了解透彻，然后付诸艺术表现。现实主义小说的人物塑造，如果只是把读者引导到对具体人物品质的赞扬或谴责，在现代性的意义上说，就算是失败之笔。但如果阅读本身不断地将读者引入洞察与了悟，则写作也就成功了大半。小说中辛怡之死、小雨之遁、许非同之怒，以及汪海的迷失、金戈的被捕和刘胖子的悔悟，无论在艺术逻辑上和生活逻辑上，都有足够的依据。在势之然不得不然的悲剧演进中，作者与读者共同完成着对自己身边的历史的解悟，对丑恶的鞭笞，对美好的希求和憧憬。

（原刊于 2005 年 2 月 25 日《文汇读书周报》）

初版后记

2004 年 4 月的某一天，对于大多数中国人来说，应该已感受到了融融的春意，但是对几千万痛苦挣扎在股市上的股民而言，却是一个惨淡的日子。

那天傍晚，我和一位在股市上投资七十万元，已经赔进去六十多万元的朋友在一家小酒馆对酌。我知道他已万念俱灰，心如枯井；我知道他迟迟不愿回家，是不敢去面对亲人的责难、眼泪和痛悔。一瓶二锅头，几道下酒菜，就成了我们消磨时光的砂轮，我们似乎能感受到时光流逝所迸射出的火星，当然，这火星足以把一个人的内心灼伤。

就在这时，小酒馆里那台正播放着财经新闻的电视机里，播出了一条令人惆怅不已的消息：南京一位忧郁而寡言的中年男子，不堪忍受暴跌不止的股市所带来的货币流失，在中午避开众人，自缢于南京一家证券营业部的厕所里。

这使我想起了一位不愿透露姓名的证券从业人员，在接受我的采访时告诉我的一件事：她一个客户买的每张票都能翻番，原因很简单，她是某国有资产管理部门一位实权人物的情妇。

那个晚上，我欲哭无泪。

是的，我们可以责备那位股民心理承受能力太差，我们可以归咎他不会看技术图形，事后我就在媒体上见到过类似的评论，甚至有论者说：没有谁强迫你进入股市，你既然进入了股市，一切后果就只能自己负责。

除了欲哭无泪，我突然有了一种不吐不快的创作冲动。

反映股市的文学作品已然不少，但基本上都是反映庄家与机构之间的尔虞我诈，从一个普通股民的视角来描写股市的作品还不多见。中国有八千万股民，涉及的人口两三个亿。中国的股市对中国经济的发展功不可没，没有他们的参与，中国的股市一天也存在不了。而他们作为一个弱势群体，有着太多惨痛的经历，由于信息来源不对等，加上庄家做套、机构设局，他们有如案上鱼肉，一个个赔得惨不忍睹、遍体鳞伤。作为一个庞大的人群，他们的喜怒哀乐，从一个独特的视角折射出了社会在转型期所经历的无序与阵痛，应该有一部描写他们心路历程的文学作品。

于是，我开始动手写作这部长篇小说。

我的写作速度很快，二十五万字，我真正的写作时间不到三个月。

原因是动笔之前我找到了一个很好的道具贯穿始终：吐火女神。它既是一条把情节连缀起来的线索，同时也是对人性进行质问的一面镜子。悲剧之所以发生，除了社会所要承担的责任之外，有没有折射出我们人性中的弱点呢？因为这种拷问，作品才有可能丰盈而饱满。其次，作品中的每个人物几乎都有生活的原型。他们或者是我的朋友，或者是我深入生活采访得到的第一手资料，他们在我的脑海中浮现，并随着键盘的敲击走到了纸上，或歌或泣，或忧或怨。

股市是一个舞台，漩涡不断。漩涡构成了舞台上的故事连环。人物的悲欢离合，是这个舞台的表情。舞台上的主角许非同身上，集中了世纪连接点上中国知识分子的一些特征。许非同有事业上的追索，有私生活的诉求，同时为时代的金钱热浪所裹挟。作为一个艺术家，一旦跌入经济与政治的波涛之中，就成了暗流中丑恶势力的牺牲品和失舵之舟。据我了解，这个人物的生活方式，也是当今许多知识分子的生存状态，这正是我选择这个人物的叙事意义和依据。其他一些人物，如辛怡、小雨、金戈、丽丽、汪海、刘胖子，我也尽量赋予他们一定的社会内涵，让他们各自以股市为舞台展示人性的渴求与欲望。这种渴求与欲望尽管表现形式不一，但像小孩子吹胀的肥皂泡，都从不同角度映照出了时代的光影。

这部作品的写作，使我对"生活是创作的源泉"有了更深刻的体识。我想，假如我对我笔下的人物和题材不了解，像我这样从未驾驭过长篇小说的写作，绝不可能每天以八千字的速度向前推进。我曾一度因写作太顺利而有些困惑，因为通常必须经历的那个痛苦的煎熬过程并未出现。我想，这绝不是因为我的技巧娴熟，恰恰是生活给了我这样一份丰厚的馈赠。

这部作品也反映了我的基本文学主张：故事应当是小说最基本的层面。小说应当更多地借鉴戏剧的表现手法，而不是向散文靠拢，这样的小说才好读。在我负责最终把关的杂志，我曾对编辑部反复申明：房地产业有三要素，第一是位置，第二是位置，第三依然是位置。那么，对于小说而言，在注重它的教化与认识功能的前提下，第一是好读，第二是好读，第三依然是好读。我固执地以为，文学期刊普遍步入低谷，除了各种休闲娱乐方式挤占了空间之外，还有一个重要的原因不容忽视：我们过于强调技巧、文字和个人的内心感受，而忽略了读者普遍的阅读期待。当后现代主义小说摆脱了现代主义叙事模式的弊端，而返本溯源的时候，还把现代主义的教条奉若神明，是前卫呢？还是后卫呢？

强调故事是小说最基本的层面，不应忽略了它的两个支点：一是要符合生活的真实。所谓真实，不是指在生活中一定发生过，而是按照生活逻辑和人物的命运走向有可能发生。二是要强调文学的再现功能。故事与小说最大的区别，就在于前者注重情节的曲折与跌宕、结构的完整和严密，而后者除此之外更着力于人物命运的把握和内心情感的刻画与挖掘。

末了，我仍真心地希望读者能够和我一起，在心里为本书的女主人公辛怡以及南京的那位不幸者默哀十秒钟。

——没有了广大中小散户的参与，中国的股市就会彻底丧失融资功能。而一个没有了融资功能的股市和一辆废弃了的列车有什么两样呢？人总是趋利的，所谓"人为财死，鸟为食亡"。但是这不应该妨碍我们向他们抛洒同情，因为他的尸骨，已经变成了股市这列火车行驶的路基上，一根沉默而悲哀的枕木！

2004 年 8 月 9 日

第二次印刷后记

　　《右边一步是地狱》首印不到三个月就再版了，高兴之余也不免有些沉重。因为此书再版之际正值中国股市跌至近六年的最低点。巨额的货币流失不知又会诱发多少家庭悲剧和刑事案件。

　　股市是一个最能展现人性弱点的场所。我的这部作品只是想以股市为背景，通过人物不同的命运走向，来对当代人的生存状态与人文环境做一次严肃的凝望与反思。好在这部小说已经有影视公司买断了电视改编权，拟拍成20集同名电视剧，我对人物命运的一些新的感受和思考，将在电视剧中得以体现。

　　这次重印除改了几个错别字、换了封面、加了一个印张的彩色插图外，在内容上没做任何改动。

　　最后，谨在此再一次感谢所有鼓励过我、帮助过我的朋友。我不会忘记你们，我将把你们的名字永远铭刻在我的心扉上。

2005 年 1 月 8 日

再版后记

《右边一步是地狱》在十二年之后，又一次再版了。

这次再版名字改回《吐火女神》。这是最初的书名，但是在首次出版时遇到了困难。出版社有领导在选题论证会上提出，这个书名缺少卖相，提议改成《股市血案》。我没有接受，因为它太像一本地摊读物。经过协商，书名定为《右边一步是地狱》。我很理解出版方的难处，那时文学读物已经步入了低谷，除了一线少数作家外，一本长篇小说能够出版便属不易。不过，我对这个书名一直不满意。趁这次重新出版，也算解开了一个心结。

《右边一步是地狱》首版开机 1 万册。

我很感谢责任编辑唐杰秀。那是一个像阳光一样温暖、灿烂的中年女性，快人快语、真诚热情。和她在一起聊天，她会把她的快乐迅速传递给你，让你觉得白云永远飘逸、天空永远湛蓝。没有她的肯定和努力，这部小说很难在极短的时间内顺利出版。快退休时，我接到唐杰秀的电话，说欢迎你加入我们普通老头儿老太太的行列。这话说的真好，我记住了。从此，我不再是主编，只是一个每天在街心公园遛弯儿的老头儿。这种心境和状态，在我退休后写的文字中多有折射，它们收在了我最新的散文随笔集《有一种悔恨叫永远》中。

令我意外的是，《右边一步是地狱》出版后还不到一个月，我便接待了一位不速之客，他是内蒙古的一位民营书商。在从北京回老家的列车上，他一口气读完了《右边一步是地狱》，当即决定向出版社买下版权，再加印 2 万册。回京后，他辗转找到笔者，征求我的同意并希望通过我取得出版社的授权。承蒙时任作家出版社总编辑的侯秀芬大姐首肯，使这部小说在首版不到三个月后得以重印。

　　也有扫兴的事。《右边一步是地狱》出版后，先后有五六家影视公司竞相购买版权。税后的现金摞成一摞儿摆在我的面前，我还是第一次见到了那么多钞票。遗憾的是，几经周折，电视剧的改编最后胎死腹中。可能是一种宿命，十二年后，我与友人合作的第二部长篇小说《江河水》也是刚刚出版，便有几家影视公司和电视台竞相购买版权。一家实力很强的影视公司约我面谈，不到一个小时便签了合同。老板说，这部长达73万字的长篇小说，他们公司的几个年轻人看后不忍释手，所以他志在必得。只是过去快两年了，还不见影视公司有什么动静。看着屏幕上播出的一部部神剧，我的心里颇为不忿。不忿又当如何？"插足"影视界的朋友告诉我，以纸板谋生的作家在影视界极被轻蔑，你的小说版权能有人买就已经相当不错。其实，我更关心的是能不能搬上银屏，让更多的观众看到这样精彩的一个故事。积多年文学编辑的职业眼光，我自信《江河水》拍出来绝不会逊色于时下播出的很多电视剧。早年，我也曾有连续剧《洋行里的中国小姐》和单本剧《北京的钟点工》在中央电视台和北京电视台播出，我的自信并非是空中楼阁。只是，这个行业已经高度圈子化，你只能眼看着一部部平庸的剧作播出而无可奈何。

　　电视剧受挫，出书一向很顺。至今，我已经出版了30多种杂文、散文、小说、报告文学集和长篇小说，均由国家正规出版社作为正版书出版。我没有想到，在文学书籍十分低迷的当下，《右边一步是地狱》又被出版方看重再次出版。

　　这次再版，做四点说明：

　　为什么书名要回归最初？一是《右边一步是地狱》也算贴切，但是总觉得有些直白。"吐火女神"则不同，它是一种钻石的名字，意蕴丰盈，作为一个道具又贯穿始终。我以为，它所具有的隐喻及意向，既可以准确地呈现这本书的主旨，又鲜活地折射了书中主要人物的命运轨迹，更适合做这部长篇小说的名字。

　　二是本次再版，全书的基本情节和整体结构没有任何变动，只是对小雨、金戈、许非同和辛怡的心路历程有了进一步描摹，增加了大约三万字。坦率地说，十二年后重读这部小说，我非常感叹那时就有了这么好的文学表达，无论语言、情节、人物的心理描写和命运轨迹，今天读起来仍不觉得过时，一些描写和议论每每令我拍案叫绝。想起不久前的一次饭局，一位朋友问我，你有没有这样的感觉，重读旧作为自己感到骄傲。我当时觉得他有点顾影自怜、敝帚自珍。当我写这篇后记时我不那么看了，因为他的感受在我的身上又一次重现。这不是骄傲，而是一种自我欣赏。

十二年来，中国股市的治理结构并没有发生更为合理的变化，政策市、消息市的中国特色也没有丝毫减弱，较之十二年以前其动荡的幅度更加令人目瞪口呆。这几茬"韭菜"奇迹般地经历了股灾3·0，见证了千股涨停、千股跌停、千股横盘的股市奇观。换言之，辛怡在股市的生存环境或许较十二年前更为残酷，她的经历在今天仍然具有相当强的警示意义。这也是我愿意重新出版这部长篇小说的原因。李敬泽先生在十二年前为这本书写的书评中说："杜卫东在他的第一部长篇小说中把焦点放在股票上时，他径自越出了九十年代以来通行的限于私人经验的文学视野，他更关注日常经验的社会向度，他的报告文学家的本能和训练使他在这个向度上游刃有余、目光如炬；这部小说在一定程度上是政论性的，而政论性的风格在当下的中国小说中相当罕见，杜卫东的理性和雄辩在一个虚构故事中大规模地施展。"

诚如斯言。《右边一步是地狱》对官员贪腐、国有资产转移、股市黑幕有很多政论式的议论，直抵当时的社会病灶。今日重读，问题非但没有解决，反而有泛滥成灾之势。所以书中一些很有时代印记的对话和段子也原封未动，小说虽然成书于十二年前，相信读者不会觉得过时，也许会觉得意犹未尽。福兮祸兮，真是只能呵呵了。好在以习近平同志为核心的党中央重塑党心国魂，使我们对中国的明天满怀期待。

三是小说初版时，《检察日报》做了连载。还有二十多家的都市报和晚报选载了书中的部分章节。蒋子龙、雷达、何振邦等名人大家也都在报刊撰文评介。作为附录，我只选了张建术的评论文章：《文学走进身边的历史》。张建术是我多年的朋友，一直游离于体制之外。其人名不见经传，但是学养丰厚，文学功力非同一般。我在为他的报告文学所写的评论中有如下一段文字："张建术的名字并不为文坛所熟知，但张建术的创作实力确应为文坛所关注。他不是那种时髦于当下文坛的文学活动家，没有过硬的作品作支撑，只因为善于编织关系网而如鱼得水。张建术通读经典、学问扎实，其诗歌、散文均有较高造诣，小说更是他的写作强项，深受中国古典文学和世界优秀文学的浸淫，别具一格，造诣颇深。然而因作者一直忙于他物，疏于光顾出版界，他近十年的创作大都深藏闺阁无人识。而比他的诗文、小说在艺术水准上略逊一筹的报告文学，却因为有市场'卖点'而首先出版，不免令人唏嘘。不过，即便以这部在张建术操练的所有文学样式中技艺稍逊一筹的报告文学集，也从另一个角度反衬了作者的才华与学识。"

张建术与钱钟书、杨绛、萧乾、文杰若和邵燕祥等前辈作家交往甚密，其才学也为他们所赏识。我曾几次动员他到刊社工作，都被婉拒了。理由是，你我现在是朋友，去了报刊社就成了你的下级，变成这样一种关系后你我难以相处。我尊重了他的选择，但我也时常感叹，世事不公、造化弄人，他的才学绝对不在很多文学名家之下，却不为主流文学所认知。看来，不光珠宝界会看走了眼，文学界同样也会有遗珠之憾。我把他的评论作为附录收入，以此表达对一位自由撰稿人的惋惜与尊重。

在《小说选刊》任主编的头一两年，我有两篇答中国作家网的记者问，全面阐述了我的小说理念和文学主张，也作为附录收录于书中，供读者参阅。

最后，感谢为这部长篇小说再版付出心血的谢香女士。没有她的鼓励与敦促，《吐火女神》不会在十二年以后重新与读者见面。

2017 年 2 月 1 日

图书在版编目（ＣＩＰ）数据

吐火女神 ／ 杜卫东著. —— 北京 ：光明日报出版社,2017.4

ISBN 978-7-5194-1950-9

Ⅰ．①吐… Ⅱ．①杜… Ⅲ．①长篇小说－中国－当代 Ⅳ．①I247.5

中国版本图书馆CIP数据核字(2016)第271602号

游读会版权声明：该书版权为游读会网络科技（上海）有限公司所有，授权乙方在中华人民共和国境内出版中文简体版。

吐火女神

著　　者：杜卫东

责任编辑：谢　香　李　倩　　　　　　　　责任校对：傅泉泽

封面设计：守义盛创　　　　　　　　　　　责任印制：曹　诤

出版发行：光明日报出版社

地　　址：北京市东城区珠市口东大街5号，100062

电　　话：010-67078248（咨询），67078870（发行），67019571（邮购）

传　　真：010-67078227，67078255

网　　址：http://book.gmw.cn

E-mail：gmcbs@gmw.cn

法律顾问：北京德恒律师事务所龚柳方律师

印　　刷：北京雅昌艺术印刷有限公司

装　　订：北京雅昌艺术印刷有限公司

本书如有破损、缺页、装订错误，请与本社联系调换

开　　本：787×1092　1/16

字　　数：250 千字　　　　　　　　　　　印　张：26.25

版　　次：2017年4月第1版　　　　　　　　印　次：2017年4月第1次印刷

书　　号：ISBN 978-7-5194-1950-9

定　　价：58.00元